Mujeres que compran flores

Vanessa Montfort (Barcelona, 1975) es novelista y dramaturga, y está considerada una de las voces destacadas e internacionales de la reciente literatura española.

Ha publicado las novelas *El ingrediente secreto* (XI Premio Ateneo Joven de Sevilla, 2006); *Mitología de Nueva York* (XI Premio Ateneo de Sevilla, 2010); *La leyenda de la isla sin voz* (Premio Internacional Ciudad de Zaragoza de Novela Histórica, Plaza y Janés, 2014); *Mujeres que compran flores* (Plaza y Janés, 2016), con 29 ediciones en España y cuyos derechos han sido vendidos a más de 15 países; *El sueño de la crisálida* (Plaza y Janés, 2019), y *La mujer sin nombre* (Plaza y Janés, 2020), en la que recupera a la escritora María Lejárraga. Esta novela, como la obra teatral que la precedió, *Firmado Lejárraga*, tuvieron una gran repercusión en la crítica, lo cual ha culminado con la participación de Vanessa Montfort en el documental de TVE *María Lejárraga: a las mujeres de España*, dirigido por Laura Hojman y nominado a los Premios Goya de 2022.

Su obra teatral cuenta con traducciones a una decena de lenguas. Destacan *Flashback*, *La cortesía de los ciegos* y *Tierra de tiza*, para el Royal Court Theatre de Londres; la adaptación libre de *La Regenta* (Teatros del Canal, 2012); *El galgo* (Teatro Anfitrione de Roma); *Sirena negra*, adaptada al cine por Elio Quiroga (Festival de Sitges, 2015); *El hogar del monstruo* (CDN, 2016), y *Firmado Lejárraga* (CDN, 2019, finalista a los Premios Max 2020 a la Mejor Autoría Teatral). En 2022 estrena tres montajes: *El síndrome del copiloto* (Teatros del Canal, Madrid); *Saúl*, mediometraje de teatro radiofónico para la BBC dentro de la serie *One Five Seven Years* (dirigido por Nicolas Jackson), y *La Toffana* (Teatro La Abadía Madrid, 2022).

Como productora funda en 2016 Bemybaby Films junto al director Miguel Ángel Lamata, con quien produce el largometraje *Nuestros amantes* (2016) y el documental *Héroes, silencio y rock & roll* (estrenado en Netflix, nominado a los Premios Goya como Mejor Documental).

Las malas hijas es su nueva novela, que ha sido publicada por Plaza y Janés en 2023.

Para más información, visita la página web de la autora:
www.vanessamontfort.com

También puedes seguir a Vanessa Montfort en Facebook, X e Instagram:

📘 Vanessa Montfort
❌ @vanessamontfort
📷 @vanessamontfort_oficial

Biblioteca

VANESSA MONTFORT

Mujeres que compran flores

DEBOLS!LLO

Papel certificado por el Forest Stewardship Council®

MIXTO
Papel | Apoyando la
silvicultura responsable
FSC® C117695
www.fsc.org

Penguin
Random House
Grupo Editorial

Primera edición con esta presentación: enero de 2020
Decimosegunda reimpresión: diciembre de 2023

© 2016, Vanessa Montfort
© 2016, 2020, Penguin Random House Grupo Editorial, S. A. U.
Travessera de Gràcia, 47-49. 08021 Barcelona
Diseño de la cubierta: Penguin Random House Grupo Editorial / Yolanda Artola
Ilustración de la cubierta: © Luciano Lozano

Printed in Spain – Impreso en España

ISBN: 978-84-663-5056-3
Depósito legal: B-22.357-2019

Impreso en Black Print CPI Ibérica
Sant Andreu de la Barca (Barcelona)

P 35056B

Para Isa Borasteros,
hada madrina de todas nosotras

Con la libertad, las flores, los libros y la luna, ¿quién no sería perfectamente feliz?

OSCAR WILDE

Mujeres que compran flores

En un pequeño y céntrico barrio de Madrid habitado por actores, modernos de todo pelaje, parejas sin hijos, diputados ambidiestros que comparten un vermut entre sesión y sesión; en ese micromundo con su propio Cristo milagroso, su secta destructiva, sus musas, sus teatros y pequeñas galerías, sus manifestaciones diarias, sus frases de escritores célebres pisoteadas por los turistas, los ancianos residentes, los ciclistas militantes, los músicos de jazz y los arqueólogos que buscan concienzudamente los huesos de Cervantes… en ese barrio también hay cinco mujeres que compran flores.

Al principio ninguna lo hace para sí misma: una para su amor secreto, otra para su despacho, la tercera para pintarlas, otra para sus clientas, la última… para un muerto. Ésa soy yo y ésta, supongo, es mi historia.

Olivia es nombre de ángel

En el barrio nadie se ponía muy de acuerdo sobre cuánto tiempo llevaba allí. Pregunté a los camareros de la taberna de La Dolores y aseguraban que muy poco, sin embargo los de Casa Alberto tenían la certeza de que llevaba toda la vida. En lo que todos coincidían es que El Jardín del Ángel llevaba al menos dos siglos siendo una floristería y llamándose así, quizá porque siempre había residido uno en él y simplemente iban cogiéndose el relevo. Cuando Olivia se marchara la sucedería otro ángel con otra misión. Eso estaba claro. Daba igual a quién preguntaras, para los vecinos del barrio era como si Olivia siempre hubiera estado allí y aquella verja y sus flores hubieran brotado alrededor de su persona en algún momento del siglo xx.

Qué o quién habría sido Olivia antes era difícil averiguarlo. Nadie lo sabía. O los que lo sabían guardaban su intimidad y su secreto. Nadie tenía claro si la floristería era suya o alquilada. Unos rumoreaban que había sido una rica y excéntrica heredera. Otros creían que fue la amante de un hombre célebre o quizá una actriz famosa que alcanzó la fama en otros países. Y era cierto que en su voz brotaban dejes de otras posibles tierras como el que habla varios idiomas: las eses silbaban entre sus dientes algo más de lo normal, las vocales eran aflautadas como en los países galos, pero su pronunciación era perfecta y su voz, grave y serena como la de las plantas.

La primera vez que la vi fue a los tres días de llegar al barrio. Desde que había descubierto El Jardín del Ángel pasaba por su puerta varias veces al día, pero nunca me decidía a entrar. Mi pequeño y recién alquilado apartamento me asfixiaba. El calor era insoportable y hacía que el olor a pintura fuera aún más intenso. Todavía no tenía aire acondicionado y las maletas llenas y sin abrir me servían de mesa, de asiento o para subirme en ellas cuando no alcanzaba a abrir la llave del gas de la cocina. Así que esas excursiones y la visión de aquel oasis me ayudaban a obtener mi ración de oxígeno diario.

Esa noche bajé a la calle con la misma ropa con la que había estado limpiando la casa: unos vaqueros viejos, una camiseta de tirantes más vieja aún y las mismas chanclas con las que salía de la ducha. Cuando me vi en el espejo del ascensor me pareció que toda yo estaba descolorida. Las costillas se transparentaban en la piel de mi escote. Mi pelo negro y lacio estrangulado en una coleta. El rostro blanco sin maquillaje. Los ojos hinchados por el polvo.

Cuando subí arrastrando los pies hasta la plaza me sorprendió encontrarlo aún abierto. Estaba iluminado por bombillas de colores y pequeños farolillos de papel que colgaban de los árboles. Eso y un grillo que parecía haberse instalado en el enorme olivo para dar un recital le regalaba al conjunto una atmósfera de verbena de pueblo.

Y el Olivo, robusto y centenario. Ocupaba el centro del jardín y de sus ramas colgaba un rudimentario columpio de cuerda. Traspasé la verja con cierto recelo siguiendo un camino de baldosas de piedra con la ilusión de que fueran amarillas y con la secreta esperanza, ahora lo sé, de que al final de ese camino me esperara el Mago de Oz. Olía a tierra mojada. Entre las sombras de las hojas y bajo una carpa blanca alcancé a ver una pequeña mesa de hierro forjado con una copa de vino aplazada y un libro abierto. La puerta del invernadero estaba abierta de par en par.

Aquella fue la primera vez que la vi.

Porque todo aquello era ya Olivia.

En el interior, un jazz años cuarenta acariciaba las hojas de las plantas, mecía las cestas de flores colgantes, se escapaba empujado por el vapor de los aspersores. Aquí y allá, coloridas mariposas de celofán decorando las paredes de cristal, acuarelas con motivos florales y luminosos expuestas en cualquier rincón, recipientes reciclados de otras vidas con ramos de flores a las que entonces no podía dar nombre. Al fondo y tras una pared de cristal, una gran fuente de piedra antigua pegada a la pared de ladrillo visto, en la que la cabeza de un extraño león escupía el agua sobre un pilón lleno de nenúfares. En cualquier hueco, con cualquier excusa, surgía la vida en forma de planta. Del techo a dos aguas colgaban móviles de cristal soplado, coronas tejidas con ramas, flores y piñas secas, mensajes alegres pintados en carteles de madera y un mostrador que exhibía tarjetas antiguas: el barrio en el siglo XIX, a principios del siglo XX, antiguos figurines de moda, cuadros de los museos vecinos, viejos carteles del teatro Español y del de la Comedia. En el centro, un libro de visitas para los clientes abierto con un mensaje en japonés rodeado de corazones. Y otro libro forrado en terciopelo rojo en cuya portada aparecía grabado un título: «Cuaderno de Campo».

No pude evitarlo.

Nunca había hecho una cosa así, por eso sé que no pude evitarlo. Lo abrí por el lugar donde asomaba el marcapáginas de raso.

En letras estilizadas y a pluma, un pequeño texto escrito a mano que se titulaba: «Cicatrices».

—Siempre me gustaron las personas con cicatrices, como los árboles —dijo una voz a mi espalda que me hizo cerrar de golpe el libro—. De hecho, desconfío de las personas que pasados los cuarenta no tienen ninguna.

Me volví despacio y muda, con los mismos ojos de Capitán cuando acababa de afilarse las uñas en la alfombra.

Detrás del mostrador y apartando una pequeña cortina de cuentas de colores que comunicaba con la trastienda estaba ella, como si acabara de salir al escenario.

Olivia poseía ese tipo de belleza que estaba fuera de toda convención: había convertido su delgadez no buscada en elegancia, suplía su falta de maquillaje con un sencillo toque de rojo en los labios y sus vestidos de tela gastada parecían en su cuerpo de alta costura. Un estilo como el de aquellas mujeres que salían de las fábricas durante las grandes guerras. Como todas las damas era de edad indefinida, aunque parecía atrapada entre los años cuarenta y los sesenta. Una Katherine Hepburn en tecnicolor: delgada y alta, de talle largo al que se ceñía un vestido de seda estampado con hojas verdes y unas sandalias de esparto con pulsera al tobillo. Llevaba el pelo recogido en un moño alto y poco fabricado de color mandarina que le daba el aspecto de haber salido de un fotograma antiguo coloreado.

—Esperaba que fueras más joven —continuó con su voz

redonda, pausada—, entiéndeme, no es que sea un requisito, pero simplemente te había imaginado así.

—Lo siento —intenté justificarme.

¿Y por qué sabía mi edad aquella mujer?

Entonces posó un dedo sobre sus labios finos, rojos y algo arrugados, indicando silencio.

Se acercó a mí.

Unos ojos turquesa, chisposos, buscaron algo en los míos y luego me hizo un gesto de escuchar. El grillo del jardín parecía estar ahora dentro de la estancia y su canto molesto hacía vibrar los cristales. Sonrió.

—Querida, tranquila, la vida mancha pero no afea, al contrario —prosiguió susurrando mientras me cogía del brazo—, en el fondo me alegra que no seas una chiquilla. Mi última ayudante me dejó colgada por un inglesito achicharrado que había venido de Erasmus.

Cogió una enorme y pesada regadera roja de hierro llena de agua. Caminamos guiadas por aquel canto estridente mientras regaba los tiestos y se detenía cada poco como si auscultara el lugar en el que se escondía el insecto.

—Verás —prosiguió enredando un mechón de pelo naranja entre sus dedos—, la prueba que voy a hacerte es muy sencilla.

—¿Una prueba? —Me alarmé.

Volvió a indicarme silencio con su dedo huesudo. Puso cara de concentración.

—Es una sola pregunta. Y sabré si eres tú. —Hizo una pausa teatral—. Por esta floristería pasan hombres y mujeres que necesitan comunicar una emoción o enviar un mensaje para el que no encuentran las palabras: respeto, agradecimiento, admiración, desamor, pérdida, amor, celebración… Unos compran flores para un nacimiento y otros por una muerte. Unos las encargan para restar sobriedad a sus despachos, otros para dar vida a sus casas. Algunos las prefieren vivas, aún prendidas de la tierra, otros muertas o disecadas. En unos casos las prefieren a punto de abrirse para que duren más, a otros en cambio les gustan perecederas como las margaritas que empiezan a deshojarse. —Su mirada atravesó el cristal del invernadero donde los transeúntes se deslizaban atrapados en una brillante tira de fotogramas—. De una en una o de cien en cien... a veces las enviamos al camerino del teatro Español, otras forman coronas en la iglesia de San Sebastián, las compran madres a sus madres, infieles a sus mujeres, amantes a sus amantes, el Palace para sus retretes, las ancianas para sus balcones... Yo tengo la teoría de que a cada persona le corresponde una flor. Y a cada etapa de su vida, también. Hay mujeres que compran flores y otras que no. Eso es todo.

Me quedé mirándola fijamente y ya en ese instante, sin saber por qué, quise pertenecer a esa categoría más que nada en el mundo.

—¿Y cómo son esas mujeres?

Me soltó del brazo como el que abre un candado y se volvió hacia mí levantando una ceja fina y pelirroja con brillos de plata.

—Dime: ¿qué flor te llevarías hoy de todas estas?

Ni siquiera miré alrededor. Sentí el mismo retortijón en la tripa que cuando me sacaban a la pizarra.

—Nunca he comprado flores —vacilé.

—Ya... y cuando te las han regalado, ¿cuáles te gustaban?

—Nunca me las han regalado tampoco. —Agaché la barbilla.

Ella chasqueó la lengua.

—¿Y ahora? ¿No ves ninguna que te guste? Vamos...

Sólo vi manchas de colores. Por culpa de los nervios y el calor me pareció que ambas formábamos parte de un cuadro de Monet. Tras un larguísimo silencio, respondí:

—¿Cuáles son las más apropiadas para un cementerio?

Los ojos claros y pequeños de Olivia me observaron sin pestañear con gesto de avestruz.

—La verdad, no lo sé. No conozco los gustos de los muertos.

Luego me dio un toquecito en la barbilla.

—No, desde luego no tenía ninguna de tu especie en mi jardín. —Sonrió satisfecha—. Entonces ¿vienes mañana? Con esta ola de calor necesito que empieces cuanto antes o se me irán todas las plantas al traste en un día.

—¿Quieres que sea tu ayudante?

—Imagino que si estás aquí y sobre todo después de tu mensaje, es porque te parecen bien las condiciones del anuncio.

Ladeé la cabeza. Escondí las manos en los bolsillos de los vaqueros.

—¿Puedo contestarte mañana? —sólo acerté a decir.

Entonces ella frunció el ceño como si no entendiera mi idioma y se secó el sudor de su largo cuello con un ingrávido pañuelo de seda amarilla.

—Querida, vivir es una tarea urgente… Ya es muy tarde. Por lo tanto mañana será tardísimo. Si aceptas, aceptas ahora.

No sé por qué en aquel momento no saqué a Olivia de su confusión. Bueno, sí lo sé. Porque era la primera vez que se movía algo en mi vida tras un año de parálisis.

Terminó de vaciar la regadera en un tiesto y el grillo dejó de cantar. Se arrodilló al lado de la planta y esperó. La tierra empezó a removerse y el insecto salió de su escondite atolondrado, encontró uno de los dedos de Olivia y se subió a él como si fuera un ascensor.

—Aquí estabas, pequeño okupa... —dijo mientras lo acompañaba protocolariamente a la salida. Luego se volvió—: Y tú, cierra al salir, si no te importa.

Pero algo me impidió moverme. «Hay que empezar a vivir y dejar de pensar en cómo hacerlo.» Con esa frase finalizaba cada sesión con mi terapeuta.

—Acepto —dije siguiéndola hasta el jardín—. Aunque yo no sé nada de flores.

Ella se dio la vuelta, sacudió un poco su falda de seda y se cruzó de brazos.

—Ya lo sé. Pero tienes muchas otras cosas que me interesan. —Se secó el sudor de la frente con delicadeza—. Ahora sé que eres honesta y que no sabes decir que no porque en ningún momento me has llevado la contraria. Sé que te cuesta tomar tus propias decisiones y expresar tus gustos. También sé que acabas de llegar al barrio porque esta esquina es un lugar estratégico y te he visto pasar varios días con bolsas de la compra, lo que quiere decir que no has sacado las cosas de las cajas porque te has vestido varios días con la misma ropa. —Me escaneó de arriba abajo con curiosidad—. No te arreglas para nadie, ni siquiera para ti misma... Sé que vives sola y no estás acostumbrada porque no paras en casa, que tienes la tensión baja por tu forma de arrastrar los pies calle abajo y que lo que acabas de hacer, aquí, conmigo, es un cambio. Por lo tanto sí, también me he dado cuenta de que no sabes nada de flores. —Caminó hacia el interior del invernadero de nuevo—. Vente mañana y veremos qué podemos hacer al respecto.

Nuestro acuerdo se selló con un asentir de mi cabeza y un guiño de uno de sus ojos azules como rúbrica. En lugar de un contrato, Olivia escogió para mí unas violetas africanas en un tiesto diminuto y luego me pidió que no las ahogara, tenían que durarme tanto tiempo como durara mi trabajo en El Jardín del Ángel. «¿Y cuánto será eso?», le pregunté. A lo que ella respondió riendo: «Pero, querida... ¿cómo voy yo a saberlo?». Luego desapareció camuflada por su vestido vegetal entre las plantas.

Cuando caminaba calle abajo esquivando a los barrenderos que regaban la calle Huertas y preguntándome qué era lo que acababa de sucederme, me di cuenta por primera vez de que nunca antes había improvisado en mi vida. Por alguna razón, siempre pensé que mi espontaneidad sería peligrosa y mi intuición, fallida.

Pero por aquel entonces ya sabía que la vida era una función sin ensayos. Un estreno a pelo. Me lo había enseñado tu marcha. Y lo estoy terminando de comprobar tras este verano que ha cambiado mi vida.

Sales al escenario sin maquillar y sin saberte el papel. Y yo siempre había tenido pánico escénico. Puede que por eso no tomara muchas decisiones en mi vida. Por eso prefería que las tomaras tú y yo ser tu comparsa. Supongo que me habría gustado estar segura de que me sabía el papel antes de enfrentarme al público, estar segura del aplauso final. Era mucho más fácil entregarle el papel protagonista de mi vida a otro. Para no llamar demasiado la atención por si me equivocaba en uno de mis parlamentos; para pasar desapercibida ante la crítica; que el que más papel tenía, me sacara del atolladero. Ya no era ser la coprotagonista, sino un secundario en el programa de mi propia vida.

Cuando llegué al apartamento creí entrar en un horno crematorio. Di vueltas y más vueltas preguntándome el lugar idóneo para situar mis violetas. ¿Necesitarían luz, agua, humedad, frío, calor? No sería capaz de hacerlas sobrevivir ni una semana, de eso estaba segura. Finalmente las dejé con cuidado en el alféizar de mi dormitorio. El calor seco, asfixiante, y el canto insistente de un grillo no me dejaron pegar ojo en toda la noche.

El metabolismo de los oasis

¿Quién era yo hace tres meses?

La respuesta es sencilla. La que llevaba siendo los últimos veinte años. Exactamente la mitad de mi vida.

Quiero hacer aquí el apunte de que me cuesta horrores hablar de mí misma, ya lo he dicho. Y mucho más erigirme en protagonista de una historia. Pero he prometido hacer el esfuerzo. Situarme en el centro de mi vida y de mi historia. Allá voy de nuevo:

¿Quién era yo hace tres meses?

Esa mujer de cuarenta que camina atolondrada por las aceras demasiado estrechas del centro de Madrid en el que dicen que es el verano más caluroso del siglo. Una mujer que hace años no habría salido de casa sin maquillar, no por coquetería, sino porque en el fondo nunca le gustó su cara, y que ahora no recuerda la última vez que se lavó el pelo. La que arrastra los pies por los pasillos de un supermercado nuevo que se presenta ante ella como un laberinto inexpugnable, porque los lácteos no están al lado de la caja, y las frutas y verduras no tienen las formas de siempre sino que están cortadas, peladas y dispuestas en bandejitas como si fueran jodidos bombones.

Había entrado sin soltar la última maleta que quedaba en

mi antigua casa cumpliendo instrucciones, como siempre, con la urgencia de sentirme segura en mi nuevo entorno: un supermercado, una lavandería, una farmacia y un gimnasio. Esos eran según mi amiga Lorena los cuatro puntos cardinales que me servirían para orientarme en mi nueva vida. Porque nunca había vivido sola y sería duro. Porque ya hacía un año desde que Óscar se había ido y debía empezar a superarlo. Porque los duelos no podían durar más de un año. Y punto.

Me llamo Marina. Y de todas las certezas de Lorena había una que caía por su propio peso: nunca *fui* yo sola. Siempre *fui* con alguien. Siempre *fui* con él. O casi, ahora que me he decidido a escribir esta historia, prefiero decir «contigo».

No hay una sola foto en la que salga sola. Siempre salía contigo. O eras tú quien me miraba desde el otro lado. O aparecía tu sombra. O parte de tu dedo tapando el objetivo. Aunque la de la foto fuera yo, era tu mirada sobre mí la que quedaba retratada. No era yo sola. Era la *yo* que era contigo.

Y de repente era muy difícil vivir.

Quiero decir, las cosas básicas. Aquellas que antes estaban automatizadas ahora me provocaban un acalorado debate interno:

Escoger qué comer, por ejemplo. Me di cuenta mientras sujetaba una cajita de huevos ecológicos en cuya tapa indicaba que pertenecían a «gallinas libres». Aquello ya me inquietó. En mi antiguo barrio los huevos eran huevos y nunca se especificaba el estado civil de las gallinas. Sentí solidaridad con ellas. Yo tampoco quería que se especificara mi estado civil en ningún sitio.

¿Soltera?

¿Libre?

¿Sola?

No, no estaba preparada. El caso es que me di cuenta en ese momento de que no podría hacer un huevo. Me pondría triste. Me pondría enferma. Porque siempre hice dos. Y no podría cocerlo porque los tomábamos cocidos por la noche. Y siempre eran dos. Nunca fue uno. Descartemos los huevos, me ordené. También las acelgas. Porque antes no nos gustaban, no, pero empezaron a gustarnos juntos. A la vez. Aprendimos a cocinarlas juntos durante la excursión a aquella casa rural en Guadalajara. Descartamos también las acelgas.

Y así llevaba una hora, perdida por un establecimiento que según las teorías de mi amiga deberían haberme ubicado, intentando encontrar algo que pudiera meter en mi estómago sin que mi cerebro lo vomitara en forma de recuerdos que escocían y eran ya solo eso. Recuerdos.

Pero esta anécdota no es la que marca el comienzo de mi historia. Salí de ese supermercado con temperatura de morgue sin comprar nada para ser abofeteada por un calor inadmisible a las diez de la mañana y me encontré en medio del barrio de las Letras.

Mi nuevo hogar.

¿Hogar?

Leí: calle Moratín, 8. Subí por la calle del Prado avergonzada por el traqueteo de mi maleta buscando mi nuevo apartamento sin sospechar que iba en dirección contraria. La orientación nunca fue lo mío y sólo lo había visto una vez. Luego giré por la calle del León hasta llegar a la calle Huertas donde doblé la esquina, pasé el café Populart que anunciaba con tiza su concierto de jazz de la noche, esquivé a un hombre barbudo con una armónica que con el tiempo comprobaría que tocaba obsesivamente los mismos dos compases, fui pisando las frases célebres de los escritores aún más célebres con las que el ayuntamiento había tenido la feliz idea de adornar las calles, hasta que, a la altura de la cita de Pérez Galdós y concretamente de pie sobre su firma, me detuve. Exactamente en la esquina de la plaza del Ángel.

Me pareció un oasis en el centro de la ciudad. Era una curiosa floristería, un jardín urbano tras una verja antigua de hierro con un invernadero. En el interior del jardín, pequeños rincones con bancos, fuentes de piedra y columpios que colgaban de los árboles. En el centro, un olivo milenario que posiblemente habría conocido a todos los antiguos moradores del barrio. A su lado un caballete con un cuadro colorido a medio hacer y un trapo manchado en el suelo. Bajo el toldo blanco de la pérgola adiviné la figura de un hombre rubio leyendo de espaldas. Sólo alcancé a ver fragmentos: las manos sujetando con serenidad un libro, la espalda apoyada en una silla gastada de hierro, las piernas cruzadas y su cartera en el suelo. Sobre la puerta, un cartel con letras llenas de movimiento: NO DEJES DE SOÑAR. Para eso tendría que empezar a hacerlo, pensé. Esa mañana no me atreví a traspasar la verja, pero el olor fresco de la tierra recién regada me hizo respirar por primera vez en muchos meses.

Eso sí que nunca se le ocurrió a Lorena. Que para reconstruirse todo ser humano necesitaba encontrar su propio oasis. Un lugar que contuviera la paz anhelada, en el que rodearse de aquellas cosas que nos hacían felices para encerrarnos con ellas cuando lo necesitábamos. Una madriguera en la que hibernar aunque fuera verano. Un invernadero con el microclima perfecto para crecer, transformarnos y hacernos fuertes de nuevo. El mío iba a tener forma de floristería y se llamaba El Jardín del Ángel.

Día 1
El extraño destino de las olas

Ésa es la única pregunta que nunca pudiste responderme sobre un mar del que lo sabías todo. «¿Dónde van las olas?», te pregunté. Y tú guardaste silencio por primera vez en veinte años. Que ya es decir.

Ahora que el viento me ha dado una tregua y estoy sola en este velero en medio del agua, he aprovechado para empezar a poner todo lo que me ha ocurrido los últimos tres meses por escrito, hasta que el mar vuelva a darme la lata y termine de hacerse de noche.

El parte meteorológico que recogí en el puerto no parecía muy dramático, pero el Mediterráneo es el mar más traicionero que existe. No lo ves venir. Ya lo decían los griegos. Y tú también.

Navego ya a cinco nudos y una superficie que parece mercurio se extiende ante mí. Atrás quedan los montes carbonizados por el sol rojo sangre y atrás se queda, también, mi historia. Toda ella menos su protagonista.

Yo.

Esto ha sonado demasiado petulante para empezar. Antinatural. Así no hablo ni pienso, no voy a engañarme. Hasta parece una novela. Y no lo es. Nunca sabría cómo escribir una.

Olivia me ha dicho que escriba todo lo que me ha pasado estos últimos tres meses desde que nos conocimos para que no se me quede dentro. Pero debo intentar hacerlo como si no fuera a leerlo nadie. Con libertad, dice. Me parto de risa. Como si a estas alturas no supiera que eso es lo peor que puede pedirme.

Yo nunca he sabido darme libertad.

Ése es el tema.

Y estas líneas deberían parecerse a un diario de a bordo de mi propia vida destinado a la única persona en la tierra para la que no estoy acostumbrada a hacer nada: otra vez yo.

Ahora empieza a moverse de nuevo. El casco choca contra el agua y mi estómago brinca dentro de mi cuerpo. Ya lo decías tú: el que sale a pasear siempre lleva el viento a favor porque lo va buscando. Pero yo no. Por eso tengo el viento en contra. Porque yo tengo que llegar a un lugar concreto. Tengo una misión. Qué suerte tengo.

¿Y qué cuenta este relato? Precisamente eso. La historia de cómo Marina, una mujer a la que siempre le aterrorizó el mar, decide, contra todo pronóstico, realizar una travesía de ocho días hasta cruzar el estrecho. Nada menos. Y sola. Y sobre un barco que no sabe navegar. Todo muy coherente.

¿Es una suicida?

En principio no. Lo hace para cumplir una promesa. Y por culpa de un encuentro tres meses atrás. En tierra. En una ciudad sin mar, Madrid, pero en un barrio custodiado por Neptuno. Aunque fuera sólo por su estatua. El motivo real de por qué hace esta locura Marina lo descubrirá durante su viaje y mientras escribe. O eso me han dicho. Una odisea en toda regla. Una odisea protagonizada por una mujer.

Con libertad.

Sin miedo.

Casi nada. A una persona que, como yo, siempre ha pedido escrita la siguiente escena de su vida y que sólo ha tenido que limitarse a representarla, esta incertidumbre le aterra.

Leo una y otra vez los cálculos totales del viaje: ocho días empezando en Cartagena y terminando en Tánger. Tengo que hacer doce horas de navegación al día para cumplir mi objetivo. Sólo con pensarlo muero de miedo y de agotamiento. Victoria, que nunca se equivoca con los números, me ha hecho el cálculo sobre cuatro nudos, con más de una hora de amarre o fondeo por hito, lo que suma veinte horas más. Me esperan un total de cien horas sobre este barco y no puedo fallar en mis cálculos o se me acabará el combustible. Y los víveres. Y el agua. Y me he gastado todo lo que gané durante estos tres meses en El Jardín del Ángel para hacer esta locura.

De momento, como decía antes, solo sé que inicio esta travesía sin permiso cuando no tengo siquiera el carnet de conducir de mi propia vida.

Ésa es la verdad.

Siempre viajé en el asiento del copiloto.

Quizá esa es la causa por la que desaprendí cómo se tomaban las decisiones o quizá nunca supe cómo se decidía un rumbo. Porque el rumbo ya lo decidías tú. Y yo era tu mochila. Y ahora tú ya no estás y este barco no tiene capitán ni yo tampoco.

Ésa es otra: ¿se habrá dado cuenta el *Peter Pan* de que va sin patrón?

Creo que aún no, porque de momento avanza, lento, principesco, a pesar de que aún no me he atrevido a sacar las velas

—no creo que merezca la pena con tan poco viento de ceñida—, además, no nos engañemos, tampoco me atrevo a apagar el motor. Mientras me aprovecho de la generosidad del mar que ha decidido ponérmelo fácil para empezar. Pero si hay algo que he aprendido desde que te fuiste es que la eternidad también caduca. Y que el tiempo es una ilusión mental.

Por eso todo ha sucedido tan lento desde que me abandonaste hace un año pero tan rápido en los últimos tres meses: cerrar la casa; mudarme al centro; decidirme a sacar del puerto el *Peter Pan*; cumplir esta promesa.

Qué curioso es el tiempo.

Y qué poco científico.

¿Hace sólo tres meses desde que conozco a Olivia? ¿Y a las demás?

¿Y me he embarcado en este lío por alguien que acaba de llegar a mi vida? ¿De verdad?

Estoy repasando mentalmente la comida que llevo: seis latas de judías verdes, doce de atún, pasta, leche en polvo, cuatro de pan tostado, café, seis tabletas de chocolate, ocho sobres de sopa instantánea… pero sobre todo el agua. El tanque de agua. Y el combustible. Sigo obsesionada con los cálculos del gasoil y del agua.

Tengo que dejar de repasar esta lista o me volveré loca. Debo estar alerta pero también frenar el miedo o me agotaré antes de empezar.

«¿Dónde van las olas?», te pregunté esa tarde cuando aún sacabas fuerzas para sentarte tras el timón con tu chubasquero y la gorra blanca, el pañuelo azul mal anudado en el cuello. Qué mal síntoma, Óscar. Muy malo. No me diste una conferencia como habría sido habitual.

Guardaste silencio. Un aperitivo del que ibas a guardar en breve para siempre.

El mismo que guardas ahora.

Ni después de irte has dejado de darme instrucciones. Tú ganas. Hacia allí me dirijo. Pero tengo que advertirte que no he respetado todo nuestro acuerdo: no vas a creerlo, pero no he buscado a nadie que me lleve.

Voy sola. ¿Te lo he dicho ya?

¿Que estoy loca?

Ojalá.

Adelante. Di lo que ya me temo. Que no voy a ser capaz. Pero por primera vez, si no te importa, no voy a pensarlo.

De momento y para tu información, he conseguido sacar el *Peter Pan* hasta altamar, con el viento en contra, el mar en contra, hasta tu memoria en contra. Es verdad que he estado a punto de tener un accidente nada más salir del puerto de La Duquesa y que me he preguntado por qué le haría caso a una chiflada pelirroja que acaba de llegar a mi vida y no a ti, que me conoces desde que era una cría, al fin y al cabo. Aunque es verdad que, a veces, las personas que nos conocen de adultos son las únicas capaces de vernos como somos y no como fuimos. Puede que la Marina que conociste no pudiera llevar a cabo esta aventura sola y la que ha conocido Olivia, sí. Eso es lo que quiero pensar. Y es lo que descubriré en los próximos ocho días.

Tampoco puedo dejar de repasar una y otra vez todo aquello que he aprendido estos años navegando contigo. Listas de recomendaciones tomadas del natural cuando navegábamos juntos o del manual de patrón de yate que he estudiado con Casandra durante este verano que ahora acaba. Cosas pequeñas. Cosas sencillas. Cosas que en tierra no tendrían importancia pero que en el mar pueden salvarte la vida: los cabos se enrollan siempre en el sentido de las agujas del reloj. Y siempre hay que dejarlos mordidos. Nunca hay que tirarse al agua sin lanzar el salvavidas y sin bajar la escalerilla… o quizá no puedas volver a subir como en aquella angustiosa película. ¿Cómo se llamaba?… Da igual.

En cualquier caso ya estoy aquí y no puedes protegerme: sentada en la cubierta de tu barco en medio de la noche y del agua. Una imbécil tiritando bajo un chubasquero con una preciosa violeta bordada en la espalda —la misma que dibujó Aurora en la vela mayor y que aún no he visto—, preguntándose por qué siente tanto frío si sólo estamos a finales de agosto. Quién sabe si me lo provoca el miedo a la vida.

Pero qué extraño destino el suyo, ¿no te parece? Llevo un rato observándolas. A esas olas femeninas que corren sobre un mar macho: que unas nacen y se lanzan a morir en la seguridad de la orilla, pero otras se deslizan en sentido contrario y se pierden en el océano hasta disolverse en él. Supongo que fui de las primeras y ahora me da miedo pertenecer a las segundas.

Por eso voy sola.

Por primera vez.

Sin permiso.

Sin el tuyo y sin el de las autoridades del puerto. Ya lo sé, que no soy la patrona de tu barco ni de ningún otro. Como no lo fui de nuestra vida.

Y estoy aterrada. Ya lo he dicho. Porque nunca me di permiso para hacer nada que no estuviera permitido. Pero tú también te fuiste sin permiso, Óscar. ¿O acaso me lo consultaste? Y las personas como tú no deberían tener derecho a desaparecer así, de buenas a primeras. ¿No te das cuenta? Me has dejado llevándote los mapas, las rutas, el timón, el motor y el rumbo.

No, no tenías derecho.

Y menos a venir luego con exigencias.

Ahora parece que el viento empieza a soplar del sur. Un viento cálido y carnoso que me trae tantos recuerdos… El *Peter Pan* se balancea levantando la barbilla un poco chulesco, como hacías tú cuando te aproabas al viento. Quizá ya se ha dado cuenta de que no vienes con nosotros, quizá este barco vengativo pretende saboteárme. Nunca nos llevamos bien porque siempre se interpuso entre los dos. Pero te digo una cosa: ya que estoy aquí, voy a intentar con todas mis fuerzas cruzar hasta África y cumplir esta estúpida promesa. Me voy a cruzar con una embarcación que veo a estribor. Esto ya me pone nerviosa. No puedo pretender que el mar esté vacío hasta el estrecho. Sólo para mí. Le tengo mucho respeto al estrecho. Lo sabías.

Ojo, que ese pesquero que veo a lo lejos lleva arrastre. Si lo cruzo muy cerca pueden enredárseme sus redes en la hélice y ahí habría acabado todo antes de empezar. Dios mío, ¿cómo, dónde y cuándo voy a dormir durante estos ocho días?

Parece que el viento está perezoso. Pero si empieza a soplar con más ganas, te digo lo que haré: voy a tirar con fuerza del cabo, voy a sacar la mayor —¿seré capaz de sacar la vela yo sola?—, y voy a apagar el motor. Lo voy a hacer con cierta aprensión, es verdad, pero lo voy a hacer, hasta que sienta ese carraspeo dentro del agua. No debo malgastar combustible. Tú me dirías que fuera a vela mientras pudiera, haciendo bordos por la costa. Podría hacer eso si apago el motor. Aunque suponga hacer más millas, aprovecharía el viento. Pero no,

33

aún no me atrevo a apagarlo. Y no voy de paseo, así que no queda otra que enfrentarse al viento. Me gustaría poder sacar la vela, eso sí, y ver esa gran violeta que dibujó Aurora en su centro.

Cómo las echo de menos.

También he aprovechado este momento de paz para llamar a Madrid. A pesar de los problemas con el wifi del barco he conseguido que el Skype funcionara dignamente. Las chicas han gritado todas al unísono al verme: Casandra y Victoria en primer plano luchando por manejar el ordenador, Gala retocándose sin disimulo el pelo en la pantalla y Aurora secándose los ojos con una servilleta. Tenían las copas preparadas para brindar y parecían algo borrachas. «He conseguido sacar el barco», les he gritado. Y eso ya ha provocado toda una celebración. Detrás de ellas se intuían los cristales del invernadero, los centros de flores colgantes y de pronto he sentido una punzada de nostalgia. ¿Cómo puedo tener más nostalgia ahora mismo de un lugar recién encontrado que de toda nuestra vida juntos?

Qué extraño es también el amor.

Y, desde luego, qué poco científico.

He preguntado por Olivia, pero no ha podido o no ha querido ponerse. Conociéndola, supongo que quiere dejar claro que me suelta de la mano. Sabe que si me he atrevido a hacer esta locura, aún no sé si decir que ha sido gracias a ella o por su culpa. Quizá ya se esté arrepintiendo. Así que esta vez he tenido que acudir al recuerdo para extraer una de esas sentencias que me han ayudado durante estos meses a sobrellevar una noche más de ausencia:

«Ya sabes, querida, esto es como un flechazo apache. Si no te ha matado ya, cada minuto estarás más curada», me dijo un día que me pilló llorando en el baño.

Cuando he colgado, los gritos de emoción de las que ya considero mis amigas se han quedado flotando como cometas sostenidas por el viento.

Luego he sujetado ese timón que aún no me siento autorizada a tocar.

Me estoy mareando.

Veinte años de navegar contigo y mi estómago aún no sabe moverse al ritmo de las olas. Voy a tener que tragarme otra Biodramina. Tengo tantas cajas que si me paran pensarán que soy un narco. Las dejaré a mano en el compartimento que hay debajo de la mesa, bien cerradas dentro de una bolsa para que no se mojen. ¿Cuántas cajas tenía? ¿Y de antibióticos? Repasemos también eso: dos de antiinflamatorios, dos de ansiolíticos, antihistamínicos, adrenalina, melatonina... todo cortesía de Victoria. Como ella misma dice, es una madre y se nota. Y luego todas las grageas de hierbas que me ha dado Casandra: equinácea para las defensas, uña de gato para limpiar la sangre, perlas de arándanos para evitar las infecciones de orina, potasio para los calambres, vitamina C para estar con fuerzas... Pero si el mar se tuerce, nada de esto me va a ayudar. Es así.

Estoy sola durante ocho días.

Sola en medio del mar.

Pero era imprescindible. Es imprescindible comprobar quiénes somos sin los demás. Quiénes, en esencia. Y no tener que aprenderlo a la fuerza cuando nos dejan solos de verdad. Esto me lo repito como un mantra. Pero también es una reflexión de Olivia.

Y ahora pienso, ¿sabes lo que pienso?, que ojalá hubiera descubierto quién era yo cuando aún estábamos juntos.

¿Y tú? ¿Quién eras?

Puede que la *yo* que era en realidad y el *tú* que eras de verdad no hubieran seguido juntos.

Me quedan ocho días de viaje para terminar de averiguarlo.

¿Y para qué? Porque tanto si la palmo durante este viaje como si expiro en una residencia a los cien años, sería bueno descubrir antes de morir quién coño fui en realidad y poder decir: «Marina: encantada de haberte conocido». Eso también me lo dijo Olivia, creo que aquella tarde, mientras observábamos el proceso larvario de una mariposa.

Y es que ahora lo sé, siento que éste es el final de un proceso que comenzó tres meses atrás, lejos del mar y de la mujer que soy ahora, la que se enfrenta a una aventura en la que se está jugando la vida. O, al menos, cómo va a vivirla.

Ahora que lo escribo parece real por primera vez.

¿Estoy haciendo esto de verdad?

Han debido de pasar dos horas desde que me despegué de la costa y el oleaje sigue siendo benevolente.

Pero todo pasa. Tú lo sabías mejor que yo: el mar nunca se detiene. Siempre está en movimiento, como la vida. Y hay que seguir reaccionando a ella. Siempre alerta. Siempre en movimiento.

Ya lo dijo Olivia citando a no sé quién el mismo día en que le conté a aquel grupo de mujeres a las que apenas conocía el reto que tenía por delante.

El pesimista se queja del viento.

El optimista espera a que cambie.

El realista ajusta las velas.

Y eso voy a hacer yo. Ajustar las velas.

Es la diferencia entre seguir viviendo o ahogarse.

Gato en un piso vacío

Morir, eso no se le hace a un gato.
Porque qué puede hacer un gato en un piso vacío.
Trepar por las paredes.
Restregarse entre los muebles...

Recuerdo que éste era un poema de Wisława Szymborska que me entusiasmaba durante la época universitaria. Entonces nadie sabía quién era, y ni siquiera cuando ganó el Nobel de Literatura hubo quien pudiera pronunciar bien su nombre sin atragantarse. Supongo que este poema me gustaba porque tú aún no tenías gato ni nuestro piso estaba vacío. No había vuelto a acordarme de él hasta la mañana en que fui a cerrar nuestra casa.

Entré de puntillas como si temiera despertar el dolor con mis tacones y a ti de esa siesta eterna que habías decidido echarte. Y entonces llegó hasta mí el sonido de sus patitas sobre la tarima y, un rato después, el resto de su cuerpecillo gordo y fatigado apareció al final del pasillo y al trasluz anaranjado que provocaba el sol ardiendo tras las persianas entornadas. Se sentó y bostezó. Que cumpliera con todos sus ritos gatunos me provocó una especie de alegría.

Parece que nada ha cambiado
y, sin embargo, ha cambiado.
Que nada se ha movido,
pero está descolocado.
Y por la noche la lámpara ya no se enciende.

«Hola, Capitán», me puse en cuclillas, «ven, gordo». Y él me observó con indolencia felina, estiró su lomo blanco y negro y se dejó caer de lado de una forma poco elegante. Nada de carreras hacia la puerta ni maullidos. Tampoco los esperaba. Sólo me observó, con el carnavalesco antifaz negro que cubría sus ojos trasparentes, dejándome claro que siempre fue tu gato y yo tu consorte, a la que no hacía falta hacerle la pelota siempre que hubiera pienso para gatos castrados en el comedero.

Al levantarme sentí que mi tensión se desplomaba y al cerrar la puerta pensé que estaba en una sauna. Caminé hacia él y, al llegar al salón, comprendí su actitud. Allí estaba, tumbado donde siempre estuvo la alfombra. Rodeado de los fantasmas de los cuadros que ahora eran sólo sombras renegridas en las paredes. En el lugar de tu butaca de leer sólo había una selva de cables sin lámpara. Las estanterías vacías. Las bombillas colgando del techo y un insoportable olor a orina que hacía todo aún más irrespirable. Lo único que continuaba en su lugar era la camita de Capitán frente al radiador apagado.

Hay algo aquí que no empieza
a la hora de siempre.
Hay algo que no ocurre
como debería.
Aquí había alguien que estaba y estaba,

que de repente se fue
e insistentemente no está.

Me observó con cansancio. Se levantó. Arqueó el lomo de nuevo e hizo el ademán de afilarse las uñas en una alfombra imaginaria. Yo le reñí un poco para hacerme cómplice de su intento de normalidad y aquello provocó que trotara travieso por el salón durante unos instantes. Después me acerqué a él y le hice una carantoña detrás de las orejas suaves y peludas. Se restregó contra mis piernas. La verdad es que siempre nos llevamos bastante bien. Aunque no me hiciera las mismas ceremonias de bienvenida. «No tardarán mucho en venir a buscarte», le susurré mientras cogía en brazos sus seis mullidos kilos de pelo y grasa y sentía su ronroneo cálido cerca de mi cuello. Entonces pensé que quizá debería haberme pensado un poco el dárselo a mi suegra. «Me gustaría quedármelo, es lo más parecido a su hijo», me suplicó. Y dijo tuyo, no nuestro, y ante esa petición con ese plus de drama le dije que sí. Y ahora de pronto no podía despegarme de aquel pequeño cuerpo, porque era lo único que aún latía de mi vida anterior.

Cuando conseguí soltarlo cayó de pie como dicta su leyenda y me siguió hacia la cocina a paso ligero como hacía siempre. Comprobé que tenía comida de sobra. Luego dejé correr el agua del grifo una eternidad hasta que salió un poco fresca, enjuagué su plato y cuando lo dejé en el suelo me miró, hundió en él su hocico de terciopelo blanco y bebió moviendo su pequeña lengua a velocidades vertiginosas. Aquel acto cotidiano que protagonizábamos ambos tantas mañanas me rompió definitivamente por la mitad. «Ya verá cuando regrese», le dije en alto recitando como pude el final de aquel poema que empezaba a odiar de pronto, «ya verá cuando aparezca… Se va a enterar de que eso no se le puede hacer a un gato…» Y allí nos quedamos los dos mucho tiempo, observándonos sin entender nada, mientras yo ejercía por él esa tan extraña capacidad humana de llorar.

Independence day

«INDEPENDENCIA».

Ésa es la palabra que leí en mi móvil en mayúsculas al despertarme empapada en sudor en un sillón que seguía sin reconocer.

«Tener un trabajo te dará INDEPENDENCIA.»

Era la respuesta de Lorena a mi mensaje de la noche anterior en el que le anunciaba, sin darle los detalles, mi inminente alta laboral. Lorena es la única amiga que he conservado tras perder a Óscar. O la única que no era una amiga común, quiero decir. Una de esas personas que recurría a las mayúsculas para que se te grabara en el cerebro un mensaje.

INDEPENDENCIA: ¿qué significaba? ¿Quién eres con «independencia» de los otros?, me pregunté mientras me cepillaba los dientes delante del reflejo de la ventana.

¿Quién soy yo? Con independencia…, me repetí mientras me daba una ducha fría y mi vello púbico me recordaba a gritos que no estaba acostumbrada a apuntar las cuchillas de afeitar en la lista de la compra.

¿Cuántas palabras habitaban en nuestro diccionario que no había pronunciado en toda mi vida?

Esa mañana, mientras regaba las violetas con una tostada

en la boca convencida de ir a ahogarlas —a ellas y su molesto habitante—; mientras batía con un tenedor un café en polvo con leche en polvo; mientras caía en la cuenta de que aún no había estrenado la cama y seguía durmiendo en el sofá y asimilaba que a mis cuarenta años tenía un trabajo nuevo que competiría en precariedad con cualquier otro que hubiera tenido antes, me angustió de pronto no ser capaz de separar determinados conceptos.

Por ejemplo:

¿Qué diferencia había entre independencia y libertad?

¿Y entre la libertad y la soledad?

Ya no tenía claro lo que significaban las palabras.

La imagen que me ofrecía el espejo del ascensor en el que había cogido por costumbre peinarme era la de una mujer… ¿independiente?, ¿libre?, ¿sola?

Después de dejar en blanco este innecesario autoexamen tipo test, me dirigí hacia El Jardín del Ángel. Eran las nueve de la mañana y, por no saber, no sabía tampoco la hora a la que empezaba mi jornada.

¿Y por qué estaba tan nerviosa? Porque no tenía ni idea de flores, porque siempre fui más bien torpe en cuanto a las relaciones sociales y la palabra «público» también hacía que me bajara la tensión, porque en los últimos años había brincado de trabajo en trabajo, casi todos inciertos. Hasta dejar de buscarlo. La verdad es que me convencí muy pronto de que mi carrera de Arqueología no me serviría para nada porque habría supuesto viajar mucho y tu trabajo estaba en Madrid. Porque lo lógico era apostar por el que lo tenía más claro de los dos, ganaba más, tenía más posibilidades, más estabilidad.

ESTABILIDAD: otra gran palabra para escribir en mayúsculas y que estaba vacía de pronto. Elegí mal, eso es todo.

Sin embargo tú siempre intentabas convencerme de lo contrario. Me apuntabas a jornadas del museo, a conferencias, a talleres… Supongo que era una forma de aliviar la culpa porque yo priorizaba tu carrera sobre la mía.

PRIORIZAR: bueno, ya basta de palabras que no entiendo.

Un salto de fe. Eso era lo que sentía mientras subía por la calle. Como en *Indiana Jones y la última cruzada*. «Tienes que creer», decía Sean Connery a Harrison Ford antes de que pusiera un pie en el vacío. Y ahora era yo la que tenía la seguridad de que sólo había un abismo delante esperando a que pusiera un pie en la nada con la esperanza de que bajo mi zapato se dibujara un desfiladero que cruzara al otro lado.

Y al otro lado de la calle estaba ya la floristería con la verja abierta.

En el interior del invernadero, sentada en una banqueta y tiesa como una orquídea, pude ver a mi nueva jefa atendiendo a dos mujeres de distintas edades. Llevaba una pamela rosa de paja, un vestido blanco de lino y unas pequeñas gafas sesenteras y rasgadas a juego con el sombrero.

En el exterior, una niña rubia de pocos años corría asilvestrada por el jardín tirándolo todo ante la pasividad de sus padres.

—¿Cómo quieres que te lo diga, mamá? Lo hago por él. Sólo voy a llevar un ramo. Idéntico al que él me regaló el día que me lo pidió. Es un símbolo. Me da igual que sea un juzgado —sentenció la más joven.

Estaba esquelética e iba enfundada en unos vaqueros cortos, blusa blanca y bolso de firma en el antebrazo, y desfilaba por el invernadero con un desinterés de pasarela.

—¿Ha escuchado usted una cosa más absurda? —replicó la madre abriendo mucho los ojos en dirección a Olivia.

Era un clon de la hija pasada por los años, los embarazos, las cirugías, con el mismo bolso colgado del antebrazo pero considerablemente más grande.

La florista las escuchaba con una sonrisa de concentración mientras, armada con unas tijeritas, recortaba un bonsái con diligencia de cirujano hasta que la madre se le acercó.

—¿Usted qué opina?

Ella la miró con sus ojos pequeños y azules por encima de las gafas.

—Que un ramo de camelias no hace daño a nadie, a no ser que se les tenga alergia. —Se subió las gafas—. Además, significan «te querré siempre». No está mal para empezar.

La hija reprimió una sonrisa ilusionada. La madre se cruzó de brazos.

—Se casa en un juzgado sólo para hacer la declaración conjunta de Hacienda. —Se volvió hacia su, probablemente, única hija—. Así que me parece muy ridículo hacer el paripé de ir con un ramito, eso es todo.

—¿Ridículo? ¿Tú crees? —Se preocupó la hija.

—Por Dios, no cometamos el error de ponernos románticos… —susurró Olivia.

Entonces reparó en mí y me saludó con la mano. Escondí las mías en los bolsillos del pantalón y de pronto me avergonzó recordar que iba vestida igual que el día anterior.

—Hola, querida… ¿por cierto, cuál era tu nombre?

—Marina —dije desde la puerta.

—Bien, Marina. ¿Puedes ayudarme con esto?

Me señaló el bonsái y me ofreció sentarme a su lado. Dejó las tijeras de podar entre mis manos. La miré alarmada.

—Ve cortando con cuidado donde yo te diga, es el bonsái

de Lady Macbeth. —Y luego volviéndose hacia otra clienta—: Buenos días, ¡cuánto tiempo!

¿El bonsái de quién?, me pregunté. Luego reparé en otra mujer que acababa de entrar, más o menos de mi edad, vestida con un traje impecable gris perla, una cartera elegante y demasiado llena colgándole de una mano, que observaba, sin disimulo y resoplando, a las otras dos detrás de un desproporcionado ramo de rosas rojas. Tenía una melena pesada y castaña recogida en una coleta, boca grande y pintada dentro de sus contornos y que ofrecía una sonrisa despreciativa, un expresivo lunar al lado de ésta, los ojos maquillados para verse de lejos y un cuerpo de huesos largos vestido con gusto y sin estridencias.

—Buenos días —respondió ella, secamente.

Por algún motivo a Olivia pareció divertirle su entrada en escena. Levantó una de sus casi invisibles cejas y dijo:

—Imagino que son para… déjeme adivinar… ¿Casandra?

—Sí —respondió la ejecutiva. Miró alrededor. Soltó el ramo en el mostrador, que se desmadejó un poco—. A la dirección de siempre.

Olivia hizo un gesto de teatral asombro y me indicó sin mirarme el lugar por donde debía podar la siguiente rama. Introduje los dedos en las tijeras. Situé el filo sobre la madera. Guiñé los ojos como si fuera a dolerme y apreté.

—¿Dirección? —preguntó elevando su redonda voz.

—He dicho «la de siempre» —respondió la clienta bajando la suya y abanicándose con una mano.

La otra sonrió y recitó mientras escribía:

—Ministerio de Asuntos Exteriores, plaza de…

—A ésa, sí. —Se impacientó.

Las otras dos clientas se enfrentaban ya en jarras algo beligerantes.

—Lo quieras o no es un símbolo. —La madre sacó un espray de su bolso, se lo aplicó en la nariz y se sonó ruidosamente.

—¿Un símbolo de qué, mamá?

—¿No te parece que es algo que está fuera de lugar? Bruno no entiende el tipo de mujer con la que está. No eres una chiquilla y delante de tus empleados...

—Qué.

—Pues que no eres una mujer a la que se conquista con un ramito de flores. Cualquier día aparece en un programa de televisión para declararse —dijo congestionada.

La hija empezó a morderse salvajemente la uña del dedo meñique.

La mujer del ramo de rosas dejó los ojos en blanco, pero, de pronto, algo llamó su atención en el exterior. Se llevó la mano a la cara y a continuación se soltó el pelo.

—¿Y qué le ponemos hoy a Casandra en la tarjeta? —prosiguió Olivia con un deje irónico que no entendí—. «Con amor», «Felicidades», un clásico «Siempre tuyo», o algo más chisposo... «Me gustó comerte entera...».

La otra apretó los dientes. Olivia extrajo una de las rosas del ramo.

—Trece nunca. Una docena mejor... —Se la llevó a su nariz afilada y me miró cómplice—. Toda una declaración de intenciones. No sé si sabes, Marina, que no hay nada más complejo que regalar un ramo de rosas rojas. Esta flor es pariente de la estrella de cinco puntas, del pentáculo de Venus, ¡de la rosa náutica! En inglés, francés y alemán se dice «rose», Eros si combinas sus letras, el dios griego del amor sexual. Ordena silencio sobre lo hablado si la encuentras sobre una mesa y es un claro mensaje de pasión si te la entregan. —Rodeó el ramo con un lino color arena y un lazo de esparto.

Abrió sus ojillos turquesa todo lo que pudo—. La rosa roja es el símbolo del amor secreto porque es de las escasas flores que se encierran en su propio corazón y, cuando abre su corola, está ya a punto de morir. ¿Te parece que puede haber algo más misterioso y lleno de sentido que una rosa roja?

Parecía que al mundo le habían dado en el botón de pausa. Las clientas observaban el ramo. Nosotras, a las clientas. Y las rosas seguían concentradas en su vocación misteriosa. Por fin, la ejecutiva abrió su cartera, que se desplegó como si fuera un muestrario de tarjetas de crédito. Desenvainó una y me la ofreció, casi suplicante mientras parecía luchar por no mirar al exterior.

—Ponga lo que quiera, pero cóbreme, por favor, tengo prisa.

Por culpa del discurso de Olivia, me despisté y le pegué un tajo no autorizado al bonsái, dejándole una fea calva.

La florista recogió la rama muerta sobre el mostrador y me la enseñó.

—No pasa nada, Marina. No es más que un pequeño olivo milenario. Sólo tardará diez años en crecerle una igual. Tendré que llamar al teatro…

¿Al teatro? ¿Milenario? Miré la rama horrorizada entre sus dedos como si acabara de amputar un miembro por error e ignorando las consecuencias de mi metedura de pata. La mujer de traje volvió su mirada con disimulo hacia el lugar donde la niña corría entre las plantas perseguida por sus padres. De pronto sus grandes ojos color arena se habían llenado de agua. Entonces dejó su pesada cartera en el suelo, se quitó la chaqueta y se la colgó sobre los hombros, cogió una tarjeta del mostrador y empezó a abanicarse. Se volvió hacia la novia.

—Por curiosidad: ¿eso tan imperdonable que hizo el caballero en cuestión fue regalarle un ramo de flores?

La chica asintió resoplando y la madre también se abanicó con energía.

—Sí, y comprenderá que no he educado a una hija para que sucumba a las mismas tonterías que cualquier secretaria sin formación, ¿no cree? Ya hicimos nosotras bastante el tonto. —Volvió a sonarse—. Como yo con tu padre.

—Ya estamos —replicó su descendiente y la emprendió con su dedo índice.

—Y si quieres que te diga la verdad... —volvió la madre al ataque mientras su hija trataba de ignorarla— no entiendo por qué te casas, hija.

—Vale. Ya hemos llegado al quid de la cuestión. Pues supongo que me caso porque me lo ha pedido, mamá.

—Y si te pide que te des un cabezazo contra la pared ¿también te lo das?

—¡Por Dios! ¡Es usted la reina de las metáforas! —Rió Olivia.

—Habrás hecho separación de bienes, espero. ¡Casarse! ¿Tú sabes la cantidad de papeleo absurdo que hay que hacer para divorciarse? Mira yo con tu padre.

La mujer de traje firmó mecánicamente, guardó su cartera, se le cayó la chaqueta al suelo, que recogió nerviosa, la sacudió, más bien la zurró como si tuviera a alguien dentro, se colgó el bolso y se volvió hacia la otra con una sonrisa fiera.

—Mira, no te conozco de nada, pero te aconsejo que te hagas sólo dos planteamientos: ¿crees que merece la pena una negociación cuando la decisión es tuya de antemano? Y dos: ¿crees que si tu madre fuera tan exquisita se habría casado con tu padre?

Se rehízo la coleta con un movimiento diestro y salió con paso marcial del invernadero sobre sus tacones, dejando tras de sí una estela de perfume avainillado y cuatro pares de ojos abiertos como claraboyas. Al cruzar el jardín esquivó a los padres de la niña poseída que continuaba dando manotazos al columpio. Entonces el hombre lanzó a la ejecutiva una mirada furtiva, extraña, y ella se la devolvió con un dolor antiguo mientras la madre estaba distraída intentando reducir a la pequeña. La mujer también dejó de perseguir a su hija y se quedó plantada en medio del jardín, como si imitara al olivo, observando cómo la ejecutiva se fundía con la ciudad al otro lado de los cristales.

Olivia me quitó las tijeras de podar.

—Ay... —suspiró—. ¿Por qué no podremos podarnos nosotros también lo que nos sobra?

Más adelante sabríamos que la desconocida que aún era para nosotras Casandra había salido del Jardín del Ángel esa mañana con un nudo en el centro del pecho, allí donde se guardan las emociones.

Porque sólo al que le ha dolido el corazón alguna vez sabe cómo duele.

Pero haciendo homenaje a su fama de supermujer, a su piel aparentemente impermeable, a sus ojos incapaces de lagrimar, a su rictus imperturbable y a la racionalidad de su discurso, saludó al guardia de seguridad del Ministerio de Asuntos Exteriores, soltó su bolso de Chanel en la cinta con un movimiento mecánico y se dejó escanear por el arco de seguridad que no detectó la bomba a punto de estallar que llevaba dentro. Al recoger el bolso sintió que vibraba muchas veces, una por mensaje que le estaba enviando un hombre desde la floristería —mientras su hiperactiva niña de pocos años se retorcía colgando de su otra mano y su mujer le preguntaba si prefería plantar crisantemos o tulipanes como flor de temporada—. Luego subió hacia su despacho mientras se iba secando el sudor de las sienes con el dorso de su mano y dejaba que la chaqueta se escurriera por sus brazos. Fue saludando a sus ayudantes, sus colegas Monzón y Bermejo se volvieron para mirarle el culo y cuando llegó hasta Paula, ésta rescató en el aire la chaqueta antes de que se fuera otra vez al suelo y le ofreció un café con hielo y un cartapacio lleno de papeles sobre la cumbre en Bruselas a la que viajaría, al parecer, dos días antes de lo previsto.

Cerró la puerta con más suavidad que de costumbre. Se sentó a su mesa sin fotos de familia, pulcramente ordenada, en la que sólo llamaban la atención un pendrive de acero que podría haber pertenecido a James Bond, un tarro del mismo material lleno de chicles de fresa ácida y un ejemplar en inglés de *Escrito en el cuerpo* de Jeannette Winterson, oculto bajo un sobre con un gran cartel rojo que anunciaba a gritos CONFIDENCIAL.

Entonces sacó su móvil y leyó los mensajes.

Uno a uno y muchas veces. Como si quisiera aprendérselos de memoria. Sin respirar. Como quien se traga una mala medicina para que no sepa tan amarga. Hasta que llamó Paula para anunciarle que había llegado un mensajero.

Y el mismo control de seguridad, los mismos pasillos y las mismas miradas de colegas hasta alcanzar la meta en la mesa de su secretaria, los cruzó un desmesurado ramo de rosas rojas encargadas en El Jardín del Ángel para Casandra Vélez. Esa que se decía que no vivía para otra cosa que para el trabajo, la que no tenía vida propia, la que o no tenía corazón o nadie se atrevía a buscárselo.

Mientras, en la floristería en que tantas cosas habían pasado sin sospecharlo, estaba yo, frente a mi nuevo trabajo y mi nueva jefa.

—Siento haber llegado tarde —me disculpé—. No tenía muy claro a qué hora...

—No te preocupes —me interrumpió mientras sacaba una cesta de mimbre de debajo del mostrador—. De hecho, estaba esperando a que vinieras para salir a hacer unos recados. Vamos a llevarle este ramo de lirios a una amiga —dijo seleccionando unas flores a medio abrir que se desmayaron sobre su brazo—. En cuanto esa niña repulsiva de ahí quede neutralizada, nos vamos.

La pequeña en cuestión intentaba zafarse de la mano fuerte de su padre. La otra mano, sin embargo, la que enviaba mensajes con su dedo pulgar, era débil, muy débil.

—También siento lo del bonsái —añadí tirándome de la ropa.

Ella saltó de su banqueta, se encajó su pamela rosa y cogió las llaves.

—Pídele perdón a Lady Macbeth y no a mí. —Y luego se puso en jarras—. ¿Siempre dices «lo siento» cada dos frases?

Antes de salir colgó un cartel de madera en la puerta. Me acerqué. Era una especie de lenguaje de las flores. Cada especie, pintada al óleo con detalle, iba seguida de una explicación. Casi de forma instintiva busqué las violetas. Leí: «Modestia, pudor y desvelo».

Me invitó a salir y cerró la puerta del invernadero con dos vueltas de llave.

—Tienes cara de cansada —observó divertida—. ¿Es que nuestro grillo no te dejó dormir bien?

La realidad es que no recordaba lo que era descansar. Mi sillón me dejaba el cuerpo contracturado. Curiosamente sería yo misma la que, tres meses después y antes de embarcarme, dejaría una frase pintada sobre una madera en El Jardín del Ángel: «Descansar no supone dormir, sino despertar». Quién me iba a decir a mí que empezaría a hacerlo acunada por la brusca niñera que es el mar.

Día 2
La joven y el mar

De niña había leído *El viejo y el mar* y curiosamente acabo de encontrarlo en tu camarote. Entre tus libros. Prometo que no he estado curioseando. Sólo tus libros: *La Odisea*, *Océano mar* de Baricco, *Moby Dick*, *La isla del tesoro*, *Lobo de mar* de Jack London, *El Corsario Negro* de Salgari, *Tifón* de Conrad, *Long John Silver* de Björn Larsson y, por supuesto, *El viejo y el mar*, tu preferido. Siempre me decías que si el viejo no hubiera hablado consigo mismo habría soltado al pez o se hubiera vuelto loco. «Un marinero tiene que saber hablar consigo mismo, Mari.» Eso te lo he oído decir tantas veces como me he mordido los labios aguantándome la risa al escucharte despotricar por la cubierta llamando hijo de puta al mismísimo Neptuno. Pero también es cierto que el viejo se batía el cobre con los elementos y ahora mi lucha no es con el mar, sino conmigo misma y mi miedo a sobrevivir a este cambio. Quizá dialogar conmigo misma después de tanto tiempo me precipitará hacia mi propia destrucción. Quién sabe. Paradójicamente ahora sólo puedo contar con la complicidad de los elementos.

He dejado a estribor el golfo de Mazarrón que acaba en la Punta del Cerro.

Veinte millas navegadas y ni una sola gaviota.

Veinte millas y ni un pez, ni una triste y resbaladiza medusa.

¿Qué siento? ¿Soledad? ¿Libertad? ¿Independencia?

El mar se ha transformado en una gelatina azul sin vida que el *Peter Pan* corta ahora como un cuchillo y hace que se le erice la piel como si el roce del casco le provocara un escalofrío. Pero el viento está subiendo.

—Tira de la escota, Mari. —Esto ya lo he dicho en alto—. Lo que tienes que hacer es tirar de la escota y la vela no te molestará tanto.

Y esta vez, lo admito, me lo he dicho además con el mismo tono ácido que utilizabas cuando querías hacer de mi patrón y no del barco.

Por cierto, esto no lo había dicho. Sí, he conseguido sacar una vela.

La mayor. No para de gualdrapear, pero la he sacado, aunque sigo apoyándome con el motor. Algo es algo. La visión de esa violeta gigante zarandeada por el viento más que tranquilizarme, me angustia. Parece que fuera a deshojarse.

Y eso, además. Ni un solo barco. Ni un pez. Ni una triste gaviota.

Creo que lo único que puedo hacer para combatir este empacho de mar es, aparte de hablar sola, recordar la tierra y lo curiosos que fueron esos primeros días con Olivia, el encuentro con Casandra…

De alguna manera éramos como el positivo y el negativo de la misma foto. Casandra y yo, quiero decir. Quizá por eso surgió entre nosotras un cariño inmediato: independencia militante versus dependencia patológica.

Me acuerdo mucho de ella cada vez que tengo que tomar decisiones en el barco. Y hoy hay que tomarlas porque está subiendo el viento: navegar en ceñida con la mayor para estabilizar el barco. Recoger las velas cuando no están trabajando para que no me frenen. Cerrar las escotillas cuando el viento suba por encima de quince nudos. A partir de los veinte las crestas empezarán a desprenderse de las olas y el agua volará desde lejos cayendo en rociones sobre la cubierta. A partir de treinta nudos el palo correría el riesgo de romperse y la neumática volaría por los aires. ¿Debo sacar la neumática? ¿Por qué iba a subir el viento hasta treinta nudos? Aunque el viento decaiga el mar seguirá subiendo, montándose cada vez más, desde las profundidades. Ahora sólo cabe esperar y tomar decisiones.

Me he quemado. La cara, los brazos, la espalda. Me escuece una barbaridad. Es imposible no quemarse con esta solana. Y si saco las velas no puedo poner el toldo porque me frenaría con este viento. Así que me he embadurnado de aftersun y me he envuelto en pareos como un beduino. Esta ha sido mi primera decisión: ¿sacar las velas ahora para avanzar aunque pueda morir de un melanoma en diez años?: *carpe diem*. Casandra siempre dice que en las decisiones más importantes de tu vida estás sola y que por eso su padre la había educado para no depender de ningún hombre. Pero, claro, yo crecí en un entorno tradicional: me llevaron a un colegio de monjas cuando ya estaban de moda los colegios mixtos, y me pasaron un mensaje en una botella: el capitán era siempre el hombre. Sin embargo, en la misma botella también colaron mis padres otro mensaje que iba más con los tiempos: debía estudiar una carrera, llevar un sueldo más a casa, es decir, tener la capacidad de navegar el barco, «por si acaso». Pero sólo por si acaso. Si había que sacrificar tiempo o profesión para seguir al otro, se hacía. Sobre todo al llegar los hijos, convirtiéndote en su tripulación.

Pero ¿qué pasa cuando no hay hijos y el otro se larga con su vida y la tuya? Definitivamente, esa opción no me la habían contado.

Era cierto: yo nunca había querido decidir el rumbo porque era indecisa por naturaleza. Me habían inculcado ese miedo.

Hablando de decisiones, no sé si sacar la neumática y dejarla inflada o tenerla doblada en el tambucho. Es un engorro tenerla en la proa. Pero ¿y si la necesito con urgencia?

El miedo…

¿Fue eso lo que me impulsó a buscar un capitán demasiado pronto? A ti. Tú lo sabías mejor que nadie. Que mi reacción ante la vida siempre fue la de no lanzarme del todo a un trabajo ni a viajar al extranjero ni a cualquier cambio significativo o vital, por miedo a que saliera mal. Y mírame ahora, lanzándome al mar en un viaje suicida a mis cuarenta años. En el fondo, ahora me doy cuenta de que nada ni nadie me había obligado nunca a tomar mis propias decisiones hasta llegar a aquel invernadero. Tampoco la vida.

Lo que sí sé es que no tomar decisiones es tomar una muy importante.

Sumarse a la vida de los demás, también.

Es una inversión a riesgo. Una apuesta a una sola carta.

¿De quién es la responsabilidad? ¿Tengo derecho a quejarme? ¿A reprocharte que yo misma decidiera priorizar tu vida por encima de la mía? ¿A guardarte este rencor por haber desaparecido llevándotela y dejándome sin nada? Es normal que te la llevaras. Era tuya. Tu vida.

Han pasado varias horas y el viento ha caído definitivamente, pero, como sospechaba, el mar no. Según los cálculos de Victoria, cuatro millas más al sur estaba Águilas, así que debo de andar cerca. El *Peter Pan* navega con la vela mayor sacudiéndose con violencia como si lo reclamara, como si también quisiera sacudirse de encima la gran violeta que lleva pintada.

Me he decidido y estoy inflando la maldita neumática. Pero ahora no sé cómo engancharle el motor fuera borda. Por culpa de la postura, casi cabeza abajo escarbando en el tambucho para sacarlo todo, se me ha revuelto el estómago otra vez. Creo que voy a vomitar. Si estuvieras aquí me dirías que se vomita con el viento siempre a favor o me pondré perdida y también el barco. Subimos una ola y al bajar corro a la popa y vacío las tripas. Se me encogen como si me hubiera tragado una culebra. Habré vomitado también la pastilla. Me trago otra y me tumbo. Este sudor frío lo conozco. Necesito que se pare el suelo bajo mis pies, pero eso no va a pasar. Voy a cerrar los ojos un momento.

Mi equilibrio no ha vuelto del todo, pero he podido incorporarme por fin. Tengo 75 litros de gasoil para una semana. Y cada hora de motor ha consumido medio litro. A este paso me lo fundiré todo en tres días. Debería ahorrar combustible, pero aún no me atrevo a apagar el motor: me hace sentirme segura. Es más fácil mantener el rumbo así y no estar a merced del viento.

—Tiempo para recoger vela —me he dicho de nuevo en alto y luego, al viento—: Qué le vamos a hacer. Yo lo he intentado. ¡Si no quieres soplar, no soples!

El mar empieza a confundirse con el cielo. A estribor diviso ya el fondeadero que hay tras la isla de los Terreros, un buen lugar para hacer noche. No sé si seré capaz de echar el ancla. Me da miedo dormirme y que se me vaya el barco. Soy capaz de aparecer en otro continente.

Quizá debería continuar hasta Vera o Villaricos. Este último tiene dos puertos minúsculos, pero seguro que no hay sitio y el cansancio me vence. Será mejor dormir y continuar mañana hasta Garrucha.

A babor, el agua se mete en el cielo y desaparece o continúa convirtiéndose en la misma cosa. ¿Qué dirías ahora si la vieras? Me dirías: «Niña, aprovecha el mar y avanza, que esta noche habrá luna llena hasta las cuatro. Mete las velas y deja que te acune el mar, que no sabes cómo pueden venir las cosas».

Creo que he sonreído. Tengo la sensación de que hace tanto que no me miro a un espejo que se me han olvidado las sensaciones musculares de la sonrisa. Pero ahora que se me caen los labios en una mueca, sí, eso sí lo he notado.

Es que he recordado lo último que me dijiste. Todo un voto de confianza a tu estilo: «Mari, prométeme una cosa, sólo una. Todo lo demás no importa. Prométeme que no te dejarás morir». Ése es el resumen de lo que pensabas sobre mí, supongo. Una muestra de tu admiración por mi persona.

¿Que si tú no estabas protagonizaría un puto funeral vikingo inmolándome contigo? ¿Eso pensabas?

De pronto he necesitado levantarme, he dado dos vueltas al cabo de la contra hasta que ha hecho tope, me he sujetado con los talones en el extremo opuesto de la bañera, he soltado los cabos del otro lado y, como si estuvieras dándome instrucciones desde el puto Olimpo del que te creías parte, he tirado y tirado hasta que la vela se ha enrollado completamente y he podido cazar el cabo de nuevo. Nunca había hecho esta maniobra tan deprisa, sin apenas pensarlo y, sobre todo, nunca había hecho esta maniobra sin ti.

Y de pronto me he sentido sola. Más sola que nunca.

¿Sola, libre o independiente?

Puede que también esto último. Sí.

Me gustaría que hubiera podido verlo Olivia. Ella siempre tuvo fe en que sería capaz de hacer este viaje. Por lo menos he logrado comenzarlo. Aunque cada vez me parece más irresponsable y tengo más que claro que no llegaré al final. No llegaré nunca al estrecho.

Observo el mar. Ese mar que ya me rodea por todas partes y que está lleno de imprevistos. Llevo sólo tres días y ya no puedo con mi alma. No consigo dormir. No consigo recuperar fuerzas.

Al encender el móvil he encontrado varios mensajes de las chicas dándome ánimo: Victoria pidiendo mis coordenadas; Gala me pregunta cómo puedo sobrevivir en esta roulotte, como lo ha llamado, sin secador de pelo; Aurora me ha dejado un mensaje de voz cuajado de llantos; Casandra me recuerda la promesa que nos hicimos al conocernos.

Y luego está el silencio de Olivia.

¿Qué mensaje encierra el silencio de Olivia? ¿El mismo que su jardín y sus árboles llenos de secretos?

Otro de sus mantras: «Es tan importante saber cuándo hablar como saber cuándo callarse».

He capturado este paisaje lleno de mar con mi móvil y lo he enviado veloz a tierra: por el este le ha salido al cielo un lunar redondo y blanco y al mar cardenales rosas. Hacia el oeste el sol se esconde por primera vez en muchos meses, limpio, dorado y líquido, como un gran ojo de felino. Eso sí, ni un pájaro o un pez o algo que flote sobre el agua. Casi mejor así, me he dicho, dudo ahora de si en alto o en voz baja, casi mejor, porque he tenido un sueño terrible. Uno que me recuerda los delirios apocalípticos que tenías cuando la enfermedad te había llegado a la cabeza.

En mi sueño estaba caminando por una estrecha banda de arena que había dejado la marea: tablones, sillas y animales muertos se amontonaban entre las algas, aves, peces, cangrejos y alguna oveja. El olor pestilente de sus cuerpos mezclados con el salobre me hacía vomitar. Pero lo peor, sin duda, había sido cuando trataba de arrancar el barco. Al encender el motor, emitía una arcada y arrancaba el agua viva del fondo que emergía llena de residuos. Esta vez, desde la popa, podía ver flotando un rostro hinchado con los cabellos del color de las algas. Los ojos aún abiertos y descoloridos. A su lado, surgía del fondo otro cuerpo de espaldas. Uno muy pequeño y blanco, como de un enano o un niño. Y más troncos de árboles caídos y carbonizados, y más cuerpos entre los que se abría paso el *Peter Pan*, hasta llegar mar adentro, como la barca de Caronte. De pronto me daba cuenta de que todos los cuerpos eran el tuyo. Tú con diferentes edades. Y todos muertos. Y navegaba, navegaba con desesperación al sur para dejar toda aquella muerte detrás, con el viento en contra, la corriente en contra, con el mar en contra.

Por eso ahora estoy disfrutando aún más el espectáculo que tengo ante mis ojos. El de la luna manchando el mar liso y monótono. Sin vida, es cierto, pero sin muerte también. No recuerdo haber visto el mar antes sin una sola embarcación. Aunque tal y como están las cosas, ahora mismo casi me aterrorizaría más encontrarme con alguna que tener que esquivar. Me he sentado a estribor con las piernas colgando, apoyada en uno de los cables quitamiedos de los que siempre se me olvida el nombre. Siento las olas salivar bajo mis pies. A ti te gustaba que hiciera eso. «Pon las manos sobre el guarda-

mancebos, Mari, que si hay un vaivén te quedas sin cuello.»
Eso es. Guardamancebos. Te haré caso por esta vez. Cierro el
cable entre mis puños y apoyo la barbilla sobre los nudillos.

Menos mal que me lo has advertido.

Hay muchas cosas que no recuerdo.

El sol herrumbroso me da en la cara antes de morir por
hoy y el *Peter Pan*, ahora rumbo sudoeste, obedece al piloto
automático que programaste en su día. Hasta después de
muerto me has marcado el rumbo. «Recuerda, Mari», casi te
oigo decir, «tú sólo corrige el rumbo si vas a encontrarte con
algo», me parece escucharte ahora claramente, «si no, deja
que el *Peter Pan* te lleve. Ya le he dado instrucciones.»

Ha sonado el móvil. Es un mensaje de Casandra. Una
foto se abre para devolverme un instante del pasado reciente:
las dos en El Jardín del Ángel con los ojos ardiéndonos de
vino y una promesa en los labios, la misma noche del día que
nos conocimos las cinco: un grupo de mujeres que sólo tenía
un factor común, el único que hacía falta para construir una
cadena.

El galanteo de los lirios

—¿Cuándo fue la última vez que hiciste algo por primera vez?

Esta fue la pregunta que me hizo Olivia mientras me soltaba un ramo de lirios en los brazos, daba dos vueltas de llave a la verja del jardín y colgaba un cartel que decía tajante:

VUELVO EN UN RATO.
O NO.

Según descubrí después, ése era su antídoto contra el aburrimiento.

Cuando caía en la cuenta de que no podía responder a esa pregunta era un mal presagio e introducía una pequeña novedad en su vida. Necesitaba que ésta fuera una mezcla perfecta entre rutina y descubrimiento, me dijo mientras cruzaba el jardín evitando los huecos entre baldosa y baldosa. Ese «descubrir» podía ser desde comprar un billete de lotería si no lo había hecho nunca hasta enfilar una calle que no era la habitual para llegar hasta la tienda de su amiga Gala, y acababa de optar por esa opción.

Cuando estábamos a punto de irnos se materializó en la puerta una señora mayor que cargaba un bolso del que asomaban unas agujas de hacer punto.

—¡Olivia!, espera... ¡no cierres!

Nos dimos la vuelta. Era pequeña, con su pelo recién arreglado como si fuera un algodón de azúcar, la sonrisa inteligente de carmín, las manos trabajadas con dos anillos de casada y zapatillas de estar por casa.

—¿Ya te has vuelto a escapar, Celia? —preguntó Olivia cruzándose de brazos.

—Me quedaré sólo un par de horas, te lo prometo. Yo te lo cuido por si viene alguien —suplicó—. Es que si no me dejan a los nietos toda la tarde otra vez, y de verdad, hija, que estoy agotada. He dicho que estoy en el médico.

—¿Y no van a preguntarte dónde? Querrán acompañarte.

—No, para eso no me llaman —dijo la anciana levantando una ceja—. ¿Y esta chica?, ¿es tuya?

La saludé. Ella me plantó dos sonoros besos en las mejillas, y Olivia le dejó las llaves en la mano.

—Pero no te vayas hasta que volvamos, ¿vale? ¡Y no riegues! Que la última vez se me achicharraron todas las plantas de sombra.

—¿Tampoco aquellas de allí que están tan secas?

—¡No!

Aquel peculiar personaje se sobresaltó, cogió las llaves como si le hubieran dado las del mismo cielo y se apresuró a hacer uso de su oasis.

Entonces sentí un tirón del brazo que me indicaba que cruzara la calle.

—Sea lo que sea que te haya pasado, Marina —me dijo fatigada—, te aseguro que ahora estás en un lugar de privilegio.

Mientras la seguía casi a rastras, apreté los labios, pero no dejé salir mi indignación. ¿Quién se creía que era? Ella no sabía lo que estaba sufriendo. No sabía nada de mí. No lo sabía.

—Quiero decir que cuando algo nos golpea duro en la vida y nos saca de nuestro estado de confort, todo es nuevo lo quieras o no, y la persona que eres es reescribible. ¿Tú sabes la ventaja que tienes? —continuó mientras se aireaba con un abanico blanco como su vestido de lino y parecían seguirla volando las dos mariposas de cristal que colgaban de sus orejas.

De pronto salió de estampida hacia el lugar donde había un policía a punto de retirar una bicicleta.

—¡Agente! ¡Agente! ¡Es mía! ¡Es mía! —gritó mientras correteaba cómicamente con la pamela rosa en la mano.

—Señora, han denunciado ya por cuarta vez que esta bicicleta está en una zona reservada al consulado. No puede aparcarla aquí.

Ella torció los labios y edulcoró la voz.

—De verdad que no lo sabía. Pensaba que sólo necesitaban la plaza por las tardes. Nunca aparca nadie.

—También nos han dicho que el coche del consulado apareció rayado. ¿Sabe algo sobre eso?

Olivia abrió los ojos todo lo que pudo.

—¿De verdad piensa que una mujer como yo sería capaz de algo así? Como mucho pude hacerle un pequeño rayón con la bicicleta al sacarla, soy mayor y me cuesta mucho maniobrar.

El agente, ancho y prieto como un rottweiler, aguantó la risa. Era joven, con los rasgos angulosos como pintados con aerógrafo. Los labios carnosos, los ojos muy negros, los pómulos redondos y la tez morena.

Olivia se disculpó y le dejó su tarjeta de visita para que hablaran con el seguro, afrontaría cualquier desperfecto y la multa con mucho gusto. El agente leyó en alto «Elena Ferre», y se despidió con un «Gracias, que tenga un buen día, señora Ferre». Olivia sacó un lirio de mi ramo y se lo entregó con un «Gracias, joven, que tenga un día maravilloso», y los dos quedaron muy conformes.

Luego tiró de mi brazo calle arriba.

—¡Espere, señora! —Le oímos gritar a nuestra espalda—. Pero ¡no ha retirado la bicicleta!

—¡No tengo la llave del candado, agente! Pero ¡no se preocupe que vamos a por ella!

Cuando doblamos la esquina de la calle Atocha no pude evitar preguntarle:

—Entonces ¿no te llamas Olivia?

Ella caminaba deprisa a punto de perder una sandalia por el camino.

—Hazme caso, querida. Tú pide la tarjeta de visita a todo el mundo y haz una señal a las de los que te caigan mal. Son muy útiles en estos casos.

Al parecer, la tal Ferre había sido la casera de una buena amiga a la que nunca le devolvió su fianza. A Olivia le hacían feliz esos pequeños actos de justiciera.

—¿Y no sería mejor que nos lleváramos la bici?

—No, porque tampoco es mía.

Caminé tras ella cada vez más perpleja, dejamos atrás el teatro Monumental, donde los músicos fumaban en corros alrededor de sus estuches antes de entrar al ensayo, y llegamos hasta un imponente edificio en el número 34, un antiguo palacio que anunciaba con orgullo su pasado decimonónico.

Las escaleras anchas y gastadas con olor a bodega nos condujeron hasta el primer piso. Olivia llamó al timbre, que sonó afónico. Una placa de metal lanzaba un nombre: COLIBRÍ.

Tras ella, apareció una mujer rubia de piel transparente como la gasa frambuesa del vestido que cubría su cuerpo epicúreo. Una ninfa de Rubens.

—Hola, querida… —Olivia le dio dos besos sonoros y la otra hizo el gesto dejándolos en el aire—. ¿Estás más delgada?

Ella soltó una carcajada grande y rotunda como sus curvas.

—Tú sí que sabes hacerme feliz. —Metió la tripa—. Nunca se está demasiado delgada ni se tiene demasiado dinero.

—Supongo que ésa no es una cita de Byron.

—No, pero podría haberlo sido. Es de Coco Chanel.

Esa conclusión a la que había llegado la millonaria y estilizada diosa de la moda era un mantra para aquella vikinga que regentaba uno de los showrooms más importantes de la ciudad.

¿Y qué era un showroom?, me pregunté yo al entrar.

—Ésta es Marina, mi nueva ayudante —le explicó Olivia mientras se quitaba la pamela y acercaba su cara a un ventilador—. La he seleccionado porque no sabe nada de flores, le ha pasado algo que se resiste a contarme y tenemos que ayudarla, pero aún no sé en qué. Acaba de llegar al barrio.

—Hola, guapa. —Me dio dos de sus besos aéreos y luego me rodeó como si fuera un satélite—. Madre mía, ¡qué poca grasa! Y parece que te ha pasado un tren por encima. Mucho gusto. Soy Gala.

—Encantada —sólo acerté a decir ante el insulto que me habían dedicado con tanta gracia mientras intentaba recordar lo que llevaba puesto.

—Imagino que me la traes para que escoja algo —le dijo a

la florista, que caminó al interior fundiéndose con la luz—. Vamos a ver qué podemos hacer contigo.

Seguí a la vikinga por una estancia de techos altos y puertas correderas. Los grandes balcones filtraban la luz y, alrededor, en perfecta formación militar, centenares de perchas de las que colgaban vestidos, blusas, faldas con telas vaporosas y colores de caramelo. Al final, un espejo de cuerpo entero que me devolvió mi imagen aún más monocroma incrustada entre tanta belleza y una extravagante *chaise longue* azul turquesa en la que se sentó Olivia.

Rocé al pasar aquellas telas con la punta de mis dedos como si fueran alas de mariposa. Gala paseó su generoso metro ochenta por la estancia, desapareció y volvió a aparecer con los lirios en un jarrón que puso junto a la ventana. Se maravilló ante ellos. Eran imponentes, dijo. Justo lo que necesitaba. Entonces yo aún no leía las flores. Pero aquellas hablaban ya de su extrema coquetería. Llevaba la melena rubia recogida a un lado con una trenza juvenil que hacía imposible adivinar su cuarentena. Tenía los ojos verdes encastrados en un rostro de muñeca como dos amatistas, la cara con forma de avellana y los labios como si siempre estuvieran preparados para dar un beso. Su cuerpo grande y carnoso, estratégicamente espléndido en todos los puntos cardinales que la anunciaban como hembra, iba cubierto con gusto pero dejando asomar un hombro, las rodillas o parte de sus esponjosos pechos. A pesar de eso, parecía empeñada en descubrir cada uno de los imperceptibles cambios de su cuerpo y suspiraba a menudo por la juventud perdida. Gala había trabajado en, como decía ella, «de todo un poco» y uno de sus empleos como modelo de tallas grandes le hizo contactar con el diseñador de Colibrí. En su momento, habían sido socios, pero cuando empezó la crisis, terminó por vender su parte del negocio y volver a la categoría de empleada. Desde entonces se encargaba del único showroom de la firma en Madrid. Así, les prestaba modelos para sus fiestas y eventos a las actrices, presentadoras de televisión y famosas de todo pelo de la ciudad. Luego supe que Olivia surtía de flores a Gala a cambio de que ésta le dejara ropa. La misma operación que se disponía a hacer conmigo esa mañana a cambio de un ramo de lirios blancos, a punto de abrirse con forma de estrella de mar.

—¿Por qué no te pruebas éste? —me sugirió caminando hacia mí con un vestido entallado verde manzana desmayado sobre sus brazos.

—Pero yo no puedo pagarlo —me apresuré a decir—. Acabo de mudarme y...

—Venga, mujer. Sólo te pediré que me lo cuides bien, que si alguien te pregunta de dónde es, lo digas, y que dentro de una semana vengas y lo cambies por otro. —Me puso el modelo por encima como si fuera un recortable—. Tienes suerte, eres un alfiler. Te servirán los modelos de la pasarela que no podemos vender. Si yo quisiera entrar en uno de éstos me tendría que limar los huesos por la mitad. No hay nada que me guste más en el mundo que un vestido verde.

Gala me fue empujando suavemente hasta un rincón, tiró de una cortina gruesa de terciopelo rojo y me hizo desaparecer tras ella como si fuera una maga. Mientras me sacaba ropa pegada al cuerpo por el sudor como si estuviera desollándome —pantalón vaquero, camiseta de un color indefinido que fue marrón y sandalias gastadas—, las escuchaba parlotear en el exterior.

—¿Éste es tu guapo abogado? —le preguntó Olivia.

—En esta foto no sale tan guapo. —Otra vez su carcajada—. En ésta sí. Pero no te encariñes.

—Entendido. Llevas un mes. ¿Te agobia tanta estabilidad?

—Es que ya ha empezado a metamorfosearse con Otelo. Es una plaga. El otro día se enfadó sólo porque me pilló enviándole esta foto a mi ex.

Hubo un silencio sólo roto por las hélices del ventilador.

—Quizá no le habría molestado tanto si no estuvieras casi desnuda.

—¿Porque se me ve un poco el lomo? El pobre decía que me echaba de menos. Lo considero una labor humanitaria.

—Querida, eres todo corazón. Toda una ONG de hombres cegados por el amor.

—¿Amor…? —Otra de sus risas—. ¿Quién ha hablado aquí de amor?

Conseguí enfundarme en aquel vestido que olía a nuevo y antes de salir olfateé mis axilas y comprobé con pavor el estado de las uñas de mis pies, arrugadas y con el esmalte rosa cuarteado. Salí del probador de puntillas.

Las dos mujeres me observaron.

—No —sentenció Gala—. Claramente el verde no es su color. Con su piel y el pelo tan negro parece un zombi.

Caminó a grandes zancadas por la habitación con medio centenar de perchas y unas sandalias altas y blancas de esparto.

Volví a entrar en el probador algo desmoralizada y cuando me apoyé en la pared para calzarme, ésta se movió. Era una puerta. La empujé. Comunicaba con otra estancia más pequeña pero, en lugar de vestidos, estaba forrada de libros, como si fuera una pequeña biblioteca. Al lado de la ventana, un escritorio con un ventilador encendido. Y un sofá… con un hombre desnudo dormitando sobre él. Boca arriba. Tenía el pelo ceniza. El cuerpo largo y libre de vello o lunares y un condón arrugado y flácido aún puesto.

Cerré sigilosamente la puerta y me apresuré a probarme los vestidos. Escogí uno estampado de flores naranjas que ambas mujeres aplaudieron al unísono.

—Quédate con los zapatos —me dijo Gala al verme salir—. Son míos y me hacen daño. Te quedan mejor a ti.

Cuando terminamos me insistieron en que me lo dejara puesto y metió mi antigua ropa en una bolsa gastada de Dior.

—¿Dónde la llevas ahora? —le preguntó a Olivia.

Ésta sacó un monedero de su cesta y desdobló un par de billetes.

—Veamos el presupuesto de las propinas... —Contó también las monedas—. ¡Quince euros con treinta! ¡Somos ricas!

Gala nos despidió en la puerta sintiendo no poder acompañarnos, al parecer adoraba el lugar al que me llevaba, y desapareció tras una de sus desmedidas carcajadas.

Caminamos calle Huertas abajo hasta la calle del León desde la esquina con Cervantes, Olivia saludó a un hombre joven con perilla que contemplaba cómo descargaban un camión. Resultó ser el diseñador de Ulises Mérida cuyo atelier estaba un poco más abajo y con cuyos vestidos soñaban Gala y el resto de las mujeres del país. Luego torcimos por la calle Lope de Vega mientras luchaba por no partirme un tobillo por aquel empedrado. Comprobé que se me había olvidado caminar con tacones. En esos días me habría herrado los pies como un caballo con tal de no pensar en qué zapatos ponerme. Mientras bajábamos por la calle Lope de Vega, Olivia iba saludando aquí y allá: a la dueña del herbolario con sus permanentes ojeras, a Alejandro, el simpático dueño de una tienda de delicatessen que dijo adiós con acento venezolano y que era, según Olivia, el que mejor cortaba el jamón de Madrid, y cuando llegamos a la altura del convento de las Trinitarias nos detuvo una voz tras una polvareda naranja. Al momento apareció su dueño, un hombre canoso con una mascarilla.

—Muy buenas, Olivia —dijo frotándose los ojos—. Tened cuidado no os vayáis a manchar.

—¿Cómo va eso, Francisco? Podemos decir ya «En un lugar del convento de cuyo nombre puedo acordarme...».

—No sé qué decirte... Tenemos ahí dentro un follón de huesos que como mucho nos sirven para jugar a las tabas.

—Mira, ésta es mi nueva ayudante, Marina.

Él tiró de su mascarilla y apareció la sonrisa más atractiva que había visto jamás.

—Encantada —dije tosiendo.

—De momento sólo dice «encantada» y «lo siento» —acotó Olivia—, pero pronto aprenderá a decir más cosas.

Oculté que me había molestado su comentario y sonreí. Quizá por eso me atreví a preguntar:

—¿Están rehabilitando el edificio?

Él entornó los ojos y al hacerlo unas expresivas arrugas se dibujaron alrededor de sus ojos sabios.

—Bueno, lo que estamos rehabilitando más bien es nuestra Historia.

Francisco Ibáñez, quien decidió escoltarnos calle abajo, era una especie de buscador de celebridades desaparecidas y estaba encargado, nada menos, del grupo de arqueólogos que buscaban obsesivamente los huesos de Cervantes desde hacía dos años. Llevaba una bata blanca manchada de tierra y una acreditación al cuello. Tenía el pelo despeinado y canoso, era altísimo, delgado y de hueso grande, caminaba como si le pesara la cabeza, y de cuando en cuando estornudaba, según él, por culpa de la alergia. Cuando se quitó los guantes de cirujano y se los metió en el bolsillo, se limpió con la bata su anillo de casado. Durante ese paseo nos contó cómo, por ironías del destino, Cervantes y su gran rival de la época, Lope de Vega, habían vivido en calles paralelas que ahora tenían los nombres cambiados —en la que había vivido uno estaba la casa del otro—, ambos habían tenido una hija monja en las Trinitarias, ambos habían sido enterrados en el barrio y los cuerpos de ambos habían desaparecido.

—Yo tengo una interesante teoría al respecto —dijo Olivia mientras se abanicaba la nuca.

—Tú tienes interesantes teorías para casi todo —le respondió él con complicidad y casi cortándola.

—Sobre todo con respecto a ti. —Ella buscó algo dentro de sus ojos—. No te has pasado por mi tienda. Quizá quieras dejarme algo encargado para alguien o, incluso, tengas algo para mí…

Él se llevó la mano a la barbilla y se la frotó durante unos momentos. Luego hizo un amago de decir algo, pero me miró como si le incomodara mi presencia y prefirió seguir con su clase de Historia:

—¿Sabes, Marina? Los madrileños hemos sido especialmente descuidados porque nos las hemos apañado para perder la pista de los restos de cinco genios de la literatura universal en sólo un barrio: Quevedo, Calderón, Cervantes, Lope de Vega y Góngora, nada menos.

Olivia se echó a reír.

—¿No se sabe dónde están sus tumbas? ¿De ninguno? —pregunté estupefacta. Y pegué el enésimo tropezón cortesía de mis sandalias nuevas.

Según Olivia, después de tanto despiste, si ya podíamos velar sus libros, ¿para qué íbamos a desenterrar sus huesos?

Me gustaría haberme atrevido a decir que había estudiado Historia, que la arqueología había sido mi pasión y que me moría por visitar esa excavación, pero cuando estaba a punto de hacerlo, Francisco se despidió de nosotras en la puerta del hotel porque no iba, según él, convenientemente vestido. Le acompañamos hasta la plaza de la Independencia, esa palabra que me había perseguido todo el día y allí se despidió con la mano para no mancharnos de polvo. Luego caminó lánguidamente bajo el sol que ya ardía a esas horas.

Cuando bajamos de nuevo hasta la plaza de la Lealtad —desde luego, este barrio estaba lleno de grandes conceptos— y llegamos a nuestro destino, me quedé paralizada en la puerta del jardín. Dentro, la cascada de un piano, el frescor de otro oasis, los sillones de mimbre blanco, las balaustradas de piedra, los camareros enguantados. Olivia me dio un empujoncito.

—¿Cuándo fue la última vez que hiciste algo por primera vez? Vamos. Tenemos diez euros y nos da justo para dos cafés con hielo en el hotel Ritz. Nos lo merecemos.

Ese día sólo me dejó observar y acompañarla. Y ese día descubrí muchas cosas de ella pero también algunas sobre mí. Para empezar que, al parecer, no paraba de pedir perdón. Me habría disculpado por entrar al Ritz sólo con mi actitud. Nunca me había planteado lo que costaba un café en un lugar así. Simplemente había presupuesto que no era un lugar para mí. Que yo me mereciera. Y alguien lo notaría, sin duda. Pero no… los camareros nos sirvieron el café en unas preciosas tacitas de porcelana tan fina que parecían hechas de cáscara de huevo. En la mesa contigua había un matrimonio francés desayunando con un bebé casi albino, feísimo, según

Olivia. Me divirtió su comentario porque estaba hecho sin malicia pero era muy cierto. Un poco más allá dos japoneses lo hacían con sus portátiles.

Empezaba a gustarme Olivia. Aunque es cierto que en ocasiones me molestaban sus comentarios sobre mí, me gustaba su forma de ser o más bien de existir: sus ojos de pájaro cuando observaba, su pelo de un pelirrojo diluido por los años, los huecos que dejaba entre las palabras cuando pensaba y, sobre todo, el impacto que tenía en la gente. Tengo que reconocer que en algún momento de ese día pensé que estaba loca. Sobre todo cuando comprobé que firmaba las facturas de la tarjeta de crédito con nombres inverosímiles de celebridades fallecidas. En un solo día vi cómo en el Ritz estampaba una rúbrica como Marilyn Monroe, en la farmacia de la plaza de Santa Ana como Judy Garland y una notificación del juzgado como el mismísimo Mago de Oz.

Estaba claro. Las normas y Olivia no se llevaban bien.

«No pienso seguir un uso horario absurdo y cenar de día en verano sólo porque los alemanes decidieron que así se ahorraba energía», sentenció cuando en el mismo jardín del Ritz, los franceses del feo bebé le preguntaron la hora y ella en lugar de las 11.00 h decidió que eran las 12.00 h, según su criterio. Olivia había decidido seguir la luz, como sus flores, sin cambiar la hora al llegar el otoño o la primavera. Según ella a nuestros relojes biológicos circadianos no podía cambiársele la hora ni alterar así como así los ciclos del sueño. Si dejábamos de seguir sus criterios de luz y oscuridad disminuía nuestra calidad de vida y estábamos amargados la mayor parte del tiempo.

Tengo que admitir que al principio esas costumbres suyas me alteraban, a mí, reina de lo permitido, guardiana de lo apropiado, esclava de la norma y de lo que se esperaba de mí.

Lo que recuerdo bien de aquel día es que Olivia se me reveló de pronto como una lectora de personas. Las catalogaba como a sus plantas. Uno de sus pasatiempos era imaginarse la vida y los hábitos de los transeúntes anónimos que pasaban al otro lado de la enorme cristalera de su negocio. En realidad, el invernadero era un observatorio perfecto. Una caja de cristal desde la que observar la vida emboscada tras las hojas de sus plantas. Y de la misma forma que catalogaba sus flores, catalogaba con mimo a las personas que la rodeaban. Sobre todo creía que las mujeres teníamos una gran similitud con las flores y por eso iba detectando, en las de mi generación concretamente, un catálogo variado que se podía estudiar dependiendo de su hábitat, crecimiento, evolución y, por qué no decirlo, síndromes. Entendiendo por «síndrome» aquel conjunto de síntomas que se presentan juntos, fenómenos que concurren unos con otros y que caracterizan una determinada situación. Muchos de sus ejemplares observados ya habían franqueado la puerta de su invernadero. «De hecho es muy posible que hoy conozcas a más de una», aventuró divertida.

Mientras disfrutaba de ese concierto para piano y coches del hotel oculta dentro de mi vestido estampado, no pude evitar preguntarle por Gala y por su biblioteca secreta. Según Olivia, era un claro ejemplo de lo que había bautizado como el «síndrome de Galatea». Es decir, aquella que pensaba que la mujer tenía hoy todos los derechos, todos salvo el de envejecer. Y que era capaz de hacer cualquier cosa para engañar al tiempo.

—Pero no creas, no se trata tanto de gustarle a los hombres, como ella da a entender, sino más bien de gustarse a sí misma —aclaró mientras mordisqueaba un chocolate derretido.

Gala tenía una gran tapadera para ocultarse: su frivolidad.

Habría coqueteado con un semáforo y conseguido que se pusiera rojo, aseguró Olivia riéndose. De modo que la rubia Gala, aunque atraía a machos alfa aparentemente seguros de sí mismos, no había encontrado aún a uno que lo fuera lo suficiente y que soportara su forma de ser sin enfermar de celos a los pocos meses.

¿Y qué ocultaba tras aquella tapadera?

Pues de momento, aunque más tarde descubriría que era un pozo mucho más profundo de lo que yo podía imaginar, ya sabía que ocultaba una habitación secreta llena de los que llamaba «sus tesoros». Y entre ellos, en ese mismo momento, empezaba a desperezarse su nuevo amante: un directivo francés de Renault que acababa de ser destinado a Madrid un par de meses. Para Gala, el plan perfecto: casado y con fecha de caducidad en el país. Había entrado en su tienda hacía unos días porque unos amigos le habían dicho que alquilaban esmóquines e iba a una fiesta en la embajada de Francia. Ella ejerció de confesora a través de la cortina del probador y, cuando le estiró el pantalón y observó que le quedaba un poco pequeño, también se percató de que el motivo era aquella prometedora erección. Qué le iba a hacer. Le resultaba casi imposible renunciar a su instinto cazador. Podía ser cierto, nos reconoció alguna vez, que en realidad fuera una forma de comprobar que seguía siendo poseedora de sus armas de mujer. Pero el caso es que aquella mañana, antes de que llegáramos, le miró muy seria dentro del probador y dejó que cayera al suelo su vestido de gasa.

Cuando nos fuimos, como era una lectora empedernida de Byron y los románticos, decidió terminar una mañana demasiado tranquila combinando dos de sus hobbies: el sexo y la lectura. Cogió el libro que acababa de comprar en la Cuesta de Moyano, se recostó frente al ventilador utilizando de atril el cuerpo sudado de su nuevo amante y se pellizcó la barriga con disgusto. Antes no habría podido hacerlo. Era un hecho. Pero ahora ese michelín no desaparecía por muchos abdominales que hiciera. Con lo que ella había sido... Entonces él se despertó y ella siguió leyendo un rato jugando a concentrarse mientras el otro besaba cada centímetro de su generosa anatomía con aquellos labios pequeños diseñados para pronunciar las vocales galas hasta que ya desnuda y blanca, imitando a sus lirios, empezó a abrirse pétalo a pétalo, y a desprender un aroma conocido, dulce como el polen.

Mientras el francés se dedicaba con devoción a lamer su ombligo, Gala —aguantando la respiración y metiendo tripa— se hacía un mapa mental de su agenda de esa tarde. No había nada que más rabia le diera que los hombres obsesionados por los orificios. Y mira que habían empezado bien. Eso sí, si intentaba meterle la lengua en la oreja, allí se habría acabado todo, pensó mientras trazaba una hoja de ruta para aquella nueva aventura: en primer lugar, nada de intimidades. Tenían sólo dos meses y no tenía sentido que supieran el uno del otro mucho más. No iba a contarle que dos horas más tarde se iría, como siempre, a leer cuentos a la planta de oncología infantil del Hospital de Madrid. A los hombres no les gustaba el drama y les excitaba pensar que eran tu única causa o, al menos, la primera. Aunque fuera durante un par de meses. «Soy tuya», gimió mirándole a los ojos y cogiéndole de las sienes para apartarlo de una maldita vez de su ombligo. «Tómame entera», casi suplicó intentando pasarle ese mensaje subliminal. «Soy TODA tuya.» Entonces, el francés pareció enloquecer y se abalanzó sobre ella por fin. Gala sonrió.

Qué curiosas criaturas eran los hombres. Eran tan hermosamente predecibles. Y una vez lo tuvo controlado entre sus contundentes muslos fabuló sobre cuáles serían las aficiones de su francesito. Mientras arremetía fieramente contra ella, pensó que podría ser deportista. Tenía buena musculatura. Ese podía ser un inconveniente. Su último amante hacía parapente y se pasaban todos los fines de semana lanzándose de riscos y follando. Nunca había tenido tantas agujetas.

Y es que ésa era otra de las máximas de nuestra Galatea, como ella misma me dijo alguna vez. Era un camaleón. Cambiaba de color político, de hobbies y de gustos en función de su pareja. Así no había fallos posibles. Tan pronto se hacía una experta catadora de vinos como vociferaba en un estadio de fútbol. Y a menudo afirmaba que sólo se casaría si encontraba un príncipe azul, por supuesto con castillo.

Aquél no lo era, pero como amante, si lo reconducía, no estaba mal, pensó mientras caía rendido y sudoroso sobre ella. Lo empujó un poco a un lado e hizo un gesto de levantarse del sillón. Él trató de retenerla y abrazarla contra su pecho, pero Gala le indicó con mímica que descansara —ésa era otra, no hablaba una palabra de francés—. Cogió el *Don Juan* de Byron, tan distinto al original, tan seducible y tan tierno, y lo abrió de nuevo por donde lo había dejado.

Leyó: «El amor es el dado con que las mujeres juegan su destino; si pierden, la vida no puede ofrecerles otra cosa que el cuadro del pasado... El dolor que causan, ese mismo sufren». Se quedó pensativa dejando su dedo índice pillado entre las páginas y se imaginó al otro don Juan, al español y más canalla, y desde su heterosexualidad convencida, pensó qué excitante debía de ser seducir a una novicia.

En poco tiempo iba a averiguar lo mucho que le gustaba a Gala compartir sus aventuras sexuales. Lo hacía con la misma naturalidad y detalle con que se cuenta un viaje. Exhibía sus trofeos de caza con el orgullo de un gato.

—Su guerra contra el tiempo es tal que, a base de descontarse años, llegará pronto a la adolescencia —opinó Olivia riendo entre sorbo y sorbo de café mientras uno de los encopetados camareros del Ritz nos apartaba a servilletazos una avispa atontada por el calor.

Gala había nacido en una familia de muchos hermanos en una aldea montañosa de Asturias y, como ella decía muerta de risa, pasó de ponerle comida a los pollos a ponerle trajes a las famosas y siempre sentenciaba convencida que no se podía sucumbir al amor. Sin embargo, el día que Olivia la conoció, la encontró abrazada al olivo de su jardín tras su última ruptura porque sintió que necesitaba un pedazo de campo. Su padre le había enseñado de niña que los árboles viejos poseían una energía vital que te traspasaban cuando lo necesitabas. Ese día Gala descubrió que hacía mucho tiempo que el corazón no le palpitaba con tanta fuerza y escribió una frase en el libro de firmas de la floristería: «No dejo de amar al hombre pero amo más a la naturaleza». Firmado: Lord Byron.

Me quedé hipnotizada mientras daba vueltas a la cucharilla de plata dentro de mi café. Todo parecía girar en torno al mismo eje.

Olivia observó las mesas que teníamos alrededor: los padres del niño albino, los camareros caminando a cámara lenta entre las mesas, dos señoras octogenarias con pelo de algodón de azúcar, una mujer india cubierta con un sari enviando mensajes con el móvil que de pronto nos devolvió la mirada con una sonrisa cordial…

—A veces pienso que los seres humanos somos invisibles los unos para los otros —dijo Olivia—. Hay tantas versiones de cada persona como personas las miran, ¿no crees?

Por un momento hice el ejercicio de cómo me vería aquella mujer llegada de otro continente, enfundada en mi vestido naranja y tomando un café en el Ritz. Olivia se recostó en su crujiente sillón de mimbre como si esperara que dijera algo. Me acodé en la mesa.

—¿Y por qué llegamos siempre a la conclusión de que mostrarnos como nos sentimos nos hace menos «amables» para los demás?

Ambas nos quedamos pensativas. La Gala de la que me hablaba Olivia, la que no se mostraba a «sus hombres» pero sí a sus amigas, ¿no era acaso un ser del que enamorarse? Quizá lo único que ocurría era que no estaba buscando en el lugar apropiado. Ahora que la recuerdo en nuestro primer encuentro, qué distinta es aquella versión a la que conocería de ella en tan poco tiempo. Era verdad lo que decía Francisco, el buscador de genios desaparecidos: Olivia tenía interesantes teorías para casi todo.

La tristeza de las caléndulas

Cuando volvimos a la floristería nos encontramos la verja abierta. Sin embargo Olivia pareció no alarmarse. Al contrario, sonrió al ver la bicicleta de la discordia en el interior y en el jardín un caballete abierto que parecía tener cinco piernas, dos de ellas de muslos esqueléticos y rodillas huesudas. Tras él se escuchaban unos sollozos interrumpidos por el sonarse estrepitoso de trompeta.

Un rostro lleno de pintura asomó tras el lienzo.

—¿Y Celia? —le preguntó Olivia al entrar.

—Se ha ido. Me ha dicho que recuerdes que ella no ha estado aquí —respondió con la voz quebrada—. ¿Te has enterado de lo de las cotorras africanas?

La florista soltó su pamela rosa y el abanico sobre la silla de hierro oxidada y se sentó en la otra como si esperara una función. Yo hice un amago de entrar en el invernadero, pero me interrumpió.

—Aurora, quiero presentarte a Marina. —Y señalando el cuadro—: Marina, Aurora es quien pinta estas increíbles acuarelas que vendemos aquí. Y digo increíbles porque en teoría viene para tomar modelos del natural, pero, como podrás comprobar, luego pinta lo que le da la gana.

La pintora volvió a asomar tras el lienzo con gesto de acidez de estómago. No era alta. Tenía el pelo negro y corto a lo *garçon* que enmarcaba su rostro pequeño, delgado, bonito: parte de su cabeza estaba protegida por un pañuelo, tiznones de pintura acrílica sustituían al maquillaje, las piernas de gato y una camiseta grande de hombre por todo vestido.

Cuando fui a saludarla me interrumpió:

—¿Eres del barrio? En serio, lo de las cotorras es alarmante. En teoría deberían haber cruzado el país en su vuelo migratorio hacia el norte, pero se han quedado. Aquí.

—Sí —resopló Olivia—, el otro día creí que estaba dentro de un sueño absurdo: escuché un griterío en el jardín y vi el olivo invadido de periquitos. El policía guapetón de la esquina me ha dicho hoy que van a soltar halcones adiestrados para cazarlas.

La otra salió definitivamente de la trinchera de su caballete y tiró la brocha al suelo.

—¿Van a cazarlas?

—Aurora… se reproducen muy rápido y se están cargando los árboles.

—Pero ¡son refugiadas! ¡Inmigrantes! Empezamos así y terminamos…

—Con un holocausto, no me digas más —respondió Olivia suspirando.

—¡Cómo es el ser humano! ¿Os dais cuenta? Todo esto es culpa nuestra y cuando la jodemos, sólo se nos ocurre exterminar, exterminar y exterminar… Como lo que está ocurriendo con las tortugas antropófagas de la estación de Atocha. ¿Sabías eso? —Yo negué con la cabeza—. A un imbécil se le ocurre tirar una tortuga, otro imbécil hace lo mismo detrás y ahora tenemos un estanque superpoblado de tortugas de California que están alcanzando tamaños nunca vistos.

Los pobres bichos han acabado comiéndose los unos a los otros para autorregularse. El planeta se ha vuelto imbécil. Deberían exterminarnos.

Sus grandísimos ojos se llenaron de agua. Observé que ocupaban casi un tercio de su cara. Me pareció un personaje de un tebeo manga.

—¿Y por eso llorabas, querida? —siguió Olivia con una sonrisa comprensiva.

—¡No! ¡Es que tengo alergia, joder! ¡Y no consigo saber qué planta es!

Se sonó ruidosamente de nuevo. Secó dos grandes lagrimones con la parte más limpia de su brazo. Olivia se levantó, le dio un tierno beso en la frente, recogió su cesta y su pamela y caminó con parsimonia hacia el interior. La seguí confundida.

Mientras la ayudaba a hacer cincuenta cestos de margaritas para un bautizo observamos a Aurora pintar durante horas. Olivia me contó cómo un día llegó a la floristería y le pidió pintar unas flores del natural. En esos momentos había decidido retomar su carrera de Bellas Artes por las tardes mientras conducía un taxi por las mañanas. Ambos trabajos se los ocultaba a sus padres porque según ella les decepcionarían por igual. Pertenecía a una familia acomodada con trabajos funcionariales y nunca entendieron ni apoyaron su vocación artística. Cuando era niña ya la amenazaron con que ser tan guapa sería un terrible hándicap.

Olivia enchufó los ventiladores y las margaritas parecieron cobrar vida. Se secó el sudor de las sienes con su pañuelo de seda.

—Como la han convencido de que su belleza es como

una maldición gitana —aseguró—, la intenta disimular a toda costa.

Aurora con trece años sentándose en un banco con una falda demasiado corta y las piernas relajadas, ligeramente abiertas: «Ya no eres un bebé», manotazo en el muslo de su madre, «no puedes sentarte así. ¿Es que no sabes el mensaje que mandas? Yo te lo diré: que eres una puta». Y la pequeña y bella Aurora, cerrando las rodillas como un cepo intentaba asimilar a toda prisa por qué extraña mutación se pasaba de bebé a puta sin escalas. Aurora volviendo a casa para cenar en familia a la hora en la que sus amigas salían a discotecas. Aurora cortándose el pelo porque según su madre era más cómodo y lo tenía duro como las cabras.

Y así había llegado a los treinta y muchos: intentando huir de la envidia de las mujeres —especialmente de la de su progenitora— y del deseo de los hombres. Lo que podría haber sido una virtud, para ella era un problema de autoestima que arrastraba en la vida como una losa de doscientos kilos.

Ahora sobrevivía dando brochazos a sus cuadros y haciéndolos pasar por souvenirs turísticos, cortándose el pelo a ojo sobre el lavabo roto de su piso alquilado, compartiendo casas como una eterna adolescente y juzgando duramente a cualquier hombre que mostrara interés por abrir ese cinturón de castidad que le puso su madre tragándose la llave. A sus casi cuarenta nunca había realizado un trabajo lo suficientemente reseñable como para disparar su carrera ni había tenido una relación lo suficientemente satisfactoria. Aurora necesitaba motivos para sufrir: tanto que sus cuadros no le dieran para vivir como morir constantemente de desamor era su gasolina. Por eso y por su nombre, Olivia había bautizado su padecimiento como «el síndrome de la Bella Sufriente».

Así que, instalada en ese lugar común de «los hombres siempre quieren lo mismo» y convencida de que nadie la tomaba en serio como artista, desconfiaba a priori de cualquier propuesta que viniera del sexo opuesto. Su máximo terror: sentirse utilizada como le había vaticinado su padre. Así había rechazado volar a Florencia con Bruno Cotello, uno de los galeristas más importantes de Europa. Convencida de que su verdadero interés por ella era sexual, no acudió a su cita.

Olivia dejó los ojos en blanco.

—Y adivina qué: dos años después, Cotello, que era un buen cliente mío, entró en El Jardín del Ángel de la mano de su pareja. Un atractivo hombre negro vestido de traje y al que compró un ramo de rosas blancas por su cumpleaños. Aurora estaba pintando fuera y se quedó tan perpleja que ni siquiera le saludó.

Y de aquello no aprendió. En lugar de plantearse si había llegado el momento de cambiar de tercio, lo que desesperaba a Olivia era que insistiera en el mismo modus operandi: boicotear su vida y a continuación quejarse por ello. Por eso estaba pintando esa tarde en El Jardín del Ángel y no en el museo del Prado o el Thyssen, donde sería visible para otros artistas y profesionales del arte. Por eso también tenía en casa a alguien como Maxi, su actual pareja: otro artista —en este caso metido a diseñador gráfico—, con el que había empezado por hacer sesiones de cine en casa, después por compartir piso y ahora compartía cama y cepillo de dientes.

Olivia nunca entendió el proceso por el cual empezó esa relación. Recordaba cuando Aurora le contó con disgusto cómo Maxi se le presentaba en casa —en la calle Costanilla de los Desamparados, que tenía su chiste—, con cualquier excusa:

«Se me ha caído el wifi y tengo que presentar unos trabajos esta semana. ¿Puedo utilizar el tuyo?»

Y eso que por aquel entonces ni siquiera eran muy amigos. Allí estaba Aurora, en chándal, fregando mientras esperaba a que él dejara la red libre porque, si no, se colapsaba. Y ya que estaba cocinando, ella le preguntó un día con el delantal puesto, si quería quedarse a comer unas lentejas. Él le respondió con un gesto perruno y agradecido: «No quiero molestarte más». Por aquel entonces a ella le pareció un síntoma de educación. Incluso de generosidad. El caso es que Maxi terminó comiéndose las lentejas y alabándolas durante días. De modo que ahora Aurora las hacía para él una vez a la semana, sólo por recibir sus alabanzas.

Maxi —que en realidad era mini— era un hombre pequeño en todos sus aspectos, pero su gran baza era ser un experto en Pavlov. «Estímulo y respuesta.» Según Olivia no era fácil describirlo porque su rostro era impersonal. Quedaba en tu memoria como una papilla de rasgos que no eran destacables ni juntos ni por separado. Al principio a Aurora le agobiaba tenerlo sentado a cualquier hora en su sofá, con el portátil sobre las rodillas. El de ella. Pero luego se fue acostumbrando. Como si fuera un mueble. Igual que terminas acostumbrándote a una mancha que te ha salido en la cara y no se va. Y él cada día se iba más tarde. Cada vez utilizaba la casa con más libertad: las cervezas de la nevera, el gel de ducha, los folios de la impresora, que nunca reponía… incluso el ordenador de Aurora porque se le había estropeado el suyo. Había algo de Maxi que llamaba mucho la atención a nuestra Bella Sufriente y era que, invariablemente, cuando llegaba, pedía ir al baño y defecaba. ¿Por qué lo hacía?, se preguntaba un día contándoselo a Olivia. ¿Es que no tiene cuarto de baño? ¿Una especie de marcaje? Y aunque a ella le desagradaba sin límites esta escatológica costumbre, como no se atrevía a decírselo, poco a poco también se fue acostumbrando. Colocó un ambientador en el baño y siguieron sus rutinas.

Y una noche no se fue.

Y esa noche no durmieron.

Y no precisamente porque estuvieran follando hasta el amanecer. Sino porque él tuvo un gatillazo. Se sentía tan inseguro con una mujer tan increíble a la que sin duda no merecía..., explicó, y a ella le conmovió tanto que se pasó animándole el resto de la noche.

Ahora Maxi era parte de su vida.

Pintaba en su casa, dormía en su casa, defecaba en su casa... pero no pagaba la casa. Comía lo que Aurora cocinaba, dormía pegado a su espalda y de vez en cuando tenían más que un roce no demasiado satisfactorio para ella. Pero él tampoco le reclamaba sexo. Y eso en el imaginario de Aurora era una buena señal. La valoraba de otra manera. No «se aprovechaba de ella» para follar. Eso, sin duda, la relajaba. Aunque se aprovechara de ella en todo lo demás.

El caso es que se había acostumbrado a que estuviera allí. ¿No era eso, acaso, una pareja?, le preguntó un día a Olivia dejándola estupefacta. Él la necesitaba tanto... ¿No era eso acaso el amor? Y aprovechándose de tanta confusión, ahora Maxi se permitía indicarle cuándo les faltaba un punto de sal a las lentejas, cuándo le molestaba la música porque estaba viendo la tele, cuándo ella no se arreglaba o la veía fea, y cuándo le agobiaba que su, cómo llamarlo, «compañera», le pidiera cuentas de por qué llegaba tan tarde, borracho y oliendo a perfume de mujer. Por no hablar de que Aurora sentía la «obligación moral» de llevar a cuestas los cuadros de Maxi a aquellos lugares donde ella tenía cualquier oportunidad de vender los suyos.

Maxi se había filtrado en su vida poco a poco como el sutil veneno del huso de una rueca. Y nuestra Bella Sufriente había caído en un letargo que le impedía ver nada más allá. Toda su obsesión era que a Maxi le salieran las cosas bien. Ahora ya no podría imaginarse de otra forma.

Así, Aurora seguía acumulando tantos años como frustraciones.

—Pero no es justo —me atreví a decir mientras Olivia me ayudaba a atarme un delantal negro que acababa de ofrecerme para que no me manchara el vestido.

—No es justa, querrás decir. No, no lo es. No es justa consigo misma.

Cortó otro celofán. Sujeté la enésima cesta de margaritas. Ella la envolvió con destreza y de pronto se quedó congelada en ese movimiento. Seguí su mirada. Había entrado en el jardín un hombre joven vestido con pantalón de traje y camisa blanca. El rostro limpio, la mandíbula ancha, perilla rubia y sonrisa somnolienta. No lo reconocí hasta que saludó con la mano a Olivia, le dijo algo a Aurora, apoyó su cartera sobre la mesa que había bajo la pérgola, sacó un libro y se sentó a leer plácidamente en una de las sillas de hierro del jardín. Lo mismo que haría una vez a la semana durante los tres meses siguientes.

Olivia salió de su ensimismamiento y volvió a cortar un trozo de plástico transparente.

—Debería volver a llamar al tal Cotello. Son preciosos —retomé—. Si tuviera dinero le compraría unos cuantos para mi apartamento. Ojalá yo supiera pintar así.

Me quedé mirando las acuarelas que colgaban de hilos transparentes sobre el cristal del invernadero, otras esperaban su oportunidad apoyadas en el suelo al lado de los jarrones, imitando a la naturaleza, confundiéndose con ella. Flores inventadas por Aurora que tenían vida propia. Que parecían ir a abrirse y a desprender fragancias milagrosas.

Olivia, sin embargo, la observaba a ella desde su mirador de cristal: cómo empapaba la brocha en agua, luego retiraba el exceso de pintura, se limpiaba las lágrimas de esa alergia a la felicidad con el mismo trapo que espantaba un par de moscas.

—Sé que es difícil de entender, Marina —dijo con la mirada perdida—, pero a veces me pregunto si no necesita sufrir de la misma forma que Gala coleccionar hombres. Me he llegado a plantear que incluso extrae un poco de conmiseración hacia sí misma teniendo estos brotes de alergia. ¿Tú ves normal que se empeñe en pintar en un vivero si le dan alergia las plantas?

Se puso en jarras y ambas soltamos una risa un poco triste.

¿Sería su forma de enfrentarse al mundo? ¿La infelicidad podía dar contenido a su vida?

El caso es que ahora su prioridad era Maxi.

Olivia rodeó la cesta con un lazo blanco irisado, cortó y rizó con una tijera los bordes.

—Es un hecho. Prefiere dedicarle su tiempo a ser una militante ciega de otras causas perdidas que no son ella misma —continuó—. Supongo que al tratar de aliviar los problemas de Maxi cree que disminuye los suyos.

—Pero eso no soluciona nada.

—No —dijo levantándose—. La verdad es que no soluciona nada.

Se estiró con las manos en los riñones. Tenía el pelo naranja sujeto por una ramita en un moño bajo algo desmadejado y el vestido blanco lleno de arrugas por el calor. Todo ello le daba un aspecto algo hippy a esas horas. Sonó un teléfono. Miró la hora en su reloj, apartó la cortina de cuentas de colores y desapareció misteriosamente en la oscuridad de la trastienda.

En ese momento entró Aurora frotándose el nacimiento de su pelo oscuro en la nuca y tras merodear un poco me pidió un ramito de caléndulas.

—Siempre me llevo alguna flor nueva que me quiera posar —me explicó con los ojos grandes de chocolate negro a punto de derretirse, su piel como de goma, su cuerpo menudo perdido dentro de aquella camiseta enorme.

Escogí para ella unas caléndulas fucsias que reconocí gracias a haber visto *La boda del Monzón*.

—¿Es verdad que se pueden comer? —le pregunté recordando la película.

Ella ladeó la cabeza como un cachorro y sonrió sorprendida.

—Bueno, seguro que sí, si eres una cabra.

Le devolví la sonrisa. Seleccioné sus flores con la atención de una directora de casting. Al fin y al cabo iban a ser sus modelos. Luego, imitando a Olivia, las rodeé torpemente con un lazo que apreté como si quisiera estrangularlas. No en vano, lo supiera Aurora o no, la caléndula era la flor de la pena.

La tentación de los membrillos

Empezó a anochecer: Olivia encendió los farolillos del jardín, que de pronto pareció tomado por un enjambre de luciérnagas; Aurora empezó a recoger sus botes de pintura; yo seguía perdida en un campo de margaritas y celofán en el interior del invernadero, barriendo los sobrantes, aturdida por su olor dulzón… y fue entonces cuando me di cuenta de que había una ninfa rubia enroscada como una hiedra a nuestro olivo. Allí estaba Gala, como si le hubiera brotado al tronco, absorbiendo su energía.

Mientras, en la verja de la entrada, Olivia hablaba con alguien.

—Entonces ¿no te ha dejado nada para mí?

Bajo la luz de la farola y entre las plantas, sólo podía distinguir una media melena triangular que se agitaba nerviosa con cada gesto.

—No, hoy no, Victoria. —La florista hizo un silencio—. ¿Vais a seguir así? Tú sabes lo que sientes. Él también…

—Caramba, Olivia, ojalá fuera tan fácil.

—Lo es.

—Él podría ser un poco más claro.

—Lo es.

—No, no... Tengo que estar segura y analizar bien la situación, y tampoco voy a dar yo todos los pasos, ¿no?... —protestó la dueña de aquella zozobra con la voz enérgica pero algo afónica.

—Victoria —la interrumpió la otra más pausadamente—. ¿Crees que puedes meter estos datos en un Excel para ordenarlos? Llámame romántica, pero me parece que los sentimientos no se razonan, ¿no crees? Cuando se piensa no se siente y cuando se siente no se piensa. En fin... ¿por qué no entras y te tomas un vino con nosotras? Están las chicas.

Hubo un silencio sólo roto por el aspersor que había empezado a regar las plantas de la entrada.

—Bueno, pero sólo uno, que Pablo se enfada. —Se agobió la voz.

—Pues que se enfade.

Las dos mujeres caminaron del brazo hasta el interior del jardín y yo volví a esconderme entre las margaritas. Casi de inmediato se organizó un breve revuelo de saludos y risas. Olivia entró a la trastienda y sacó una botella de vino con varias copas. Cuando me disponía a despedirme, me la encontré de bruces quitándose el delantal y soltándose el pelo.

—Marina, anda, deja de fisgar y ayúdame con esto, ¿quieres? Voy a presentarte a unas buenas amigas.

Creo que nunca había conocido a alguien tan acelerado como Victoria. Era como si estuviera a cámara rápida. Tenía una melena castaña y fosca cuyo flequillo se retiraba de la cara resoplando, las facciones marcadas y duras, los pómulos altos, la boca grande, el pecho pequeño, una anatomía menuda y atlética vestida para ir a la oficina en El Corte Inglés.

—Hoy no puedo quedarme mucho. Voy como un sputnik. —Soltó el bolso y el portátil sobre una silla de hierro, escarbó en él, comprobó el móvil y se sentó—. Les he prometido a los niños que les daré un beso antes de que se duerman, que luego Pablo me dice que nunca llego, y tengo que dejar cocinado el pudin para la cena de mi suegra, os juro que estoy harta de que me critique porque no cocino, la muy bruja, si supiera que Pablo va a verla sólo porque yo le insisto, en fin... —Elevó la mirada, buscó algo en su cerebro y volvió con nosotras—. ¿Sabéis? Hoy he leído un artículo sobre las mujeres sándwich. Es terrible. Me siento una: todavía tengo que dar de comer a mis hijos y ya empiezo a dar de comer a mis padres y a mi suegra... En fin, que encima antes de acostarme tengo que enviar unos emails y corregir el documento que presentaré en la reunión de mañana... Luego están los cabrones de los chinos, ¿sabéis qué han dicho?, ¡que no negocian con una mujer! —Se sopló el flequillo fuera del rostro, miró el móvil—. Y mi jefe les ha dicho: «Pues es la mejor, así que tendrán que negociar con ella», total que me voy a llevar a mi segundo de a bordo que tiene colita como ellos, por si los veo muy hostiles, ¿qué os parece? Ah, y que no se me olvide, por Dios santo, llamar a mi madre, que le han diagnosticado glucosa a la buena mujer, y tengo que llevarla a las pruebas porque si no voy con ella no se las hace, lo que os digo, una mujer sándwich, y a última hora, cuando salga de trabajar tengo que irme a una reunión de padres del colegio para decidir qué disfraces les haremos a los niños por San Patricio. ¿Os he dicho que los he cambiado a un colegio inglés? ¡El gran error de mi vida! Me hacen trabajar más que a ellos. Todas las madres son ricas, guapas y saben hacer mermeladas y galletas con formas absurdas, así que con un poco de suerte les daré un poco de pena.

Creo que todo esto lo dijo sin respirar y nos cortó la respiración a las demás. Empezó a enviar un mensaje a velocidades supersónicas.

—Vicky, como sigas así te va a dar algo —le advirtió Gala sin mirarla mientras pasaba con desgana las hojas de una revista de decoración.

Luego la ninfa descalzó sus pies blancos, los posó sobre la silla de Aurora, que estaba enrollándose un cigarrillo, y empezó a columpiarse.

—¿Y no puede ayudarte Pablo? —preguntó la pintora-taxista encendiéndolo y luego se llevó la mano a la boca—. ¡Mierda! ¿Veis? He dicho «ayudar». Es que nosotras mismas nos traicionamos...

—Anda, deja el látigo. —Se desesperó Olivia levantándose. El pelo le caía ahora en hebras finas por los hombros. Desenroscó la manguera—. Lo que necesita Victoria para descargar todo ese estrés es ilusionarse con algo fuera de casa y fuera del trabajo.

—No digas «algo», di «alguien» —añadió Gala burlona.

Nuestra Galatea y la florista se dedicaron miradas furtivas como si supieran de qué estaban hablando.

—¿Con alguien? —preguntó Aurora tras una bocanada de humo.

Victoria se escarbó la melena.

—No empecemos. Es solo una ilusión y me basta con eso. Además, esta semana he vuelto a no tener tiempo de ir al gimnasio. —Resopló en tres tiempos, se miró las uñas—. Da igual, ¿a quién le importa estar perfecta después del parto?

—¡A ti! —soltó Gala con sus ojos de muñeca abiertos como compuertas—. ¡Estar perfecta no, cielo, pero sí luchar un poco contra la ley de la gravedad! Está la «operación bikini» y está «la operación amante»...

Se escuchó la risilla de Olivia entre los árboles. El agua de la manguera enjuagaba la tierra. El olor a naturaleza lo invadió todo.

—Vosotras no estáis en mi situación, ¿vale? Tengo una familia.

Consultó el móvil. Se escuchó una ambulancia a lo lejos que le dio a la frase una dramática banda sonora.

—Es verdad. —La voz de Olivia estaba ahora regando la pared del fondo—. Debería motivarte que un tipo esté deseando quitarte toda esa tensión de encima, querida, y no lo aprovechas.

—Por cierto, ¿qué sabemos de él? —preguntó Gala meneando su vino en la copa—. ¿Ha avanzado la cosa?

La aludida se volvió hacia ella a punto de decirle algo que no dijo. Luego se sirvió más vino y me ofreció.

—Ten cuidado con ellas, Marina. Son una malísima influencia.

Yo sonreí. Creo que era lo más refrescante que había escuchado en mucho tiempo. Luego Olivia nos salpicó los pies con el agua de la manguera para terminar de quitarnos el calor y sobrevolaron el jardín unos cuantos improperios y carcajadas.

Más tarde Victoria me contó que era ingeniera informática, aunque una frase suya ya me lo había hecho sospechar.

—El problema es que las mujeres de hoy somos como un software revolucionario que se ha instalado en un ordenador obsoleto, y por eso no para de colgarse y colgarse y hacer cortocircuito.

Consideraba que tenía un buen trabajo, pero vivía atrapada en la posibilidad de un ascenso permanente que no terminaba de llegar si no salía de España.

Cuando hablaba solía tensar las manos de forma peculiar. Eran pequeñas, como si hubieran evolucionado para hacer claqué sobre un portátil, con las uñas mordidas y llenas de padrastros. Vivía viajando entre Madrid y Tokio, donde estaba su empresa, y según ella, si no fuera por su marido y sus hijos, estaría viviendo fuera de España. Tenía dos niños, Raúl y Eduardo, de siete y cuatro años, alérgicos a casi todo como su padre, decía, y, aunque prefería no pensarlo, sabía que no moverse del país estaba frenando su carrera.

—Y para colmo acaban de ofrecerme que nos mudemos una temporada a Nueva York. —Todas aplaudieron y la felicitaron—. No brindéis aún.

—¿Por qué? —preguntó Aurora dejando un círculo de humo en el aire.

—Pablo no lo ve una buena idea —dijo entre dientes.

—¿Porque no tiene nada que perder pero tú sí? —protestó Gala.

—No, Pablo sólo está pensando en los niños —lo defendió—. Opina que no es lugar para tener una familia. Y en parte tiene razón. Pero también sería una gran experiencia para los niños… No sé.

Gala perdió a un tiempo la paciencia y el equilibrio en la silla. Olivia la sujetó.

—Pero ¡tampoco querías mudarte del barrio! —Se indignó la rubia—. Y, si no recuerdo mal, fue él quien se empeñó en que os fuerais a esa urbanización donde Cristo perdió la chancla.

—Y él prefiere la postura del misionero… y ella que la cojan en brazos, que es mucho más grave —concluyó Olivia para mi asombro.

—¡Parad ya!

Victoria les dirigió una mirada asesina y siguió quitándose el esmalte de su dedo índice con un gesto compulsivo.

—Pablo es un padre maravilloso.

Gala cerró la revista.

—Ésa es una gran noticia para tus hijos, pequeña, pero creo que estábamos hablando de ti.

—Es verdad que somos muy distintos —continuó la informática—, pero hay una cosa en la que estamos de acuerdo... y es que no hago lo suficiente.

—¡Vaya por Dios! —protestó Aurora—. Pero ¿por qué al final somos nosotras las que tenemos la culpa de todo?

—Bueno, no me lo dice, pero sé que lo piensa —rectificó—. Y es cierto, chicas, no llego. Ya me lo decía mi madre, que cuando era pequeña y me preguntaba: «¿Qué quieres ser de mayor?», yo decía como David Bowie: «Yo quiero serlo todo». Y claro, así me va.

Olivia dejó la manguera dentro de la maceta de un árbol y se puso en jarras.

—Qué ocurrencia, querida. ¡Querer tener una familia y un trabajo!

—¿Como un hombre? —continuó Gala—. Mira que eres exótica.

—¿A que sí? —masculló ella sonriendo de medio lado, mientras miraba furtivamente el móvil.

Hubo risas de nuevo.

Esta vez fui yo quien sirvió otra ronda de vino. Para Olivia, Victoria era un claro espécimen del «síndrome de la omnipotente». Había decidido poder con todo, pero ese plan no admitía fallos: la mejor madre, la mejor profesional, la mejor compañera, la mejor hija, la mejor nuera... no buena, no, perfecta. Así su jefe no podría reprocharle que desatendía la empresa por tener dos hijos, ni su marido que era una madre ausente. ¿El resultado?

—¡Madre mía! Voy a mandar un mensaje a casa. Son las diez. Va a caerme una bronca... Y si no me da tiempo a corregir ese archivo, mañana me dan el finiquito.

Entonces Olivia le quitó el móvil con suavidad y le hizo una caricia en la mejilla.

—Por una vez piensa un poco en ti, ¿quieres? —le susurró y pareció congelarla unos instantes—. Te lo mereces.

La única fórmula que había encontrado para calmar la ansiedad que le provocaba todo lo que le frustraba de su vida era estar permanentemente ocupada y ser víctima de un estrés vital. Por eso, cuando llegara a casa esa noche, en lugar de darse una ducha y relajarse un poco tomándose un vino frente a la televisión —como habría hecho en su apartamento de soltera—, se conformaría con ponerse unas chanclas, caminaría dando tumbos hasta la habitación de los niños y estaría el mismo tiempo con cada uno en la cama. Luego reorganizaría sus carteras del colegio. Caminaría sobre sus sandalias hasta la cocina, sacaría la mantequilla, pan y tres variedades de fiambre y les haría unos bocadillos para el recreo. Dejaría las tazas del desayuno, los cereales de tres variedades también sobre la mesa —con chocolate para Eduardo, con miel para Raúl y muesli para Pablo—, dejaría burbujeando sobre la vitrocerámica una pasta con carne para la cena del día siguiente y, finalmente, de madrugada, ya dentro de la cama y con el portátil ardiéndole sobre las rodillas, sus ojos inyectados en sangre se reflejarían en la pantalla del ordenador mientras revisaba los emails y los documentos del día siguiente. Un día siguiente en el que Pablo, al que se abrazaría de forma sincera después de dejar el portátil en el suelo, ya habría empezado a roncar. Él se encargaría de meter la vajilla en el friegaplatos y llevar a los niños al colegio antes de irse a trabajar. Y cuando volvieran a verse por la noche, mientras los dos niños se comían la pasta con carne, Pablo le daría un beso en la frente y le preguntaría sonriendo dónde había estado hasta tan tarde la noche anterior.

Más tarde supe que Victoria había vivido con una madre adicta a las pastillas de la que también se había responsabilizado, cuando no le tocaba. A partir de un punto decidió que no quería volver a sufrir. Que se conformaba con una felicidad pequeña mientras fuera una felicidad estable. Al igual que Gala estaba enganchada a la inestabilidad, Victoria era capaz de lobotomizarse con tal de no romper su acariciada estabilidad. Se mentiría y les mentiría.

—Quiero a Pablo. Tenemos un proyecto común. El problema es que… no sé… es como si nos hubiéramos convertido en proveedores de alimentos para los críos.

—Joder, qué frase… —Gala se bebió el resto de su vino de un trago.

—Pero ni ha pasado ni va a pasar nada con Francisco —advirtió bajando la voz—. ¡No seáis brujas!

En aquel momento no até cabos. Ni imaginé todo lo que aquella historia iba a dar de sí.

—Pero ¿por qué no? —contraatacó Gala—. Trabajas sin parar, sacas adelante una familia…

—¡Y tu marido es encantador pero no te hace ni caso! —bramó Olivia.

—Pero qué bruta eres, Oli —la reprendió Aurora—. ¿Por qué no la dejáis en paz?

—Sí me hace caso —le excusó Victoria—. Es que sus bioritmos son distintos y yo siempre llego a casa rendida. Me doy una crema para las varices y me voy a dormir. —Estiró la espalda, que crujió como si fuera de mimbre—. ¿Veis? Estoy llena de contracturas.

—Claro, porque no tienes sexo, querida. —Olivia se sentó muy digna. El resto nos aguantamos la risa—. Si te dieras una alegría, tu relación de pareja mejoraría. Te verías más guapa, más contenta, con otro brillo en la piel…

—Ése es un mito tan tonto… —aseguró Gala.

—¿Lo del brillo en la piel? —Se sorprendió Olivia—. Qué decepción.

—¿El qué? —preguntó Victoria.

—Lo de que mejorará su relación. —Galatea levantó una ceja—. Yo estoy a menudo con hombres casados y que se conformen no quiere decir que «una amante mejore su relación» exactamente.

Aurora contemplaba la escena como si estuviera en el cine.

—¿Y no te da cargo de conciencia? —preguntó de pronto con ojos inocentes.

—¿A mí? —Sonrió Gala—. ¿Estás loca? ¿Quién tiene un compromiso? Yo no. De hecho, por eso yo no lo tengo. Valoro mucho mi independencia y así no quieren ir más allá. —Se abanicó con la revista—. Yo me llevo la mejor parte. Mientras no tenga contacto con su mujer, todo está bien. Por eso cuando estoy con un casado no me gusta quedar en su casa. A otras es verdad que les da morbo.

—¿Morbo? ¡Pues vaya mierda de solidaridad femenina! —Se escandalizó la Bella Sufriente.

—Yo no creo en la amistad cromosómica —interrumpió Victoria mientras mandaba distraídamente un mensaje—. Las mujeres podemos ser grandes amigas, pero no por el hecho de ser mujeres.

—Ahí le has dado —continuó Gala—. Pero es cierto que ver las fotos, secarme con sus toallas, hacerlo en su cama… Os reconozco que eso ya me enfría. Pero no se trata de culpabilidad. ¿Sabéis lo que hizo un día un tipo? Cuando salí de la ducha abrió el armario y me ofreció el contorno de ojos de su mujer. ¿Os lo podéis creer?

—¡El contorno de ojos! ¡Eso es imperdonable! —Se enfureció Victoria con ironía—. ¡Será cabrón!

La primera vez que Victoria entró en la floristería fue para hacer tiempo y no se llevó nada, pero Olivia observó que quedaba con un hombre para desayunar. Luego resultó ser el atractivo arqueólogo que andaba unas calles más allá tras la pista de Cervantes. Lo había conocido cuando a su empresa le encargaron un sofisticado programa para localizar restos humanos.

Un día de los que Victoria esperaba a su nuevo amigo en el jardín, como venía de ver una exposición de Antonio López en el museo Thyssen, le preguntó a Olivia cuál era la flor que pintaba con absoluto hiperrealismo. Se había quedado horas delante de ese cuadro hipnotizada por las flores y, por alguna razón, necesitaba seguir teniéndolas delante de los ojos. Olivia le respondió que era la flor del membrillo. Así que las encargó sin saber que pertenecían a un árbol. Cuando volvió una semana después introdujo en su casa, sin sospecharlo, un par de ramas en las que había florecido la flor de la tentación.

Fue por entonces cuando a Olivia se le ocurrió colgar en la puerta del invernadero una tabla con los significados de las flores. Y, dependiendo de cuál de los dos era el que esperaba en el invernadero, tenía esperándole una flor que pasaba un mensaje. Es cierto que al principio fue Olivia quien arrancó el juego, aunque ellos nunca llegaron a saberlo. De esa forma habían empezado un curioso diálogo en clave de flores: a través de ellas se atrevían a decirse aquello para lo que resultaban demasiado incómodas las palabras y, desde luego, entrañaba menos riesgos que los peligrosos mensajes de móvil. Victoria le había cogido gusto a los pensamientos, a la flor, quiero decir: al principio optó por la cautela y le dejó uno multicolor, «piensa en mí como yo en ti». Él había respondido con una peonia rosa, «me gustas pero soy demasiado tímido como para decírtelo». Y ella contraatacó con un pensamiento blanco, «te respeto». A lo que él respondió con una peonia blanca, «soy afortunado de tenerte», y ella con un pensamiento azul, «confiaría en tu amor», a lo que él sólo pudo aportar un enorme girasol para mostrar su «adoración», y ella se atrevió con un pensamiento amarillo como «deseo lleno de poesía», a lo que él, liándose la manta a la cabeza, había respondido con uno naranja, «deseo físico intenso».

Y ahí se habían quedado.

Aunque Victoria, invariablemente y para su casa, a pesar de que sus hijos estornudaran como locos cada vez que andaban cerca, se llevaba unas flores de membrillo.

—En mi opinión, Victoria —dijo Gala descalza y de puntillas revisando la tabla del lenguaje de las flores—, creo que, dado el calentón que tenéis, esto ya sólo puedes arreglarlo con un enorme gladiolo rojo.

—Ah… me encantan los gladiolos. —Aurora suspiró—. Tengo que pintar alguno. ¿Y qué mensaje manda?

—Es una clara y contundente invitación al sexo —respondió Olivia, sentada en el columpio del olivo y ante el jolgorio general—. Hazme caso, Vicky, el sexo es medicinal: aumenta las defensas y la felicidad con la serotonina y la tranquilidad con la dopamina y aumenta el riego del cerebro y mueve el corazón… —Se columpió con coquetería—. Yo nunca he podido pasar sin sexo y tengo una salud de hierro, si te digo la verdad.

Y yo no podía dejar de escucharlas mientras pensaba en cómo intervenir en una conversación que sentía que me era tan ajena. ¿Dónde había estado yo los últimos años? Intentaba hacer memoria de los encuentros sexuales que yo misma había tenido contigo antes de tu enfermedad. No sabía si me gustaba que me obligaran a pensar según qué cosas. Pensando en esto estaba cuando, a eso de las once de la noche, en el instante en el que empezaba a subir el nivel de voz del grupo a lomos del vino, ocurrió algo inesperado. Se abrió la puerta de la verja y una voz entre las hojas preguntó si estaba abierto.

La serenidad de las orquídeas

En la oscuridad se dibujó a trazos rápidos la mujer del traje gris perla, que volvía con el rímel corrido y su ramo de rosas, el gesto digno de una estatua y un sobre en la mano.

Olivia se le acercó sorprendida caminando descalza sobre las baldosas mojadas.

—Buenas noches, querida, pasa… ¿en qué podemos ayudarte?

—Sólo podríais ayudarme de verdad si me decís dónde puedo contratar un sicario discreto, pero sí, quería pedirte un favor. —Su voz sonaba llena de decisiones. Se dirigió a mí—. Quiero cambiar la dirección y la destinataria del ramo de rosas.

—¿Ya no son para la afortunada Casandra? —preguntó Olivia más sorprendida aún.

La otra hizo una mueca irónica y me miró.

—¿Usted tiene la dirección y el nombre de la pareja que esta mañana estaban aquí con una niña?

—Sí —respondí titubeando—, hicieron un envío. Unos árboles frutales para un jardín.

—Para un jardín… —Sonrió pensativa—. Claro, debí suponer que tendrían un jodido jardín… Pues quiero enviárselas a «ella» —enfatizó la destinataria— con el siguiente mensaje.

Nos entregó el sobre. Olivia lo abrió con dos de sus finos dedos. La observamos sin pestañear. Dentro había una tarjeta. Leímos en voz baja:

Esto se lo dejó olvidado en mi casa tu marido.

Y pegado a la tarjeta, había un condón.

Entonces nos entregó un segundo sobre sin abrir.

—Y este otro es para que lo guarden por si me da por enviar un futuro ramo para él. Si llega el caso.

Hasta casi dos meses después no sabríamos lo que había dentro y lo complicada que era en realidad esta historia, para Casandra y para su relación con el mundo.

—Eh…Casandra… ¿verdad? —preguntó Olivia guardando el sobre y posándole una mano en el hombro—. ¿Por qué no te relajas con nosotras y bebes un poco? Tenemos una pequeña tertulia improvisada en el jardín.

Según Olivia, no era la primera vez que Casandra se enviaba flores a su despacho. Lo hacía cada cierto tiempo y siempre con mensajes distintos: pasionales, coquetos, febriles, anhelantes, caballerescos. No estaba loca. Nos explicó que sólo quería que en su trabajo pareciera que tenía una vida. Se trataba de una estrategia laboral. Su jefe le había dejado caer que, a pesar de su apabullante carrera llena de ascensos, su «imagen» mejoraría…

—Si tuviera pareja estable…, es decir, marido. Incluso una familia. —Casandra nos miró por turnos a los ojos—. ¡Y porque le paré ahí, porque si no me dice la raza del perro que tenía que comprarme!

—Es el colmo. —Se indignó Aurora.

—Será cretino... —Se escuchó decir a Gala.

Un pájaro nocturno voló hasta el olivo y lo escuchamos escarbar en su interior. Desde la plaza de Santa Ana llegaban los acordes reiterativos de un acordeonista. Casandra pareció tranquilizarse con su melodía.

El caso es que no había tenido tiempo para nada de eso. Para la vida, en general. A cambio era una brillante diplomática volcada, o más bien abducida, por su trabajo. A los treinta y cinco ya era parlamentaria europea y había crecido con las siguientes consignas paternas: «Yo quiero que mis hijas tengan una carrera, sean independientes y nunca, nunca dependan de un hombre». Y lo remató diciendo una de esas frases que su hija había jurado grabarle en su epitafio: «El único hombre que nunca te va a engañar es tu padre». Así que en ella convivían al cincuenta por ciento una especie de desprecio y fascinación hacia los hombres provocados por la sospecha de que nunca encontraría el que estaba buscando.

—Eso no puedes saberlo —argumentó Olivia.

—Claro que puedo —respondió probando el vino con gesto irónico—. Porque ese hombre es único y está casado con mi madre.

Una mujer preciosa. Una buena madre, precisó. Que siempre le recordaba que era la mejor. Y eso, estar a la altura de sus expectativas, ya era una presión enorme. Esta etiqueta era también la responsable de haber convertido a Casandra en el mayor de los trofeos para los especímenes de macho alfa: la mujer exitosa a la que hay que conseguir pero con la que no compartirían jamás su vida, por miedo a esa temible arma que guardaba en el bolso y que podría utilizar para dejarlos cuando le diera la gana: su independencia.

¿Y quiénes eran los cazadores de Casandras?

Hombres a los que les daba morbo domar a una fiera, es decir, enamorarla: Peter Panes de vida desahogada, casados permanentemente infieles o...

—O todo junto, como este último —confesó con dolor mientras domaba su melena para rehacerse la coleta—. Después de muchas negativas, porque obviamente me silbaban al oído todas aquellas prevenciones paternas, y las de las monjas del colegio, incluso las recomendaciones del oportuno de mi jefe, claudiqué.

—Te convertiste en su amante —se interesó Gala.

Casandra asintió y luego negó con la cabeza:

—Lo peor es que caí como una gilipollas en el viejo truco de «soy infeliz en mi matrimonio y lo que me gustaría es que alguien me hiciera sentir el amor de verdad».

—Y te esforzaste en complacerle para cumplir ese encargo de «hacerle sentir», para no defraudarle, como haces con todo el mundo —completó Olivia mientras nos llenaba los vasos.

Casandra la observó como sorprendida por ser tan predecible.

—Me siento tan ridícula. ¡Hasta me compré libros de técnicas sexuales! —se lamentó mientras se refrescaba la frente con la copa—. El tiempo que no estábamos juntos lo invertía en preparar el siguiente encuentro, descuidando mi salud, mis amigos, hasta que...

Algo la hizo detenerse. Una información aún clasificada. Se acarició el pequeño lunar cercano a su boca.

—Hasta que te diste cuenta de que el poco tiempo que estabais juntos él lo quería pasar follando —aventuró Gala, experta en la vida ajena, mientras su cuerpo de robusta ninfa volvía a hacer equilibrios en la silla sobre dos patas.

Casandra soltó la goma de su coleta dejando que su melena le cayera libre sobre los hombros, por fin.

Apenas podía creer el bucle en el que había entrado, tan obsesionada estuvo por idear nuevas formas de encantarle que llegó a olvidársele algo importante: que estaba casado. Hasta que esa misma mañana, cuando se lo había cruzado en el jardín acompañado de su mujer y su hija, aquella brutal dosis de realidad se le indigestó y sintió un dolor en el pecho que le impedía respirar.

—Pero ya sabías que lo estaba... —dijo Aurora tras un par de estornudos.

—Es muy complicado. —Casandra suspiró—. Hoy, al verlos, ha sucedido algo que... en fin, es una historia muy complicada, difícil de explicar en una sola noche.

No pudo continuar. Se sirvió más vino. Tragó con dificultad.

—Qué cabrón —dictaminó Gala—. ¿Veis lo que os digo? El amor está sobrevalorado.

—No se trata sólo de eso... ¿Gala te llamabas? —Casandra hizo una pausa, la otra asintió.

—El problema es que hay manipuladores que utilizan palabras que les quedan demasiado grandes —opinó Aurora.

Victoria, que había permanecido muy atenta a toda esta historia como si viera su negro futuro en 3D, se descascarillaba la única uña que le quedaba pintada. Luego dejó la mirada perdida.

—¿Y luego queréis que yo me meta en un lío de estos?

Casandra también se quedó pensativa, ahora imagino que completaba en su cabeza el resto del complicado puzle de su secreto. Se abrió un par de botones de la camisa. Dejó su chaqueta colgada de la silla. Se quitó los pequeños y brillantes pendientes, el anillo y el reloj y los metió en el bolso. Como si de pronto todo le estorbara o todo le trajera recuerdos.

Al día siguiente Olivia y yo bautizaríamos el cuadro clínico de Casandra como «el síndrome de la superwoman». Todo su lenguaje corporal, la seguridad de sus gestos, su forma de blandir la tarjeta de crédito, su manejo del taladro y de los tacos que soltaba para trufar un discurso elegantemente hilado desembocaban en un «No necesito a los hombres para nada» que homenajeaba la memoria de su padre. Por eso también prefería centrarse en el trabajo. Sabía que cuando se daba a los demás, se daba demasiado, y su autoexigencia feroz la llevaba a exigirse tanto en el amor como en todo lo demás.

—Pero no seas tan tajante, querida. Te aseguro que hay hombres maravillosos… —opinó Olivia—. ¿No será que te dan miedo y escoges a los que le darían la razón a tu santo padre?

La aludida se volvió hacia ella con orgullo.

—¿Miedo yo? ¿De ellos? ¡Ja! Tendrías que ver cómo me miran en el ministerio… Mis colegas se acojonan sólo de verme entrar en una sala de negociaciones.

Una superwoman, según Olivia, había sido diseñada con esmero por esas madres feministas —más o menos de su edad— que lucharon por la libertad pero no pudieron experimentarla: «No te enamores. No te cases. No tengas hijos».

El caso de Casandra nos quedó claro después de que Gala, cuando ya había caído la tercera botella de vino y en un momento de borrachera más propio de una fiesta de pijamas, preguntara a la mesa cómo había sido nuestra «primera vez». Y es que ahora que está finalizando este largo y extraño verano, puedo decir que en la vida de una mujer hay dos adolescencias que coinciden con sus momentos «crisálida» y de los que hablaré más tarde: a los quince y a los cuarenta.

A la pregunta de Gala, la primera en responder, contra todo pronóstico, fue Aurora.

—La verdad es que fue mi «casi» primera vez porque no llegó a suceder del todo —dijo algo tímida batiendo aquellas pestañas negras y permanentemente mojadas.

En aquel entonces, la Bella Sufriente tenía un novio muy pío con el que había ido al instituto. A su madre le encantaba por recatado y a su padre porque lo consideraba con un buen porvenir. Su simpatía con el Opus Dei no era un secreto, así que enseguida hablaron de boda —confesó casi avergonzada—, aunque por supuesto quería «respetar» su virginidad. Olivia se llevó la mano a la frente: pero ¿eso aún existía? El resto le pedimos silencio.

—El caso es que un día estábamos en mi casa solos, ya casi desnudos, devorándonos el uno al otro, y me propuso una ocurrente solución. Me dijo: «Cariño, ¿qué te parece si te doy por detrás?». Así seguirás siendo virgen. —Aurora hizo un gesto de obviedad con las manos—. Desde entonces me confunde un poco todo lo que tiene que ver con la Iglesia…

—¡Desde luego tenía razón tu padre! ¡Era un hombre de recursos!

Hubo algún gesto de asombro y alguna otra expresión malsonante producto del vino.

Casandra, quien estaba eliminando los restos de rímel de sus ojeras tras una pequeña polvera de Christian Dior, tomó el relevo:

—A mí mi madre, dándoselas de liberal, me sugirió ser desvirgada por un cirujano con el siguiente argumento: «Así no serás un trofeo para ningún hombre». —Cerró la polverita de golpe—. ¿Me echáis más vino?

Todas enmudecimos.

—Lo mío con mi padre es un problemita, en serio —prosiguió—. Y ahora que he conseguido gran parte de mis metas profesionales me doy cuenta de que sigue pensando que todavía puedo hacer más. Nunca conseguiré del todo su reconocimiento, así me caiga muerta. Mi tan ansiada independencia por mi madre les da miedo a los hombres y a mis becarias… pena. ¿Sabéis lo que le escuché decir a Paula, mi secretaria, el otro día? —Suspiró—. «No tiene vida.» ¡No tiene vida!, dijo, la muy hija de una hiena, sólo porque me vio atornillada al ordenador un viernes por la noche y con fiebre de cuarenta. ¡Y encima no la hice quedarse!

—Pero ¡si eres un pibón! —protestó Gala—. En serio que no entiendo que una tía como tú no tenga a un ejército de tíos babeando detrás.

La observé. Sus piernas largas. El cuerpo bien formado. El pelo brillante. Ese lunar enfatizando la boca grande y sexy. Todo ello vestido y maquillado con gusto y dentro de la cautela.

—¿Y si te abres un perfil en una web de contactos *cool*? —sugirió Victoria mientras encendía su tablet.

—Web de contactos y *cool* son términos antónimos —añadió Gala.

—No creas —la contradijo Victoria—. Algunas funcionan muy bien para las personas de tu perfil.

Casandra la miró horrorizada.

—¿De mi perfil? ¿Estás loca? —Se levantó y despegó los pantalones anchos y la camiseta de su piel sudada—. ¡Tengo un cargo público! Por no poder, no puedo ni hacer eso. A veces pienso que sería más inteligente cambiar todo mi currículum por un par de tetas bien puestas, en serio.

Y era cierto que, según nos dijo, su lista de amantes en el último año superaba su biografía en Linkedin —tenía mucho que compensar para ser una persona normal, nos aclaró—.

Había sido siempre tan asquerosamente responsable y observadora de lo «correcto» que podría hacer un millar de maldades y le saldrían gratis ante las autoridades celestes. Pero la realidad era que, cuando comenzaba algo parecido a una relación que le importaba, tarde o temprano tras un primer e intenso cortejo, empezaban a languidecer los mensajes de móvil y, como ella decía, «se vestían de moqueta» hasta desaparecer.

—«¿No estás casada, Casandra?, ¿cómo es que no tienes hijos, Casandra? Deberías planteártelo, Casandra… ¿Te pasa algo, Casandra?» —Resopló—. ¡Como si uno pudiera agendarse esas decisiones vitales! Mira, estoy por pedírselo a mi secretaria.

—Yo, directamente, no tengo pasta para hacerme esos planteamientos. Ni secretaria —dijo Aurora, de pronto algo molesta.

Observé a Casandra hurgando en su bolso de firma en busca de un enorme pastillero que siempre la vería sacar tres veces al día para engullir todo tipo de vitaminas, probióticos y potenciadores de las defensas. Allí estaba nuestra superwoman intentando controlar su entorno a toda costa: inmersa en un mundo impregnado de testosterona y costumbres conservadoras, enviándose a su despacho aquel ramo de flores que llegaba siempre en la hora punta, a la vista de todos.

—No creo que tengas que justificarte, querida —opinó Olivia, que había empezado a regar de nuevo.

—Pues yo creo que desgraciadamente sí —insistió Casandra—. En mi mundo, chicas, y me temo que es el mismo que el vuestro, a una mujer le siguen pidiendo explicaciones que no vienen a cuento, en el trabajo y hasta en la peluquería: cuando eres joven quieren saber si te vas a reproducir pronto, porque puede ser un problema. Si será dentro o fuera del matrimonio, porque puede ser inapropiado. Pero es que a partir de cierta edad, ¡es al revés! Si no te has reproducido o no tienes un hombre al lado, ¡es que algo te pasa! «No es apta.» No me jodas…

Casandra se estiró con los brazos en alto, todo lo larga que era. Y al hacerlo quedó colgando fuera de su camisa una medallita de una virgen. Luego se levantó y estuvo curioseando por el invernadero hasta detenerse delante de una espigada orquídea azul, como si ésta la hubiera escogido a ella y no al revés. Se quedaron frente a frente, ella imitando su quietud y la otra mirándola fijamente con su, por entonces, única y gran flor abierta.

Un coche derrapó a lo lejos. Dos gatos se chillaban para quedarse con su trozo de calle. El camión de la basura empezó a descargar los contenedores y a lo lejos sonó un estruendo de cristales rotos.

¿No debería ser todo más sencillo?, pensé mientras ayudaba a Olivia a enrollar la larga manguera. ¿Cuál era el eslabón que fallaba en la cadena? En teoría era nuestro turno.

Allí estábamos.

Mujeres de cuarenta con estudios, grandes expedientes, con libertad sobre el papel, con posibilidad de elegir.

Y el problema era ése, precisamente. Que teníamos que elegir.

¿Carrera? ¿Familia? Todo no parecía ser posible. O al menos, no todo a la vez. ¿Por qué?

Olivia bostezó y poco a poco su bostezo fue contagiándose de boca en boca hasta humedecernos los ojos. La noche también lo hizo con olor a tierra mojada.

La humildad de las violetas

Casi sin darnos cuenta había llegado la madrugada y, durante esas horas, tras la verja de nuestro pequeño oasis, fuimos jaleadas por rebaños de rubios y beodos turistas que regresaban al Youth Hostel de Huertas, saludadas por los relaciones públicas de los locales cercanos y chistadas por los vecinos de arriba cada vez que desembocábamos en una risa histérica.

Aurora había empezado a llorar, ahora sí, contándole a Gala el último desaire de Maxi. La rubia la abrazaba dándole ánimos mientras trufaba su monólogo con alguna cita prestada de un libro, en Olivia se advertía ya cierta risilla avícola que luego supe que le provocaba siempre el vino blanco, yo seguía practicando mi autismo y Victoria miró por enésima vez el móvil.

—Qué horror… las dos de la mañana. —Resopló—. Soy un ser horrible y una madre desnaturalizada.

—¿Quieres dejar de decirte ese tipo de cosas? —protestó Gala.

—Sobre todo, querida, porque tienes a tus pequeñines contigo. —A Olivia se le dibujó en el rostro la ternura—. No imaginas lo importante que es eso.

Victoria se acodó en la mesa con un gesto seguramente heredado de sus hijos.

—¡Es verdad! ¡Me siento culpable por todo! ¡Soy un coñazo!

Empezó a enumerar con los dedos: se sentía culpable cuando llegaba y los niños estaban dormidos, por no haber pedido ya la dichosa jornada reducida y pasar de las posibles represalias, ¡incluso por no hacer putas mermeladas por San Patricio! Tiró el móvil dentro del bolso y lo cerró como si quisiera encarcelarlo.

—Si lo sé te traigo un cilicio del convento de las Trinitarias. —La rubia le guiñó un ojo a Olivia y se acomodó sus grandes pechos dentro del vestido.

—No, de las Trinitarias habría que traerle otra cosa —se burló Olivia—. Además, ¿de qué te sirve?

—¿Hacer mermeladas? Me serviría para no ser una madre inadaptada en la asociación de padres, por ejemplo.

De pronto pareció acordarse de algo. Abrió el bolso de nuevo, sacó una enorme libreta negra, garabateó un par de líneas.

—Doña omnipotente, hasta los héroes tienen su kriptonita. —Olivia puso la mano encima de la agenda, cosa que impacientó a la informática visiblemente.

—Y date permiso para fallar —dijo Aurora llorosa.

—Y para follar —añadió Casandra levantando su copa—. Un poco. Aprovecha, tú con lo demás ya has cumplido.

Gala fue a darle a la Bella Sufriente un pañuelo y decidió ponerle en la mano el paquete entero.

—Desde luego, el feminismo nos ha tendido una trampa perfecta —dijo la rubia, quien había comenzado a no pronunciar las erres.

—¿Cómo puedes decir eso? —se indignó Aurora apartándose de ella.

—Pero ¡mira a Victoria! —insistió la otra.

Le cogió la agenda a su sorprendida propietaria y la blandió en el aire: eran las dos de la mañana, estaba tomándose un vino con unas amigas después de currar como una loca y no dejaba de mirar el móvil y de engordar listas interminables de tareas diarias que eran imposibles de cumplir si no eras Flash Gordon y que iba pasando de día en día hasta caer exhausta por las noches, con tensión muscular y desórdenes digestivos. Gala le devolvió la agenda y Victoria la tiró dentro de su bolso con más furia aún que el móvil. Suspiró.

—Y haciéndose tortillas de ansiolíticos, ¿me equivoco? —aventuró Casandra, y la informática asintió con los ojos gachos—. Tienes una depresión a la japonesa —concluyó.

—¿Una qué? —Se alarmó la informática.

—Sí, así la llama mi terapeuta. Hay gente que se deprime y no sale de la cama y hay gente, como nosotras, que somos tan pardillas que nos da por trabajar hasta caernos muertas para no pensar en nuestras vidas ¡y de paso levantamos el país! —Y zanjó aquella explicación con un rápido pestañeo.

—¿Y quién te lo agradece? —añadió Gala—. Si ni siquiera te permites darte una alegría al cuerpo.

—¡Me estáis deprimiendo, joder! —protestó la aludida.

Victoria se levantó y comenzó a pasear entre los árboles. Escuchábamos su voz contagiada de la fresca oscuridad de nuestro oasis: éramos todas odiosas, odiosas... pero en el fondo teníamos razón, reconoció. Había seguido todas las reglas para ser una mujer satisfecha. Pero había una realidad, balbuceó intentando desencajar uno de los tacones de un hueco en una baldosa, y ni siquiera era culpa de Pablo, pero era así. En casa, por muy directiva que fueras, mamá era molestable y papá no. El tiempo de papá era suyo y el de mamá era de todos. Papá tenía su despacho y mamá estaba reduciendo niños, oreja a tierra, mientras intentaba leer en el salón a Virginia Woolf.

—¡A Virginia Woolf, precisamente!, tiene cojones —rió Gala.

—Pues hablando de la Woolf, se me está ocurriendo un experimento —sugirió Olivia—. A ver... Atención: ¿cuántas de vosotras cuando habéis vivido en pareja tuvisteis una habitación propia?

Hubo un silencio de alcohólica reflexión.

—¿Te refieres a un despacho? —preguntó Casandra—. Bueno, yo no cuento porque nunca he vivido con alguien.

—Da igual. Aunque sea un cuarto de baño. Un trastero propio. Lo que sea. Un rincón de la casa donde refugiaros y que no pertenezca a nadie más. —Todas nos miramos sin pestañear. Olivia asintió satisfecha—. Pues habría que empezar por ahí, ¿no creéis?

Y yo recordé de pronto tu estudio en el que te cerrabas a leer o a terminar cosas del trabajo o a curiosear por internet, incluso el *Peter Pan*, que era tu territorio. Era curioso considerando que era yo la que en teoría pasaba más tiempo en casa. Victoria contó cómo, teniendo una casa de 200 metros, Pablo tenía un despacho, los niños su sala de juegos y ella no podía reconocer como propia ninguna estancia de la casa en concreto. Tampoco las demás: Gala echó la vista atrás y nos llevó hasta el único momento en el que, según ella, había estado a punto de casarse. Casi nunca quería que quedaran en su casa, por lo general sus encuentros se daban en un hotel o en el apartamento de ella. El caso de Aurora era el más extremo. Maxi se había adueñado de toda su casa...

—Qué curioso... —reflexionó Victoria—. Todas preocupadísimas por conquistar nuestro lugar en los despachos y donde aún no nos hemos hecho un hueco es en casa.

—Bueno —dijo Olivia a vueltas de nuevo con el posible amante de Victoria—, tú ahora puedes buscarte ese oasis en otra persona...

—No voy a poner en peligro la estabilidad de mi familia —argumentó la otra.

—Si eso es lo importante para ti, estupendo. —Olivia sonrió acodándose en la mesa—. En el fondo has optado por la opción más inteligente para una persona como tú: te has casado con un hombre que sabes que no te va a dejar.

—Pero ¡qué bruta eres a veces! —protestó la informática.

—Perdona, querida. Es el vino.

En cualquier caso, siguió la florista mientras apoyaba la cabeza sobre una mano para que no se le cayera, no creía que ninguna de nosotras quisiese volver a la prehistoria de la que ella venía: a tener que pedir permiso para abrir una cuenta en un banco o para salir del país... Y ojo, que ella no era una feminista.

—Vale... vale... ése ya es un lugar común, Olivia —dijo Casandra poniendo los ojos en blanco.

—¡Pues yo creo que hay que liberarse incluso de las consignas del viejo feminismo! —pregonó Gala.

—Y una mierda —se indignó Aurora—. No sabes lo que dices. Hay que seguir siéndolo. Feminista. Más que nunca. Para empezar, si no fuera porque otras se lo curraron, Casandra, tú no podrías ser diplomática.

A la superwoman, que abría con desenvoltura otra botella de vino, pareció divertirle mucho ese comentario.

—Vale, y ahora que puedo serlo, ¿de dónde saco yo a un tío que, primero, sepa lidiar conmigo, y segundo, me siga de destino en destino, eh? —Soltó una risotada dolida—. Podría haberme convertido en una funcionaria del Ministerio de Asuntos Exteriores, claro, y no moverme de aquí. Pero si no cruzo el charco al menos cuatro veces en un año siento claustrofobia continental.

—¿Por qué no serás un tío? —se lamentó Gala—. ¡A mí me parece el plan perfecto!

—Pues para ellos no lo es —sentenció soltándose el pelo de nuevo—. No soy un partidazo, no. Soy un problema, parece ser.

Victoria terminó de arrancarse el esmalte del dedo índice. Aurora se echó de nuevo a llorar. Gala hizo un gesto de ir a ahogarla, aunque acabó por hacerle una carantoña en el pelo.

—Un problema es lo que va a tener tu novio o lo que sea eso que te ha crecido en casa como una seta como me encuentre con él. Le insultaría, pero ya le insultó la naturaleza.

—¡Que no te metas con él! Tiene problemas, pero puede superarlos… —Hipó la Bella Sufriente, ahora ya desconsolada.

—¿Cuándo te vas a quitar a este tipo de encima? —Se desesperó Olivia.

—No quiero quitármelo de encima. Sólo me gustaría que se comprometiera un poco más con la relación… —Dejó la vista perdida—. ¿Por qué no puedo tener una pareja normal? Tengo cuarenta años… me gustaría que dejáramos de vivir como adolescentes. Quizá tener un niño…

—¿Con Maxi? —aulló Gala y luego la olfateó—. ¿Te has fumado algo?

Olivia se llevó las manos a la cara.

—Piénsate muy bien eso —opinó la informática—, que con los niños no se aceptan devoluciones.

—Y congela —exclamó Casandra imperativa. La miramos sin comprender—. Sí —prosiguió—. Yo tengo óvulos congelados como para poner una granja. Podría repoblar yo

sola el continente europeo. Así no corro el riesgo de inseminarme en un momento de agobio con el primero que pase si
no tiene una genética apropiada —afirmó con la cabeza, sacó
un tíquet de algo que había comprado, apuntó una web y un
nombre y se la ofreció—. Hazme caso. Congela. ¡Ya!

Aurora lo leyó a la luz de uno de los faroles.

—Qué maravilla... —dijo Olivia para sí.

—¿Refrigerar óvulos como si fueran huevas de merluza?
—se extrañó Gala.

—... no —continuó Olivia fascinada—, poder ser madre
sola y cuando te dé la gana.

Aurora las observaba con los ojos como platos.

—Lo siento, pero esos planteamientos no entran dentro
de mi cabeza. —Le devolvió la dirección a Casandra.

—Será porque nadie los ha instalado en ella, cariño —opinó Victoria—, pero aún estás a tiempo.

Y es que más tarde supe que el proceso de Aurora siempre era el mismo y, efectivamente, estaba condicionado por
cómo había sido programada: empezaba a salir con un hombre que decía adorarla. Alguien que había sufrido como ella.
Un animal herido. Un huérfano. El objetivo: curarle con su
amor. Demostrarle que la vida podía ser otra cosa a su lado.
Salvarlo. Cuando Aurora se obsesionaba con un hombre empezaba a llamarlo «amor». Finalmente se inventaba una fantasía en la que le resultara más fácil vivir... y en ella malvivía
ahora. La tumba de dolor en la que esperaba inerte la Bella
Sufriente a que su hombre cambiara por fin, se convirtiera
en un padre de familia ideal, en un marido entregado, y la
despertara con un beso de amor para comer caza y ser felices
para siempre. Esas cosas.

—No lo conocéis bien. —Alguien soltó un «ni falta que
hace» que ella no escuchó—. Hay momentos en que es mara-

villoso. Es un caballero. Me escribe cartas preciosas y es muy educado conmigo, me cede el paso…

—¿Quieres decir al cruzar una puerta? —la interrumpió Gala—. Una compensación muy pequeña, si tienes en cuenta que en el resto de la vida, le cedes el paso tú. Y también tus contactos y tu cuenta corriente, dicho sea de paso.

Hubo un silencio roto por el solo de cuerda de nuestro grillo.

—¿Veis? El amor es una mierda. —Casandra se acurrucó dentro de su chaqueta—. Hazme caso: ¡congela! ¡Ya! Y no dependas de nadie.

Aurora se sonó ruidosamente la nariz y Gala la miró con hartazgo.

—Cariño, tienes que salir de este bucle. ¡No puede ser que llores por todo!

—Que ahora no estoy llorando, joder —reventó Aurora—. ¡Que tengo alergia!

Aguantamos la risa.

—Y yo también —añadió Casandra—. Tengo alergia a la presión social.

—Eso no es amor… —Olivia sonreía ahora de forma extraña—. De hecho, Casandra, tú quizá deberías darte licencia para enamorarte de verdad.

—¿Yo? Yo ya no me doy licencia ni para mirar a un tío —gruñó Casandra.

—Quiero decir «de verdad» —insistió la florista—. No siempre sale bien, pero siempre merece la pena.

—¿De verdad? ¿Y qué es de verdad, Olivia? —La informática le dirigió una mirada escéptica.

—Pues de verdad para mí es… supongo que cuando es inesperado. Inevitable. —Se frotó el largo cuello. El pelo naranja le caracoleaba en la nuca—. Cuando lo que sientes por esa persona hasta te fastidia sentirlo. Y te da miedo. Porque sabes que no entraba en tus planes pero no puedes evitarlo. Porque no llega cuando tú habías previsto que llegase. El amor de verdad te sorprende y a ratos te hace perder el control. Pero a cambio, si te dejas llevar y te atreves a disfrutarlo sin miedo, no hay nada en el mundo que te haga sentir más vivo.

Victoria dejó los ojos suspendidos en la luz de las farolas.

La diplomática volvió a protegerse tras un gesto imperturbable.

—Pues yo lo que pediría en mi carta a los Reyes Magos es un tío que se enamore perdidamente de mí y que me guste mucho pero sin perder la cabeza. Ése sería mi estado ideal.

¿Qué podía hacer?, se lamentaba con gesto irónico, ¿adoptar una postura más humilde para encontrar pareja? ¿La del misionero? ¿Tener un hijo sola? ¿O ir pensando nombres para sus bolsos de Louis Vuitton y empezar a acunarlos por las noches?

—Es tu actitud la que les hace sentirse inseguros —diagnosticó Gala mientras jugaba con la cera de una vela—. Y sólo te digo que vamos cumpliendo años. Y vamos perdiendo posibilidades de compartirnos. Unos y otros.

Victoria pareció revivir de pronto y levantó la cabeza, que llevaba rato acostada sobre sus brazos.

—Mira, si se sienten inseguros, que se jodan —protestó.

—Dime sólo una cosa, Casandra —continuó la rubia acercándole la llama—. ¿Tú estarías con alguien que te pasara constantemente el mensaje de que es mejor que tú, que te puede dejar en cualquier momento y que no te necesita para nada? Piénsalo.

Casandra sonrió.

—Es que no los necesito para nada. —Apagó la vela de un soplido.

Gala la dejó encima de la mesa y ambas mujeres enfrentaron sus miradas.

—Eso Pablo no lo lleva bien —confesó Victoria—. Quiero decir, que yo tenga un sueldo más alto, tantos viajes… y que vaya de autónoma por la vida.

—¿Y no será también por eso, de forma inconsciente, por lo que no quiere ir a Nueva York? —Gala apoyó su tesis levantando una ceja—. En el fondo, tú marcarías el rumbo por primera vez… y él tendría que adaptarse.

La informática se reacomodó incómoda en el asiento.

—No, no creo que sea por eso.

—Pues, mira, ¿sabéis lo que os digo? —rugió Casandra mientras se levantaba y caminaba por el jardín—. Que les den por culo. A mí no me van las medias tintas, qué le vamos a hacer, y no voy a cambiar a mis cuarenta años: prefiero azúcar a sacarina, el vino tinto al blanco, el café negro al café con leche, y si tengo que llamar a ese tío hijo de puta en la cara y enviarle un condón lleno de gel para quedarme a gusto, lo hago. Y si les asusto, pues lo siento. Y si me quedo sola, me quedo sola.

Gala, que no tenía pinta de escandalizarse con facilidad, miraba a Casandra con los ojos como platos.

—¿Lo vas a llenar de gel? ¿El condón? ¿Y se lo vas a enviar a ella? —La siguió por el jardín a saltitos para no mojarse—. ¿Ves? Ése es tu problema. Un tío te escucha hablar así y ahora mismo lo tendrías acojonado.

—No, hija, el problema a lo mejor lo tienes tú también, que, como yo, les haces el juego a los hombres de nuestra generación que o tienen un síndrome de Peter Pan que no pueden con él o siguen pensando que dos capitanes son demasiados para un mismo barco. —Todo esto se lo decía a una rubia, plantada en jarras—. Pero ¿cuál de nosotras, sabiendo navegar, se sentaría en el asiento del copiloto, eh?

Y ahí fue cuando desperté de mi letargo para siempre recuperando el don de la voz.

—Yo —dije.

Hubo un silencio.

—Pero ¡si habla! —celebró Casandra, socarrona.

Me estiré la falda estampada sobre los muslos. Sentí que un ardor subía hasta mis mejillas.

—Yo fui quien quiso sentarse en el asiento del copiloto —repetí.

Olivia me sirvió otra copa de vino y me la ofreció.

—Quizá es un buen momento para que Marina nos cuente su historia —sugirió girando su silla y acomodándose en ella como si esperara una conferencia.

Bebí un trago de vino. Junté las rodillas. Alisé sobre ellas el bosque de mi vestido una y otra vez.

—La verdad es que es muy aburrida comparada con las vuestras —me disculpé con la voz flaca—. Quiero decir que yo no tengo que luchar por compatibilizar mi carrera y mi familia porque no tengo ninguna de las dos cosas, ni tengo la duda de si tener un amante. No tengo que lidiar con hombres que me tienen miedo porque no les doy miedo, tampoco he sufrido por amor porque siempre tuve pareja, ni estoy preocupada por seguir gustándoles a los hombres porque estoy convencida de que no les gusto. —Hice una pausa y estuve a punto de no seguir hablando, pero lo hice—. Yo sólo busqué un capitán demasiado pronto y decidí seguirle. Y ahora se ha ido y se lo ha llevado todo.

El barrio se había quedado en silencio. Hasta el grillo enmudeció y en su lugar se escuchaban unos pasos lejanos sobre el pavimento viejo y algunos pájaros nocturnos. Tuve la sensación de que mis palabras seguían pegadas a mi boca y a las plantas y a las baldosas.

No sé por qué lo hice, pero en aquel rato y protegida por la intimidad de mi recién descubierto oasis, sólo sé que les conté muchas cosas a unas absolutas desconocidas. Cosas íntimas. De nosotros. De ti. Que me sentía perdida en aquel barrio. Que eras mi hogar, el refugio que durante mucho tiempo me permitió no tener que ocuparme de mí misma. Que este cambio me había llegado muy tarde y ahora me sentía una cenicienta, o más bien su estúpida calabaza. Torpe, sin gracia para moverse por el mundo, sin pasiones, sin iniciativa, sin ilusiones. Pequeña, sedienta y desvelada como mis violetas. Que me daba miedo no volver a amar o que me amaran, no volver a tener un hogar, no volver a celebrar unas Navidades… Que a los cuarenta siempre pensé que tendría hijos y una casa en Madrid, y que alquilaríamos un apartamento en verano para ir con los niños a la playa y les enseñarías a navegar en el *Peter Pan*… Que me consideraba incapaz de afrontar esa pérdida porque estaba atrapada en el pasado contigo por el incumplimiento de la promesa que te hice antes de morir: contratar un patrón, sacar el *Peter Pan* por última vez y navegar hasta tu lugar favorito del planeta, para tirar tus cenizas allí.

—Pues es una gran historia, Marina —dijo por fin Olivia mirándome fijamente y sonriendo un poco—. Es una gran historia sobre todo porque vas a liberarte.

Levanté la mirada sorprendida.

—¿Liberarme? —pregunté—. ¿De qué iba a…?

—Imagino que no pensarás seguir las instrucciones del

mandón de tu marido muerto —me interrumpió Casandra—. Perdona que te lo diga así…

—Y eso es lo que me tortura —la interrumpí yo ahora—, pero porque no sería capaz ni de sacar el barco.

—¿Y buscar a alguien que te lleve? —apuntó Gala desde atrás, apoyándose en mi silla.

—Ése no es el problema ahora, el problema es que soy incapaz de subirme a su barco, no puedo subirme a mi vida siquiera —susurré sujetándome el pelo tras las orejas de forma compulsiva.

—Y a la vez te angustia no estar cumpliendo la última promesa a un muerto —apuntó Aurora tras un círculo de humo deshecho.

Me sentí atrapada. Como si estuviera soportando una presión de mil atmósferas. Tenían razón. Hiciera lo que hiciese no me liberaría.

—A no ser que… —siguió Olivia mientras buscaba algo en su cerebro— aproveches ese viaje… y lo hagas tuyo. Con tus condiciones. Para ti.

La miré como siempre haría los dos meses siguientes, cuando no había más remedio que creerla.

—Creo que podemos ayudarte a coger ese barco, Marina —continuó—. Pero con una condición: lo harás sola.

Nuestro grillo recuperó su solo y el mundo volvió a ponerse en movimiento.

Ahora, desde la perspectiva del paso de estos tres meses, puedo decir que ahí empezó todo.

Un proceso que terminaría en medio del mar.

Ahora.

Recuerdo cómo el corazón empezó a bombearme con fuerza por primera vez en mucho tiempo. De miedo. De angustia. De excitación. De vida. También que en aquel momento no me sentía capaz de llevar a cabo esta aventura y que aún hoy, ya embarcada en ella, no sé si podré terminarla.

Pero que empecé a latir esa noche de nuevo… es un hecho.

Antes de marcharnos Olivia cogió de la mano a Casandra y la hizo entrar al invernadero. Con los ojos ilusionados de un hada preparando un hechizo sacó, como si fuera su varita, una orquídea azul viva que debería cuidar mucho, tanto como a sí misma. Toda una invitación y el símbolo de la paz y el relax que Casandra necesitaba en su vida. Cuando ésta la tuvo entre las manos nos sacamos una foto, con los ojos encendidos de vino y una promesa en los labios: la conservaría en su móvil y sólo me la reenviaría cuando ya estuviera embarcada en mi viaje hacia la libertad.

Día 3
La génesis del miedo

Otra noche sin luna me borra el mundo: no se ve la costa, ni hay estrellas en el cielo, ni más luz que la del *Peter Pan* metiéndose en lo negro. Tanteo los bolsillos de mi chubasquero y encuentro el móvil. Al encenderlo su luz fría me quema los ojos. ¿En qué nos parecíamos Casandra y yo?, me pregunto mientras observo esa instantánea con nuestros rostros borrachos a ambos lados de esa orquídea. Una foto tomada cuando éramos adolescentes, es decir, tres meses atrás, antes de dar el estirón. Acaba de enviármela. Casandra siempre cumple sus promesas.

Pensándolo ahora con perspectiva, creo que nos parecíamos en nuestra relación con la felicidad. Por eso sentimos una inmediata empatía. En el fondo, ambas pensábamos que no la merecíamos del todo. Mientras Aurora creía que era una entelequia y Gala la asociaba a compartirla con su príncipe azul, Casandra pensaba que debía ganarse el derecho a disfrutar de la vida con el sudor de su frente y yo, en algún momento, había decidido que mi felicidad ni siquiera me pertenecía. Estaba en los demás.

Guardo el móvil y me concentro en mi viaje, aunque no me apetece hacerlo. Nunca me gustó navegar en la oscuridad. La noche tiene pinta de ir a ser larga y calma. Así que me vendrá bien seguir escribiendo para distraerme. Llevo ya tres días dentro de este barco y me parecen tres semanas.

Qué despacio pasa el tiempo en el mar, eso lo decías siempre.

En el último año no pensabas en otra cosa que en el barco. Recuerdo tu obsesión por sacarlo incluso con mal tiempo cuando casi no te quedaban fuerzas para tirar de un cabo, antes de que la enfermedad te consumiera en pesadillas. Era como si algo dentro de ti te empujara hacia el mar, como si sospecharas que era tu única salida. Ahora le doy otra lectura: tú no admitías que el cuerpo te dolía. Eras incapaz de dar un paseo conmigo por tierra porque te agotabas, pero el *Peter Pan* cumplía como sustituto de tus extremidades. En esos días casi todo el trabajo lo hacía yo, pero disimulaba para que no fueras consciente de lo débil que estabas.

Me convertí en el copiloto perfecto.

Habías decidido que al final de tu vida el *Peter Pan* sería tus piernas, el viento sería tu fuerza, y tu vida ya no se mediría en horas, sino en lentas millas marinas. La vida en el mar pasaba más despacio, era verdad. El mar, en definitiva, te alargaba la vida.

El viento empuja ahora la popa así que he decidido recoger la mayor y sacar la génova por primera vez. Se ha inflado desde la proa como un pétalo blanco y suave que se recorta en la noche. De pronto me ha parecido un espectáculo maravilloso. En breve, la velocidad ha subido a cinco nudos. ¿Qué te parece, ¿eh? Por culpa de esa breve euforia, me he tambaleado un poco y casi me voy de morros al suelo.

Esta es una nueva incorporación. Felicitarme en alto por mis pequeños logros. Me he sentido orgullosa cuando he sido consciente de que era la primera vez que sacaba la génova sola. «Y ahora, estos cabos hay que dejarlos enrollados, Mari, no vayas a tropezar porque son con los que vas a trabajar esta noche», pero esta vez me lo he dicho con mucha paciencia y con mi propia voz, sin imitar tus formas ni tu tono.

Decididamente el *Peter Pan* me está enseñando muchas cosas.

Por ejemplo, me ha enseñado a no quedarme fondeada, varada, en el dique seco toda la vida. Porque un barco que se queda mucho en un puerto se oxida y se pudre.

El *Peter Pan* me enseñó ayer por la tarde lo importante que es aproarse al viento. Antes hay que esperar el momento justo en que éste esté a favor, para sacar las velas sin tanto esfuerzo y con un tirón diestro. Luego sólo hay que dejar que te empuje. Pero ay de ti si no aprovechas ese momento. Quizá no tengas otro.

El *Peter Pan* me enseñó el primer día que cuando todo está en contra —el mar en contra, el viento en contra—, es mejor apagar el motor y no tomar decisiones importantes. Dejar que el temporal te lleve, esperar, no empeñarse en ir en la dirección prevista, ir haciendo zigzag, cogiendo pequeñas rachas de viento, observar mucho, improvisar mucho, hasta que pase el temporal y vuelva la calma.

El *Peter Pan* me ha enseñado hace un rato que sacar todas las velas cuando no hay suficiente viento gastará mis energías y no servirá para nada porque no avanzaré como quiero.

Y ese momento aún no ha llegado, el de ir a toda vela, pero espero que llegue antes de que termine mi viaje.

Definitivamente ahora mismo me recuerdo a Olivia y a sus metáforas. Hace fresco. Voy a tener que bajar a por unos pantalones largos. No me he cambiado esperando tener un momento para ducharme, pero no ha habido manera. Debería haberme duchado aunque fuera con la manguera de la cubierta, pero he estado demasiado atareada. En un barco no paras de hacer cosas. Me siento sucia y me pica todo. Mañana tengo que ducharme sin falta. Es curioso cómo en un barco desaprendes todos tus códigos de urbanita. En Madrid nunca habría pasado tres días sin ducharme.

Viene a mi memoria de nuevo el olor a tierra mojada de aquella primera noche. Cómo iba a saber yo lo que aquel disparatado grupo de mujeres, aquejado de los más diversos síndromes, iba a suponer en mi vida.

En la catalogación de Olivia, todas las féminas de nuestra generación nos habíamos polarizado en dos grandes grupos en función del grado de independencia. Casandra y yo éramos, al parecer, dos especímenes de cada extremo: por un lado estaban las que sufrían «el síndrome del copiloto», o sea, yo. Y por otro, las «superwomans», es decir, Casandra. Históricamente todas habíamos sido copilotos. Nuestras abuelas, por ejemplo, pero a ellas digamos que no les quedaba otro remedio. El problema era cuando tenías otras opciones y, como yo, seguías esa inercia anacrónica. Las superwomans eran para Olivia las hijas de aquellas feministas que sólo lograron sus derechos sobre el papel y que habían educado a sus hijas para ejecutarlos. Pero como la sociedad seguía sin estar preparada «eran un software demasiado revolucionario, tratando de instalarse en un ordenador aún obsoleto», Victoria *dixit*.

Digamos que una copiloto lanzaba el mensaje constante de «soy menos que un hombre, yo sola no puedo, soy dependiente de ti y por eso me tienes que cuidar». O bien: «Me he sacrificado por ti, te di la vida entera…». Se autoinmolaba y luego pasaba a victimizarse sin pudor porque en el fondo guardaba un gran rencor al capitán. Y eso terminaba por agobiarlo y destruirlo.

Una superwoman, sin embargo, lanzaba el mensaje contrario: «Soy mejor que un hombre, soy totalmente independiente, no soy tan femenina, no necesito a nadie y, por lo tanto, como pagues la cuenta te hincho un ojo, ahora vas y te comes tus flores y tus "te quiero"». Y eso da miedo.

Curiosamente, como decía Olivia, ninguna de las dos lanzaba el mensaje de «soy un igual». Es decir: «Podría sobrevivir sin ti, no te cargo con esa carga, pero la ilusión de mi vida sería hacerlo a tu lado».

El caso es que alguien como yo, una copiloto sin capitán, en estas circunstancias es normal que esté al borde de un ataque de ansiedad.

Camino por la banda de babor hacia la proa.

Sobre todo porque ahora estoy viendo algo que flota delante y no sé muy bien qué es. Parece una boya. De pronto temo que pueda llevar nasas para pescar marisco.

Dios, no se ve nada.

Tengo la fantasía catastrófica de que en algún momento me voy a tragar una boya o una almadraba. Ambas me preocupan porque no salen en los mapas. Tampoco las redes de los pesqueros. Son esos imprevistos, los que no están contemplados en el programa de Victoria, los que me preocupan. Los que pueden hacerme naufragar.

Y luego… cuándo y cómo voy a dormir. Llevo tres días sin pegar ojo. Sólo alguna cabezada a la luz del día. Tampoco he estado nunca tanto tiempo sin dormir.

Me duelen los pómulos, tengo hinchados los párpados y

los tobillos amoratados. Si tuviera internet buscaría en Google cuánto tiempo puede pasar un ser humano sin dormir. ¿Qué puede ocurrirme si no lo hago en ocho días? Una vez leí un artículo de un hombre que llevaba veinte años sin dormir. Y seguía vivo. Si aguanto los ocho días quizá me pase de vueltas y no duerma nunca más.

El síndrome del copiloto… curiosa enfermedad la mía. Hoy estoy pensando mucho en ello y, odio admitirlo, pero es así: sigo necesitando obedecer tus instrucciones. No me tranquilizo hasta que recreo tu voz en mi cabeza, hasta que me imagino lo que me dirías. Cualquier cosa con tal de eludir la responsabilidad de una maniobra en este puto barco o en la vida, ¿verdad, Marina?

Bueno, basta de latigazos. No ayudan nada. No. No ayudan.

Eso no ayuda, Óscar. No ayuda nada a que un copiloto deje de serlo. No. No digo que fuera culpa tuya, pero es como si a un alcohólico le ofreces constantemente una copa.

Me decías que tenía que ser más independiente.

Qué bueno.

Que querías que tuviera mi propia vida y mis ambiciones. Pero ahora de pronto pienso que no es verdad. Tú, como le dijo Olivia a Victoria aquel día, también buscaste una mujer que sabías que nunca te podría abandonar.

Y parece que hiciste un buen casting, porque ya me ves: aquí sigo, dándome instrucciones con tu voz cuando no estás.

Han pasado los primeros miles de horas como estrellas fugaces y escurridizas. En la costa, sólo unas pocas luces anuncian lo que una vez fue Almería y que ahora quizá ha desaparecido porque ya nada puede ser lo mismo sin ti. De pronto tengo la fantasía de que la tierra se ha borrado para siempre. Mis ojos sólo distinguen el puerto como un tiznón negro con unas pocas luces desordenadas en el horizonte. Me tranquiliza ver la luz del faro. Parece aún en pie. Sigo dejando a estribor Mojácar, que se distingue perfectamente, su pueblo antiguo en lo alto, un lego de casitas blancas. Y completo la postal recordando nuestros paseos por las calles vacías a la hora de la siesta, las buganvillas rosas trepando por las paredes encaladas y los turistas bebiendo mojitos en los *beach clubs* de primera línea. He pasado también por la playa de Carboneras y la de los Muertos, haciendo más que nunca honor a sus nombres. Oscuras, desiertas, sin sombrillas ni motoras, ni aves… Mesa Roldán, Agua Amarga, el hotel ilegal, Las Negras, Rodalquilar, los acantilados de Los Escullos con sus fiestas permanentes y sus jaimas en la playa…

Recuerdo cuando al pasar por ellas, hace muchos años, fondeábamos el *Peter Pan* y bajábamos en la neumática hasta la playa para comer. Si aún no era verano y no había nadie, hacíamos el amor sobre la arena y luego dormíamos la siesta. Ya no sé si este recuerdo es real. Me parece demasiado idílico como para que nos pertenezca. Pero hay recuerdos que ni siquiera la sal puede borrar.

Esta noche la estoy pasando sentada sobre el lomo del *Peter Pan* con la vista clavada en el horizonte, buscando algo que reconocer. Te parecerá bizarro, pero me ha apetecido subir la urna de tus cenizas y la he colocado tras el timón. Me tranquiliza mientras estudio los mapas: la costa baja —según tus notas y el programa de Victoria—, en dirección sudoeste hasta San José.

De pronto me ha parecido ver unas luces azules. Parpadean paralelas a la costa.

¿Serán dos embarcaciones?

¿Qué opinas?

¿Llevarán las cenizas de una vida como yo?

O quizá aún queden algunos pescadores faenando. Serán pesqueros del puerto. Dos millas más allá hay una buena bahía y un fondeadero y luego viene el Morro Genovés. ¿Y si ya no quedara nadie en tierra como en aquella pesadilla tuya? En el mar, desde luego, no se mueve nada vivo. Lo que daría ahora por tener la compañía brillante de un delfín como nos ocurría tantas veces.

Han pasado dos horas y la humedad está dejando las hojas del cuaderno revenidas. El mar todo lo ablanda. Lo que daría por llevarme a la boca un trozo de pan tostado y crujiente, por volver a sentir el pelo seco, el roce de una sábana que no huela a cueva. El mar todo lo ablanda, hasta la razón, por eso vuelvo a escribir ahora, para dejar constancia de algo que acaba de pasarme y que no sé si lo estoy soñando. Tanto he invocado a los delfines que, por un momento, me ha parecido que las olas tomaban la forma de aletas. He creído ver cómo emergían los lomos brillantes y curvos de la manada, su movimiento ondulante rastrillando el agua hasta que de pronto, flotando, ha aparecido. Y si esta vez es una alucinación, tiene tal textura de realidad que querría decir que ya me he vuelto loca. Es una superficie plateada y tersa que flota sobre el agua. He apagado el motor como siempre hacíamos para que se acercaran.

El *Peter Pan* se ha aproximado en silencio hasta que lo he tenido a babor. Y aquí está. Casi no puedo creer lo que estoy viendo. Es un globo con forma de delfín lo que flota sobre la superficie, huido de alguna feria de pueblo o de los dedos torpes de un niño. Al menos, un residuo de felicidad y de infancia que ha naufragado desde Dios sabe dónde y que rinde homenaje a mis desaparecidas criaturas del mar.

Son las siete de la mañana y me he despertado porque el mar me estaba acunando a los lados con violencia. Creo que he dormido media hora. Hasta que tu urna ha rodado por el suelo. He vuelto a bajarla a tu camarote y la he dejado sobre tu cama.

La costa se recorta por fin claramente.

Diviso con claridad los invernaderos emplazados en cortes perfectos, formando terrazas en la montaña. Me pregunto si tendrán aguacates o espárragos. Ya huele el café. Ahora de repente no hay nada que más me reconforte que el olor del café y eso que nunca me gustó. Pero su olor quiere decir que ya se ha hecho de día.

Que ha pasado otro día.

Que estoy más cerca de lograrlo.

El viento sigue empujando de popa, pero ahora parece que cambia a ceñida. Si se mantiene así, podré sacar todas las velas por primera vez. Observo la superficie tras de mí. El lomo del mar se arquea blando y redondo formando altas montañas de agua. Hay mar de fondo, y ya sabes que me da miedo llevar las olas en el culo. Vaya mierda. En fin, es lo que hay. Voy a revisar el piloto automático. Ha variado el rumbo tres millas. ¿Qué pretendías, eh? ¿Ir acercándome a la costa sin que me diera cuenta? ¿Qué quieres, maldito barco? ¿Matarme? ¿Por qué me haces esto?

Me da miedo darme cuenta de que estoy gritando.

Nunca he sabido gritar a tiempo. Antes un grito significaba algo, pero ahora no, porque nadie me escucha y no va a modificar nada, ahora da igual que grite y que le dé patadas a la puerta de la dinete. Creo que me he roto el dedo meñique del pie porque no lo siento. No puedo parar de gritar:

«¡Puede que no le hiciera feliz!»

«Pero ¡yo no lo maté!, ¿me oyes?»

«¡Yo también preferiría estar con él que contigo!»

He conseguido calmarme cuando el *Peter Pan* ha subido sobre una de esas montañas de agua para precipitarse hacia abajo como el carricoche de una montaña rusa. El casco ha chocado contra el agua con tal fuerza que me he ido al suelo. Al hacerlo, el piloto automático ha encontrado el rumbo de nuevo, y la proa ha dejado lentamente de mirar hacia la costa. Parece que por fin empezamos a entendernos.

Esta tarde la calma del mar se ha hecho más intranquilizadora. Y más intranquilizador aún es que me haya quedado sin batería en el móvil. El problema es que por alguna razón ahora no se carga. Maldigo mi suerte. Lo he cambiado de enchufe. Prefiero no pensar en que pueda estar incomunicada, así que he subido a cubierta para ver el atardecer. El sol ha extendido una lámina fina de plástico sobre el agua. Hace horas que no veo la costa. Según los cálculos del programa de Victoria y tus mapas, debo de estar pasando la bahía de Málaga, pero mis ojos son incapaces de ver otra cosa que agua lisa y circular como una bandeja. ¿Dónde demonios guardarías los prismáticos? Quizá sea el momento de darme una ducha, pero abajo he comprobado que los sumideros se atascan. No, mejor aquí, con la manguera, en la cubierta. Incluso podría aprovechar esta calma para apagar el motor y tirarme al agua. Y luego ducharme. Eso me relajaría. Tengo mucho calor y me siento pringosa.

Me asomo por la borda. El agua parece sólida. No se transparenta. Compruebo el medidor de profundidad. Treinta metros de agua bajo mis pies sin saber lo que hay debajo. Además, antes tengo que acordarme de bajar la escalerilla. Y de tirar el salvavidas. Y de comprobar muchas veces que el nudo está bien amarrado al barco. Y luego está esa película. La del grupo que se tira al agua desde un velero y se ahogan porque no pueden volver a subirse. ¿Por qué me llevaste a ver esa maldita película?

No, me bañaré en un momento en el que el agua se transparente.

Lo que daría ahora mismo por una charla con las chicas aunque fuera por Skype. Me tomaría un vino con ellas ignorando la distancia y el peligro. Me ordenaría la cabeza una de las reflexiones de Olivia.

¿Pueden las vidas de cinco mujeres dar un giro de 180 grados a la vez?

Creo que sí.

Ahora sé que sí.

Las mujeres actuamos por contagio, eso al menos es lo que opina Gala. Lo que sí es cierto es que las cinco entramos en la misma inercia, en el mismo tornado que fue tragándose nuestras vidas, frustraciones, sueños y girando y girando cada vez más rápido. Durante estos tres meses ha ido haciéndose también cada vez más grande y poderosa su capacidad para transformarnos.

¿Quién inició esa tormenta?

La verdad es que si lo pienso, no nos faltó de nada en nuestra historia. Tuvimos nuestra propia Maga de Oz, incluso una Bruja del Oeste. ¿Quién de nosotras era Dorothy y quiénes sus acompañantes?

Vuelvo a pensar en Olivia y en sus teorías de que nos encontrábamos a las puertas de una segunda gran revolución femenina. El final de una «era de mujeres copiloto» y el principio de la «era de las superwomans». Estas afirmaciones ponían a Aurora eufórica.

Superwomans y copilotos...

Alzo la vista. Al fondo, el sol ha trazado una línea de tiza en el horizonte que se difumina como si alguien le hubiera pasado el dedo siguiendo el rastro. Sigo obsesionada con la idea de que puedo ser el último ser vivo del planeta, pero un punto negro en el agua acaba de quitarme la razón. Poco a poco se ha ido acercando hasta salir del blanco. Es una gaviota. Debe de venir del sur porque parece cansada. Vuela y cada cierto tiempo aterriza sobre el agua como un pequeño hidroavión. Voy a parar el motor para que la propia inercia del barco me acerque hasta ella.

Necesito que algo vivo me mire.

Constatar que aún existo.

Flota sobre el agua como un pato sobre un espejo. Tiene el pico un poco abierto, no sé si de sed o de fatiga.

¿Quieres comer, gaviota?

Sigo intentando que la mirada del animal se encuentre con la mía. Por fin. Me mira. El primer síntoma de vida que he visto en mucho tiempo. Voy a bajar a la dinete para coger un pellizco de pan, pero... ¡no!, ¡remonta el vuelo hacia la costa!

«Pero ¿dónde vas, idiota? ¡Allí no hay más que muerte!»

Mis gritos se los traga el mar. Todo se lo traga el mar.

De pronto tengo un pensamiento que me asusta por realista: tengo la certeza de que nunca saldré de aquí. De este barco. Nunca llegaré a Tánger ni volveré a pisar tierra de nuevo.

Ya lo decían los griegos: que el Mediterráneo es el mar más traicionero que existe.

¿Y si hay una tormenta? ¿Y si acabo contra unas rocas? ¿Y si simplemente me encuentro mal y no puedo pedir ayuda? No lo he dicho. Tampoco me funciona la radio. Creo que el sistema eléctrico del barco está fallando.

Miro alrededor y sólo veo agua. Agua de nuevo que se confunde con el cielo casi blanco. Sin vida. Sin nada.

¿Por qué me ha provocado esta angustia la marcha de ese pajarraco?

Quizá podría haber enviado con ella un mensaje a las chicas, ¿no hacen eso las palomas mensajeras? Creo que me estoy volviendo loca.

La línea de tiza está ahora más difuminada en el horizonte. Vuelvo a gritarle, pero creo que ahora lo hago por dentro:

«¡Hacia allá no hay más que muerte, bicho imbécil!».

Un escozor conocido que me vuelve a los ojos.

«Hacia allá no hay más que muerte y hacia acá… hacia acá, igual se nos traga el mar.»

Esta soga que aprieta mi garganta me hace recordarme en el mes de junio. No lo había vuelto a sentir hasta que ha despegado esa gaviota. Sólo he compartido con ella cinco minutos, pero ha sido un fragmento de tiempo importante para mí que parece pesar toneladas en el conjunto de esos meses.

La pérdida.

El abandono.

Yo, abriendo por fin las cajas de mi pasado en mi minúsculo apartamento. Durmiendo con el cuello torcido en un sillón, sin poder estrenar la cama. Intentando aceptar que a cada una de mis cosas tenía que encontrarles otro lugar, desvestirlas del pasado, situarlas como a ti en un lugar donde no hubiera desgarro.

La melancolía es ese dolor del que no sabemos escapar los adultos.

Conviene saberlo.

El complot de los electrodomésticos

Habían pasado dos semanas y mi apartamento iba tomando forma a cámara lenta: primero empezó saliéndose el agua de la lavadora, después se esfumó el wifi. Luego dejó de enfriar la nevera. De modo que en el centro de Madrid vivía imitando las costumbres de aldea de mi abuela paterna cuyas técnicas estaba empezando a perfeccionar: lavaba la ropa en la pila con jabón de lagarto, compraba conservas que luego mezclaba entre sí en un bol para hacerme ensaladas y echaba un cubo de agua con todas mis fuerzas al inodoro después de vaciar mi vejiga e intestinos.

Por lo menos Aurora me había prestado algunos de sus cuadros florales más alegres que aún esperaban pacientemente apoyados en el suelo a ser colgados y mi casero me instaló por fin el aire acondicionado. Gracias a eso había conseguido dormir algo mejor —siempre en el sillón—, hasta que el aparato empezó, cómo no, a emitir un quejido infernal que me provocaba elaboradas pesadillas.

Mi vida en El Jardín del Ángel también había cogido cierta inercia: Victoria y Casandra, unidas por su superwomanismo, se habían hecho íntimas tras aquella noche de confesiones, Gala me había prestado un par de vestidos más y ahora se había obsesionado con hacer punto —el último grito en relajación de los modernos— y, por supuesto, el hobby de su nuevo amante, el joven directivo francés de la Renault. La que parecía traerse algo entre manos era Olivia: hablaba por teléfono a todas horas dentro de la trastienda, y pasaba más tiempo del habitual sentada en el «columpio de pensar», como llamaba al asiento con cuerdas que colgaba del olivo.

Dentro de los tajantes encargos que me había hecho, uno fue no aparecer por El Jardín del Ángel hasta que me hubieran arreglado todos y cada uno de los electrodomésticos y hubiera desembalado todas mis cajas y maletas. «El miedo conduce a la inmovilidad», me había dicho muy seria. Y yo estaba claro que no quería sentirme a gusto en mi nueva casa. Visto desde hoy, en realidad no quería tener una nueva casa. Ni una nueva vida. No quería más cambios, en definitiva.

Así que esa mañana, armada con un cuchillo, abría una a una las cajas que contenían mi pasado y les buscaba otro lugar a zapatos, faldas, bragas… Todos mis efectos personales iban apareciendo ante la vista curiosa de operarios de lo más variopintos: el técnico de la lavadora armado de tubos, el que les hacía un cateterismo de fibra óptica a las paredes y un albañil que picaba el suelo del baño sudando la gota gorda.

Con ese panorama recibí una llamada de mi padre. Sólo hizo falta un «cómo está mi niña» para que ese peso en el pecho llamado melancolía reapareciera.

—Pues aquí estoy, papá.

—¿Hace mucho calor en Madrid?

Siempre me llamó la atención que una de las primeras preguntas que los padres hacen a los hijos que viven fuera sea para obtener la información meteorológica.

—Hace un calor que se derriten las aceras.

—Pero ¿tú cómo estás, hija? —me preguntó con la incongruencia de los padres.

Sigo estando viuda a los cuarenta, papá. Sigo estando sola. Sigo estando triste, desolada, aterrorizada.

—No te preocupes, papá. Todo va como tiene que ir. Me voy acomodando a la nueva casa. De hecho, hoy me están arreglando algunas cosas —le informé con algo de orgullo en la voz.

Hubo un suspiro de alivio al otro lado del teléfono. Y luego pasó a recitarme un listado de absurdos que mi madre le había encargado que me dijera: que tuviera cuidado con los robos en este barrio, que pusiera un cerrojo Fac, que eran los más seguros, que una vecina suya le había dicho no sé qué de los golpes de calor, que tuviera cuidado con los huevos, que había aumentado la salmonelosis, que habían alertado que con las altas temperaturas había llegado un mosquito tigre de África, muy peligroso, que me alejara del agua estancada, que era mejor no ir al parque del Retiro porque bla, bla, bla... Yo le escuché mientras iba doblando sujetadores con parsimonia y me preguntaba por qué mi madre no me llamaba para decirme todo eso.

Y creo que sabía la razón.

No soportaba mi dolor.

Era demasiado para ella. Ver sufrir a una hija «es lo peor que puede pasarte» y no era soportable. Es decir, le dolía más mi dolor que a mí misma. Por eso mi padre siempre había decidido ocultarle la mayor parte de los problemas, tanto económicos como personales. Mi madre, emperatriz de los copilotos, había delegado en mi padre hasta tal punto que no se había enterado de la mitad de las cosas por las que habíamos pasado. Le habría ocultado tu muerte si no hubiera sido porque te habría echado de menos en Navidad. ¿No lo sabías? Ella lloró más que yo en tu funeral. Pues ya lo sabes. Y sin embargo no pudo visitarte en el hospital ni una sola vez cuando yo pasaba las noches en vela en tu lecho de muerte. Era demasiado para ella.

Empezaba a entender por qué las mujeres copilotos éramos como éramos. Habíamos sido educadas por mujeres miedosas. No cobardes, sino asustadizas, con una capacidad ilimitada para el sufrimiento y llenas de miedos que inocularon a sus hijas por vía umbilical. Hipersensibles, susceptibles, introvertidas, inestables, indecisas, pesimistas, inseguras… así éramos, según Olivia, las mujeres copiloto. Es decir, un retrato robot de mi madre.

Por lo tanto mi padre, rodeado de mujeres copiloto como estaba, nos había sobreprotegido a todas.

—¿Te hace falta algo, hija?

Óscar. Me hace falta Óscar, papá. El llamado a ser tu sustituto.

—No, papá. Estoy bien, de verdad. Además estoy conociendo gente que me está ayudando mucho en mi nuevo trabajo.

—¿Te pagan bien?

—Eso es lo de menos.

—No, hija, que ahora eres tú sola…

«Eres», no «estás», esos dos verbos tan diferenciados en castellano pero que mi padre había utilizado para decir que «existía sola», una circunstancia no transitoria. Definitiva.

—¿Y qué vas a hacer al final con las cenizas?

—¿Eso te lo ha preguntado mamá?

Hubo un silencio. Sí, se lo había preguntado ella.

Por un momento pensé en la sugerencia que me había hecho Olivia. En aquel momento me parecía tal locura que ni siquiera me lo planteaba en serio. Luego pensé en la histeria de mi madre y en la relación de amor-odio de mi padre con el mar.

—Aún no sé lo que voy a hacer.

—Pero ¿dónde están?

—Las tengo en casa. Están aún embaladas.

Se escuchó un largo suspiro.

—Hija, no quiero meterme en esto, pero tu madre está muy angustiada con ese tema. Me lo pregunta todos los días. Ya sabes cómo es. No le parece normal. Que no esté enterrado. En un lugar apropiado. No puedo decirle que lo tienes embalado con el resto de la mudanza. Vamos a ponernos de acuerdo en algo, te lo pido por favor, y se lo decimos.

Lo cierto es que estuvo a punto de darme un ataque de risa. Cuando el dramatismo se lleva al límite con frecuencia se aterriza en la comedia. Era cierto. Hasta se me había olvidado. Tú estabas embalado y aplazado con el resto de mi ropa, mis libros, documentos y zapatos. Toda una metáfora de mi duelo. Pero esto, ahora que lo pienso, fue mucho mejor que mencionarle la promesa que te había hecho y la que acababa de hacerle a la loca de Olivia.

Pobre papá. Nunca quiso que me acercara mucho al mar. Supongo que les ocurre a todos los hijos de marineros. Y que por eso él no quiso serlo y cambió un pueblo costero por Madrid para formar su familia. Para alejarnos. A pesar de todo creo que siempre echó de menos el mar, porque fue él quien se empeñó en llamarme Marina. Quizá si no me hubiera llamado así tú nunca habrías reparado en mí y ahora no estaría viviendo tu pérdida. Quizá el mar seguía siendo una maldición para mi familia.

Yo nunca fui muy guapa. Los vecinos del pueblo de mi

padre solían recordarle en mi presencia cómo había mejorado con el tiempo: «De niña no era tan guapa, pero mira ahora en lo que se ha convertido». Y era cierto. Por aquel entonces tú eras el chico rico de Madrid que veraneaba en Alicante en el chalet de su anciana abuela mientras sus juerguistas padres alternaban con los nuevos ricos de Marbella. Yo era la chiquilla pobre de Madrid que todos los años veraneaba en un apartamento alquilado, la hija del Ruedas, un camionero de mandíbula robusta y ojos de perro bueno que admiraba a personas como tu padre. «Un listo», le oía decir. «Ése sí que se lo ha montado bien. Mira dónde ha llegado poniendo copas. Pero el hijo le ha salido universitario. Dice que quiere ser capitán de barco», arqueaba su única y blanca ceja, «bah, qué sabrá ese chico del mar, si vive en Londres…».

El caso es que mi padre nunca quiso que me acercara a un puerto y sufría cada vez que le comentaba que íbamos a sacar el *Peter Pan*. Todavía horadaba sus recuerdos la gotera de gemidos que dejó mi abuela, tantas noches embarazada y sola, tantos embarazos como viajes largos había hecho su marido. De ahí sacaban su fuerza los marineros, decía siempre, de la necesidad de sobrevivir a toda costa cuando habían sembrado un embrión de vida latente y nuevo. A mi padre no le había hecho falta embarazar a mi madre tantas veces. Cuando nací con el pelo tan negro que parecía azul, decidió mi nombre. Y que al acostarme sería el único mar que verían sus ojos de noche. Aun así, no pudo librarse de la maldición familiar: una mujer que le despedía envuelta en llantos y miedos cada vez que cogía la carretera. Incluso cuando estaba en casa. Una adicta al sufrimiento, como habría dicho Olivia.

—Papá, dile a mamá que estoy bien. Que no sufra por mí. Y que la urna de las cenizas la he llevado al cementerio de la Almudena.

—Muy bien, hija. Me quedo más tranquilo.

Se quedará ella más tranquila, quiso decir.

—Yo también.

Colgué el móvil y observé las tres únicas cajas que quedaban sin abrir, preguntándome en cuál de ellas estabas, y de pronto el aire se hizo sólido y no lo pude respirar. Luego pensé en mi madre y en que le había negado su dosis. En ese momento escuché una voz flemosa detrás de mí.

—Señora, ya tiene nevera.

Me di la vuelta. Era joven, con la nariz torcida atravesada de un pendiente de aro y un mono azul que le quedaba grande, pero yo lo vi como un ángel que sujetaba aquella llave inglesa como la del mismísimo cielo: adiós a las latas, a la leche en polvo, a la comida para llevar, a las cenas a solas en los bares del barrio rodeada de parejas o grupos que reían entre vino y vino. Bienvenida el agua fresca, el hielo, la fruta, la mantequilla para untar en una tostada al despertarme, las cenas mientras veía la tele después del trabajo. Había vuelto de golpe al siglo XXI. Me acerqué a él y lo abracé por haber sido capaz de obrar aquel milagro hasta que me di cuenta de que el chico estaba paralizado y tenso. Cuando por fin le solté, me dio un parte para que se lo firmara y salió por la puerta desconcertado.

Entré en la cocina. Abrí la nevera y el frío se me pegó a la piel. Aquella máquina bondadosa me devolvió algo que mi madre me había quitado esa mañana: el aire volvió a tener oxígeno.

La teoría de la crisálida

A la mañana siguiente caminé hacia El Jardín del Ángel con otra energía. Tengo que admitirlo, necesitaba contarle a Olivia mis pequeños logros. Quizá necesitaba incluso su aprobación.

Subí por la calle del Prado intentando esquivar a la captadora de la Iglesia de la Cienciología, que insistió en darme una octavilla como todas las mañanas. Parecía una marioneta rubia con rizos que por arte de magia hubiera envejecido. Tenía voz de hada chillona. El conjunto era aterrador. Me pregunté en qué estaban pensando cuando decidieron que era una buena herramienta de captación.

Por otro lado: ¿me ofrecía a mí el panfleto por algo en especial? La publicidad sólo te invitaba a entrar y hacer un test para descubrir cómo podías potenciar tu mente y alcanzar el conocimiento. Pero suele decirse que las sectas intentan captar a personas frágiles en un momento de crisis.

¿Tanto se me notaba?

¿Por qué no me ofrecían algo para potenciar mi felicidad? Ahí habría sido presa fácil.

Esa mañana había optado por una falda de vuelo llena de diminutas torres Eiffel, cortesía de Gala, que me hacía caminar con ganas de que se moviera. Quizá por eso me miró así el camarero de la Brown Bear Bakery, pensé entonces. Esa tahona estaba justo debajo de la casa de la rubia y sobrevivir en su ático a la tentación de su olor a pan recién hecho era, según ella, todo un exhaustivo ejercicio de control mental. Había entrado a comprarme una palmera de chocolate y al recibir la sonrisa del dependiente me dio pudor porque supuse que me encontraba ridícula con mis cuarenta, mi faldita y mi dulce para el recreo.

Me sentí tan absurda que al salir traté de regalársela infructuosamente a un niño de pocos años, muy peludo, que colgaba de la mano de su madre a su vez colgada del móvil en la puerta del herbolario. El crío alzó su manita con cara de simio hambriento, pero su madre se la retiró de un tirón. «¿Qué te tengo dicho? ¡No aceptes comida de desconocidos y menos si llevan grasas saturadas!» Y allí dejé salivando a aquella pequeña criatura y a su escuálida progenitora con gesto de laxante.

Lo cierto era que Madrid en verano se convertía a mis ojos en una ciudad distinta que, al haber veraneado siempre fuera, no había conocido hasta entonces. Las calles ardían bajo un sol apocalíptico, vacías de atascos y de prisas, los ciudadanos estaban todos más delgados, más guapos, sin el tono gris verdoso habitual y las calles traían a la vida a las más extraordinarias especies que permanecían ocultas durante el resto del año. Me recordaba a uno de mis libros preferidos de la infancia, *La familia Mumin*. En ella, el trol más joven de la familia se despertaba a destiempo durante la hibernación y, mientras el resto seguía durmiendo, empezaba a conocer su mundo en otra estación: una poblada de criaturas que de otro modo no estaba destinado a conocer. Ahora que lo pienso es más o menos lo que me estaba ocurriendo a mí.

¿Y quiénes sobrevivían a tan altas temperaturas? Aquellas superwomans que no eran capaces de dejar de trabajar, las que no podían pagarse unas vacaciones como Aurora, las que habían sido golpeadas por la crisis como Gala y paseaban taconeando por las últimas rebajas con bolsas de firma usadas en momentos mejores; los arqueólogos que excavaban conventos, los albañiles que abrían y cerraban las mismas zanjas de todos los años. Y luego estaban las inclasificables criaturas como Olivia.

De pronto tuve la certeza de que Olivia sólo existía en verano.

En eso iba pensando cuando me detuve en la puerta del Euforia, un antiguo bar de copas cerrado al que sí recordaba haber ido alguna vez en la época universitaria. Bajo su letrero oxidado había dos mantas extendidas y un cartel:

PAREJA DESAHUCIADA, DOS HIJOS, ESTAMOS
EN LA CALLE Y PEDIMOS SÓLO PARA COMER.

Dejé una moneda en aquel improvisado dormitorio familiar. Mi lugar de veraneo también me habría ofrecido otras postales.

Cuando llegué a la floristería me encontré a Celia tricotando a cámara rápida bajo la pérgola y a Olivia en el interior, vestida con camisa y pantalón ancho de lino verde, y mirando por encima de sus gafas rosas a una mujer que parecía momificada: la piel seca de tortuga achicharrada por el sol, los ojos fríos de pez y un trajecillo de falda y chaqueta azul marino que le daba al todo el aspecto de una azafata de tanatorio.

—Mire, no dudo que tenga todos los papeles en regla, señora...

—Olivia. Llámeme sólo Olivia.

La mujer ojeó una carpeta gris de la que asomaban unos documentos. Sus movimientos eran tajantes como guillotinas. Olivia la observaba en jarras, estirando su largo cuerpo como hacen los animales cuando quieren parecer más grandes. La azafata de tanatorio prosiguió:

—Mi cliente ha tomado la decisión de poner a la venta el terreno y está en su derecho. —Sus ojos redondos e inexpresivos de pez no parpadeaban.

—Por supuesto.

—Piense que está en un enclave único dentro del barrio de las Letras…

—No imagina lo presente que lo tengo —respondió la florista apoyándose con las dos manos sobre el mostrador—. Este vivero lleva existiendo como tal tres siglos.

—Y después de la crisis, los propietarios deben pagar algunas deudas.

—Sólo espero que no sean con Dios.

A Olivia pareció hacerle gracia su propio comentario.

—Y yo sólo espero que no ponga impedimentos cuando traiga a potenciales clientes a visitarlo…

—De ninguna manera.

—¿Cómo? ¿Se va a negar?

—No. Todo lo contrario. De hecho, se lo agradezco. Siempre podré venderles unas flores. Éstas son para usted. —En ese momento le tendió unas ramitas con flores blancas.

La azafata de tanatorio pestañeó muy rápido una sola vez y las aceptó desconcertada. Entonces Olivia se levantó de golpe y la enfrentó:

—¿Qué le ocurre? ¿Le sorprende mi actitud? Me aseguraron que no se podía vender y que no era edificable. ¿Qué espera? ¿Que le diga que es justo? ¿Que le diga que es honesto?

La mujer apretó sus labios finos e inexpresivos y sólo soltó un «es lo que hay», a lo que Olivia sólo respondió con un «si me disculpa, tengo que desinfectar un poco mis plantas, acaba de subir el nivel de polución, ¿no lo nota?», antes de rociar a la mujer y a sus flores con un insecticida y que ésta enfilara el camino de baldosas como la mismísima Bruja del Oeste.

—Y tenga cuidado si tiene gato —susurró—. Tampoco le recomiendo que se haga infusiones con esas flores…

No pude evitar sonreír cuando me fijé en que lo que llevaba entre las manos era un ramo de venenosas adelfas, aunque se me quitaron las ganas cuando observé el ceño de preocupación que se había quedado tatuado en su frente.

—Ni una palabra a los clientes de lo que acabas de escuchar, ¿está claro? —dijo.

Y desapareció tras dar un manotazo que dejó tiritando la cortina de cuentas de la trastienda.

Estuve casi una hora atendiendo a una pareja gay que tenía la intención de comprar un árbol frutal que no se helara con las extremas temperaturas madrileñas y no se secara si crecía dentro de una maceta. Lo cierto es que las preguntas de los clientes solían ser siempre las mismas: si era de sol o de sombra, si necesitaba más o menos agua, con qué orientación crecía mejor… Entonces yo me limitaba a observar el lugar en el que estaba situada la planta en El Jardín del Ángel y problema resuelto: si tenía un plato debajo del tiesto significaba que necesitaba más humedad, si estaba debajo de la pérgola, que necesitaba sombra. Y así, se iban grabando en mi cabeza decenas de detalles que me hacían parecer un poco más informada de lo que estaba en realidad.

Olivia también atendía a algunos clientes con un visible mal humor y de cuando en cuando se acercaba a Celia y dejaba que le probara el chaleco de punto que le estaba haciendo.

En un momento dado escuché a una señora preguntarle en la puerta si le aguantaría el bambú en su terraza de orientación norte. A lo que le escuché responder: «Sí, a no ser que tenga en ella un oso panda. En ese caso no le durará ni veinticuatro horas».

Estuvo a punto de darme un ataque de risa.

Pero para la pregunta de mi parejita no estaba preparada:

—¿Sabes si según el feng shui un limonero debe estar en la salida a la terraza o por el contrario es mejor que esté alejado de la zona del dormitorio?

Observé los limones con absoluta concentración. Y después les aseguré que era imprescindible tener un limonero en la entrada de la terraza. Así vendí mi primer árbol.

Cuando entré de nuevo en el invernadero me la encontré ensimismada observando con detenimiento científico una orquídea. Me acerqué. Colgando de una de las hojas había algo pegajoso con forma de judía verde. Lo observé asqueada.

—¿Traigo el spray? —le pregunté con el mismo dramatismo de Dana Wynter en *La invasión de los ladrones de cuerpos*.

Ella me lanzó una mirada como si hubiera cometido un sacrilegio.

—¿Estás loca? ¡Es un gusano de seda! Está en proceso de crisálida. Estarías interrumpiendo uno de los fenómenos naturales más drásticos y emocionantes del mundo animal.

Me sentí un animal. O más bien un ser destructivo y abyecto para el que no encontré un nombre. Escudriñé más de cerca esa vaina verde tornasolada.

Ella se puso las gafas y cogió con cuidado la orquídea. La

giró para tener todas las perspectivas de aquel pequeño milagro. Me miró ilusionada.

—¿Sabes lo que ocurre ahí dentro? —Yo negué con la cabeza, ella entornó los ojos—. El gusano comienza a liberar enzimas que disuelven sus tejidos hasta convertirlos en una especie de caldo proteínico dejando sólo intactos algunos órganos. Y esas células, esas mismas, serán recicladas para crear el insecto adulto: los nuevos ojos, la cabeza, las alas… —Su voz siempre redonda se quebró un poco—. En pocas semanas se habrá reconstruido en mariposa, ¿no es increíble? Habrá dejado su existencia anterior que la condenaba a arrastrarse por la tierra… ¡Y a volar! —Alzó las manos, luego sujetó las mías levantándolas—. ¿Ves lo que te quiero decir?

Me rasqué las muñecas como siempre que me ponía nerviosa.

—¿Yo?, ¿hacerme una crisálida?

Olivia dejó la orquídea encima del mostrador y se apoyó en él.

—Ay, querida Marina… he vivido lo suficiente como para haber descubierto que hay un momento en la vida de cada persona en que ésta recibe la oportunidad de hacer un cambio radical de 180 grados. Una única y gran oportunidad para crecer. La plenitud. El gran punto de giro de tu historia vital. Y claro, hay personas que lo aprovechan y otras que no.

—¿Y crees que yo no lo estoy aprovechando?

Ella me miró por encima de las gafas rosas como si esperara encontrarse parte de esa verdosa cáscara formándose sobre mi piel, que acarició con el dorso de su mano derecha.

—Eso depende de ti, querida.

Y volvió a concentrarse en el insecto en silencio. Yo la imité. Ahora ya no me resultaba tan nauseabundo, incluso aprecié su forma y color.

—¿Y para ello voy a tener que hacerme un caldo de proteínas?

Olivia levantó una ceja, divertida.

—Suena un poco traumático, ¿verdad? Pero, aun si lo fuera, ¿crees que no merecería la pena? ¡Imagina qué excitante! —Se frotó la nariz puntiaguda—. Yo creo que a mí sí, sí me gustaría. Resucitar convertida en algo muy diferente, pero conservando mi esencia. O incluso elevándola a su enésima potencia para ser, más que nunca, yo misma… ¿Sabes, Marina? Hay una cosa que siempre me ha dado miedo. Las personas que se mueren sin haber pasado nunca por la fase de la crisálida se mueren sin conocerse a sí mismas. Qué menos que llegar hasta nuestros últimos días y decirnos: «Encantada de haberte conocido». ¿No crees?

La escuché absorta en su forma de mover las manos, flexibles, llenas de membranas, finas y fuertes, como las alas de aquella futura mariposa. Y supe que esa frase la recordaría muchas veces. En momentos difíciles. Y que me daría fuerza. Como ahora.

—¿Y esa cápsula en la que tengo que meterme es el barco?

—No, querida. —Sonrió misteriosa—. Ése sólo será el proceso final, el de salir del cascarón y desplegar las alas. Piensa que tú llegaste a este invernadero mucho antes que esta larva.

Volví a rascarme las muñecas y sentí por momentos los huesos blandos, como si ya hubiera comenzado el proceso. Observé aquel gusano con admiración. Incluso con empatía.

Entonces ella se acercó a mí y me sujetó por los hombros con fuerza.

—Marina, nunca te olvides de esto: si las mujeres conociéramos nuestra verdadera capacidad para el cambio, nuestro brutal instinto de supervivencia y de recuperación, nos sentiríamos casi indestructibles.

No sé por qué, pero la creí. Siempre la creía aun no conociéndola apenas. Porque la realidad era que no la conocía. Entonces me di cuenta de que en aquellas dos semanas no sabía de dónde era, ni si vivían sus padres, ni si tenía hijos o alguna enfermedad. Olivia se desplegaba ante mí como un inmenso presente continuo que se había materializado de pronto en aquel barrio. Un misterioso accidente de la naturaleza, como las flores silvestres. Por eso no pude evitar preguntarle:

—¿Eso te ocurrió a ti? —Ante su silencio reformulé la pregunta—: ¿En algún momento pasaste el proceso de la crisálida?

Sonaron unos golpecitos en el cristal del invernadero. Celia, la «abuela esclava», nos decía adiós y señalaba su reloj indicando lo tarde que era. Olivia la despidió con la mano y luego me miró con sus ojos pequeños y sabios, que me devolvieron una chispa de azul.

—No importa lo que me haya ocurrido a mí. —Irguió el cuello, sacó su pañuelo y se secó el sudor de la nuca—. Hay un momento, querida Marina, en que debes preguntarte qué mujer quieres ser tú. Yo tuve un proceso muy largo. Digamos que decidí ir cambiando mi vida sin mediar palabra, para que así nadie pudiera impedírmelo. Tuvo su precio. Uno altísimo. —Hizo un silencio que parecía estar lleno de cosas—. Siempre lo tiene… Pero también ha tenido sus recompensas. Yo no soy un modelo ni un ejemplo para nadie. Ni quiero serlo.

Supe que no debía preguntar más porque se dio la vuelta. Había comprobado que eso lo hacía siempre para zanjar las conversaciones. Cogió la orquídea con las dos manos y caminó, o más bien se deslizó, hasta un rincón de la habitación donde estaría protegida de la luz y de esos clientes maleducados que se empeñaban en tocarlo todo. La depositó en una mesita como si fuera de un cristal muy fino y allí se quedó reposando nuestro pequeño alien, entretenido en ensamblar y desensamblar las complejas cadenas de su ADN.

Lo que sabríamos más tarde es que no sólo nuestro alien y yo misma habíamos empezado nuestro propio proceso. Y, en parte, aquella primera reunión en el jardín había sido el detonante sin saberlo. Unas calles más allá, en el Ministerio de Asuntos Exteriores, Casandra Vélez se encontraba regando la flamante orquídea azul que ahora presidía su mesa de despacho y de la que Paula, maravillada, había preguntado su procedencia.

—No, no es un regalo —respondió su jefa, orgullosa—. Me la he comprado yo.

No había dejado de escuchar el eco de una frase de Olivia en su cabeza: «El amor de verdad es inesperado. Inevitable. Cuando lo que sientes por esa persona hasta te fastidia sentirlo. Y te da miedo. Pero a cambio, si te dejas llevar y te atreves a disfrutarlo sin miedo, no hay nada en el mundo que te haga sentir más vivo».

De pronto cogió el teléfono y pidió a Paula que anulara el resto de sus reuniones de la mañana, algo que sin duda desconcertaría a su rebaño de tibias becarias, quienes empezarían a especular sobre aquel cambio con sus insolentes vocecillas dulzonas cuando bajaran a fumar. Ese pensamiento la irritó considerablemente, pero aun así inspiró y espiró dos veces y salió taconeando por los pasillos mientras dejaba un rastro de perfume de vainilla. No quiso contestar a los mensajes de su preocupado amante. Intentaba verla a toda costa tras el desagradable episodio en el jardín. En lugar de eso se veía con una mujer en el café del hotel Villa Real, en plena plaza de las Cortes. Un lugar quizá demasiado concurrido para citar a la mujer que tenía, sin saberlo, la llave de la transformación de Casandra.

En el mismo barrio y a la misma hora, la bella y sufriente Aurora, vestida con un amplio y gastado sari indio color naranja y unas chanclas, había comenzado a brochazos más sueltos de lo habitual un nuevo cuadro. En él no había flores. O por lo menos no de momento. Se intuía por primera vez una figura humana. Cuando Maxi cruzó por el salón lo miró desde lejos con desinterés y le preguntó por qué estaba siendo tan poco coherente con su estilo. Lo hizo con el suyo propio, su estilo bromista y ofensivo con el que camuflaba sus insultos. Tampoco se privó de hacer la quizá evitable observación de que la veía rara, no sabía bien qué era, quizá le había crecido demasiado el pelo, parecía una peluca. Le hacía la cabeza grande, demasiado para ser tan bajita. A continuación se tumbó en el sofá con un bol de cereales y puso un magacín de sucesos hasta que volvió a quedarse dormido. Y por primera vez Aurora —quien no había podido evitar que le escociera ese comentario— hizo un ejercicio de abstracción y lo ignoró. Vino entonces a su cabeza la voz de Casandra: «Congela… no seas tonta, congela», Aurora se frotó la nuca, «así no correrás el riesgo de inseminarte a lo loco con un tipo que no tenga la genética apropiada».

La Bella Sufriente observó a Maxi resoplando en el sillón. Su camiseta sucia, la incipiente tripilla en la que subía y bajaba el bol de cereales, el cenicero lleno de colillas sobre un cojín del sillón. Entonces se secó las grandes pestañas negras y se concentró en las manchas de pintura que empezaban a aparecer al tiempo que, de cuando en cuando, arrancaba unos pétalos de sus caléndulas para llevárselos a la boca.

Por su lado, Galatea estaba esa mañana asomada al balcón del showroom de Colibrí de charla con su madre. Estaba esperando a que llegara Clara Olmedo, la actriz, que tenía que vestirse para un estreno en el Festival de cine de San Sebastián. Hacía tiempo que madre e hija no se dedicaban una de sus largas conversaciones por teléfono. La madre de la vikinga no había salido apenas del pueblo, pero también era una mujer de una sexualidad natural y hablaba de ello con el mismo desparpajo que su hija, cosa que desesperaba a su marido. Al lado del balcón, los grandes y blancos lirios se habían abierto casi todos buscando la luz. Y en esas estaba la propia Gala. Le había contado a su madre el affaire con el francés. Y que había algo que la tenía preocupada. De pronto le daba pereza verle. De hecho, se acostaba con él con tal de quitárselo de encima y terminar la velada cuanto antes.

No podía sacarse de la cabeza algo que le había dicho aquella insolente de Casandra: «El problema a lo mejor lo tienes tú también, que, como yo, les haces el juego a hombres que tienen un síndrome de Peter Pan que no pueden con él».

—Mamá —dijo en un momento dado mientras cortaba una de las grandes flores y se la colocaba tras la oreja—, ¿tú estás enamorada de papá?

Al otro lado hubo un silencio.

—Yo me fugué con tu padre, cariño. —Soltó una risilla—. Claro que estoy enamorada de él.

A Gala siempre le había maravillado la historia de sus padres. Tan distintos y tanto tiempo juntos. Aquella forma tan picante de mirarse. Cuando ella le daba un azote o él le abría de broma un botón del escote. Un monumento edificado al amor al que era casi imposible acercarse.

—¿Y por qué le amas?

Entonces hubo un silencio muy breve que pudo esconder una sonrisa.

—Porque es él.

En un polígono industrial del sur de la ciudad, Victoria estaba sentada frente a su ordenador con vistas al extrarradio mientras buscaba en internet el aspecto que tenía un gladiolo rojo. Esa mañana estaban Pablo y los niños en casa porque se habían despertado vomitando. Un virus típico de gastroenteritis veraniega, se había lamentado Pablo con aquella voz agonizante de cuando tenía unas décimas que, muy a su pesar, la desquiciaba. Acababa de irse el médico, añadió dejando una pausa llena de fatigadas respiraciones. Por supuesto, a una omnipotente como ella el virus ni se había acercado. Pero lo que más agitada tenía a la informática aquella mañana de resaca era no poder quitarse de la cabeza aquella velada en El Jardín del Ángel. Una frase, no recordaba en ese momento de quién, se le había quedado a vivir dentro. «Te lo mereces.»

La flor apareció en su pantalla. Sólo con verla sintió cómo se humedecía su ropa interior. Luego buscó en su móvil la única foto que tenía con Francisco y deslizó la mano debajo de su falda hasta que se sentó sobre ella. La pelota estaba en su tejado. ¿Responder o no responder a su propuesta?

Un tiempo después todas reconoceríamos que esa semana, posiblemente el mismo día, una maquinaria perfecta e imparable se puso en marcha en cada una de nosotras. La que provocaba el movimiento de las demás. De pronto empezaron a movilizarse engranajes que hasta entonces estaban parados en unos casos, oxidados en otros...

Y por eso estaba yo también esa mañana, de rodillas, absorta en nuestro nuevo habitante que ahora se mecía suavemente empujado por el aire de los ventiladores y la voz rota de Billie Holiday, sin poder sacarme de la cabeza mi enseñanza particular: «Si sigues las indicaciones de tu marido, serás una copiloto hasta el final».

Me levanté. Ajusté mi delantal a esa cintura cada vez más estrecha. Metí en su bolsillo de marsupial unas pequeñas tijeras de podar, unos guantes de jardinera y un poco de alambre para enderezar unas ramas, y di por comenzado el día.

Parálisis por análisis

El cerebro es el que evoluciona y envejece, pero el corazón sigue siendo siempre niño hasta que deja de latir. Por eso puedes enamorarte de nuevo, porque es el corazón quien dirige. Cuando algo te hiere, es el cerebro en realidad quien lo registra, quien se traumatiza, quien olvida o no, quien lo racionaliza para superarlo.

El corazón sólo sufre. No aprende. Cuando no nos damos la oportunidad de enamorarnos es porque la razón nos frena y nos aborta la misión antes de que ocurra. Pero el corazón no. El corazón se rige por otros parámetros. Los de las emociones. Las emociones son las células del corazón como las neuronas son las de nuestro cerebro. Por eso cuando el corazón pone las emociones en movimiento y se inicia esa reacción en cadena, es casi imposible frenarla. La razón puede ponerle obstáculos. Muchos. Pero, al igual que no podemos forzar que un cuadro te atraiga o no, o que te emocione una canción, no podemos forzar con la razón aquello donde el corazón manda.

Por eso, según Olivia, Francisco y Victoria estaban en un punto de parálisis por análisis. Dos mentes calculadoras y racionales tratando de negar la luz que brotaba en sus ojos cuando se encontraban o con tan sólo escuchar su nombre. Como ese mediodía, cuando el atractivo y lánguido arqueólogo entró en la floristería con el pelo lleno de polvo y sus ojos, como siempre, vigilando el lugar donde iba a poner la siguiente pisada.

—Buenos días, señoras —saludó con acompasada voz de profesor—. ¿Cómo va eso, Marina? ¿Has descubierto ya todos los secretos de este jardín?

Se acercó y me besó la mano.

—De momento he descubierto que tenemos un alien en el invernadero.

Él entornó los ojos.

—No está mal para empezar.

Olivia salió de detrás del mostrador.

—Buenos días, Francisco. Dime que vienes a traerme algo y juro que te recompensaré. He tenido una mañana muy mala…

Él sacó de su cartera de cuero gastado una carpeta negra de tapas duras con un membrete rojo. Ella la recibió sin dejar de mirarle como si fueran dos espías intercambiando un informe que derrocaría un gobierno.

—Muchísimas gracias, querido, ¿está todo? —preguntó dejando misteriosos huecos entre las palabras.

El otro asintió.

—Pero no estoy seguro de qué pretendes hacer con esta información, Olivia —dijo con preocupación, mirándola ceñudo.

—Algo justo —respondió ella muy sonriente y desapareció en la trastienda con paso decidido.

—Algo justo… —suspiró el otro en alto, o me lo dijo a mí, no lo tuve muy claro—. Miedo me da.

En pocos segundos regresó sin el cartapacio pero con un

impresionante gladiolo rojo en la mano del que iba prendida una tarjeta.

—Esto lo han dejado para ti —mintió—. Te prometí que te compensaría.

Y se lo entregó como si fuera un Oscar.

Creo que nunca había visto tal transformación en el rostro de un ser humano. Yo, que me hacía la distraída cambiándoles el agua a los floreros, quedé deslumbrada por esa sonrisa cegadora. No me hacía falta acudir a nuestra tabla para desvelar aquel jeroglífico. Creo que a él tampoco.

Sentí un latigazo de emoción por la espalda. Sospeché de inmediato que se trataba de una de las maniobras de Olivia y que Victoria no había sido capaz de dejar un mensaje tan contundente. Pero para el arqueólogo fue un disparo certero de medallista olímpico. Por eso fue igual de sorprendente la niebla que borró de su rostro toda aquella luz, dejándolo borroso y opaco.

—¿Qué pasa? —preguntó Olivia.

Él movió la cabeza hacia los lados.

—Ya lo sabes. Ya sabes lo que pasa. —Bajó la voz—. Tengo que saber qué siento aún, qué siento por mi mujer, antes de dar más pasos.

—¿Tienes que «saber»? ¿Desde cuándo un sentimiento «se sabe»?

Él seguía diciendo «no» con la cabeza como por instinto.

—No lo entiendes. Ahora vuelve a estar muy frágil. No es el momento.

Dejó el gladiolo sobre el mostrador. Metió sus dedos entre el pelo. Se sacudió el polvo del traje.

—¿Y no está siempre «frágil» cuando te alejas? Desde que te conozco, al menos. Y desde que te conozco lo has intentado. Dejar la relación. Nunca será el momento.

—Está deprimida.

—Normal, porque siente que ya no estás. Sólo vive con tu fantasma.

—Tengo que averiguar si hemos dejado de amarnos antes de…

Escondió las manos en los bolsillos. Miró sus zapatos con atención. De pronto Olivia vio pasar a Gala por la calle e hizo el amago de entrar, pero cuando vio al arqueólogo de espaldas y el gladiolo, reculó y se dedicó a hacer muecas de asombro desde el otro lado. Desde fuera le hice un gesto de que desapareciera y luego ese tan estúpido con el meñique para darle entender que la llamábamos luego.

—Francisco —le interrumpió Olivia tratando de ignorar a la rubia y poniéndole su mano voladora en el pecho—. No se trata de amar o no, sino de amar bien o amar mal. Se trata de encontrar a aquella persona que nos ama como nos gusta que nos amen.

Él alzó la mirada suplicante. Como si pidiera una tregua.

—Pero ¡ya me consume la culpa y todavía no ha pasado nada!

Olivia le puso el gladiolo en las manos y lo agarró del brazo, maternal.

—¿Por qué los hombres decís «culpa» cuando queréis decir «miedo»? —Y caminó con él hacia el exterior—. Mira, querido: igual me equivoco, pero no creo que esto tuyo sea un capricho. No es fácil enamorarse así. Además de que te consumes de deseo. Y cuando ocurre, es un milagro. Tienes casi la obligación de vivirlo. Pero te contaré un secreto: el verdadero amor no puede vivirse con miedo. Tú decides.

—¿El qué?

—Con qué vas a responder a ese gladiolo rojo, por supuesto.

Él se quedó pensativo mientras acariciaba la flor con el dorso de su dedo, quizá imaginándose la mejilla de Victoria, los labios de Victoria, el muslo de Victoria, el sexo de Victoria. Le miré ensimismada. Recuerdo que anhelé que alguien me hubiera pensado así alguna vez. Que tú me hubieras pensado así alguna vez.

—Cuando la veo —admitió carraspeando—, siento que tengo fuerzas para enfrentarme al mundo. Sólo compartiendo un café con ella descubro más sobre mí mismo que en todos estos años de matrimonio. Me lee como un libro que ya se hubiera leído muchas veces. —Se sacudió el polvo del pelo. Tosió como si quisiera arrancarse telarañas de la garganta—. Nunca le había confesado a nadie mis miedos así. Y mis miedos también soy yo. Por fin no tengo que hacerme el fuerte. Nunca me había mostrado tan vulnerable y nunca nadie me había hecho sentirme tan invulnerable. Nunca antes un café había durado cinco horas y deseado que durara siempre.

Olivia le apretó el brazo.

—Entonces ¿por qué intentas decepcionarla?

El arqueólogo se enderezó de pronto, sorprendido.

—¿Por qué dices eso?

—Porque no has respondido a su último mensaje en varios días. Porque le hablas de tu mujer cuando no viene a cuento. Porque no le estás pasando el mensaje de lo que sientes y de que querrías apostar por ella. Y ahora tiene dudas que no tenía.

Se quedó pensativo en medio del jardín, mirando su flor. Yo me entretenía poniendo en orden los tiestos de las plantas aromáticas. Olivia le aguantaba la mirada, prendida de su brazo, y él se había convertido en una más de las estatuas del barrio.

—Francisco, no sé… quizá hay que tratar de vivir y luego reflexionar sobre lo que has vivido, y no al revés. —Le señaló el jardín—. Todo tiene su momento, como estas flores. Hoy están abiertas y mañana quizá marchitas.

—Supongo —consiguió decir por fin—, supongo que no estoy acostumbrado a que nadie apueste así por mí.

Hubo un silencio. También el barrio hizo mutis por unos segundos. Hasta que caminaron hacia el interior de nuevo. Ella se acercó al mostrador y escogió una postal antigua del barrio en la que posaba una pareja delante de un coche de caballos en la misma plaza del Ángel. Él sacó un bolígrafo descascarillado y escribió una nota. La metió en un sobre y lo selló.

—Entonces ¿qué flor escoges de todas éstas?

Él dio una vuelta por el invernadero. Luego consultó la tabla. Volvió a buscar en los jarrones, pero no encontró lo que buscaba hasta que se detuvo en seco.

—¿Podrías conseguirme un tulipán?

Ella sonrió complacida.

—¿De qué color?

—Rojo. Por supuesto.

Olivia abrió más su sonrisa y él le entregó su tarjeta, aunque el verdadero mensaje lo cargaba esa flor.

Fue ése el momento que escogí para materializarme y, disimulando mi emoción, preguntar si la quería envuelta en un celofán transparente. Ambos me miraron como si se les hubiera olvidado mi existencia. Olivia literalmente me traspasó como si fuera incorpórea, hasta que me di la vuelta y vi que estaba pasando tras los cristales el misterioso hombre de perilla rubia que la saludó con un gesto de cabeza. Ella se lo devolvió y luego le siguió con los ojos hipnotizados. Acto seguido se excusó con Francisco porque tenía que salir a llevar algo a unos amigos. Agarró con prisa una cesta de la compra llena de comida y una bolsa de la farmacia de la esquina cargada de medicamentos. Antes de irse y ante mi estupor, le contó a Francisco que yo había estudiado Arqueología y que seguro que estaría feliz si me contaba algunas anécdotas del barrio.

Él recibió la noticia con asombro y celebró conocer a una colega. Ese título hizo que me subiera un ardor a la cara del que culpé al sol que a esas horas ya era insoportable. Yo sólo había hecho unas prácticas catalogando restos en el museo arqueológico, no había trabajado nunca en un yacimiento…

—Querrás decir hasta ahora —me interrumpió.

—No —repliqué rascándome las muñecas—. Ahora trabajo aquí, con Olivia.

Él me sonrió algo paternalista.

—Pues si me invitas a un café te cuento dónde trabajas de verdad.

Casi levité hasta la máquina de la trastienda y en décimas de segundo salí con dos tacitas rojas dispuesta a recibir una clase.

Nos sentamos bajo la pérgola del jardín, en esas minúsculas sillas de hierro blanco oxidado en las que a Olivia le encantaba ponerse a leer casi tanto como le gustaba observar a nuestro misterioso lector disfrutar de su momento de oasis. No eran aún las once de la mañana, y el calor sólo era soportable en esa esquina en la que daba la sombra y llegaba el frescor de la pequeña fuente que siempre estaba encendida. Él se quitó el reloj como si también le diera calor o fatiga y silenció el móvil. Ambos gestos me hicieron sentirme importante. Fue entonces cuando el arqueólogo me contó cómo

El Jardín del Ángel había sido el antiguo cementerio de la iglesia de San Sebastián que tenía a su espalda. Por eso había sobrevivido durante siglos a la especulación inmobiliaria. ¡Eso sí que era un milagro! Cuando en el siglo XVI el barrio fue tomado por el gremio del teatro, lo llamaron «el cementerio de los cómicos» porque era el lugar en que eran enterrados. Este camposanto fue el que inspiró a Cadalso su obra *Noches lúgubres*, una tremenda y gótica historia de amor en la que un hombre desenterraba desesperado el cadáver de su amada.

Contemplé el colorido jardín bajo el sol luminoso de nuestro siglo e intenté imaginármelo en esa noche lúgubre del romanticismo que vivió Cadalso, con sus tumbas torcidas de piedra en lugar de fuentes y flores, la hiedra invadiendo un viejo panteón de mármol en vez de trepar por la pérgola, hachones encendidos sustituyendo los farolillos indios de colores.

El arqueólogo espolvoreó una sacarina en el café y levantó la vista hacia la tapia de la iglesia por la que trepaban nuestros jazmines y hiedras.

—De hecho, en esta iglesia fue bautizado el gran rival de mi cliente: Lope de Vega. Y le dieron sepultura en el interior de la iglesia.

Fruncí el ceño.

—Pensé que habías dicho aquel día que también se había perdido su cadáver.

Él asintió y dio un sorbo sonoro a su café.

—Con el tiempo algún descendiente prefirió dejar de pagar la deuda, así que el bueno de Lope fue a parar al cementerio. —Y señaló con sus dedos el suelo que teníamos bajo nuestros pies—. Otro siglo después, cuando Carlos III ordenó que todos los muertos fueran trasladados a cementerios fuera de Madrid, su rastro se perdió, como el de Cervantes, para siempre. —Hizo un expresivo silencio en el que aprovechó para limpiarse los labios—. En el siglo XIX, la familia Martín arrendó el terreno a la iglesia para convertirlo en un vivero y construyó esta habitación de cristal. Desde entonces es una floristería.

Yo le escuchaba anonadada, recordando el episodio de la azafata de tanatorio que me había encontrado al llegar y las dos o tres frases amenazadoras que había captado al vuelo y, sin salir de mi limbo, dije en alto:

—Si lo piensas bien, ¿dónde iba a crecer mejor una flor?

Aquella ocurrencia le provocó una carcajada bronca que parecía llevar tiempo sin salir. Se recostó hacia atrás con la cautela de no partir su enclenque asiento. Cerró los ojos. Llenó sus pulmones con el oxígeno de nuestro oasis.

Le observé durante unos instantes. Verdaderamente era un hombre bello. Por dentro y por fuera. Me gustaba su corpulencia y ese andar medio despistado. Aquella inteligencia de la que no presumía pero que se transparentaba en su forma de escuchar y en lo bien que encajaba cada palabra en su sitio. Con mimo. Con gusto. Los ojos color arcilla, intensos, cambiantes. No me importa decirlo. Envidié a Victoria. Mucho. Y no entendí cómo tenía dudas sobre si comenzar una relación con aquel hombre. Quizá era cierto lo que le había advertido Olivia, y que ella recogía las dudas de él. Las que antes no tenía.

Miré la tierra bajo mis sandalias, que de pronto me parecía de otro sustrato.

—¿Lope de Vega fue enterrado en El Jardín del Ángel? —le pregunté sin poder creérmelo—. ¿Y lo han buscado aquí?

Él negó con la cabeza. Se daba por hecho que ya no había restos en el lugar.

¿Y yo había buscado como oasis un antiguo cementerio?, me pregunté a mí misma.

La vida era a veces tan irónica que parecía escrita por Quevedo, hablando de prestigiosos huesos perdidos.

Cuando terminó su café, Francisco me dejó con el corazón galopante y la mirada perdida. Sí, el corazón seguía siendo siempre niño y el mío acababa de ser sacudido por un relámpago de emoción después de demasiado tiempo. Bajo mis pies descansaban de pronto genios de la literatura, presidentes del Gobierno como Mateo Sagasta o conocidos bandidos como Luis Candelas. Quizá su esencia seguía alimentando nuestro olivo, que, sin duda, había conocido en vida a todos los antiguos moradores del barrio. Un olivo que, silenciosamente, ocupaba un lugar protagonista en la historia del Jardín del Ángel, en la del barrio de las Letras y, pronto, en la mía, en la nuestra. Por aquel entonces yo no sabía que también los árboles que daban flores tenían su propio significado. Y el del olivo era la paz, como no podía ser de otra manera.

Madwoman

Durante el resto de la tarde estuve sola sentada en el columpio de pensar. Era como si fuera un ventilador humano. Mi propio movimiento me generaba una brisa que me erizaba la piel, despegaba el pelo mojado de mis sienes y, en consecuencia, refrescaba mi cerebro. Así funcionaba. Todo el mundo debería tener un columpio de pensar colgado de un olivo centenario. Había llegado a esa certeza. También llegué al convencimiento de que el propio jardín había activado su metabolismo de oasis desplegando una fuerza expulsora de clientes para dejarme a solas con todos aquellos nuevos pensamientos y fantasmas. Olivia llamó a eso de las siete para decir que no volvería para cerrar, tenía unos asuntos urgentes que atender, y que me dejaba encargada de darle a Victoria su «recado» si se pasaba por allí.

Y lo hizo. Pero antes recibí una visita tan curiosa como inesperada.

Mientras me columpiaba con los ojos cerrados entró alguien que me despertó de mi letargo con algo así de surrealista.

—Buenas tardes, vengo a por el bonsái de Lady Macbeth.

Abrí los ojos. Delante de mí, un chico con barba negra, sonrisa permanentemente sorprendida, pantalones vaqueros cortos y una camisa estampada tan atrevida como nuestras flores.

De pronto sentí un sudor frío. Recordé aquel arbolito milenario al que le había cercenado un miembro en mi primer día de trabajo.

El curioso y simpático dueño de aquel bonsái era el director de teatro José Martret, quien tenía en la misma calle Huertas una sala alternativa llamada La Pensión de las Pulgas. Luego supe que en su versión de *Macbeth* —llamada *MBIG*, y que llevaba ya más de trescientas representaciones—, Lady Macbeth tenía un bonsái en su primera escena. Según el director, los pobres arbolitos debían de estar absorbiendo toda la maldad del personaje porque se ponían mustios al poco tiempo y, los que no se morían, acababan en casa de la actriz como si fuera un centro de rehabilitación. Eran cerca de las ocho y media y ya se había ido Martret con su enésimo bonsái calle Huertas abajo cuando escuché las voces de Victoria y Casandra tras el magnolio de la entrada. La segunda iba despotricando. El asfalto empezaba a bostezar el calor del día y me disponía a regar, manguera en mano.

—Me parece indignante —protestaba Casandra, que entró ojeando un ejemplar de *Elle*—. ¿Por qué estas revistas siempre tienen artículos de este tipo?: «Cómo hacer que tu hombre no caiga en la monotonía», «Cómo lograr una buena comunicación con tu pareja»... ¿Te imaginas una revista de tíos con un artículo que diga: «Cómo conseguir que tu novia se interese por tus cosas», «Cómo hacer que tu mujer se corra más de una vez», «Cómo abordar con tu novia su infidelidad»? —La informática sólo respondía con una risa atropellada—. ¿Por qué a las mujeres nos atrae tan profundamente la idea de convertir a alguien infeliz, enfermo o raro en nuestra pareja perfecta?

—¡Ésa me la sé! —contestó Victoria levantando la mano divertida—. Ética judeocristiana. Ayudar a alguien que es menos afortunado que nosotros. La generosidad, la compasión, esas cosas…

Y el sacrificio, pensé apagando la manguera, se les estaba olvidando el sacrificio… y fui a su encuentro en el invernadero.

—Por eso estamos jodidas —concluyó Casandra mientras me daba dos besos—. Hola, pimpollo. Vaya… pero ¡qué guapa estás!

Admiró mi falda de torres Eiffel durante un buen rato. Ella sí que estaba guapa: llevaba unos vaqueros ajustados, unos tacones de aguja y una camisa de seda verde militar del color de sus ojeras. Pero le sentaba muy bien haber aparcado el traje. Eso sí, parecía rabiosa.

Victoria me saludó muerta de risa.

—Vaya tardecita que me está dando…

Cargaba su inseparable portátil contra su pecho y llevaba un vestido de lino color beige muy arrugado que no sacaba partido a su cuerpo atlético y menudo. Soltó sus pesados bártulos sobre el mostrador.

—Venimos por si te apetece tomar un vino… y a traerte esto —dijo Casandra con gesto de intriga y me entregó un libro.

—¿*Curso teórico de patrón de embarcaciones de recreo?* —me sorprendí.

—Muy bien leído. Efectivamente. Vamos a estudiarlo juntas. Yo me lo saqué hace años, casi no me acuerdo. Me vendrá bien refrescar la memoria por si me da por hacerme a la mar y no volver nunca.

Cogí aire. Aquello también tenía pinta de maniobra de Olivia. Por eso empecé a recular: le aseguré que se lo agradecía mucho, muchísimo, pero que lo que había dicho el otro día, lo dije bajo la euforia del alcohol, no iba en serio... vamos, que nunca sería capaz. Ella me escuchó muy atentamente, en silencio y sin demasiadas reacciones, hasta que empezó a negar con la cabeza muchas veces.

—Marina, no sé si te das cuenta de que no lo has intentado. —Descruzó los brazos, puso su mano en mi hombro, adoptó una voz negociadora—. Estudiemos juntas este par de meses y cuando acabe el verano, vemos. ¿Te parece? Además, necesito tener la cabeza ocupada.

Empezaba a entender por qué era tan buena en su trabajo. Me había cogido el punto como haría con sus contrincantes. Por eso me pareció un plan justo, porque en el fondo no implicaba tomar ninguna decisión de momento. Algo que siempre me aliviaba a priori. No decidir.

—Bueno, chicas —dijo Victoria muy animada—. Vámonos, que tengo que aprovechar el tiempo porque estoy haciendo novillos. Pablo se ha llevado a los niños una semana con sus abuelos a la playa. ¡Así que salgamos a divertirnos!

Casandra levantó una ceja.

—Te lo traduzco: Vicky quiere decir que tiene una semana de libertad condicional vigilada, o más bien «condicionada».

La otra le dio un toque en el brazo con el dorso de la mano.

—¿Condicionada? —pregunté yo, pensando en el ramo que había en el mostrador esperándola.

—Eso, ¿condicionada a qué?—protestó la aludida.

—Condicionada a que vuelvan, por supuesto, y se acabó lo que se daba, así que sí, hay que aprovecharlo.

Pensando en aprovechar la situación, precisamente, decidí que era el momento de entregarle su mensaje: «Tengo algo de alguien para ti», le dije consciente de lo farragoso de la frase, y después desaparecí tras el mostrador y volví a emerger con aquel espectacular tulipán rojo que había llegado a lo largo de la tarde. Ella lo observó al principio de lejos, con la cautela de algo con lo que podría pincharse. Era terso, erguido, fresco y el color se derramaba desde sus pétalos como si estuviera pintado al óleo. Prendida de su tallo, la tarjeta.

Casandra observó el sobre. Hizo un intento cogerlo.

—¡Quieta! —gritó Victoria como una adolescente.

—Pues entonces ¡ábrelo, hija! ¡Que parece que has recibido una notificación de Hacienda en lugar de una flor! —Y luego corrió hacia el abecedario de la puerta—. Un tulipán rojo… Mmm… ¡Qué fuerte!

Victoria ya sabía lo que significaba: una clara, diáfana, irrefutable declaración de amor.

Se apartó el flequillo de los ojos. Desprendió el sobre. Lo abrió rompiendo con cuidado un extremo y leyó las líneas que había escritas, varias veces.

—¿Es una cita? —preguntó Casandra.

Victoria asintió enmudecida.

—Y no es a desayunar… —dije yo.

Victoria negó con la cabeza.

—Es una cita, sí. Pero la cita de un escritor.

Casandra resopló:

—Pues vaya…

Victoria leyó con la voz temblorosa:

—«Si gustares de socorrerme, tuyo soy; y si no, haz lo que te viniere en gusto, que con acabar mi vida habré satisfecho a tu crueldad y a mi deseo.

»Tuyo hasta la muerte, El caballero de la triste figura.»

Casandra y yo nos miramos con complicidad.

—¿Y ahora? ¿Eso qué quiere decir? —pregunté yo impaciente.

—Traduzco —dijo Casandra—: quiere decir en castellano antiguo que muere de amor.

—Tampoco dice eso. —La otra rió como una niña.

—Dice «tuyo soy» —cité yo.

—Qué hombre tan complicado… pero ¡es bonito! —Casandra se rehízo la coleta—. Bueno, ¿y qué vas a hacer?

Victoria acercó la tarjeta a su nariz. El mismo resplandor. La misma sonrisa quemadora. Una luz nueva que llegaba por contagio. Hundió su rostro en aquella flor como si de pronto fuera su propio oasis y desde él la escuchamos decir: «No lo sé, chicas. No lo sé».

Salimos del Jardín del Ángel con impaciencia y ganas de divertirnos. Casandra había especificado que no quería pensar ni decidir: «Necesito un bar de carta corta y camarero autoritario». Así que caminamos por la calle Medinaceli hasta Santa María y allí encontramos abierto el Dos Gardenias, un pequeño local con luz anaranjada, sofás antiguos decorados con rasos color caramelo y pequeñas pantallas de casa de abuela. A Victoria le encantaba ese lugar porque su camarero era el que mejores vodka-tonics servía del barrio, además de descubrirle voces nuevas que nadie conocía y que llenaban el bar de palabras emocionantes y acordes escogidos.

Allí nos sentamos, en un par de butacas dieciochescas a modo de consultorio, con nuestras copas en la mano. Entretanto enviamos un mensaje a Gala —que había estado muy pendiente del idilio Francisco-Victoria, desde que había visto al primero esa tarde, flor en mano—, pero al rato respondió que aún estaba en casa, terminando un atrezo precisamente para *MBIG*, que Martret le había encargado. A nuestra Bella Sufriente ni la llamamos. Sabíamos que andaba algo revuelta.

Al parecer había estado chateando con Casandra esos días interesándose por la congelación de óvulos. Esa noticia nos sorprendió y alegró a un tiempo. Pero, según nos contó Casandra, se había venido abajo cuando le contó lo que costaba el tratamiento. Aun así, esa misma noche estaba a punto de comentárselo a su madre, por si podía echarle una mano.

—¿Y sabemos cómo le ha ido? —pregunté esperanzada.

Casandra negó con la cabeza.

—Hombre, yo creo que nadie mejor que una madre para entender esa necesidad —especuló Victoria.

Entraron un par de chicos que hicieron el intento de sentarse en la mesa de al lado, pero Casandra dejó su bolso con toda la intención y caminaron desconcertados hacia la barra. La superwoman, desde su propia experiencia, creía que por muy tradicionales que fueran los padres de Aurora —y no creía que lo fueran más que los suyos—, al final les haría ilusión pensar que podrían ser abuelos cuando ya habían perdido la esperanza. Chasqueó la lengua y cruzó las piernas. De todas formas, la interrumpí, qué rabia daba que justo ella que tenía ese instinto no pudiera sólo por pasta. Nos quedamos pensativas durante unos segundos. Sonó una versión de *La vie en rose* de Louis Armstrong. Y es que los hijos se habían convertido en un lujo, había que joderse, resoplaba Victoria. Y luego me miró con curiosidad mientras cogía la copa.

—¿A ti qué tal te va con Olivia en la floristería? Es todo un personaje, ¿a que sí?

—Sí… —admití con una sonrisa—. Pero me está ayudando mucho.

—¿La conocías de antes? —se interesó la informática.

Negué con la cabeza.

—De hecho, aún no sé absolutamente nada de su vida.

—Bueno, es parte de su gracia. Como todo gran personaje, tiene partes iluminadas y partes en sombra. —Sonrió.

—La verdad es que al principio pensé que estaba como una chota —confesó Casandra descruzando las piernas—. Claro que eso mismo pensaría ella de mí cuando iba y venía enviándome flores.

Sonreí. Sí, la verdad era que yo también podría haber sido diagnosticada por Olivia cuando me conoció como una depresiva histriónica. Nuestra informática omnipotente se había quedado muy callada mirando su flor, pero su cabeza tenía pinta de no estar precisamente en silencio. Cuando se percató de cómo la mirábamos, dio un primer sorbo a su copa y la dejó por la mitad.

—Sé lo que debería hacer, pero me da tanta rabia tener que hacerlo…

Casandra sorbía con una pajita un daiquiri de fresa.

—¿Y es? —pregunté yo sentándome a plomo.

—Desinstalar este software de mi cabeza.

Las dos la miramos impávidas.

—A ver, a ver… antes de desinstalar nada, pongamos las cosas un poco en orden —dijo Casandra—. ¿Qué sientes por este tío?

Victoria quitaba el sudor de su copa con un dedo mecánicamente.

—No puedo dejar de pensar en él.

—Pues entonces no te lo folles —sentenció la otra.

Me tiré parte de la copa encima por culpa de un hielo. Ambas miramos a Casandra sin comprender.

—Pero ¡si antes decías lo contrario! —argumenté secándome con una servilleta.

—Claro, pero ahora es distinto. Podría enamorarse de él. Y es un tío casado. —Estiró las piernas, luego las dobló en equilibrio sobre sus tacones y se volvió hacia ella—. Tú lo que necesitas es un *toy-boy*, ¿entiendes? Y con este tipo puede que sólo tengas una tensión sexual que cuando se resuelva pase todo a otro estado, pero, si quieres que te diga mi opinión…

—Dímela.

—No se la digas.

—… pinta negro-hormiga.

Mientras me limpiaba la barbilla y parte de mi falda francesa con una servilleta quise decirles que no podía pintar mal un amor o un deseo correspondido; que yo me había pasado muchos años viviendo una relación en *stand by* y que eso no era igual a «estabilidad», sino a un coma profundo que yo también había inducido; quise reclamarle a Victoria el no darse cuenta de la suerte que tenía, pero en lugar de eso seguí bebiendo.

—Ése es el problema —continuó ella—. Que si empiezo una historia con él sé que no va a ser una anécdota. Ni para él ni para mí.

—No sabes lo que va a ser hasta que no la vivas —opiné.

—No es tan sencillo, Marina… ambos tenemos una familia. —Admiró su flor—. Pero por otro lado… sería tan bonito vivirlo. Nadie me ha mirado nunca como me mira él.

¡Y a mí tampoco!, grité por dentro. Y recordé los ojos de Francisco al hablar de Victoria y la envidié tanto que llegué hasta la frontera del odio, donde me di la vuelta, por estar despreciando tan bobamente lo que yo nunca había tenido. Me bebí también mi copa casi de un trago y me decidí a hablar antes de arrepentirme. Ese simple hecho atrajo ya la atención de mis amigas.

—Mira, Victoria —arranqué—, hemos sido adiestradas en el sacrificio, es verdad. Lo que decías antes de la ética judeo-cristiana, no puedo estar más de acuerdo, y créeme que sé de lo que te hablo, pero… ¿no crees que esto te lo mereces?

—Otra vez esa frase que parecía inyectarle un suero mágico a mi amiga—. No sé… piensa en ello como un regalo que te ha hecho la vida.

Casandra asintió con fuerza.

—¡Así se habla! Muy de acuerdo. A ver: ¿cuándo fue la última vez que te regalaste algo? —la retó.

Ella se quedó pensativa. Yo también. No sabía ni lo que significaba eso. ¿De verdad estaba tan jodida? Pedí otra copa.

—Eso es verdad… —reconoció Victoria—. Siempre me dejo a mí misma para otro momento mejor.

—¿Y si por una vez no lo haces? —solté yo desde la barra.

Hubo un silencio que de pronto refrescó el ambiente más que el aire acondicionado.

Los dos tipos en la barra nos escuchaban sin disimulo. Uno era bajito con cara de niño calvo y, según Casandra, con aspecto de contar buenos chistes. El otro era su amigo guapo pero de parcas palabras por tener los dientes torcidos. Para ella estaba claro el tándem.

Victoria se abrazó con sus propios brazos.

—La verdad es que me gustaría pasar con él una sola noche para saber cómo es hacer el amor con alguien como él.

—Para follar y punto —aclaró nuestra cada vez menos diplomática.

—Quiero decir con alguien que se sienta pleno conmigo y que me vea como soy: mi parte más loca, más pasional, más divertida. Aunque sólo sea una noche.

Se le había iluminado hasta la voz. Casandra también tenía los ojos brillantes. Y yo me cernía como una rapaz sobre mi segunda copa.

Vibró algo en el bolso de Victoria y Casandra le prohibió coger el móvil, pero lo hizo. Esa misma niebla, la que había aparecido en el rostro de Francisco unas horas antes, la apagó. En su móvil intuí una foto que llegaba desde la playa: dos niños sonrientes con los dientes mellados. Cogió aire y empezó a responder al mensaje mientras nos contaba que le había propuesto a Pablo que fueran a terapia de pareja, pero él no quería porque, o bien negaba que les pasara algo, o lo achacaba todo al exhaustivo trabajo de su omnipotente mujer, o a su cansancio, decía mientras contestaba casi mecánicamente el mensaje.

—A veces me hace dudar de mí misma y pienso que veo problemas donde no los hay. Otras pienso que está con otra porque pasan los meses y no hace el menor intento de tocarme. Y eso es un mal síntoma.

—¿Meses? —gritó Casandra, y algunas cabezas se volvieron. Luego bajó la voz—. Cariño, cuando el sexo se acaba no es un síntoma, ni bueno ni malo, es un fallo multiorgánico. Da igual si es porque está con otra o no. Retiro lo dicho. Ten una tórrida aventura.

—A ver si te aclaras —protesté yo.

—Pero no puedo. No sé por qué me siento tan culpable...

Solté una carcajada que me sonó casi actoral y me di cuenta de que empezaba a estar borracha.

—Pues es de cajón —sentencié como si me lo dijera a mí misma—. Te sientes culpable porque es la primera vez que haces algo sólo por ti y para ti.

Ella seguía entretenida en escribir algo en la condensación de su vaso.

—Si analizara lo que siento por Pablo podría saber el verdadero peligro al que me enfrento.

—Mira, Vicky —dije—, yo no soy la más apropiada para animarte a tener una historia como ésta porque yo nunca me atreví... a nada, en general...

—Yo tampoco voy a animarte —me interrumpió Casandra—, porque ahora mismo me dan alergia los hombres casados y más aún los que dicen tener «principios».

La superwoman levantó su copa.

—... pero lo que sí sé —continué por donde lo había dejado— es que los sentimientos no se razonan. Se tienen o no se tienen. —De pronto encontré la huella de otra voz en mis palabras—. ¿No crees que en el momento en el que se razonan se deja de sentir? Es lo hermoso de los sentimientos. Que son impredecibles. E incontrolables...

Casandra se incorporó como un resorte en su asiento y descruzó las piernas.

—¡Sal de ese cuerpo! —me gritó—. ¿Te has tragado a Olivia?

Luego miró de forma inquisitiva a los dos pesados de la barra que habían pasado a hacernos muecas y nos dio tal ataque de risa que acabamos casi rodando por los sillones de raso hasta que a Casandra se le fue la copa al suelo estrepitosamente, momento que escogimos para calmarnos un poco. Muy digna, se acercó a la barra y le insistió al camarero que ese desaguisado lo iba a limpiar ella. Lo cierto es que Victoria y yo habríamos pagado por la performance de ver a Casandra con sus taconazos de firma y sus vaqueros ajustados empapando de vodka aquella fregona, mientras protagonizaba todo un monólogo sobre por qué a las personas como ella no les gustaba exteriorizar sus sentimientos. De hecho, ni siquiera le gustaba tenerlos, aseguró mientras empujaba con disimulo debajo del sillón unos gajos de limón. Era una experta en inhibirlos. Control. Mucho control. Y, por lo tanto, soledad, mucha soledad que conducía a una falta de experiencias que, al final... ¿no era acaso una falta de vida?, concluyó con un gesto de obviedad.

Victoria la escuchaba con atención y cierto escepticismo. Según ella no era posible no tener sentimientos, sino que precisamente, como no había manera de no tenerlos, los tenías, pero por dentro.

—Pues a eso voy —la interrumpió Casandra apoyándose en la fregona—. Que te conviertes en una puta olla exprés. Y el día que te decides a quitarte la tapa, ¡pum!, salta todo por los aires y escaldas con tanto sentimiento a los demás y salen huyendo. Ésa es la historia de mi vida.

Le devolvió la fregona al camarero ante el regocijo de los de la barra y nos miró: así que, vuelta a ponerse la tapa y a decir «los sentimientos son una mierda, si ya lo decía yo, bla, bla, bla…», pero lo cierto era que, según ella, y mira que le jodía reconocerlo en sus circunstancias, no había nada que te hiciera sentir más viva. Se rehízo la coleta y sacó un gel desinfectante de su bolso que se aplicó concienzudamente en las manos. Luego se sentó en el antebrazo de su sillón y nos lo ofreció. Negamos con la cabeza. Le puso una mano en el hombro a Victoria.

—Mira, sería mucho más fácil para mí decirte que el amor es una mierda porque a mí me ha salido mal, pero estaría siendo muy egoísta porque tú podrías estar ante la oportunidad de tu vida. —Le acarició el pelo.

Ella misma había reconocido que vivía con Pablo anestesiada, le recordó, comentario que no fue bien recibido por Victoria, quien, incorporándose en el asiento, negó haber dicho tal cosa. Para Victoria, una pareja era tener un proyecto. Casandra levantó una ceja. ¿Y una pareja no era también tener pasión? ¿Pasión uno por el otro en todos los sentidos? Me sentí revivir en ese momento, víctima de una iluminación, y resolví con las consonantes pastosas que aquella era una definición cojonuda: una pareja era pasión más proyecto, algo que mis amigas aplaudieron y a lo que Casandra añadió que en cualquier caso, para ella, cuando desaparecía una de las dos cosas, ya no servía. Eso era muy tajante, opinó Victoria mientras mordisqueaba un trozo de naranja de su copa. Bueno, matizó Casandra, al menos no le servía a un tipo de mujer. Desde su punto de vista admiraba que Victoria luchara así por su matrimonio…

—Pero, e igual te molesta escuchar esto —Casandra hizo una pausa como si estuviera escogiendo las palabras—, quizá ésta es tu oportunidad para averiguar si estás excusando a Pablo por todo lo que te ha decepcionado, exagerando sus cualidades o las del tándem que formáis, para dar verosimilitud a esa, en realidad, larga mentira hacia ti misma.

Por un momento pensé que Victoria iba a levantarse e irse. En el bar empezó a cantar Bublé eso de «tú eres única». El camarero nos indicó desde la barra que estábamos a tiempo de pedir la última. Victoria se quedó rígida mientras uno de sus dedos sobaba un pétalo mustio de tulipán. Sentí ternura por ella.

—Lo que Casandra quiere decir es que quizá es tu oportunidad de hacer una crisálida —murmuré como hipnotizada, y ambas me devolvieron un gesto interrogante—. Quiero decir que puede que sea tu oportunidad para hacer un cambio de 180 grados en tu vida y descubrir quién eres.

Victoria se desordenó el flequillo como siempre hacía cuando estaba nerviosa.

—Un momento, un momento. Yo no he dicho que quiera hacer un cambio radical de nada —se protegió.

—Es verdad, Marina, de momento estamos intentando dilucidar si va a echar un polvo con Francisco, no dramaticemos.

—¿No dramaticemos? —protesté indignada—. No dramaticemos… ¡después de tu *speech*!

Esto las hizo reír y acabé contagiándome.

—Además —añadió Casandra rasgando sus ojos—, puede que Francisco sea sólo su «hombre palanca».

—¿Mi hombre palanca? —se extrañó la otra.

—Sí, te ayudaría a apalancar tu relación. Algo que está claro que no eres capaz de hacer por ti misma. —Se soltó el pelo—. Aunque sólo fuera eso, merecería la pena.

—Desde luego, hija, eres tan romántica —protesté con una mueca.

—Yo también estoy decepcionada —aseguró Victoria con una sonrisa burlona—. Lo del hombre palanca sonaba... sugerente.

—¡Dame una palanca y moveré el mundo! —exclamó Casandra levantando su copa.

Y brindamos una, dos, muchas veces. Pasó casi una hora en la que sólo dijimos tonterías y el camarero echó el cierre con nosotras dentro a cambio de que no gritáramos mucho mientras iba recogiendo. Y durante aquel fragmento de noche, Victoria —liberada por el alcohol de su feroz hiperresponsabilidad— fue incumpliendo años hasta que llegó a la adolescencia desde la que nos preguntaba qué creíamos que debía hacer, y luego quiso saber cómo había visto a Francisco, qué le había dicho a Olivia, cómo había escogido las flores... Yo, por supuesto, oculté el dato del gladiolo rojo que ella en teoría le había regalado, ya lo descubriría a su tiempo, y que ahora, más que nunca, sospechaba de quién había sido idea.

—Y en el fondo te envidio —confesó una Casandra a la que ya se le pegaban las palabras entre sí—. Porque yo no sé lo que es tener una relación tan larga. Ni sé lo que es un amor correspondido o uno posible, al menos. Tienes muchas cosas.

—Tienes hijos —añadí de pronto y hasta a mí me sorprendió—. Yo no sé lo que es eso. Y, como le pasa a Aurora, ahora me temo que probablemente no vaya a tenerlos…

—¡Congela! —exclamó Casandra quizá demasiado alto, porque fue chistada por el camarero—. Pero es verdad, Vicky, tú ya has «cumplido», como dirían los absurdos de mi oficina —continuó bajando la voz—. Así que ahora ¡a buscar tu propia felicidad!

—Os aseguro que tener hijos está sobrevalorado —aseguró Victoria contra todo pronóstico.

—Lo dices porque ya los has tenido —argumenté yo.

—Si queréis que os diga la verdad —suspiró Casandra—, yo ya, en esta fase de odio hacia la humanidad en la que me encuentro, no sé si quiero colaborar en engordar aquello que odio.

—O engordar tú, no sé si te merecería la pena —se burló Victoria.

Ambas se echaron a reír ante un comentario tan frívolo que era casi un homenaje a nuestra Galatea.

Y no sé por qué, de pronto sentí un calor desconocido que ahora sé que se corresponde a un sentimiento: la ira. Me levanté para ir al baño y cuando el camarero me detuvo para decirme que aquellos dos de la barra —que seguían agarrados a ella como mejillones a una roca— nos invitaban a una ronda, contesté tajantemente que no, cosa que divirtió sobremanera a mis amigas, y les di la espalda. Y ahora creo que sé por qué me sentía tan furibunda. Porque fui consciente, Óscar, de que en el fondo yo también me había adaptado a ti en eso. ¿Era verdad que yo no había querido tener hijos? Claro, tú en el fondo eras mayor que yo, así que no te preocupaba envejecer solo y sin familia. Me imaginaste desde el principio acompañándote hasta el final, sujetándote la mano temblorosa y muriendo en casa. Todo se cumplió pero con cierto adelanto. Sin embargo yo, en aquel momento, plantada en una coctelería de Huertas, me visualicé agonizando medio ciega en una residencia para la que quizá debería empezar a ahorrar, después de que mi cuidadora me limpiara la casa y la cuenta corriente porque nadie la vigilaba, mientras yo me aprendía de memoria las paredes. Sin amigos, sin familia, sin nadie en el mundo a quien dejarle mis recuerdos o a quien le preocupase sujetarme la mano en los últimos momentos y darme un poco de calor para el viaje.

De fondo, escuchaba cotorrear a las otras dos: un hijo era un accidente en el mejor de los casos, aseguraba Victoria mientras se mordía los padrastros. La observé dentro de su traje de lino del Corte Inglés. Su físico no había sufrido tanto con los embarazos, aunque estaba claro que se había abandonado un poco. Pero la envidié. Porque accidente o inversión en felicidad o plenitud a largo plazo, ella no podría saberlo: que un hijo era algo que unas personas necesitaban y otras no, pero que siempre se echaría de menos en los últimos suspiros de una vida o en la soledad de la vejez. ¿Y yo? ¿Echaría de menos los lazos y la protección consanguínea de la tribu cuando me llegara el otoño?

Sentí que me bullía la cabeza y allí de pie, desde esa posición de poder, sólo sé que empecé a hablar:

—Mira, Victoria —comencé—, todos tenemos miedo a que las cosas caduquen. A que cambien. Y a veces caducan solas. Se mueren. Yo he tenido que cambiar de forma forzosa. —Se me quebró la voz—. Al menos tú puedes tomar una decisión. Yo no. Como siempre, dejé que la vida decidiera por mí. Y ya ves, me encuentro en una muy vulgar crisis de los cuarenta y sin otro remedio que rehacer mi vida. Sola. Y sin nada.

Victoria me miró con sus ojos vivos y oscuros, desde abajo, convertida ya casi en una niña. Cogió mi mano y la apretó. Casandra me hizo una caricia en la pierna.

—Lo siento, Marina —se disculpó—. Creo que a veces se nos olvida por lo que estás pasando.

Respiré hondo. Apreté su mano y luego la solté para coger el bolso.

—Como dice Olivia —proseguí, luchando con un nudo que tenía en la garganta—, lo único que nos aparta de la felicidad es el miedo al cambio.

Se levantaron, me pusieron mi copa en la mano y las alzamos marcialmente para decir a coro:

—¡Porque vivir es una tarea urgente!

Y con esto sí que nos dio la risa boba, a lo que luego añadimos unos cuantos brindis por Olivia que nos sirvió como excusa para pedir otra copa, desesperar al camarero y comprobar cómo alguien elíptico podía acaparar tanto una conversación sin estar presente.

Más tarde, Casandra nos estuvo contando su decisión de no enviar el condón con el ramo de rosas a la mujer de su amante. Lo consideraba de mal gusto y ella tenía una educación, pero sí quería dejar la relación. Cuanto antes.

—En algún momento os contaré el alcance del lío en el que estoy metida. —Y volvió a hacer uno de sus puntos suspensivos—. No os lo podéis ni imaginar. El caso es que esto es insano.

Y era cierto. La historia de Casandra tenía muchos puntos de giro que aún no vislumbrábamos siquiera pero que provocarían en ella la mayor de las crisálidas. El problema era, según Victoria, que había dicho ya tantas veces que lo iba a dejar que parecía un estribillo, a lo que la aludida protestó que esta vez era la definitiva. El suyo era un claro ejemplar de lo que Olivia llamaba un «hombre goma». Aquel que aparecía en tu vida suplicando que lo enamoraras y que luego iniciaba una manipulación basada en la intermitencia.

—Te hace ver que podría estar enamorado, a continuación espera a que seas tú la que abra su corazón y, cuando caes, él se repliega. —Enroscó su fuerte melena en un moño—. Entonces ya estás perdida porque en ese momento estás inmediatamente en inferioridad de condiciones.

Ése era, según Olivia, el más cruel y más efectivo método de enganche. Y aun habiendo diseccionado el proceso con su psiquiatra, Casandra no podía evitar caer de nuevo. Cuanto más se esforzaba ella, más baja era su autoestima y más atrapada la tenía. Su fuerza era la ambigüedad y la debilidad de Casandra, su anhelo sembrado por cada pequeña expectativa de su amante. «Lo que más engancha del mundo es la intermitencia», decía Olivia. Desestabilizaba a cualquiera. Cuando Casandra trataba de alejarse él la requería y desplegaba toda su ternura. Y cuando ella trataba de dar un paso más él se mostraba distante y le hablaba de su mujer. De lo culpable que se sentía con ella porque en el fondo era una mujer maravillosa.

Y nosotras la escuchábamos sabiendo que sólo podíamos hacer eso, escucharla. Y que la única forma de que se liberara era que dejara de amar. Que la decepción hiciera su trabajo y rompiera el maleficio.

Desde mi perspectiva de entonces, no podía entender cómo una mujer de bandera como Casandra podía estar atrapada en un remolino semejante. Y eso era porque no conocía el tamaño y la naturaleza del remolino. No podía imaginar que su amante era al final el menor de sus males, que lo que le unía a él era mucho más complejo y no era precisamente el amor hacia aquel hombre. Yo me veía tan insignificante al lado de su inteligencia, de sus tacones de aguja, de su estilo combinando una simple camisa con un vaquero, cuando hablaba de las negociaciones que llevaba en su trabajo en varios idiomas… no podía entender cómo aquel hombre gris que conocí en el jardín mi primer día y que no era capaz de retener a su hija de la mano ni de mirar a su atractiva mujer a los ojos podía hacerla de menos.

—¿Sabéis, chicas? Estoy harta de ser la fuerte. —Suspiró Casandra jugando con la fresa de su cóctel—. A veces pienso que sólo existo para que los demás se sientan bien: desde mi madre, mis hermanas, en mi trabajo… Hola, soy Casandra, no te preocupes que no te daré problemas, de hecho, no los tengo, pero puedes darme los tuyos. Yo te los soluciono. Me siento como un parque de atracciones para adultos insatisfechos que sólo vienen a divertirse y se van. O más bien, un balneario. —Soltó una risa dolida—. Vienen a curar su autoestima, sus problemas, y cuando ya la tienen alta y se lo pueden permitir, no sólo irse sin dar nada a cambio, sino racanearme un gesto de cariño, un «te quiero», se permiten decirte «las cosas como son», «con sinceridad», es decir, a lo bestia, sin aderezos, porque se supone que a ti no va a dolerte. Eres una superwoman. Qué coño. Tú puedes con eso y más.

—Ooodio esa frase —concluyó Victoria a punto de quedarse dormida sobre su copa.

La noche terminó con nuestra superwoman ideando una nueva fórmula para dejar a su hombre goma «definitivamente» y con nuestra omnipresente tratando de serlo más que nunca y preguntándose cómo iba a hacer para ocultar sus encuentros con Francisco cuando volviera su familia. Según ella, había perdido totalmente el instinto de la seducción, estaba desentrenada, ni siquiera tenía ropa interior bonita. Casandra le ofreció su casa esa noche, para que fuera acostumbrándose a dormir fuera alguna vez, aclaró. Y allí las dejé, alejándose del brazo mientras intentaban mantener la línea recta, de camino al elegante piso en el paseo del Prado con vistas al jardín botánico.

Subí hasta la floristería porque recordé que Olivia me había indicado que le diera dos vueltas a la cerradura de la verja al salir y que me llevara las llaves. A la mañana siguiente abriría yo. Antes de irme eché un último vistazo a la quietud de camposanto que tenía El Jardín del Ángel a esas horas y sonreí. Entonces lo sospeché por primera vez, que Olivia era una testigo silenciosa más, como sus muertos, como sus flores.

Día 4
La terquedad de los fantasmas

El sol ha salido por el este como todas las veces. Ha trazado un limpio pasillo sobre el mar y el *Peter Pan* lo está desfilando como una estrella de cine en un estreno. Me tranquiliza ver el mar calmo de nuevo, pero también soy consciente de que llevaré el viento en la nariz hasta el cabo de Gata y eso agotará mis fuerzas. Hay que tener cuidado con los cabos, eso lo decías siempre. Tienen una gran influencia y una vez los cruzas, no sabes cómo vas a encontrarte el mar. Así que aprovecharé para escribir y hacerme el desayuno. No vaya a ser...

Consulto el portátil de Victoria: según esto, la costa cambia a dirección sudoeste hasta cabo de Gata. Recuerdo que solía ser uno de mis tramos favoritos. Esa cadena de calitas poco conocidas en las que saltaban los delfines. Luego, el golfo de Almería separa la tierra de su derrota y hay que retirarse de la costa casi diez millas. En fin. Pues vamos allá.

Hoy he dormido un poco más, casi dos horas en total, calculo, me cuesta despejarme. He soñado mucho con aquella primera conversación con las chicas. Fue el germen de tantas cosas... Si entonces hubiéramos podido saber cómo íbamos a acabar cada una en tan sólo tres meses nos habríamos quedado perplejas.

Me estoy observando las piernas con esta primera luz del amanecer. Siguen siendo delgadas y huesudas, pero en las rodillas siempre solía acumulárseme un colchón de carne que ahora ha desaparecido para dejar unas arrugas pronunciadas y morenas. Gala diría que es un síntoma de vejez. Que se puede averiguar los años de una mujer sólo con mirarle los codos y las rodillas. También he encontrado en mi muslo derecho un rosario de pequeños cardenales que van desde la cara exterior hasta la pantorrilla. En un barco no paras de darte golpes con todo. Es lo que tiene la inestabilidad, supongo. Como en la vida. Que no paras de darte golpes con todo…

Sí, aquella conversación fue crucial para mí, porque hizo que comenzara a preguntarme por primera vez algunas cosas. Sobre nuestra relación. A cuestionarla. Para empezar, me di cuenta de que nunca la había cuestionado ni lo más mínimo. Simplemente «era» o más bien «éramos». Como ahora soy consciente de que desde que enfermaste no contemplaba mi cuerpo. No es que vaya a desarrollar a estas alturas un «síndrome de Galatea» como nuestra vikinga, pero he envejecido, eso seguro, y mi pelo fuerte y negro empieza a tener unos brillos de plata.

«Sigue siendo azul», te oigo decir a mi espalda, «azul y negro, como decía tu padre, como el mar de noche.»

Claramente estoy aún dormida porque esto sé que no lo he dicho yo. He escuchado tu voz, muy clara, seguramente dentro de mi cabeza. Pero esta vez te he escuchado decir algo que nunca dijiste. Curioso. De todas formas, gracias. Parece que mi cerebro ha decidido fabularte. Darme aquello que necesito oír. Es verdad que siempre fuiste coqueto por los dos. Así que entra dentro de lo verosímil que dijeras algo así. Te negabas a admitir tu propio deterioro, pero también los rasgos propios de mi edad, a la que hacías extensiva la subjetividad de tu mirada.

Pues déjame decirte que no es verdad. Lo de mi cabello. Acabo de sacarme un mechón de pelo al azar y está lleno de pelos grises y duros como alambres. Dicen que los disgustos le dejan a uno el pelo blanco. Eso dicen.

—Eso es como decir que el mar puede volverse amarillo, Mari. Estás... eres preciosa.

Creo que me estoy volviendo loca porque acabo de sentir que me abrazabas por la espalda. Podría ser el roce del viento, pero no hay viento. De todas formas, déjame decirte también que no es bueno admirar a alguien por lo que no es. No, no soy preciosa y desde luego no «estoy» preciosa. Quizá lo fui. Eso puede ser, aunque me parece un término inexacto. Exagerado. Siempre me admirabas por las cosas más tontas.

—¿Y eso te molestaba?

Me doy la vuelta, pero no te veo.

¿Qué digo? ¡Claro que no te veo!

¡No está! Marina: no está.

El sol me ciega. El barco y yo estamos atrapados en un contraluz dorado. Escucho tu voz, ahora claramente, fuera de mí, con el mar de fondo. Quizá ayer me dio una insolación porque me duele la cabeza. Aun así no puedo evitar replicarte:

—Es que te empeñabas en admirarme por cosas en las que no me sentía reconocida, Óscar. Mi sensibilidad, mi temperamento artístico... Que lo único que me faltaba era iniciativa, eso decías. Que sería brillante en mi carrera si la tomaba en serio, si «me empeñaba», que era culta... Incluso decías que sería una buena marinera porque lo llevaba en la sangre, que sería bueno que aprendiera a navegar sola. ¿No te das cuenta de que me alababas únicamente en aquellas cosas que tú querías que tuviera?

Miro a mi alrededor. El lomo blanco del *Peter Pan* sigue vacío. Hoy no he sacado las velas. Sólo yo en medio del agua y tu voz.

—Pero, Mari, es verdad que te admiraba por eso.

Miro hacia los lados, detrás de mí, camino descalza por la cubierta agarrada a los cables de los guardamancebos por la banda de estribor sin saber hacia dónde hablarte.

—¿En serio? Y qué he hecho yo más que ir a remolque de tu trabajo, de tu vida y hasta de tu alegría. ¡A ver!

—Tu tristeza era parte de ti, como lo es del mar —continúas con deje de brisa—. Un día amanece luminoso y otro día viene la tormenta. Yo no he tratado de cambiar eso. Tratar de cambiar eso era como tratar de cambiar el mar.

—¿Y ahora encima te pones poético?

Sobre el barco, agarrada al mástil, doy una patada a los cabos que se enredan en mis pies y los empiezo a adujar compulsivamente utilizando mi antebrazo.

—Pues ¿sabes lo que creo? Que tú siempre trataste de cambiarme y cuando no lo conseguiste, me inventaste como hizo Victoria con Pablo, para poder convivir conmigo todos estos años. Ésa es la verdad.

Por muy indignada que esté, sé que lo estoy porque soy consciente de que todo el discurso poético anterior es demasiado tuyo para no ser tuyo y que tu voz ya no suena dentro de mis oídos sino fuera. Quizá debería aprovecharme de esta alucinación para hablar de aquello que nunca hablamos. ¿Qué tiene de malo? Eso no lo hacía el viejo de Hemingway. Hablar con un fantasma. Creo que es una buena innovación teórica. Quizá ésta sí es la frontera de la locura, pero ahora mismo me importa poco si me alivia.

De pronto algo hace un eclipse con el sol, en la proa, y te veo.

Te veo claramente.

Corpóreo, no como un fantasma de película, sino como la persona que fuiste: con tu chubasquero blanco, tu pañuelo azul marino al cuello, una barba de tres días. Llevas el pantalón corto y los pies descalzos para no resbalarte por la cubierta con el rocío de la mañana. Caminas pesadamente por la banda de babor, pasas delante de mí hacia la popa, hasta sentarte a un lado de la mesa, como si esperaras el desayuno. No se te ve cansado. Ni enfermo. La brisa te da en la cara.

Decido hablarte, ya que estás aquí. Desde la parte más alta del *Peter Pan*, como si fuera otro mástil, te encaro:

—Tú nunca quisiste tener un hijo.

—No lo necesitábamos.

—Tú no.

Me observas con una sonrisa permanente que no consigo descifrar. Quizá es así como he decidido recordarte.

—Mi sueño era estar contigo —me dices—. No me importaba nada más. Mi sueño era envejecer juntos.

Me acerco con cautela. Me siento al otro lado de la mesa. Ese sol con luz de flash nos unifica en el mismo plano de la realidad.

—¿Y ahora qué? —Me acodo en la mesa—. ¿Por qué me has dejado? Ahora sólo me queda de ti este barco sin vida y tu fantasma. No me queda nada tuyo que esté vivo.

—Nunca pensé que quisieras...

—No, nunca lo pensamos.

Vuelvo el rostro para que el poco viento que nos llega se lleve mis lágrimas. Quizá, al fin y al cabo, aunque yo fuera tu fantasía, la quisiste como yo nunca me he querido.

Han pasado dos horas y sigues aquí.

Ha subido el viento e intento que el barco esté adrizado hasta que se me asiente el desayuno en las tripas. Hoy he probado a no tomarme la Biodramina. Voy aguantando. Creo que debería soltar la escota de la vela mayor. Me ha parecido ver que la mirabas de reojo. Cuanto más tensa vaya más la empujará el viento y más se tumbará el barco. No quiero hacer más experimentos y si el viento sigue subiendo en breve iré escorada del todo.

Trato de ignorar tu «presencia» o lo que sea esto que eres que se proyecta a mi lado. No has hecho otra cosa que estar sentado detrás del timón mirando al mar. Si no te miro no me miras. Sólo interaccionas conmigo si te invoco, eso lo he observado. Por lo tanto he decidido ignorarte y ya desaparecerás. Tengo que recobrar la cordura o me iré a pique. Quizá es un efecto de la incomunicación o una sobredosis de Biodramina. El móvil sigue sin cargarse, así que hace dos días que no tengo contacto con el mundo exterior, con el mundo real. Algo que le sirva de anclaje a mi razón.

Trato de concentrarme en el paisaje. En las cartas de navegación que me pasó al ordenador Victoria. Ojalá que cuando vire en San José me ayude el viento, ya que tú, mar, no me ayudas nada.

Contemplo con desagrado cómo las olas vienen de altamar y el oeste para cortarle el paso al *Peter Pan*, que ahora hace leves enjuagues sobre la superficie.

Las siluetas de la costa se escarpan al trasluz y el mar vuelve a chisporrotear fuegos blancos. Alzo la vista al cielo. Está hermosamente despejado. Sólo un grueso cordón de nubes sale del cabo y se pierde en el horizonte hacia África.

Fantaseo con la idea de que éste sea el único cabo que une a Europa con África y que cuando se corte, el viejo continente quedará definitivamente a la deriva, a su suerte, perdido en el líquido y ancestral elemento.

Una hora después y sigues aquí.

Quizá le falta azúcar a mi cerebro. Va a ser eso. No le meto nada a mi estómago desde ayer por la tarde.

Me levanto para contemplar las montañas que se han convertido en terrones de bizcocho. Bajo uno de ellos, una gran roca blanca asoma producto de un desprendimiento prehistórico.

—No puedes imaginarte la influencia tan increíble que tienen los cabos, Mari —dices sentado tras el timón.

Sí, eso sí que lo decías siempre. Y sé por qué me lo dices ahora, porque he guardado las velas. Pero es que no estaban trabajando. Y es posible que las vuelva a tener que sacar. Un esfuerzo inútil. Y no me sobran las fuerzas. Claro, es una advertencia que me hago a mí misma transformándola en fantasma, pero tienes razón, debo aprovechar esta calma provisional que me presta el viento para hacerme el desayuno. Un té negro para despejarme, unas galletas blandas de cereales que me mantendrán con fuerzas y una manzana que he visto que está poniéndose lacia.

Bajo a la dinete, preparo el desayuno: una manzana, las galletas, cuatro onzas de chocolate con pan tostado y mantequilla. Un café muy cargado. Subo a cubierta con la taza en la mano. Me miras con gesto de reproche.

—Cuántas veces te he dicho que cuando subas o bajes, lo hagas con las manos libres.

Tuerzo la boca en una sonrisa, dejo la taza con las galletas en el suelo y subo los dos últimos escalones.

—Ni muerto me dejarás en paz. —Aunque no lo reconozco, echaba mucho de menos estas pequeñas reprimendas.

Entonces diviso claramente y por primera vez el cabo de Gata. El faro alzándose blanco y erecto sobre la roca. Y en línea directa desde el cabo, un cambio en el color del mar, como si fuera una meta, una línea invisible que corta el azul. Como si a las sirenas se les hubiera acabado la lana de ese color y hubieran tenido que seguir tejiendo con otro más áspero y oscuro.

Media hora después llego a ese límite ahora perfectamente visible y estoy preparada: he dejado la taza en la pila, he fregado la cubierta con Coca-Cola para no resbalarme —un viejo truco que le escuché a un marinero— y me he calzado, atándome un doble nudo en los cordones de piel, sólo por no escucharte. Pero cuando he subido habías desaparecido.

La frontera de agua está ahora delante de mis ojos y se dibuja ante mí una escalera de agua infinita que se pierde en el horizonte.

El *Peter Pan*, sin vacilar un segundo, empieza a escalarla con esfuerzo, a pesar de que cada escalón que enfila con la proa se deshace según lo alcanza, como si fuera una escalera mecánica que funcionara a la inversa.

—El mar siempre me lleva la contraria, como tú —he dicho sin poder evitarlo.

Algo a lo que no contestas. Ni siquiera te haces visible.

El viento empieza a entrar por estribor y la aguja roja del medidor tiembla hasta soltarse a los 30 grados, momento en que aprovecho para sacar la mayor y cuando por fin se ha aproado lo suficiente y embolsado el viento de nuevo, pongo rumbo sudoeste para sacar la génova tras su hermana mayor, que se infla de inmediato y lanza al *Peter Pan* cuesta abajo del mundo, ceñido a estribor.

Ahora sí, me atrevo.

Tenso la vela. Aunque aún no me decido a apagar el motor. Apoyo los talones en la bañera, me sujeto con el arnés y el barco se escora. Empieza a correr, treinta, cuarenta, cincuenta nudos y por primera vez, ahora sí, a toda vela. Y navego sobre un barco acostado sobre el mar que lanza rociones frescos en mis dedos.

—¡Mira, parece que estoy de pie sobre el mar!

A este sentimiento sí has respondido. He escuchado claramente un sollozo que me ha provocado una fuerte marejada.

De pronto viene a mi cabeza la primera vez que me obligaste a decidir una maniobra en el barco. Fue un mes antes de tu muerte. Me puse como una hidra. «¿Qué hago?», te chillaba llena de angustia ante un barco en rumbo de colisión que parecía querer cortarnos el camino. «Pues lo que quieras, Mari, porque nos vamos directos a ese mastodonte», respondiste tú con una increíble parsimonia y una sonrisa fatigada. «Toma tú la decisión. Hoy eres tú la patrona.»

«¿Y eso quién lo ha decidido? Yo no sé qué hacer. ¡Yo no soy la patrona!» Y entre cada punto y seguido, mi súplica se convirtió en un acceso de ira contra ti, porque estaba claro, planeabas abandonarme. Me obligabas a asumir el gobierno del que por aquel entonces era tu único feudo. Tomar aquel barco, aquel timón que me ofrecías, era firmar tu sentencia de muerte. Tu derecho a irte en paz. Y yo me negaba a darte esa paz, pero cuando el ferry se fue haciendo más y más grande y lo tuvimos casi en la proa, cuando la nariz del *Peter Pan* casi rozaba su casco, cuando sentí bajo mis pies la poderosa estela del barco que tiraba del *Peter Pan* hacia las profundidades, te aparté de un empujón, cogí el timón por primera vez y viré con tanta fuerza a estribor que el barco hizo casi una vuelta sobre sí mismo de 180 grados.

«Conque no sabías qué hacer, ¿eh?», dijiste con una sonrisa vencida.

Paré el motor, temblando. Y tu gesto era de paz y despedida. Acababas de decidir tu nuevo rumbo. Supe que pararías los motores. Soltabas el ancla. Te dejabas a la deriva por un mar oscuro y desconocido. Sin viento. Sin peces. Sin nada.

Aquel recuerdo me ha hecho preguntarme si habrías querido dejarme antes, en vida, o si lo que te mantenía unido a mí era esa responsabilidad que sentías hacia mi persona, como le ocurría a Victoria con su marido, como le ocurría a Francisco con su mujer.

¿Me amabas aún?

¿Cómo saberlo ya?

Recordé las palabras de Olivia que tanta perplejidad causaron a Victoria en aquel primer encuentro nuestro: «Escoger a alguien que sabes que no te va a abandonar es la estrategia inteligente de alguien con miedo al abandono».

¿Tenías tú miedo al abandono y por eso me escogiste?

La realidad es que nuestra relación acabó siendo más paterno filial que otra cosa. ¿Se convirtió en una trampa para ti? Porque hay una realidad: nadie abandonaría a un niño indefenso ante el mundo, pero sí a un adulto que sabe valerse por sí mismo.

¿Hice yo eso? ¿Que me consideraras un menor de edad

perpetuo que no sobreviviría sin ti? ¿Era ésa mi estrategia? Al fin y al cabo ése era exactamente el patrón que había visto funcionar en mi casa. Así que desgraciadamente tiene su lógica.

Tú sabías que yo no te podría abandonar porque te necesitaba.

Yo sabía que tú no me podrías abandonar porque sabías que te necesitaba.

¿Estábamos unidos por el amor o atrapados por la necesidad?

Si vuelves a aparecer pienso preguntártelo.

Me da igual que no respondas tú. Me vale con que me responda yo misma a través de tu fantasma.

El espacio-tiempo de los madrileños

«Vivo en el centro.»

Cuando había pasado sólo un mes desde mi mudanza empezó a gustarme mucho decirlo. Incluso lo manifestaba con convicción. Casi con orgullo.

Ser madrileño tiene sus peculiaridades.

Una de las más curiosas es que para nosotros todo está a cinco minutos aunque para llegar a tu destino sea necesario coger tres trasbordos. La otra es que todos, indefectiblemente, vivimos «en el centro», aunque la mayoría de las veces indica que vives dentro del cinturón de la M30.

Otra peculiaridad aún más curiosa que contraviene las leyes físicas es nuestra teoría de la relatividad aplicada al espacio-tiempo.

El famoso «estoy llegando».

Implica un ejercicio de optimismo más allá de lo imaginable porque quiere decir que —como yo esa misma mañana—, habiendo quedado con Aurora en la parada de taxis del Palace y estando yo en el otro extremo del barrio, estaba saliendo de la ducha y a la vez estaba llegando.

«Aurora, estoy llegando», tecleé en un mensaje mientras iba dando resbalones con los pies descalzos y aún mojados por la tarima de mi apartamento. Tengo que decir que esa mañana fui consciente de que éste había experimentado ciertos cambios, a pesar de que yo seguía durmiendo hecha un guiñapo en el sofá. Para empezar, los cuadros estaban colgados y llenaban de color las paredes. En el balcón había colocado varias jardineras prendidas de la barandilla de hierro, por supuesto llenas de violetas —que ahora sabía que eran de sombra, de modo que había pinchado dos sombrillas chinas encima de ellas—, y el resto de la decoración consistía en dos sillitas de tijera naranjas que me había prestado Olivia.

Últimamente parecía preocupada.

Me enviaba a hacer constantes recados y siempre que volvía a la tienda la encontraba en el jardín revisando toneladas de documentos. Esa mañana, por ejemplo, me había encargado que fuera a recoger unas semillas de un vivero que estaba a las afueras —seguramente más allá de la M40, que para alguien que vivía «en el centro» suponía viajar a una galaxia muy, muy lejana—. Pero yo, además, tenía otro plan secreto.

Había claudicado a la presión materna. No me importa decirlo.

Había claudicado a una serie de chantajes emocionales en forma de llanto que me llegaban en diferido a través del canal que era mi padre, quien me preguntaba día sí día no sobre el destino de tus dichosos restos.

Finalmente había decidido llevar tus cenizas al cementerio de la Almudena. Me aliviaría la culpa de no satisfacerla en eso, salvaría mi alma cristiana y, una vez selladas tras una lápida en un nicho, no habría necesidad ni posibilidad de embarcarme en aquel viaje por mar sin sentido.

Vendería el *Peter Pan* y problema resuelto.

Metí la urna de mármol en una mochila. Tu madre había escogido la más cara para ti y, desgraciadamente para mi espalda, también la más pesada.

Algo a tu altura.

No como yo.

Cuando llegué, Aurora estaba en tercera posición en la larga caravana de taxistas que formaban fila en el hotel Palace. Mientras que el resto de los conductores estaban reunidos en pequeñas manadas fumando y despotricando de su sindicato y de la alcaldesa, la Bella Sufriente estaba dentro de su taxi, dibujando unos bocetos sobre el volante: las ventanillas subidas, el aire acondicionado a tope y los seguros echados. Según ella, aquellos animalitos sólo sabían escuchar la Cope, hacer chistecitos machistas en los que se negaba a participar y la miraban de una forma que le daban ganas de ducharse con un estropajo.

Llamé con los nudillos en el cristal de su ventana. Ella levantó la vista y pegó un brinco. Se llevó la mano al pecho y respiró hondo. Dijo algo que no escuché y deshizo un gesto con la mano indicándome que me diera prisa. Abrió los seguros. Entré al coche. En el salpicadero: una solitaria estampita del Cristo de Medinaceli cuyo templo estaba en esa misma calle. Olía a campo. En el cristal de atrás había unas ramas secas de lavanda. Eché mano a mi memoria. Era la flor de la desconfianza y la que minimizaba, al parecer, el picotazo de una serpiente. A continuación me pregunté para qué me servía aquel dato.

—Lo siento —me disculpé, y me juré no volver a hacerlo durante el resto del día.

—Si llego a estar la primera y me coge alguien, me habría

ido —dijo tajante—. No puedo permitirme perder media hora, Marina. Te recuerdo que el taxi no es mío.

—Lo siento, de verdad. —Y me odié por repetirlo, tanto que me cortaría la lengua si volvía a decirlo.

Luego pensé en contarle mi plan para que me compadeciera un poco. Quise confesarle que llevaba tus cenizas conmigo, allí, en su asiento de atrás, que tenía el corazón hecho un nudo, que quería llorar y no podía, pero de pronto arrancó el coche y aceleró hasta el semáforo de la fuente de Neptuno como si nos persiguiera la policía hasta que paró con un gran frenazo.

Me fijé en sus ojos en el retrovisor. Estaban hundidos en unas ojeras malvas, las pestañas pegadas y agarraba el volante como si fuera una ametralladora. En ese momento su mirada se encontró con la mía.

—Me ha dejado —declaró.

Entonces se anegaron. Sus ojos.

Me incorporé en el asiento, me agarré al suyo y apreté su hombro. Como era habitual en mí, no supe qué decir. O más bien no me atreví a decir nada. Alguien con un miedo patológico a ser abandonada como yo y que llevaba al responsable de su abandono en su mochila, entendía muy bien cómo se sentía.

—Sé lo que debes de estar pensando —siguió ella—. Y lo que me vais a decir todas. Que es mejor así. Que no me merece. Que me hacía daño. Que he volcado demasiadas expectativas en él. Que se aprovechaba de mí. Que estaba obsesionada. Pero la realidad es que yo quería que esta relación saliera bien con toda mi alma, Marina. Porque Maxi es alguien que sufre como yo. Y yo habría sabido hacerle feliz. Pero él no quiere.

—¿Qué es lo que no quiere?

Tragó saliva.

—Serlo.

Me quedé pensativa mientras volábamos por el paseo de la Castellana con todos los semáforos en verde. Algo insólito en Madrid si no estás dentro de un sueño o en el mes de julio.

—¿Qué ha pasado?

Ella suspiró. Se quitó una lágrima con un dedo. Luego la dejó sobre el volante.

—Ahora quiere que tengamos una relación abierta.

Hizo un silencio.

—¿Que tengáis relaciones con otros?

Y entonces me contó que la semana anterior Maxi se había dejado el móvil encima de la mesilla de noche —ese que pagaba Aurora— y le había entrado un mensaje.

—Una zorra —subrayó Aurora—, recordándole la tarde tan excitante que habían pasado juntos follando. En mi propia cama.

Cuando él volvió de la cocina con una lata de cerveza —y eso que ella le había dicho mil veces que le desagradaba que comiera y bebiera en el dormitorio—, Aurora se lo echó en cara, a lo que él reaccionó con absoluta tranquilidad. «Pero si lo bonito de nuestra relación es que no está basada en el sexo. Que es muy pura. ¿No has dicho siempre eso?» Ella, tumbada sobre una almohada, con su libro de autoayuda en la mano, vestida con una camiseta de Superman por todo pijama, no supo cómo reaccionar. «¿Por qué no pruebas a ser más femenina?», le dijo él señalando su atuendo. «Te quedaría mejor algo con encaje para dormir.» Ella le observó el torso desnudo y aquellos feos calzoncillos gastados y se dio cuenta de que tampoco le apetecería que la tocara sin ducharse.

Dio un viraje y miró con gesto asesino a un motorista que acababa de pasar a su lado haciéndole un corte de mangas.

—Pero en tus planes imagino que no entraba que follara con otras… —le pregunté.

—Dice que él está acostumbrado a tener relaciones muy abiertas. Que creía que estábamos de acuerdo en eso. Y que pidiéndole otra cosa coarto su libertad. Que no me voy a la esencia: que me quiere. Y que si no lo entiendo es que soy una retrógrada. Como le dije que no creía ser capaz de tener una relación así, me ha dejado. No entiendo nada.

Sus dedos temblaban ahora de dolor.

Recordé al «hombre goma» de Casandra. Y por eso me atreví a decir lo que dije:

—Te está poniendo a prueba.

—¿Cómo?

—Que te está poniendo a prueba, Aurora. A ver hasta dónde eres capaz de llegar. Quiero decir, de aguantar.

Ella me observó sin entender.

—Me ha dejado, ¿entiendes? —Hizo un silencio muy largo—. Quizá es cierto. Quizá soy una retrógrada y una insegura y si me dice que me quiere debería dejar de darle importancia a algo tan trivial como que se acueste con otras, porque quiere que nuestra relación sea distinta… no lo sé… Ya no sé qué somos. Ya no sé nada.

—Pero no lo entiendo… ¿Qué hay de malo en que tengáis sexo?

—No lo entiendes tú… —Dejó sus labios de goma entornados unos segundos—. Es que no lo he tenido con nadie aún.

—¿Con nadie? —Me sorprendí.

Ella negó con la cabeza.

—¿Sexo?

Ella echó la cabeza sobre el volante. Luego me miró de reojo.

—Esto no se lo he confesado a nadie. Sólo a él. Y a ti. Y lo más absurdo del tema es que le había escogido porque…

—… porque él parecía no tener interés —sentencié.

Aquello sí que me hizo enfurecer. Aurora era bella. Quizá no una mujer llamativa, pero era bonita. Su pelo corto y negrísimo como los ojos, el contraste con la piel tan clara. Parecía una Betty Boop sin maquillar.

La Bella Sufriente se quedó en silencio mientras unas grandes lágrimas propias de su condición de dibujo animado rodaban por sus mejillas y pisaba el acelerador con saña cada vez que vislumbraba en el horizonte un semáforo en verde, como si quisiera que las horas pasaran a la misma velocidad.

¿Por qué nadie nos enseñaba a comer con ganas, follar con ganas, a amar sin miedo? Eso sí que era proteger y no lo que le habían hecho a Aurora.

Me enfurecí conmigo misma y con ella y con todos los que nos habían hecho así. Hasta que, cuando llegamos al semáforo de la calle María de Molina, antes de coger la carretera, me bajé y me senté a su lado. En mi espacio natural: el asiento del copiloto.

Ella me miró con agotamiento.

—Mira, Aurora —comencé sin saber cómo iba a seguir—, sé que llevas tanto tiempo dedicada en cuerpo y alma a que esta relación funcione que ya no ves más allá, pero ¿por qué no intentas darle la vuelta por un momento? No paras de preguntarte qué eres para él, pero ¿te has preguntado qué es él para ti? ¿Qué sientes tú? Sé que cuesta, pero ¿por qué no poner en voz alta tus necesidades? No sé… no tiene nada de malo que alces tus propios muros para protegerte, esos por los que nadie debe pasar, porque si los pasan te hacen daño. No tengas miedo a que dejen de quererte por eso. —Saqué un chicle, mordí la mitad, le di la otra. Se la metió en la boca—. No eres tan rara, ¿sabes? Resulta que es muy normal que una persona no quiera que su pareja se acueste con otros, aunque sólo sea por una cuestión de salud pública, pero en cualquier caso, da igual. Se trata de que a ti eso no te hace feliz. Y punto. De modo que tienes que plantearte si él es lo que quieres y lo que buscas.

La miré a través del reflejo del cristal. La escuché mascar con rabia. Sus lágrimas empezaron a brotar de nuevo con más fuerza.

—¿Sabes, Marina? Yo siempre he soñado con tener una familia… —Su reflejo sonrió con tristeza—. Desde niña he querido ser madre. Pero nunca tengo más de mil euros en el banco ni más de dos meses a un hombre en mi vida. Lo que sí tengo es casi cuarenta años. Siempre he tenido miedo a que me hicieran daño. Y Maxi llegó a mi vida sin pedir nada. Levanté la guardia. Sentí que era alguien que buscaba una compañera. Tengo que decidirme por alguien o nunca seré madre.

—¿Y lo de congelar? —pregunté sin saber muy bien si era buena idea.

—¡Sí, claro! Que congele, me dice la pija de Casandra. —Subió el aire acondicionado como si quisiera empezar en ese mismo momento—. ¿Sabes cuánto cuesta? ¿Lo sabes? Ya no sólo congelar, sino el tratamiento para hacerlo.

—¿No le ibas a pedir ayuda a tu madre?

Se saltó un paso de peatones y una pareja cruzó despavorida mientras nos insultaba desde el otro lado.

—Vaya, para ser diplomática es el colmo de la discreción. —Resopló—. Mi madre me indicó que si no había sido capaz de llevar una vida normal hasta ahora, ni capaz, porque repitió el adjetivo, de encontrar a un hombre que quisiera compartir un hijo conmigo, o que me quisiera al menos, no tenía por qué ser capaz de sacar adelante a un niño. —Carraspeó con fuerza, bajó el aire—. Luego me pidió que le prometiera que nunca le comentaría a mi padre una idea tan grotesca. Eso dijo.

El coche siguió deslizándose por calles cada vez más despejadas. Ella, con los ojos fijos al frente, las piernas delgadas, en tensión, apretando el acelerador. Cuando paramos en un semáforo por fin, miró el móvil buscando ese mensaje que no llegaba, y luego me lo entregó con la orden de que no le dejara mirarlo más.

—Me dijo que quería compartir su vida conmigo, ¿sabes? Lo que no matizó fue la forma. —Sonrió con desgana—. Todo habría sido tan fácil… Ni óvulos en el congelador, ni historias raras con mis padres… Pero ahora va y me dice que le duele que yo no acepte su forma de vida. Que quiere sentir por mí algo como lo que yo siento, pero que aún no puede. Que necesita tiempo. ¿Tú sabes lo frustrante que es eso?

Resoplé. No, no sabía lo que era eso. Era cierto. Mi caso era el contrario. Había vivido casi toda mi vida con alguien que me aseguraba que sentía por mí lo que yo ya empezaba a sospechar que no sentía. Que se autoengañaba. Y al que sospechaba que tampoco había hecho feliz. Y ahora mismo lo llevaba en mi puta mochila cuando yo sentía que había sido la suya durante años.

Qué ironías de la vida, joder.

—Mira —le dije con el corazón en el mano—, yo creo que hay muchas formas de relacionarse con la gente, pero se trata de que te amen como deseas que te amen. Es más sencillo de lo que parece. Él sabe lo que te hace daño, y que te lo ha hecho y ahora el dolido es él. Y ahora, como recibe el primer «no», te echa un pulso diciendo que se va. Créeme, soy una experta en detectar una coacción…

—Pero tu marido no era así.

—Pero mi madre sí, Aurora. Alzarse como la más dolida es su especialidad cuando, en realidad, te ha hecho daño a ti. Está bien que te preguntes qué hace felices a los demás, pero ¿te preguntas alguna vez qué te hace feliz a ti?

Y según le estaba diciendo esto me di cuenta de que no sabía si me había hecho yo esa pregunta alguna vez. Y creo que fue en ese preciso momento cuando le conté que estaba a punto de llevar tus cenizas al cementerio de la Almudena porque mi madre, precisamente, vivía angustiada con ese tema.

—Entonces ¿no vas a hacer tu viaje en barco?

Pareció decepcionada.

En aquel momento le confesé que por un lado me daba miedo y, por otro, mi madre no me iba a dejar vivir. Aurora me escuchaba atentamente mientras se introducía un par de chicles más en la boca. Le pedí uno y continué: en realidad me había casado por lo mismo. Por no escucharla. Todavía podía recordar la voz de mi padre cuando me llevó a comer un menú al lado de mi casa y me dijo: «Total, hija, qué más te da. Si es tan importante para tu madre, y le hace tanta ilusión…».

—También pensé en tener un hijo por darle un nieto, no creas.

Se quedó pensativa. Y cuando iba a cambiar la marcha me cogió la mano.

—Era tu marido, Marina —sentenció tajante— y por encima de todo tendrás que decidir tú cómo vas a guardarlo. Digo yo. Nadie más debe opinar en eso.

Supe que tenía razón. Y era tan sencillo como escuchar una voz que te lo dijera desde fuera. Puede que en ese momento y gracias a alguien a quien yo acababa de dar el mismo consejo, decidiera que me embarcaría en el *Peter Pan*. Y supe que a mi madre le haría daño saber que no te había dado un entierro cristiano, que eso la alteraría mucho, y a mi padre que me lanzara a ese mar del que nos protegió siempre, pero nunca sufrirían tanto como yo si no cumplía esa promesa, ya no contigo, sino conmigo misma.

Aurora dio la vuelta en el primer cambio de sentido que encontró cuando ya se vislumbraba al fondo el gran muro blanco tras el que iba a depositarte.

Marcar nuestros límites. Dejar claro lo que permites o lo que no. ¿Por qué costaba tanto?

¿Quién nos había hecho así?

Durante aquel viaje en su taxi me contó cómo sus padres se habían convertido para ella en un monumento al matrimonio perfecto que pesaba toneladas. Pero todo estaba basado en una mentira. Hasta su hermana y ella misma con ocho y nueve años fueron capaces de verlo. Su padre era un hombre distante y estricto, observante de las normas y de la religión que trabajaba en una oficina de registros de patentes, y su madre había estudiado magisterio, pero nunca ejerció. Tenían una vida ordenada, nunca habían dado que hablar, iban a misa de doce los domingos y luego comían con los abuelos maternos y paternos alternativamente, que desde los once años hasta la actualidad siempre les preguntaron dos únicas cosas: si tenían novio y por qué estaban tan delgaduchas. De modo que la vida de las niñas transcurría de casa al colegio y del colegio a casa sin sobresaltos. Su madre siempre ensalzaba la capacidad de trabajo de su marido, que les había dado una seguridad, unos estudios y lo buen padre que era. Ella cumplía con sus deberes matrimoniales siempre que era requerida y se refugiaba en la religión y en su temor al pecado, para no admitirse la intolerancia a los cambios de su pareja, por pequeños que fueran.

Su padre entrando en el baño y descubriendo que las toallas no estaban dobladas en cuatro en el mueble de siempre. Sus pasos por el pasillo. Su madre susurrando una disculpa en la cocina, mientras hace la cena que toca ese día. Un par de bofetadas que estallan en el aire. Un golpe más grande. Una madre que al día siguiente dice en camisón, casi a oscuras, que le duele la cabeza y que bajen solas a que las recoja el autobús del colegio. Y luego la inmovilidad de la casa durante varios días.

Por lo tanto, instaurada aquella ley del silencio, la pequeña Aurora se decía a sí misma que lo que estaba sucediendo era normal. Y de paso convertía a su padre en un hombre que despertaba su admiración por lo mucho que trabajaba y todo lo que le debían en lugar de despertar su ira y su vergüenza si se enfrentaba a la realidad. Era como si utilizara un mecanismo idéntico con Maxi. Crear una fantasía, como decía Olivia, en la que le resultaba más fácil vivir. La madre de Aurora sin querer había instalado en sus hijas un temor a los hombres que provenía del propio terror que le provocaba su perfecto marido. Si hubiera podido meterlas a monjas lo habría hecho con tal de que ninguno se les acercara: las ponía a dieta si desarrollaban curvas, les cortaba el pelo antes de que les creciera, reprimía cualquier síntoma de ego y les recitaba los pecados capitales a la menor ocasión.

Puede que Aurora hubiera escogido a la persona con quien podía repetir la atmósfera de la niñez: un hombre del que no conseguía llamar su atención. Ser su prioridad. Lograr su amor incondicional. Un hombre del que soportar en silencio un maltrato psicológico para conseguir, quizá en el presente, aquello que no había logrado en el pasado.

Entonces, por un perturbador resorte de mi conciencia, vino a mi cabeza una imagen: mi padre, con sus facciones rudas y su mirada tierna, dándome un beso en la frente antes de dormir. Y de pronto esa misma secuencia pero contigo, como si fuerais dos actores interpretando el mismo papel en la película de mi vida. Los dos inventándome virtudes de las que carecía para poder quererme más.

Sentí ganas de vomitar.

Bajé la ventanilla. La mañana aún estaba fresca.

Me volví para comprobar cómo el cementerio se alejaba de nosotras por la luna trasera y apreté la urna entre mis brazos. ¿Qué estoy haciendo?, me dije aliviada y aterrorizada a partes iguales. ¿Qué estoy haciendo?

Respiré hondo.

—¿Sabes una cosa, Aurora? —le dije cuando terminó su relato—. Vamos a hacernos tú y yo, si te parece, una lista que tenemos que cumplir a rajatabla. La llamaremos «Los placeres capitales».

¿Por qué nadie se había entretenido en recopilarlos y no era una obligación del ser humano experimentar cada uno de ellos antes de morir?

Ella me miró de reojo sin perder de vista la carretera.

Y empezamos a hacerla juntas, prometiéndonos que antes de que terminara el año, habríamos experimentado intensamente cada uno de ellos y los iríamos tachando de la lista. A partir de ahora llamaríamos a la lujuria, deseo; a la gula, gusto; a la avaricia, ambición; a la ira, desahogo; a la pereza, descanso; a la envidia, admiración, y a la soberbia, orgullo.

En ese momento entró un mensaje de Olivia preguntándome dónde me había metido. Ambas nos miramos con complicidad, creo que súbitamente ilusionadas encontrando una nueva fuerza en la otra. Aunque no sabíamos que las decisiones que íbamos a tomar en breve supondrían una enorme batalla que tendríamos que librar solas.

«Estoy llegando», escribí con prisa, mientras mi cuerpo aún se catapultaba por una autopista cargada de coches que viajaban a descansar al mar y otros, en mi dirección, que se dejaban atrapar por el agujero negro de la ciudad en verano.

El mercado de las ranas

—Yo prefiero ser mujer aunque sólo sea por llevar tacones.

Ésta era una de esas sentencias que convertían a Gala en una digna representante de su síndrome.

Olivia y yo la habíamos visto llegar de lejos taconeando como una equilibrista por la estrechísima acera de la calle Fúcar hasta el café El Azul, llamado así por estar decapado entero en tonos mediterráneos y en cuya ventana devorábamos lo que Olivia calificó como el mejor pastel de zanahoria de Madrid.

Las novedades de esa mañana habían sido dos: que Aurora y Maxi habían vuelto —o más bien había vuelto él—, y que se había pasado por la floristería la mujer del amante de Casandra... preguntando por ella. Ambas cosas nos habían sumido a Olivia y a mí en una gran agitación.

La tal Laura había entrado directa al invernadero sin mirar los árboles frutales ni disimular en absoluto. Se había recogido la melenita rubia en un moño bajo, llevaba un bombacho de seda verde militar, una camiseta de algodón y unas sandalias romanas. Caminó, casi se deslizó hasta el mostrador y con su mirada limpia de segundas intenciones me preguntó si conocía a Casandra. «Sé que viene mucho por aquí», me dijo con una sonrisa que no me pareció beligerante, dadas las circunstancias. Luego, me encargó que le dijera que había estado allí. «Conocemos a alguien en común… y estoy intentando localizarla por ese motivo.»

Olivia había salido de la trastienda justo cuando ésta se iba, caminando sobre sus sandalias con el mismo estilo que si llevara tacones, y antes de traspasar la puerta del invernadero se volvió para darle las gracias a Olivia. Aquella hiedra que le había recomendado comprar había agarrado en su jardín de maravilla. Mientras recordaba ese episodio que nos había dejado la sangre helada caí en la cuenta de que la hiedra era el símbolo de la fidelidad en el matrimonio. Observé a Olivia, que desmigaba aquel pedazo de tarta para apartar las pasas y sonreí de medio lado. Qué personaje era aquella mujer. Qué personaje…

Recuerdo que en ese momento sonaba en El Azul «Fever», canción que no paré de tararear en todo el día sin saber que homenajeaba el clima y el registro en el que seguiríamos hasta por la noche. Me encantaba El Azul, porque me bastaba pasar a tomar un café para sentir que había tenido unas minivacaciones: sus antiguas vigas decapadas, los ventiladores girando a cámara lenta, sus paredes de ladrillo visto pintado de blanco y las tulipas de cristal soplado turquesa nos tenían sumidas en una ensoñación mañanera de la que no apetecía despertar. Y luego, los libros. Por todas partes. Lo cierto era que el barrio de las Letras hacía justicia a su nombre porque no he conocido otro lugar donde más negocios exhibieran libros sin venir a cuento. Se acumulaban en las estanterías de los bares, las peluquerías o las tahonas para sus clientes. Aunque también podría haberse llamado el barrio del jazz: aparte de sus dos grandes templos, el café Populart y el Café Central, era posible estar escuchando a los grandes jazzistas desde el desayuno hasta la madrugada.

Y a ritmo de «Fever» la rubia iba empujando un burro cargado de perchas y ropa para el mercado. Llevaba una falda de vuelo celeste a juego con sus uñas y una blusa blanca desabotonada hasta el punto justo en el que la fantasía de cualquier hombre podía seguir dibujando su cuerpo. Y eso era lo que sin duda estaban haciendo todos y cada uno de los varones que se volvían imantados a su paso.

Ese sábado fue mi primer mercado de las ranas. Por aquel entonces pensé que era un acontecimiento único y no que se repetía el primer sábado de cada mes como si siguiera un ciclo lunar. Esa mañana me di una vuelta por las calles mientras los comercios sufrían su proceso de hibridación. Las galerías, bares, peluquerías y tiendas de moda decoraban los locales de forma distinta aprovechando la tregua de un día que les permitía colocar diminutas terrazas en su fragmento de acera y vender artículos que no eran los habituales: la Brown Bear Bakery, que estaba justo bajo el ático de Gala, vendía discos entre sus pasteles, en la peluquería se adquiría joyería y pastelitos, y en la galería de Blanca Soto se iban a vender, además de cuadros, flores. El barrio entero vivía en la calle inmerso en una especie de enorme sinestesia hiciera frío o calor. Esa atmósfera de pueblo y de libertad me pareció contagiosa.

La galería estaba detrás del CaixaForum. La idea era llenarla de plantas que empastaran con la exposición del momento: los cuadros de Kiddy Citny, el artista conocido como el pintor del muro de Berlín.

Pero, además, Olivia y yo teníamos un plan: llevarle otras flores pintadas, las de los cuadros de Aurora, como excusa. Aunque, por supuesto, la artista no estaba avisada para evitar posibles boicots de la misma.

Cuando Gala llegó hasta nosotras, casi sin saludar, sacó el móvil con una sonrisa golosa y sólo dijo: «Esto es lo que he desayunado yo».

Dentro de su móvil surgió una voz aún más dulce que nuestro pastel, melodiosa, masculina, una que te cantaría un bolero. «¿Eres consciente de lo acariciable que eres?», susurraba, «provocas ese efecto de querer quedarse para siempre en tu piel.» A ella se le dibujó una sonrisa casi virginal y empezó a rehacerse su larga y rubia trenza una y otra vez. Olivia sacudía las miguitas de tarta de la mesa con cara de concentración.

Hacía una semana que Gala estaba desaparecida. Incluso su francés de la Renault se había pasado por la floristería para comprarle unos lirios y de paso preguntar por ella. No había tenido señales en días, dijo con gesto de niño abandonado en la puerta de un colegio. Y es que Gala había entrado en la peluquería Corta Cabezas —así se llamaba, en serio— para hacerse un tratamiento de hidratación en su larga melena y prácticamente no había vuelto a salir de allí. El estilista, un chico colombiano vestido como si fuera un personaje de *Matrix*, le había lanzado una sonrisa en el espejo, una de esas con hoyitos en las mejillas, y sólo le hizo falta decirle: «Relájate, que te voy a mimar». Fueron dos horas en las que las manos milagrosas de ese hombre masajearon la cabeza de Gala, hidrataron cada una de sus largas fibras doradas, enmarcaron su rostro en un juvenil flequillo y más tarde bajaron por su cuello blanco para relajarlo. Masajearon sus pies mullidos, los sumergieron en un baño de rosas de té, limaron y pulieron sus uñas. La sesión de mimos continuó en la casa de aquel ángel. Un precioso apartamento encima del Érase Una Vez, uno de sus cafés favoritos, ése sí que invadido de libros.

«¿Eres consciente de esa condición tuya?», le preguntó retóricamente mientras la desvestía como quien abre un caramelo y la tumbaba en su cama. «Acariciable. Amable...» Gala no tuvo siquiera que hablar, ni preparar ninguna estrategia, ni un set con velitas y aromaterapia para recibir a su amante. Sólo dejó que él hiciera. Porque aquel absoluto desconocido había descubierto el secreto de Gala, que no era proporcionarle tres orgasmos, ni una erección de hora y media. A Gala había que acariciarla como se acariciaba a un gato. Para que no se fuera, para que quisiera quedarse, para que quisiera volver. Y eso hizo. Mientras ella pensaba en otra cosa, él acarició todo su cuerpo absorto en su bella forma de ignorarle.

—Ahora sólo puedo pensar en tu espalda. ¿Tú sabes el efecto que causa tu espalda? —susurraba, recreándose en cada centímetro de su piel—. ¿Eres consciente del poder de tu sonrisa? Todo lo ilumina. Cuando te veía en el espejo mientras tocaba tu pelo pensaba: cómo me gusta, cómo sonríe. Y ya no vi nada más. Si llego a saber lo que iba a pasar te habría robado del salón mucho antes. Para enterrarme entre tus piernas, para beberte.

Y a continuación decidió degustar también el fruto de sus caricias.

La rubia detuvo la grabación, yo me tragué de un solo bocado lo que quedaba de tarta y luego la emprendí con las pasas que había coleccionado Olivia en una esquina del plato. Observé a Gala. Cómo se mordía un labio, cómo se apoyaba sobre la mesa con las dos manos, la espalda arqueada, los músculos de las piernas en tensión por el recuerdo.

—Si los hombres supieran... —comentó Olivia tras escuchar su historia.

—¿El qué? —preguntó Galatea.

—Si supieran que para nosotras... ¡el mejor amante del mundo es el que después te rasca la espalda!

Las tres nos echamos a reír.

—Así que ha pasado a la historia tu ejecutivo de Renault... ¿cómo se llamaba? —pregunté.

—André... y éste se llama Andrés.

—Qué bien, así no nos confundimos —celebró Olivia abanicándose.

Ella hizo una mueca burlona, se incorporó y pasó una mano por las prendas que colgaban de las perchas como si fuera un arpa. Me pareció más que nunca una criatura mitológica.

—¿Sabéis lo que me ha dicho al irse?

Olivia se levantó y dejó unas monedas en la mesa.

—Te ha preguntado si le dejabas vestirse de una vez.

Ella frunció su chata nariz.

—No. Me ha dicho: «Te encontré libre y te dejaré libre»... —Suspiró—. ¡Creo que es el hombre de mi vida!

—Qué dices. ¡Es el hombre de la vida de cualquiera! —añadí yo—. ¡Te hace la pedicura!

Y con esa declaración, que fue muy celebrada por mis amigas, pusimos rumbo hacia la galería sorteando tenderetes con antigüedades, muebles de diseño, hasta llegar a la calle Almadén. Ésta había sido alfombrada con un camino de sicodélicas ranas pegadas al pavimento, y formaban un batrácico sendero hasta el local de Blanca Soto. Cuando entramos estaba sentada tras el ordenador con una de sus asistentes, una japonesa de pelo largo y lacio con aspecto de bailarina que terminaba la lista de las obras expuestas.

—Pero ¡qué sorpresa más bonita! —exclamó la galerista al ver a Olivia.

Las dos mujeres se fundieron en un abrazo.

—Si sabías que veníamos, Blanca —contestó la otra, divertida.

—Ay, déjame que me sorprenda de lo obvio. Así todo me hace más ilusión.

De Blanca llegaba antes su sonrisa y luego el resto de un cuerpo menudo, elegante, que había hecho de la sencillez su estilo. Llevaba una camisola de seda color plomo, unos pantalones negros e iba subida en unos taconazos del mismo color con la suela plateada.

—Qué maravilla de colgante —exclamó Gala examinándolo.

A mí también me había llamado la atención: dos aros de acero que parecían derretidos uno dentro del otro. Como si hubiera convertido su cuerpo en otra galería de lujo que exponía aquella escultura.

—Es de uno de mis artistas —añadió orgullosa—. ¿A que es ideal? Hay más dentro. ¡Tenemos que venderlos todos! ¡Que estos chicos tienen que comer!

Era morena, divertida, con unos ojos oscuros que despedían una energía casi solar. Blanca Soto tenía fama de ser el hada madrina de los grandes artistas españoles de la generación más joven. Toda una cazatalentos que se desvivía por darles visibilidad en su espacio y fuera de nuestras fronteras. Por eso Olivia intentaba a toda costa que tuviera acceso a los cuadros de nuestra Bella Sufriente.

—Mira, Blanca, ésta es Marina. Mi nueva ayudante.

Ella me recibió con afecto, había escuchado hablar mucho de mí, dijo, y alabó mi atuendo. Un mono de lino un poco safari con detalles de margaritas amarillas muy sesenteras. Creo recordar que fue esa semana la que dejé de ser discreta para siempre.

Colocamos el burro con la ropa de Gala en la puerta y en

el interior de la galería empezamos a colgar un jazmín trepador, la flor de la sensualidad, que convirtió en un par de horas las paredes en un jardín vertical. La idea era crear una versión en miniatura del que trepaba por la entrada del CaixaForum y que al pasar siempre nos dejaba a Olivia y a mí hipnotizadas. Toda una instalación desde la que brotaban los desnudos llenos de color de la exposición de Kiddy Citny: «Naturalezas vivas». Casi todas eran mujeres, sus contornos en trazos rápidos y llenos de movimiento anunciaban cuerpos desnudos, voladores, sobre fondos de colores vivos. Otros eran retratos también de féminas con coronas. Triunfales. Sonrientes. Sensuales.

Salí al exterior y a ambos lados de la galería coloqué con mimo las acuarelas de nuestra amiga como si fueran las teloneras, una antesala de flores que bien podrían haber sido compradas por todas aquellas mujeres que inventó el pintor alemán cuando aún estaba atrapado por el telón de acero. Aurora no había venido. Maxi había vuelto a casa, así que estaba concentrada en que su relación volviera «a funcionar».

Cuando la galerista salió al exterior, me encontró plantada en medio de la calle con una de las obras de Aurora en la mano, como si me hubiera transformado en caballete.

—¿Te gusta ese cuadro? —me preguntó mientras me ofrecía un vaso.

—Sí —le contesté sin vacilar—. De hecho me gusta tanto que acabo de renunciar a él. Hasta ahora lo tenía en mi casa.

Ella levantó el mentón con interés, se cruzó de brazos pensativa y se dio unos toquecitos en la barbilla con su bolígrafo.

—Y entonces ¿por qué quieres que lo vendamos? —quiso saber.

—Porque creo que es bueno —aseguré—. Y para la artista es más importante venderlo que tenerlo colgado en mi pared.

Ella me miró reflexiva.

—¿Tú crees? —Se sorprendió—. ¿Y por qué dirías que te gusta?

Lo observamos con atención plantadas en medio de la empinada calle vacía de coches.

—Porque son flores de ficción. Son naturalezas inventadas.

Blanca caminó entre las flores de Aurora que estaban apiladas en el suelo, parándose cada poco, con paso de procesión.

—Pues ése sería un bonito título para una exposición: «Naturaleza inventada» —dijo para sí, y luego observó de nuevo mi cuadro—. Te propongo una cosa: quédate con ése. Y dile a la artista que lo he comprado yo. Te lo regalo. Así matamos dos pájaros de un tiro: ella vende el cuadro y las dos nos aseguramos de que lo tenga alguien que lo valora tanto como tú.

Me invadió una alegría inesperada en el pecho que no pude disimular y la abracé. Ella me guiñó un ojo y le colocó una pegatina roja y redonda en un extremo que indicaba que estaba vendido.

Luego vi que Olivia me observaba desde la puerta con algo parecido al orgullo.

—¡Qué planazo el de hoy! —exclamó Blanca mientras sacaba unas coloridas sillas de tijera al exterior—. Todo chicas en la galería… Va a ser divertidísimo. Estoy un poco aburrida de tanta testosterona.

Una hora más tarde, cuando estábamos terminando de colocarlo todo, apareció el propio Kiddy Citny. Un hombre alto, con uno de esos cráneos que lucían mejor sin pelo, mirada inteligente y hambrienta de experiencias. Cuando vio a Olivia, cogió su rostro con las dos manos y la besó en la mejilla como lo haría un amigo antiguo. No se veían desde Nueva York, dijo, dejándome intrigada por saber qué había hecho Olivia allí; sin duda no era vender flores. Fue ella quien me presentó al pintor y juntos recorrimos su exposición, cuadro a cuadro, mientras él se admiraba de nuestra idea de hacer surgir sus obras entre la hiedra y me relataba cómo había decidido empezar a pintar sobre el muro de Berlín para darle color a un mundo gris.

Era su reacción contra la desesperanza, me explicó. Los berlineses del Este amanecían con aquellos rostros gigantes llenos de color que les sonreían desde el símbolo de su cautiverio portando colores y coronas, inmensos corazones, cuerpos bellos en movimiento constante. Una vez caído el muro, su obra había sido fragmentada y diseminada por el planeta, y también el nombre de Kiddy, quien ahora pintaba sobre lienzo y hacía exposiciones por todo el mundo. No pude evitarlo y se lo pregunté. Si echaba de menos pintar sobre el muro.

Él sólo me devolvió una sonrisa melancólica.

Ya era cerca del mediodía cuando, una vez se hubo ido el pintor, conseguimos sentarnos a tomar una sangría blanca inventada por Olivia que más tarde bautizaríamos como «el cóctel mólotov» y empezábamos a embriagarnos por el aroma voluptuoso de los jazmines.

Y allí estábamos, sentadas en fila a ambos lados de la puerta como se hacía en los pueblos, viendo la vida pasar: Gala le enseñaba a Blanca la grabación de su última conquista y Olivia hacía chocar entre sí unas finísimas pulseras de plata al abanicarse, mientras me leía algunas de las críticas de la exposición. Llevaba una camisa blanca con encajes ibicencos, un pantalón verde y un sombrero que imitaba pétalos blancos. El conjunto la hacía parecer una margarita gigante.

Acercó sus labios finos y rojos a mi oído.

—¿Soy yo la única que ha notado que Gala está especialmente ilusionada con esta historia?

—¿Tú crees? —La observé yo también.

Lo cierto era que arrugaba la nariz al hablar de él. Eso no lo había visto nunca. Olivia ocultó su rostro tras el periódico y resaltó que, además, llevaba comiendo dulces todo el día.

Me quedé pensando. Era cierto. Ni una mención a sus dietas, ni a sus caderas, ni a la injusta ley de la gravedad que, según ella, empezaba a descolgar sus carrilleras. Muy al contrario, acababa de confesar que su próxima cita era en el Ouh Babbo, el restaurante preferido de Gala, cuyas pizzas blancas con trufa eran afrodisíacas por demostración empírica.

Ambas la observamos con cara de sospecha. Ella parloteaba sin descanso y analizaba los mensajes casi sintácticamente, una y otra vez, columpiándose en la silla, hasta que Olivia hizo una pelotita de periódico y trató de encestarla en la bebida de la rubia. La otra protestó enérgicamente.

—Estábamos comentando Marina y yo... —comenzó a decir— que parece que este hombre te ha llamado la atención.

Blanca le dio un sorbito minúsculo a su sangría y nos miró con complicidad.

—¿Estáis insinuando que la incólume Gala está cayendo?...

La vikinga intentaba cazar sin éxito un trozo de manzana entre los hielos de su vaso.

—A ver… Si a mí en el fondo lo que me gusta es el sexo. Ya me conocéis. —Se protegió con tono jocoso y esto hizo pestañear a la galerista con asombro—. No quiero dramas. Ni celos. No quiero que me salve de mí misma. Ni compromisos. Eso es para otras. Sólo quiero que tenga una situación desahogada y que le guste el sexo tanto como a mí. No creo que sea muy ambiciosa.

—¿Y a qué has dicho que se dedica? —pregunté yo, y sí, era una pregunta trampa.

Ella volvió a sonreír mientras ladeaba la cabeza.

—¡Es peluquero! —Se impacientó, pero luego su voz se endulzó de nuevo—. Y dice que cuando está conmigo es un zahorí. Un buscador de agua. Y por eso supo enseguida, según él, que mi cuerpo era un manantial de placer. Dice que le provoco «sed». ¡Teníais que haberle visto! Luego leímos desnudos a Apollinaire. *Las once mil vergas*. ¡Lo tenía en su biblioteca! Para que luego digan que hay una nueva novela erótica. ¡Son cuentos para niños! Mientras yo leía, me dijo que buscaría agua, en mi boca, entre mis piernas. —Y sorbió ruidosamente con una pajita los restos de su bebida.

Olivia levantó una ceja. «Un zahorí…», repitió. «Sí, un zahorí», respondió Blanca mientras le devolvía el gesto, y yo no podía dejar de observar a Gala. Su nueva luz. Su forma de obtener placer del recuerdo del placer, entre sorprendida y emocionada.

—Pues creo que voy a tener que pedirte prestadas algunas obras de Apollinaire —dije por fin.

Esto provocó una buena fiesta de risas que se aliaron con el olor del jazmín y captaron la atención de unos cuantos clientes.

Fue en ese momento cuando vimos aparecer a Victoria trotando calle abajo con unos vaqueros muy cortos que dejaban ver sus piernas atléticas, cola de caballo, zapatillas de deporte y una camiseta que decía «Trouble Maker». Toda una declaración de intenciones, opinó Gala al verla. Pero nada comparado con la declaración que iba a hacer al entrar.

Victoria recuperó el aliento y puso cara de absoluta satisfacción.

—Chicas, he descubierto la sumisión —dijo plantándose en jarras ante nosotras.

La observamos con los ojos como platos. Se sopló el flequillo.

—He descubierto que no me gusta mandar en la cama —prosiguió convencida— ¡Es verdad! Me paso el día mandando. Es genial que dentro de ese cuadrilátero de sábanas no sea así. ¿Dónde está Casandra? Se lo tengo que contar.

—Pero ¿qué pasa hoy? —exclamó Gala ofreciéndole un vaso.

—Qué habéis llegado a los cuarenta —concluyó Olivia alzando su copa.

Y al grito de «¡Vivir es una tarea urgente!», todas brindamos con aquella sangría de vino blanco que ahora sabíamos que era aún más peligrosa que la tinta.

Durante aquellas dos semanas habíamos seguido con interés el pistoletazo de salida del idilio entre Francisco y Victoria. Desde que comenzaron sus encuentros, Olivia les dejaba las llaves del invernadero una vez a la semana y pasaban unas horas juntos retozando en la trastienda sobre el futón japonés que teníamos para dormir la siesta, con la sola tarea de respirar juntos las polinizaciones de las flores y añadir más condensación a los cristales.

Desde luego aquel entorno era mucho más discreto que si los veían entrar juntos en un hotel.

Y quizá porque yo lo sabía, las mañanas de los martes me parecía detectar un olor dulzón como el de una flor que acaba de abrirse, que no correspondía a ninguna otra. Para mí, el olor de aquella nueva pasión.

—Qué bien te sienta tu arqueólogo, querida. Tienes un brillo en la piel… —observó Olivia.

Ella se echó a reír.

—Es que tengo menos estrés —respondió desordenándose la melena.

—A él se le ve más cansado, eso sí —se burló Gala.

—Y despistado —añadí yo.

Y entonces se me ocurrió contar entre risas cómo el viernes, cuando Francisco se había acercado para dejar su mensaje en forma de flor para su amante, olvidó también sobre el mostrador unas carpetas con documentos. Y como no sabía de quién eran, las había abierto. Parecían dibujos de árboles, con indicaciones numéricas a escala. También algunos documentos antiguos escaneados. Esto pareció interesar mucho a Olivia.

—¿Por qué no me lo has dicho antes? No creo que se los dejara olvidados. Quizá son para mí —me advirtió en voz baja y me pidió que no se los devolviera hasta comprobar que no era algo que «le debía».

Recuerdo que ese comentario me pareció curioso y volví a ver cómo aparecía esa única arruga en la frente que se le dibujaba cuando estaba alerta.

Con tanto sexo en el ambiente, la conversación de esa tarde giró en torno a los amantes. Para Gala, la condición ideal era la clandestinidad. Una garantía, según la rubia, de que no le calentarían la cabeza.

—Prefiero que me calienten la cama —añadió resuelta.

—Pero si aun así acaban siempre intentando ponerte un anillo —le dije yo.

—¡Pues imagínate que estuvieran libres! ¡Se me meterían en casa como a la pobre Aurora!

Entró una pareja en la galería. No se distinguía bien quién era el chico y quién la chica porque ambos llevaban el pelo corto y el flequillo peinado idéntico y hacia el mismo lado. Cada uno llevaba, además, un bulldog enano bajo el brazo.

—Pero tu zahorí no está casado, ¿no?

A Gala se le arrugó la nariz. Ahora pude verlo claramente.

—Para que yo deje de cazar, el tipo me tiene que…

—Enamorar —soltó Olivia—. Te tiene que enamorar.

Gala exageró una de sus generosas carcajadas. Uno de los asexuados con flequillo asomó la cabeza y quiso saber qué flores eran esas que olían tan bien. Olivia se levantó y dijo que les prepararía un ramito.

Por su parte, Victoria, que no dejaba de enviar mensajes con su móvil, opinaba con voz desconcentrada que si había amor de verdad, necesitabas compartir tu vida con esa persona, comentario que no nos pasó inadvertido, dadas sus circunstancias.

—Un compañero —dijo con convicción—. Que comparta tu vida con pasión.

A Olivia, que contra todo pronóstico nos escuchaba desde dentro, pareció escandalizarle nuestra conversación. Fue su cabeza la que asomó entonces.

—Pero mira que sois rígidas —opinó mientras acicalaba el ramo—. Ser amantes no tiene que ver con la clandestinidad, sino con la actitud.

¿Por qué nos empeñábamos en separar tanto nuestros sentimientos?, siguió diciendo. Un amante podía ser clandestino, pero ¿desde cuándo tu amante no podía ser también tu compañero de vida?, refunfuñaba mientras detrás de ella asentían aquellos dos clones como si estuvieran coreografiados. Mientras, yo recortaba las críticas de la exposición que le iba pasando a Blanca y que ésta enfundaba en una carpeta.

A Gala pareció divertirle aquel comentario.

—Todo me parece muy bien, pero al final lo más importante es gustarse mucho —sentenció—. Así de sencillo. Yo creo que es una reacción animal. La naturaleza manda. Te detectas. Te hueles. ¿Sabéis que el beso es una forma de hacerle un análisis al otro?

—¿Como un análisis de sangre? —preguntó Victoria asqueada.

Más o menos, siguió la rubia mientras acariciaba a uno de los bulldogs, que había decidido ilustrar su historia lamiéndole sus blancos y renacentistas pies. Era una forma de oler y saborear su compatibilidad contigo. Tus posibles patologías. Por eso a algunas personas no podíamos dejar de besarlas. Y luego, tras ese análisis, como éramos humanos buscábamos una compatibilidad emocional, intelectual…

—Mis abuelos aún follaban a los ochenta años. —Sonrió tiernamente—. Era conmovedor. Es más, un día mi madre y yo encontramos preservativos en su mesilla.

Hasta el perro pareció sorprenderse y la miró impávido. Yo también levanté la vista del periódico.

—Eso es ser joven de espíritu y lo demás son tonterías… —dictaminé.

—Pues para mí es como si el sexo fuera un sistema operativo —opinó Victoria—. Si no tienes el mismo sistema no eres compatible.

—Muy romántico, miss Gates —se burló Gala.

Entonces Olivia salió de la galería escoltada por aquellos dos con sendos ramitos.

—Esto me recuerda una teoría muy bonita de un psiquiatra que conocí.

Hizo un silencio de suspense y los clones se despidieron algo intrigados.

—¿Y qué dice? —pregunté yo mientras seguía el recorrido de una salamandra por la pared.

Lo pregunté, aunque lo cierto es que nunca teníamos claro si aquellas teorías eran de los pensadores y científicos a los que citaba o se las inventaba. Lo cierto es que nos divertían tanto que nos daba un poco igual. Aunque confieso que ahora, ya embarcada en mi viaje, sí me gustaría saber con certeza si por lo menos una de sus historias era cierta. Ahora que participo de su secreto.

El caso es que el resto de la tarde se convirtió en una de esas veladas curativas en las que el aire parecía tener más oxígeno, y durante la cual Olivia nos contó su teoría sobre el amor, me hizo preguntarme qué habíamos sido tú y yo, Óscar. ¿Qué habíamos sido tú y yo?

Como supusimos que nos llegaría la noche, hicimos corrillo en el interior de la galería, con las luces bajas y las puertas de hierro abiertas para que entrara el fresco.

Recuerdo que me sentí feliz. De pronto todo olía a colores y a naturaleza.

Teoría de los cien por cien compatibles

Creo que fue poco después de aquel día cuando leí un artículo de Luis Rojas Marcos en el que explicaba que la mujer española era la tercera más longeva del mundo. Y lo más divertido y chocante era que, según su razonamiento, se debía a que hablamos mucho. Si fuera cierta su teoría y tenemos en cuenta lo que hablamos sólo durante aquellos días, ahora las cinco debemos de ser prácticamente inmortales. El psiquiatra argumentaba que al expresarnos, exteriorizábamos nuestros sentimientos a través de la palabra. En pocas palabras, nunca mejor dicho, según él le debíamos nuestra supervivencia extrema a nuestra extroversión: una terapia para activar nuestras defensas y soportar la adversidad. Cuando leí este artículo recordé inmediatamente ese día con su noche en la galería y he seguido acordándome de muchas que vinieron después. Porque fueron, literalmente, una inyección de vida. Yo antes nunca había sido así, pero, como decía Rojas Marcos, «dejarse sentir, expresarlo y encontrar quien lo recoja y lo devuelva» fue mi forma de resurgir.

De resurgir asumiendo, tengo que decir. Porque si algo me quedaba claro tras la teoría de Olivia era lo que habíamos sido tú y yo, desde el principio.

—Es otra forma de explicar lo que algunas culturas llaman «alma gemela» —explicó Olivia mientras caminábamos hacia el interior de la galería.

—No me digas que la gran Olivia cree en la «media naranja» —se burló Victoria.

—No es una teoría nueva —la interrumpió Blanca—. En Oriente dicen que es ese hilo rojo que según la tradición china está atado al meñique de dos personas que caminan por el mundo, ¿cómo era, Li? —le preguntó a su ayudante, quien asintió con su rostro lunar alumbrado por la pantalla de su portátil.

La chica se giró en la banqueta.

—Sí. Las dos personas caminan desde que nacen recogiéndolo, mientras tratan de encontrarse —explicó con una voz infantil y un acento tan pulido que casi era difícil entenderla—. No siempre lo consiguen, pero tienden a hacerlo, como los dos polos de un imán. —Pegó sus dedos finos entre sí—. Esa persona que, según el budismo, trata de encontrarse contigo en la vida siguiente y en la siguiente y, junto a la cual, se perfeccionará tu alma para alcanzar la próxima reencarnación: el oro de los alquimistas, el yin y el yang.

—Qué bonito… —susurró Gala.

—Ten cuidado, que estás ya en los límites de la cursilería —me burlé yo.

Li sonrió y volvió a darse la vuelta en la banqueta para sumergirse de nuevo en la pantalla.

Pero los cien por cien compatibles no eran en esencia almas gemelas, continuó Olivia mientras recogía los cuadros de Aurora y los apilaba con cuidado en el interior de la galería, sino que tenían un enorme porcentaje de parecidos, en su mayor parte fortalezas —su optimismo, su motor, su forma de amar—, y sus diferencias serían complementarias entre sí.

Gala, que andaba recogiendo los restos de ropa no vendida, se preguntaba ahora con preocupación si podría haberse cruzado con su cien por cien compatible y ni siquiera haber entablado una conversación, dado el ritmo de amantes que había tenido. ¡Eso sería una putada!

En ese mismo momento, un atractivo hombre con barba canosa que empujaba una bici del ayuntamiento hizo intención de entrar en la galería, pero Blanca le indicó cortésmente que estaba cerrada.

Luego se volvió hacia nosotras burlona: «Un momento... ¿y si fuera Él?».

Hubo unas cuantas risas cuando la galerista bromeó con la posibilidad de salir corriendo tras él calle arriba para pedirle que volviera, por si acaso sujetaba un extremo del hilo rojo de alguna de las presentes.

Olivia desprendió una rama de jazmines y empezó a enrollarla sobre sí misma fabricando una especie de corona. Quizá era posible..., siguió con su razonamiento, encontrarse con tu compatible, quería decir, y no reconocerlo a primera vista, pero estaba de acuerdo con Gala en que, en esos casos, la naturaleza tenía previstos algunos mecanismos para detectarse. Desde luego, si dos cien por cien compatibles no se detectaban claramente era porque algo atrofiaba nuestro radar, a lo que Victoria añadió resoplando:

—¿Como el estrés y tener otras parejas y la presión social y los hijos y las suegras, por poner algún ejemplo?...

—Da tanta rabia... —Olivia se quedó pensativa mientras terminaba la corona—. Cuando te das cuenta de que lo que te aleja de la posibilidad es sólo el miedo... y no puedes vencerlo.

Gala se ahuecó la camisa para despegarla de su piel. Retorció su trenza como si quisiera exprimirla.

—Es cierto que a veces conoces a un hombre que quieres tener cerca a toda costa aunque no sepas al principio para qué.

Olivia se acercó a Victoria y le colocó la corona de flores en la cabeza. Ella suspiró mirando su móvil, y no supe si comprobaba la hora de volver «a la realidad» de su casa o buscaba un mensaje de su amante que no terminaba de llegar. Luego levantó la vista.

—Así que ésa es la fórmula: No es $1 + 1 = 2$ sino $1 \times 1 = 1$ al cuadrado.

—Ahora sí que me has llegado al corazón... —se burló Gala tras una montaña de ropa desde la puerta.

Sin embargo y a pesar de ser de letras, pensé que no lo podía haber explicado de una forma más clara: las naturalezas no se sumaban, sino que multiplicaban sus fuerzas haciendo decrecer sus debilidades, ayudándose a redescubrirse y aumentando sus fortalezas... era una bonita teoría, pensé mientras enjuagaba las copas y se las pasaba a Blanca para que las fuera guardando.

Nos quedamos un rato en silencio, seguramente haciendo acopio mental de amantes y maridos, amigos, aventuras furtivas de un día, conocidos, compañeros de pupitre, profesores, vecinos, el médico que nos había atendido en una urgencia, nuestro farmacéutico, ese taxista con el que habíamos coincidido extrañamente varias veces, hasta el viajero con el que solíamos encontrarnos en el metro y con el que nunca intercambiamos una palabra pero sin embargo sí decenas de miradas en ráfaga... Y probablemente todas nos preguntamos durante esos minutos en qué medida habían podido ser cada uno de esos hombres un potencial cien por cien compatible en nuestra vida.

Quizá por eso un rato más tarde me atreví a preguntarle a Victoria cómo era tener un amante. Estaba guapa y distinta con sus piernas atléticas al aire, el short cortado a tijeretazos, la camiseta que advertía estar muy dispuesta a buscarte un problema y aquella corona que olía a sexo. Mientras las demás hacían recuento de lo vendido en el interior, la encontré meditabunda y sentada en la puerta de la galería, en una de las dos únicas sillas de tijera que teníamos que devolver al jardín. Cuando se lo pregunté, acarició su brazo desnudo como si calmara un escalofrío. Me senté a su lado.

—Pues... es como tener un oasis de carne, besos, piel... donde todo lo que importa es obtener y dar placer. —Dejó los labios entreabiertos y buscó el gajo de luna naranja que flotaba sobre los tejados—. Y fuera, el mundo se detiene. Porque tus cinco sentidos los ocupa el cuerpo del otro. Su olor. Su forma de mirarte. Es dar rienda suelta a tus fantasías y atreverte a fantasear con otras nuevas.

La escuché casi sin respiración. Ella me dio un toque divertido en la rodilla.

—¿Y tú nunca tuviste un amante en todos esos años?

Su ocurrencia me hizo reír.

—No. Yo no —admití.

Mi fidelidad me hacía sentirme orgullosa. Había tenido alguna oportunidad, le confesé y me entretuve repasando con la mirada las grietas del asfalto, pero... era como si mi relación con Óscar me hubiera adormecido en ese aspecto. Nuestros cuerpos no dialogaban. Eso es todo. No supe bien cómo explicárselo y sin embargo sentí que me entendió.

—A partir de un punto ni siquiera detectaba cuándo un hombre me miraba de esa forma —resumí.

Victoria asintió. Según ella se estaba redescubriendo con Francisco, como mujer, a sus años. Había tanto de ella que desconocía..., reconoció, y volvió a frotarse los brazos como si acabara de sentir su roce.

—El problema es… —Se quedó pensativa mientras se me acercaba un poco, buscando intimidad—. El problema es que, cuando estamos abrazados y desnudos, me pregunto por qué somos cada vez más indespegables. Cada vez nos cuesta más abandonar ese oasis y volver al mundo real.

—¿Y cómo sabes que ése no es el «mundo real» y el de mentira no es el otro? —interrumpió Gala.

Se hizo un largo silencio. La salamandra correteaba ahora en el interior entre las flores trepadoras y los cuadros, mientras Olivia y Blanca se entretenían intentando cazarla, cada una armada con un vaso.

—¿Y tú dirías que Francisco es tu cien por cien compatible? —pregunté a Victoria.

Enfrentó su mirada a la mía. Una pareja bajó por la calle abrazada. Una anciana en bata tomaba el fresco con gesto aburrido en el balcón de un primer piso, con un feo perrucho a sus pies. Tras ella se adivinaba a alguien sentado en un sillón iluminado por la luz cimbreante de una televisión.

—No lo sé aún, pero lo que tengo claro es que Pablo no lo es.

Creo que ese comentario me sorprendió, no porque no lo pensara ya a esas alturas, sino porque fuera capaz de verbalizarlo.

La observé con ternura. Tanta felicidad unida a tanto desconcierto.

—Supongo que darse cuenta es triste —reflexioné—. Tienes dos hijos con él.

—¿Tú crees? —intervino Olivia, que nos había escuchado subida a un taburete, montando guardia por si se movía el reptil oculto entre las hojas—. Lo triste sería que no se hubiera dado cuenta. Que una relación que ha llegado a su techo no tiene por qué ser un fracaso. ¿Esos hijos son un fracaso?

Victoria se volvió hacia mí, algo contrariada por la intervención de Olivia.

—¿Y tú crees que tenías eso con Óscar? —me preguntó metiendo entero el dedo en la llaga.

No supe qué contestar. O no quise escuchar en aquel momento esa pregunta. Lo cierto es que no me gustó que me hiciera esa maldita pregunta.

Escuchamos a Olivia exclamar algo ininteligible y la salamandra se coló en aquel vaso de cristal. Salió de la galería y nos miró muy ufana. Era hora de devolverla a la naturaleza.

No pude evitarlo. Durante toda esa tarde pensé mucho en ti. En nosotros. Porque según aquella teoría tan científica como emocionante, tú y yo no habríamos pasado de una compatibilidad del treinta por ciento. Ésa era la parte fea del cuento. No, yo no había sentido cómo mi cuerpo llamaba a otro cuerpo de forma tan instintiva, y que todo se precipitara de forma harmoniosa siguiendo códigos no aprendidos. No, yo no había sentido tu apremio por tocarme, por sentirme, que encontrarte conmigo te provocara esa felicidad instintiva. Pura. El placer.

La felicidad, al fin y al cabo.

¿Y qué era la felicidad?

¿Te hacía yo feliz?

Esto último debí decirlo en alto porque Olivia me miró sorprendida.

—¿Y tú crees que la felicidad te la tenía que dar él o al revés? No sé… no tengo muy claro que la felicidad pueda dártela nadie que no seas tú misma.

—En eso estoy de acuerdo. Ni siquiera tus hijos. Lo que sí me hacen es aprender mucho —confesó Victoria—. Para ellos es todo mucho más fácil. En lugar de preguntarse por conceptos tan grandes como la felicidad, «qué me hace más feliz», «quién me hace más feliz», lo sustituyen por «a qué me gusta más jugar», «con quién me gusta más jugar» ¡y listo!

Así de complicado era el razonado mundo de los adultos, pensé mientras plegaba las sillas, y su forma de apartarnos de las emociones puras. Por una sencilla razón: las emociones no se razonaban, ya se lo había dicho aquel día a Victoria, cuando intentaba entender lo que sentía por Francisco.

Me quedé pensando. Quizá así, volviendo a ser niños, encontraríamos una rápida respuesta a casi todas las cosas.

¿Con quién me gustaba jugar más? Intenté hacerme aquella pregunta reformulada. Y de repente me di cuenta de algo terrible: tampoco podía responderme. Porque no tenía a nadie más con quien jugar. Porque me había olvidado de jugar.

Se me instaló un nudo en el pecho que se deshizo un poco cuando Gala empezó a hablar de la divertida teoría de un físico con el que había tenido una breve aventura el verano anterior.

Estaban en el ático de Gala, era invierno, ella lo había llenado entero de velitas de té y tenían la calefacción a tope. Era uno de esos hombres de manos pulcras, movimientos estudiados y aparente autocontrol que sólo se permitía perderlo entre las sábanas de la dama apropiada. Cuando se desplomó sobre ella, empapado en sudor, con el pelo revuelto y tras un polvo memorable en el que saltaron los plomos de su casa, le había asegurado que, de poder aislarse la energía liberada cuando dos enamorados tenían sexo, podría equivaler a una bomba capaz de derruir un edificio de dos plantas desde sus cimientos.

—Y os digo una cosa —concluyó la vikinga—, ni siquiera estábamos enamorados, pero ese día podríamos haber iluminado todo el barrio. —Tal había sido su orgasmo.

Las observé con admiración. Si algo nos quedó claro en aquellas veladas de complicidad cromosómica era que las mujeres teníamos muchas formas de amar: unas sufrían como Aurora, otras huían del amor como Casandra y otras apostaban por reencontrar la pasión como Victoria o luchaban por no abandonarla como Gala. Pero merecía la pena vivirlo, como decía Olivia. El que había encontrado el amor, aseguró, lo tenía todo. Y por cierto: ¿quién sabía cómo amaba Olivia?

La observé mientras embalaba con delicadeza los cuadros de Aurora: con sus sesenta y tantos luminosos años, con su camisa blanca de encaje y su talle delgado, las escasas arrugas enmarcando el turquesa brillante de sus ojos, el cabello anaranjado de las películas coloreadas de los cuarenta, los gestos pausados de sus manos acostumbradas a lidiar con la fragilidad de las flores y de las personas que se acercaban a comprarlas.

¿A quién habría amado Olivia?

Porque ella habría sido amada, seguro. No había forma de evitarlo. Y alguien que no había amado no podía ser la autora de frases como «el amor es una enfermedad cuando se pierde y una cura cuando se tiene».

Cuando ya estábamos terminando de recoger y aullaban a coro los perros del barrio, Victoria se acercó a mí y me cogió del brazo. Quería disculparse por haberme preguntado por mis sentimientos hacia mi marido. No tenía derecho, me dijo, a empujarme a que me hiciera replanteamientos ahora que no estaba. Yo le insistí en que no se preocupara, pero no reconocí lo mucho que me había escocido aquella pregunta.

—¿Sabes? —dijo—. A veces me planteo desde cuándo he estado engañándome con Pablo. Y eso me asusta.

—Quizá ya da igual. —Me protegí y de pronto me sentí algo agresiva.

Pero no, a ella no le daba igual, y yo lo entendía muy bien, porque estaba muerta de miedo ante la posibilidad de haber edificado sobre los cimientos de su marido a un hombre inventado, que por muy buen compañero y padre que fuera, según ella no era más que un veinte por ciento compatible. Y ahora, al conocer a Francisco, por fin lo podía ver.

—¿Puedo preguntarte por qué él?

Ella dejó sus labios entreabiertos unos segundos. Luego sonrió nostálgica.

—Porque es el único hombre que se ha atrevido a decirme que me amaba. Y a hacérmelo sentir.

Nada como vivir una relación en la que todo es imposible para comprobar el poder de lo inevitable, reflexionó. Y eso que desde que lo había conocido no había hecho otra cosa que ponerlo a prueba, autoconvencerse de que no debía, que no podía ser, y aun así, seguían juntos y cada vez más juntos, derribando muros.

—Vicky. —La miré a los ojos—. ¿Puedo llamarte Vicky? —Ella asintió—. No soy buena dando consejos, pero… fíate de ti misma. Si no, ¿de quién te vas a fiar?

Ambas nos quedamos en un silencio no pactado. Porque ahora tenía claro que a mí me había pasado al revés. Creo que fuiste tú, Óscar, quien construyó sobre mí afinidades que no existían o quizá no existieron nunca, empeñado en que cambiara o en cambiar tú con tal de no enfrentar la culpa de dejarme. Y me pregunté por primera vez, como me pregunto ahora en alta mar y como le preguntaré a tu fantasma cuando le vea, qué habría pasado si no te hubieras muerto. Si hubiéramos seguido juntos sólo para demostrarnos que nuestra relación «permanecía». En resumen: preferiría que me hubieras engañado a que te engañaras a ti mismo.

Alcé la copa sin mediar palabra y Victoria brindó conmigo. Creo que lo hicimos por dos cadáveres emocionales: por su marido vivo y por el mío muerto.

Blanca cerró la puerta de hierro de la galería ceremoniosamente y, después de agitar la mano con la misma gracia de quien despide un barco, bajó la empinada calle Almadén flotando sobre sus tacones y preguntándose muerta de risa dónde narices habría dejado el coche.

Y es que nadie nos ayudaba a distinguir los conceptos de amor, costumbre, necesidad, dependencia y obsesión..., iba diciéndole Gala a Olivia mientras subíamos la misma calle, con sus balcones decorados con inmóviles molinillos de viento en las jardineras y bombonas de butano que ya casi podían ser vendidas en las tiendas de antigüedades que tenían debajo: la fuerza de la costumbre de Quintanar y La Regenta no era amor, iba diciendo la rubia buscando mentalmente entre sus lecturas; la necesidad versus la obsesión entre Lolita y Humbert Humbert no era amor; la dependencia en *El amante* de Marguerite Duras no era amor. Pero, sin embargo, la Naturaleza con mayúsculas no se confundía así como así.

Al pasar por la calle San Pedro, Gala alzó los ojos furtivamente hasta un segundo piso en el que había pasado el día anterior dos de las horas más emocionantes de su vida. Pero se hizo la fuerte y no llamó. Seguimos caminando ya en silencio, acompañadas por los graznidos de algunos pájaros noctámbulos hasta que, cuando ya habíamos alcanzado la calle Huertas, Olivia se paró de pronto en medio de la calle agarrada al burro de ropa y las perchas vacías improvisaron una melodía al chocar unas con otras. Se soltó por primera vez el pelo largo y naranja sobre los hombros como si fuera a protagonizar un flashback.

—Se echa de menos, ¿sabéis, queridas? —dijo asintiendo

despacio—. Por eso hay que vivirlo si sucede el milagro. Se siente aquí. —Se llevó la mano larga al pecho—. Es muy fácil de saber. Esa presión intermitente en el mismo lugar en el que alojan los budistas el chacra de las emociones. Ese escozor ante la imposibilidad de estar con el ser amado, o ante la posibilidad de perderlo y que sólo se alivia cuando está cerca o sabemos que no se alejará mucho.

Creo que todas pensamos lo mismo al escucharla hablar así. Y que todas quisimos saber a quién recordaba. Pero sólo una, como comprobé más tarde, conocía aquella historia tan largamente custodiada por su dueña.

Gala estiró sus brazos con mirada soñadora, eso era lo que los románticos llamaban dolor de corazón, dijo con un suspiro, y luego repitió: el dolor de corazón... Victoria la seguía a poca distancia bostezando cada poco y enganchada a su móvil: «Dios mío, dónde me estoy metiendo», la escuché decir. «¿Será reversible ese proceso?», a lo que Olivia, acercándose a ella, contestó:

—Dímelo tú, querida. ¿Podrías disfrutar de un mal espectáculo después de haber visto uno muy bueno?

—No —contestó por ella Gala desde la esquina—. Sólo podrías conformarte.

—Te odio, ¿lo sabías? —dijo la informática despegándose el flequillo de la frente.

Y retomamos la marcha calle arriba.

Durante esa caminata en comitiva por la calle Huertas hacia El Jardín del Ángel, mientras los locales iban echando cierres a nuestro paso, también fui escuchando a Victoria echar el suyo propio y volver a instalarse a través de uno de sus peculiares monólogos, y no sin pocos bandazos, en su «síndrome de la omnipotente»: tenía que ser capaz de controlar aquella situación, iba mentalizándose, ser responsable con la felicidad de su familia, pero a la vez... ¿cómo plantearse llegar a casa, cerrar las persianas y olvidar la luz que había visto en el exterior? ¿Cómo iba a dejar a Francisco? Su olor... No volver a besarle, no volver a sentir lo que sentía con él. No volver a estar entre sus brazos.

Y yo, mientras la escuchaba a dos pasos de ella, sentía que aquello era una aberración. Porque en el caso de Victoria se había obrado el milagro. Muy probablemente los cien por cien compatibles se habían encontrado. Se habían sentido. Incluso habían tenido suerte y podían comprobar lo que eran capaces de generarse mutuamente. Lo había admitido. Que sobre Pablo había edificado una persona inventada. Esa noche se iría a dormir a su lado, con el ordenador quemándole encima de las rodillas, y trabajaría hasta quedarse dormida. Al día siguiente llevaría a sus hijos a casa de Andrea, su suegra, y ésta la recibiría en bata recordándole que se la veía estropeada, que trabajaba demasiado y que aquélla —sin precisar cuál— no era forma de educar a sus hijos. Por cierto... ¿Y Pablo, cuándo iría a verla? Pobre hijo suyo... cuánto trabajaba... Después entraría de nuevo al coche aún mordiéndose la lengua, subiría los cristales y la música todo lo que diera de sí, y empezaría a cantar para acabar gritando, mucho, y cuando por fin empezara a calmarse abriría su agenda, de la que caería una oportuna flor de membrillo prensada entre sus piernas.

Tras la cadena de despedidas en la puerta de nuestro jardín, todas nos fuimos a la cama —o más bien al sillón—, con la conversación de aquella noche en la cabeza. Luego supimos que ninguna concilió el sueño y, de hacerlo, no fue en su dormitorio. Gala pasó la noche en vela en el balancín de su terraza rodeada de sus lirios, que había decidido llevarse a casa, y de los cada vez más molestos fantasmas de sus amantes; Olivia se quedó dormida sobre el futón de la trastienda mientras repasaba toneladas de papeles; Casandra, tras dar de comer a su orquídea unas vitaminas para que se conservara azul, se desveló viendo por enésima vez *Los puentes de Madison* y por enésima vez también acabó llorando a moco tendido y llamando imbécil y pusilánime a la pobre Meryl Streep; Victoria se derrumbó sobre la mesa de la cocina donde se había sentado un momento para dejar preparado el desayuno y se despertó con el amanecer; algo había impedido a Aurora meterse en la cama con Maxi aquella madrugada y se había ovillado en el sillón mientras contemplaba la figura de aquella mujer que había tomado forma entre las manchas de su lienzo. Y yo... como había desembalado por fin tu urna y no sabía qué hacer con ella, después de buscarle un lugar sobre la mesa del salón, probar en un armario de la cocina y tras la cortina de la bañera, decidí colocarla en el dormitorio, sobre la mesilla. De modo que, definitivamente, no iba a dormir allí. Sonreí irritada conmigo misma: volvías a tener tu habitación propia y yo no. Así eran las cosas. Al menos de momento.

Regué bien mis violetas, encendí el ventilador del salón, me tumbé en el sillón y, como cada noche, puse uno de esos incómodos cojines indios bajo mi cabeza. La luz anaranjada de aquella misma luna menguante de julio entraba por el balcón. Cerré los ojos.

Enfrentarse al miedo y a la incertidumbre y, sobre todo, enfrentarse al cambio y a ese muro tan grueso y tan alto llamado «culpa». Compatibilidad de cuerpo, psique o actitudes ante la vida; vidas pasadas, reencarnaciones, hilos rojos... cualquier explicación era válida si necesitábamos alguna, o quizá eran válidas todas ellas si necesitaba muchas, para constatar un solo hecho: que aquella noche había descubierto que nunca había estado enamorada así. De forma inevitable. Tampoco de ti. Ni tú de mí, probablemente.

¿Te quería?

Mucho. Muchísimo. Y quizá eso era suficiente. Sí lo era para ti. Parece ser. Pero ¿lo era para mí?

Dice un viejo proverbio que Olivia siempre tenía en la boca que «cuando se siente no se piensa, pero cuando se piensa no se siente». No dejaba de parecerme irónico que en esta sociedad racionalista que tú defendías a capa y espada y que valoraba el pensar sobre el sentir, se nos había obligado a olvidar que en los momentos más críticos, la supervivencia siempre dependía del instinto y de las emociones.

Sin saberlo y también, por qué no admitirlo, gracias a ti… mi viaje en el *Peter Pan* iba a despertarme ambas cosas.

Día 5

Tu horizonte y mi verticante

Nunca se me olvidará la mirada de orgullo con la que Olivia le dijo a Victoria que era una de las personas más valientes que había conocido.

Había reconocido amar.

Y por fin se había lanzado a ello.

En ese momento deseé ser merecedora alguna vez de que me mirara así.

«No es fácil apartarse de la felicidad pequeña para buscar la felicidad completa», eso le dijo. Y es verdad que era un salto sin red. Uno que yo nunca quise dar. Siempre tuve miedo a soltarme de un trapecio por si no alcanzaba el otro y caía al vacío. Así que, por si acaso, siempre opté por no saltar.

Hoy estoy para pocas metáforas. Esta tarde me gustaría poder agarrarme a un lugar común y decir que el mar es azul y que sus olas, cuando se pica, parecen borreguitos. Pero al pasar por Salobreña el mar se ha convertido en una sopa hirviente. Los remolinos chocan entre sí llegados de todos los puntos cardinales y el *Peter Pan* se zarandea a derecha e izquierda, proa y popa, como una coctelera. El viento ha sonado toda la noche con aullidos polifónicos de mujer. Me he alegrado mucho de no ser un hombre. Si lo fuera, me habrían arrastrado hasta las profundidades del mar, sin duda.

El caso es que, según los cálculos del programa de Victoria, aquello debe de ser la costa de Granada. Salobreña sigue alzándose como si le hubieran aplicado un baño de plata a un risco. Allí hay un buen fondeadero entre Punta Velilla y Almuñécar. El puerto de Marina del Este es pequeño y su entrada es difícil, pero está muy protegido si hay temporal. Es una opción. Pero prefiero no tocar puerto. Si lo hago, saltaré del barco a tierra y no volveré a subirme en él. Lo sé.

¿Sabes? Sigue sorprendiéndome que el mundo parezca el mismo sin ti. Las casas aún son blancas y siguen ahí los altos matojos de pelo verde de la costa. Aunque tampoco se ven personas, ni coches por la autovía, ni bañistas, ni gaviotas.

La verdad es que hoy me ha cundido: desde cabo Sacratif he dejado a estribor Castell de Ferro y Calahonda. Llevo agobiada todo el día pensando en pasar por el puerto de Motril. El recuerdo de sus gigantescos cargueros me aterra. Ahí sí se nota la crisis. En otro tiempo, los mercantes se estarían arrimando a la costa para entrar al puerto, los prácticos saldrían de la bocana para facilitarles la maniobra, los veleros se deslizarían por la línea de boyas, a ras del agua, como gigantes aves prehistóricas.

—Hoy hay viento de poniente, Mari, mira el medidor, casi veinte nudos. El levante frena al caer el sol, pero recuerda que el poniente nunca se detiene, sigue subiendo, sería importante que...

—Vaya —te interrumpo—. Así que has vuelto.

Me miras como si fuera una obviedad. Sigues con la misma ropa. La que le he puesto a tu fantasma como si fuera mi muñeco. Quizá es con la que te veo más guapo. Me pregunto cuánto se parece de verdad a ti mi fantasía y, sobre todo, cuánto tiempo vivió esa fantasía conmigo mientras estabas vivo.

—Siguen ahí. Los cargueros. Ten cuidado con ellos, no sea que no estén parados —me adviertes con una sonrisa calmada.

Vale. Me doy la vuelta y sí, están ahí. Los grandes cargueros dormidos en el interior del puerto. Seguro que sin combustible. Flotan en la superficie como latas vacías. La fuerte marea de la noche parece haber arrinconado a los pesqueros en el ala este del puerto y uno de ellos yace empotrado contra el espigón. Un poco más allá se ven unas agujas blancas clavadas en el monte, los molinos inmóviles le dan el aspecto de un gigante acerico.

Tras ellos se puede ver claramente Sierra Nevada. Reconozco el macizo por los únicos dos neveros que aún permanecen en los picos más altos luchando por no derretirse. Sin embargo, lo que parece ahora nevada es la costa, porque brillan en ella las uniformes placas blancas de los invernaderos.

Te observo apoyado tras el timón con la luz ámbar de la tarde mientras compruebas los niveles del gasoil, el compás y la fuerza del viento. Luego te quedas mirando como siempre el horizonte.

Tu horizonte. Calculando a qué punto tenemos que llegar hoy.

Aquel al que has decidido que lleguemos los dos.

Lo cierto es que tenía ganas de verte otra vez después de recordar la noche de la galería con sus confesiones y sus teorías sobre el amor. O más bien de sentirte. De comprobar qué siento.

Giro la cara para buscar el viento. Y apunto hacia él con la nariz como si toda yo fuera un compás.

—Esta mañana viene del este. Es viento de levante.

—Muy bien —contestas a mi espalda, y cuando me vuelvo te veo sonriente con una taza vacía en la mano—. Y eso quiere decir que…

—Que soplará —te interrumpo— e irá subiendo hasta que el sol esté en lo más alto, pero también que empezará a caer con él.

—¡Sobresaliente! —exclamas, creo que más contento que si hubieras sido real.

Es un día previsible, más o menos. El viento cálido del sudeste acaricia mis mejillas. El mar está entretenido tejiendo pequeñas olas blancas que puedo seguir con la mirada en su enloquecida carrera hasta la costa.

—¿Quieres? —te pregunto alzando la tetera.

Contestas con un apagado movimiento de cabeza.

—No. Ya no tomo té —respondes.

Y te llevas la taza vacía a los labios como si encontraras un inmenso y nuevo placer en beberte el viento.

Recuerdo cuando me enseñaste a navegar.

Yo sabía que era importante para ti que compartiera esa pasión. Disfrutabas viéndome adujar los cabos con mis manos pequeñas y diligentes de gato, te fascinaba mi agilidad para caminar por la cubierta y descubriste que tenía la vista de un catalejo. Algo muy útil en una tripulación. «¿Qué es eso, Mari? ¿Un barco o una boya?» Entonces yo asomaba por la escotilla de proa como un perrito de la pradera, achinaba los ojos hasta juntar mis pestañas y aseguraba: «Un barco, Óscar, es un barco y lleva pesca de arrastre».

Y tú me observabas con admiración, ahí sí, como quien se sabe descubridor de una criatura mágica y me preguntabas ya de broma: «¿Y qué se está fumando el marinero?». Y yo siempre te seguía el juego: «No fuma, es tabaco de mascar, y tiene una verruga pálida y enorme entre los ojos».

Ese tipo de piropos me hacían reír. Eran nuestros momentos más dulces. Yo te veía feliz y eso me hacía feliz a mí. Y eso era según Olivia parte de mi forma perversa de amar. Cargar a otros con el peso de hacerme feliz en lugar de buscar mi propia felicidad.

Y yo era feliz porque de pronto me sentía útil dentro del *Peter Pan* y para ti. Con esa legitimidad y la importante tarea de cantar un «tierra a la vista» o un «rumbo de colisión» aunque fuera contra una almadraba y no un iceberg. Sin embargo fuiste tú el que vio venir el choque frontal entre nosotros y también quien me lo expresó en términos marineros una noche de verano. «Quiero navegar contigo el resto de mi vida», me dijiste. Hasta entonces habías sido mi amigo de esos veranos de la infancia. Tu seguridad me dio seguridad. Me sentí protegida. Te quería mucho. ¿Para qué seguir buscando?

Por alguna razón, mientras pensaba en todo esto has desaparecido.

¿Tendrá tu recuerdo acceso a mis recuerdos?

Quizá te han molestado mis reflexiones. De pronto, con una bofetada del viento, llega hasta mí de nuevo el olor de los jazmines. Y me pregunto por qué estuvimos tanto tiempo sujetándonos el uno al otro si estaba claro que no nos mirábamos como una pareja. También me doy cuenta de que no te he hecho la pregunta que quería hacerte.

¿Pensaste en abandonarme alguna vez?

Y tanto si la respuesta es sí como si es no: ¿por qué no lo hiciste?

Me tumbo en la cubierta y luego me dejo rodar hasta colocarme en postura fetal. Es curioso porque desde esta perspectiva el horizonte deja de ser un punto al que llegar.

Creo que lo llamaré «verticante».

De pronto, el mundo se divide en izquierda y derecha en lugar de arriba y abajo. Una pared de agua a la izquierda y el cielo a la derecha, sin puntos de apoyo, ni de llegada, un infinito sin escapatoria pero también un único y gran punto de fuga. Siento la urgencia de que mis ojos se cuelen por esa grieta, pero de pronto siento un mareo y mi mirada se repliega. Pongo las palmas sobre el lomo del barco y lucho por estabilizarme. Me cuesta respirar.

Introduzco una de mis manos entre mis piernas. Me acaricio. Intento calmarme e intento, también, introducirte en mi fantasía, como si fuera una última vez, pero no funciona. Luego me imagino al policía que hace ronda en El Jardín del Ángel, ¡incluso a Francisco! Lo borro de inmediato de mi mente, que no encuentra aún ese hombre con el que sueña mi cuerpo. Finalmente hago entrar en escena a Brais, el saxofonista que me presentó Gala la noche del Café Central. Y sí, prende. Me levanto como si tirara de mí mi amante hasta sentarme en el lomo del *Peter Pan* con las piernas abiertas, dejándome violar por las embestidas del viento. Lame mi cuello y dice: «Éste es tu punto justo de sal». En su boca suena mucho más verosímil. El viento sacude mi piel convertido en miles de manos, ahora sus manos. «Ven, móntate aquí», me dice. Y me siento a horcajadas sobre el lomo del *Peter Pan*, que ahora he transformado en su cuerpo tumbado, lechoso y prieto. Sus labios gruesos del mismo color que el resto de su piel, los ojos grises, el pelo brillante, liso, largo y suelto, como de indio apache. Sujeto con fuerza los dos cabos que cuelgan de las barandillas como si tirara de las riendas de un corcel al galope. Siento las salpicaduras de las olas en mis pies, salivando mis piernas. El viento me sacude el pelo. «Ahora, bella, déjate llevar. Afloja las caderas y sigue el movimiento de las olas. Suelta los brazos y la espalda. Galopa.» Y busco mi propio placer como aquella noche. Tan secretamente guardado durante demasiado tiempo.

El día antes del día después

Cuando escuchas «el día después», siempre supones que se trata de un «después» de algo importante: el día después de un examen, el día después de una catástrofe, el día después de acostarte con alguien por primera vez, pero en este caso fue «el día después» de haber tenido un «accidente amoroso» con su amante casado. Ése fue «el día después» de Casandra, el definitivo en su relación y el primero de su nueva vida. Con el tiempo, llegaría casi a la conclusión de que aquella pastilla del «día después» que pidió en urgencias del hospital, en realidad tuvo efectos sobre su cerebro porque algo hizo clic de pronto en su interior y le dejó ver aquello que antes era incapaz de ver. Lo cierto era que la habíamos echado de menos en la galería y no contestaba a nuestros mensajes, así que Victoria y yo supusimos que no sólo no había terminado con el hombre goma en cuestión, sino que a esas horas retozaba con él en su apartamento con vistas al jardín botánico.

Cuando llamó eran las 12.00 de la mañana y habíamos quedado en El Jardín del Ángel para seguir con nuestro curso de patrón de embarcaciones que estaba empeñada en que me empollara de memoria. Sentí su voz llorosa. Era un registro de debilidad extraño en ella. La conocía desde hacía casi dos meses, pero ya podía asegurar cuándo nuestra superwoman estaba tratando de disimular su dolor.

Lo más impactante fue verla entrar. Olivia aún no había llegado. Salió como otras veces, cargada con aquel capazo lleno de comida y una bolsa de la farmacia y me indicó que se iba a hacer un recado. Yo estaba pasando el rato intentando investigar los cambios en nuestro pequeño alien, que seguía prendido de la orquídea en la que decidió obrar su metamorfosis. Su aspecto era algo más parduzco y duro, como si la cáscara se hubiera secado. Toda una maniobra de distracción para disimular el ajetreo interno de aquel pequeño ser entretenido en su milagro.

Cuando entró lo hizo tan sigilosa como un fantasma. No sé cuánto tiempo llevaba allí, lo que sí sé es que estaba pálida y con el pelo sucio. Llevaba un traje chaqueta negro a juego con sus ojeras tan arrugado que podría haber dormido con él. El bolso de Chanel colgando laxamente de una mano. El móvil en la otra.

Pegué un respingo. Me llevé la mano al pecho.

—¿Desde cuándo llevas ahí?

Ella me miró agotada y sólo dijo: «No lo sé».

Ahora, cuando recordamos esa mañana, ambas estamos seguras de que fue el instante en el que Casandra realizó su propia crisálida.

Es curioso cómo un acontecimiento fortuito a veces puede despertarte un instinto animal. Una reacción en cadena.

Le sugerí que cerráramos un momento la floristería y nos fuésemos a tomar un café. Bajamos la calle Huertas hasta la calle del León y entramos en la Brown Bear Bakery. Sugerí llamar a Gala por si quería bajar, pero a Casandra no le pareció una buena idea. Buscamos una mesita apartada en aquel salón setentero con estilo de casa de abuela y, rodeadas de palmeras de chocolate, madalenas gigantes y pastas de té, decidí que fuera lo que fuese lo que mi amiga traía consigo, lo endulzaría un poco.

—¿Qué te ha pasado? —le pregunté cogiendo su mano fría a pesar del calor sofocante de esa mañana.

—Más bien es lo que no ha pasado, Marina, y lo que nunca va a pasarme —matizó.

Y, aparentemente, sólo aparentemente, lo que le había ocurrido a Casandra era algo muy habitual, aunque dentro de su obsesión por el control ella lo juzgó como adolescente e inadmisible.

La noche anterior había estado con su amante, según dijo, un poco a desgana. Una vez más, el hombre goma había actuado según su naturaleza de «ahora avanzo ahora me arrugo» hasta que consiguió recuperar a su presa: casi actuando de forma tierna, casi diciendo que la quería, casi sugiriendo que estaba enamorado de ella. Casi.

A Casandra, más tradicional que Gala y Victoria en su relación con el sexo, le costaba desinhibirse, pero con este hombre se había esforzado más que nunca. Aunque la verdad, algo se me escapaba cuando intentaba entender los motivos reales de esa obsesión. Lo que sí me confesó era que todo había cambiado desde el día en que lo vio con su familia. Le costaba excitarse con él. El caso es que Íñigo, ante aquella dieta sin sexo, estaba cada vez más fogoso, y esa noche en que Casandra cedió, por culpa de la fricción excesiva, de pronto el preservativo había desaparecido en su interior en el momento menos oportuno. Al principio ambos bromearon y ella, intentando disimular la tragedia que un pequeño accidente de ese tipo era para una controladora, trató de tranquilizarle diciendo que iría a urgencias para que se lo sacaran y tomaría la píldora del día después.

Hasta ahí todo era una anécdota, me contaba Casandra con la voz envalentonada mientras daba vueltas y vueltas a la cucharilla en la taza sin probar el café. Él le dijo que la llamaría para ver cómo había ido todo y le preguntó si quería que la acompañara hasta el hospital. Aunque sólo podría ser hasta la puerta, le explicó, porque alguien podría verlos y cómo iba a explicarlo…

Casandra bebió agua. Sus manos temblaron un poco. Se sujetó el pelo detrás de las orejas.

—Eso sí, me preguntó veinte veces si estaba bien y si lo estaría. Para contestarle a lo segundo tuve que echar mano de mis poderes adivinatorios. —Entornó los ojos con dolor—. Me dijo que me llamaría. Quiso saber cuáles eran los efectos de la pastilla para no sentirse culpable y, sobre todo, quiso saber que no tardaría en tomármela… para despreocuparse. —Hizo un silencio—. ¿Y yo qué hice? Pues despreocuparle. Decirle que yo podía ir en un taxi, que era una tontería y que la pastilla en cuestión se la tomaban incluso las adolescentes…

Y era cierto, añadió agotada, porque cuando llegó al hospital se sintió una adolescente absurda de cuarenta años, haciendo lo que no había hecho nunca a esa edad. Ir casi a escondidas a urgencias por miedo a quedarse embarazada, a que alguien la viera, a que se enteraran sus padres…

—«¿Motivo de la urgencia?» —dijo Casandra imitando a la recepcionista del hospital—. Buenos días, se me ha quedado un preservativo dentro. —Se tapó la cara con las manos—. Me siento tan ridícula, Marina. Tan absurda y tan ridícula.

Ya en el interior, abrió la cortina blanca una joven enfermera con acento andaluz que parecía tener ensayada la sonrisa más dulce del mundo. Le pidió que se desvistiera de cintura para abajo y que se tumbara en la camilla con las piernas abiertas y cogió unas pinzas. Mientras Casandra —vestida de cintura para arriba con su ropa de trabajo— se aprendía las manchas del techo de memoria, sintió cómo una vez más alguien hurgaba concienzudamente en su interior en el mismo día. En ese interior suyo que estaba aún inflamado y en el que no le habría apetecido que nadie entrara en unos meses. Una más que pasa por aquí hoy, pensó. Y luego se llevó la mano a su vientre como si quisiera auscultar la posible vida que latía en su interior. Llegó a fantasear con qué habría pasado si se quedara embarazada. Imaginó a su hombre goma —ahora salgo ahora me escondo—, visitando ridículamente a escondidas a aquella niña que nunca tendrían…

El camarero se había acercado a la mesa para ofrecernos una degustación de bizcocho de manzana recién hecho. Ella negó con la cabeza, pero yo cogí unos pedacitos y los dejé en el plato. En una mesa alta, una pareja de jóvenes turistas yanquis trataban de comunicar que querían unas tortitas pero con sirope de arce. Casandra les explicó desde la mesa que en España no teníamos aquel sirope asqueroso. El adjetivo lo reservó para mí, en voz baja. Pedimos dos cafés más. Negros. Muy negros, por favor.

—Pero ¿tú querrías tener un hijo? —Me sorprendí—. ¿Con él?

—¡No! ¡Ni harta de vino, Marina, por eso es tan absurdo! ¡Yo nunca he querido tener hijos! ¡Ni con él ni con nadie! —me aseguró visiblemente alterada mientras se recogía el pelo en un moño—. Y sigo sin quererlos. Pero ¡hasta por eso me siento mal! Por un momento pensé que tengo cuarenta años y me comporto como si tuviera muchas más oportunidades de ser madre, tomándome una pastilla para interrumpir una posible inseminación por la que mucha gente paga o ahorra para conseguirlo, como Aurora, por ejemplo, y yo aquí, perdiendo el tiempo con un hombre que sí lo tiene todo o por lo menos ha cumplido sus objetivos «sociales»: un trabajo, una familia, un hogar, una mujer y, ahora, una amante que le devuelve la ilusión y que no le da problemas ni pide nada más, ¡y encima le hace el favor de dejarle la conciencia tranquila con su autosuficiencia! —Dio un golpe sordo sobre la mesa que sobresaltó a las turistas. Buscó algo en el bolso.

Sacó unos pendientes y una sortija del monedero. Se los colocó con nerviosismo.

—Debería hacer como Clara, que es una de esas amigas mías que se retiran a tener un hijo como quien va a hacer una obra de arte. —Soltó una risa seca—. Buscar un candidato o inseminarme. Pedir una excedencia. Quedarme embarazada. Hacer un *baby sour*. Invitar a mis conocidas con más pasta y que traigan una de esas repulsivas tartas hechas con pañales o, mejor, que me regalen horas de esas enfermeras especializadas que se han puesto de moda y que por mil pavos a la semana pueden desde darle el biberón hasta practicarle una traqueotomía si se ahoga. Luego, yo me iría a hacer un taller de «gases» a Londres y en verano a uno de yoga para bebés en Formentera. Y apuntaría al pequeño feto antes de nacer en un colegio inglés para que pudiera entrar a los cuatro años tras una interminable lista de espera…

Un par de señoras mayores entraron a tomarse su café con ensaimada de todas las mañanas cuando bajaban a por el pan. Reconocí a Celia, a la que Olivia y yo habíamos apodado como «la abuela esclava», con su cesta de hacer punto, sus ojos pintados y sus zapatillas de andar por casa. Al fondo, una pareja de turistas ingleses retiraban las migas de cruasán de un mapa del barrio mientras el camarero les señalaba con bolígrafo las casas de Lope de Vega y de Cervantes.

Y Casandra no paraba de hablar mientras seguía moviendo la cucharilla, rítmicamente, sin mirarme, como si se avergonzara de reconocer que había estallado. Porque había estallado. Lo hizo cuando la joven enfermera andaluza de voz dulce vio el temblor de las piernas de Casandra, la hizo sentarse y pidió a otra enfermera que las dejaran unos minutos a solas.

—Sólo le hizo falta decirme una frase —me relató cogiendo aire—. Simplemente me dijo: «Yo también me he sentido así. Tranquila».

Y aquello fue suficiente para que Casandra rompiera a llorar.

También lo hizo, más serenamente, en aquel café. Delante de mí. Porque fue entonces cuando me contó por qué el día que la conocimos salió demudada del Jardín del Ángel.

Había algo que le reventaba de Íñigo, me confesó mientras sacaba un neceser lleno de pastillas, y era esa fea costumbre del hombre casado cuando se protege hablándole de su mujer a su amante. Tan pronto lo hacían para quejarse de ellas como para ensalzar sus virtudes —lo que cocinan, sus hitos profesionales, lo buenas madres que son, incluso lo que las quieren—, de forma que alzaban un muro invisible pero infranqueable con un luminoso digno de un teatro de Broadway que podría titularse: «NO LA VOY A DEJAR». El caso es que Íñigo hablaba a menudo de la belleza de Laura, de lo maravilloso que era todo en Laura, de lo resuelta y brillante que era Laura, y Casandra no terminaba de entender qué hacía entonces con una amante aquel buen señor, ¡pudiendo estar con Laura! Lo que aún no sabía era lo pequeñito que le hacía sentirse Laura.

Yo la escuchaba con terror, preguntándome qué momento era el apropiado —si es que había alguno— para contarle a mi amiga que la gran Laura había estado en la floristería preguntando por ella. En esa encrucijada estaba cuando escuché a Casandra comentar que al encontrarse pudo comprobar que era cierto. Hubo un silencio y luego un chocar de platos y unos cláxones impacientes en la calle. ¿Cómo que era cierto?, le pregunté confusa con la boca llena de bizcocho de manzana. Que Laura era aquella extraordinaria mujer, aclaró Casandra con las pupilas dilatándose de pronto. La extraordinaria mujer que perseguía a su hija por El Jardín del Ángel ante el gesto de aburrimiento de su marido.

—Bueno —dije soplando mi hirviente café—, es guapa, sí, pero no sabes si es tan extraordinaria.

—No lo entiendes —insistió acariciándose el lunar de su boca—. Ese día supe que la mujer de Íñigo era maravillosa porque también había sido mi amante.

Me atraganté con el café y estuve a punto de tener que hacerme yo una traqueotomía con la cucharilla.

—¿Cómo?

—Ya, ya sé…

—¿Quieres decir que eres amante a la vez de Íñigo y de su mujer?

—Efectivamente. Bueno, a la vez no.

—Pero no sabía que te atraían las mujeres.

—Ni yo tampoco. Sólo me ha pasado con ésta.

Pidió otro café y yo una tila. Y vino a mi memoria la vaporosa Laura, caminando entre los árboles del jardín unos días antes, tras dejarnos su recado.

Casandra la había conocido en un viaje a Bruselas. Ella era médico y directora de la ONG Sonrisas para Todo, dedicada a apoyar giras médicas para operar a niños en distintos lugares del mundo. Había ido a dar unas conferencias. El caso es que un amigo parlamentario español las había presentado y acabaron solas buscando dónde refugiarse del frío para tomar una copa. Como no encontraron dónde, acabaron en la habitación de la diplomática hablando tumbadas en la cama.

—Yo no podía dejar de mirarla, Marina. Era tan extraordinaria la pasión con la que hablaba. Tan increíble lo que hacía. Recuerdo que hubo un momento en el que descubrió su nuca y me pidió si la podía ayudar a quitarse un colgante que la estaba molestando. —Se ruborizó, juntó las manos como si fuera a rezar—. Y no sé por qué lo hice, pero la besé. En el cuello. Y cuando estaba a punto de disculparme, ella me miró, me cogió la cara con las dos manos y me besó en los labios con tal naturalidad que seguimos acariciándonos y besándonos como si tal cosa.

Creo que, dentro de mi sorpresa, se me dibujó una sonrisa boba.

El caso es que al día siguiente, como suele hacerse en estos casos, tras despertarse y recordar lo sucedido, una muy confundida Casandra le escribió un mensaje para quitarle hierro a la noche: «Muy divertido ese ocasional cruce de acera. Por mí no hay problema. Gracias por la charla. Un abrazo». A lo que ella respondió con una cita. Y entre cena y cena y sus noches encendidas, se contaron muchas cosas.

Casandra le confesó que tenía un amante. Y ella le correspondió revelándole que no amaba a su marido y que, de hecho, sospechaba que estaba con otra.

—Te aseguro que el retrato robot que habríamos ofrecido ambas no habría sido del mismo hombre —comentó con ironía.

—Pero era el mismo hombre… —dije yo.

Casandra asintió.

—Sin embargo, el retrato que me había dibujado Íñigo de su maravillosa mujer, por una vez, sí lo era. De lo más realista.

Pudo comprobarlo el día en que volvieron a verse en El Jardín del Ángel: alta, con el cuello largo y una elegancia innata. La melena rubia y corta, la falda larga con un guiño a lo bohemio. Apenas iba pintada, sólo con un toque de rímel y un brillo de labios. Y lo más llamativo, era una de esas mujeres luminosas capaces de hacerte sentir importante. A cualquiera, y ésa era su gran frustración, salvo a su marido. El caso es que nuestra superwoman sí se sentía importante a su lado y por eso no había podido dejar de pensar en ella. ¿Es que ahora además de soportar la presión social por no tener pareja estable tenía que asumir que le gustaban las mujeres?

Y la realidad era que no sabía si le gustaban en general, pero se había enamorado, esta vez sí, de aquella en particular.

Por eso había vuelto a la floristería. En principio, no iba ahora a negarlo, para vengarla y desenmascarar a su marido. Pero también para conseguir sus datos.

—¿Y no la has vuelto a ver?

—Las primeras veces que la llamé me dio largas. Y por eso he seguido quedando con él. —Se cruzó de brazos echándose hacia atrás en la silla. Sonrió con tristeza—. ¿No es perverso? Me acuesto con su marido sólo para saber de ella. Para tenerla cerca. —Suspiró—. Pero el otro día por fin quedamos a comer.

—¿Y se lo contaste todo?

—No, en principio quería saber si nos seguiríamos viendo. Ella tampoco ha podido olvidarlo.

La observé conmovida. Su belleza y su fuerza sumergida

bajo el pelo sucio, el traje arrugado, el maletín del trabajo. ¿Por qué nos lo poníamos tan difícil? Nos educaban en la represión de los sentimientos para protegernos de los otros y, sin embargo, eso nos protegía de todo menos de nosotros mismos. Y Casandra, a rastras con su síndrome de la mujer trofeo, tenía miedo de que si dejaba de mostrarse inaccesible y fuerte, si abría su corazón una vez «conseguida», desaparecería el hechizo en el postulante. Cuando para mí Casandra nunca había estado tan bella como aquella mañana, desplegando toda su frágil humanidad.

—¿Y no crees que deberías contárselo? Mejor antes que después, creo yo.

Ella asintió y sus ojos empezaron a licuarse. Porque sabía que probablemente sería el final de eso tan bello que por fin había encontrado.

—Bueno —la animé secándole una lágrima rebelde con una servilleta del bar—, espero que sepas que no vas a librarte de contarnos algo cuando quedemos con las chicas.

Ella pareció alarmada.

—¿No creerás que voy a contarles esto a todas?

Sonreí.

—Me refería al momento en el que llegaste toda digna a la recepción de urgencias del hospital para explicarles que tenías un condón perdido dentro.

Casandra me miró fijamente y dudé de si iba a abofetearme. Pero poco a poco y con mucho esfuerzo fabricó una sonrisa. Y de esa sonrisa pasamos a una risa y de la risa a la carcajada, hasta que nos dio un ataque incontenible que se contagió a las abuelas y a la parejita de las mesas contiguas.

Cuando salimos del café, Casandra iba reflexionando sobre nuestro instinto maternal dormido.

—¿Te das cuenta? —me dijo cogiéndome del brazo—.

A nuestra generación nos lo han extirpado nuestras madres por diversas razones.

—Sí, en mi caso por miedo a convertirme en ella —afirmé sin poder creerme lo que acababa de verbalizar.

—Y en el mío porque me grabaron a sangre y fuego que tenía que triunfar en mi carrera. Pero, claro —argumentaba tratando de guardar el equilibro sobre sus tacones—, la realidad es que en algún momento hacen que te sientas incompleta. ¿Te das cuenta? ¡Somos unas desagradecidas! ¡Sangramos cada mes para que la humanidad sea posible! Es todo un recordatorio de que vas a sufrir toda la vida para nada.

—¡Nuestro útero es el hogar de la divinidad! —exclamé riendo.

Pero se me cortó la risa cuando nos salió al encuentro el hada chunga de la cienciología que nos había visto bajar la calle.

A continuación le ensartó a Casandra un panfleto: «Entra y no vuelvas a ser tú mismo». Así dicho y en aquel preciso momento, no nos pareció un mal plan.

—¡No! ¡Me niego a que me suene el puto reloj biológico! —aseguró con una sonrisa dolida—. Pero, joder, ¿tiene que ser en el momento en el que voy a decirme que al hombre al que pensé que amaba no lo amo, sino que a la que quiero es a su mujer?

Esquivé con una disculpa a una chica que nos intentaba hacer probar unas cremas de una tienda gratis, y luego a un camarero uniformado con el nombre de un local que pretendía que aceptáramos un vasito de gazpacho gratis. Todo era gratis de pronto, hasta decirle que no fuera catastrofista en ese momento habría sido gratuito. Así que no lo hice porque el lío en el que estaba metida era monumental. La decepción dolía y la incertidumbre aterraba. Era así. Pero la única forma de huir del dolor era pasarlo y para la incertidumbre, avanzar.

Yo entonces no lo sabía.

Huía del dolor como Casandra.

Y de la decepción.

Por eso creo que escuchar aquella mañana su historia me enseñó tantas cosas. A mí, inmersa, sin saberlo, en mi propia crisálida.

Caminamos por la calle del León hasta que dejó de oler a dulces y me alcanzó el olor a lavandería, y a la altura del Ateneo me detuve, y a pesar de que sabía que iba a quedarse rígida como una estaca, la abracé. Luego cogí su cara cansada de rasgos suaves y bellos entre mis manos.

—Mira, Casandra. Eres una mujer impactante. Lo tienes casi todo. Te mereces a alguien a quien eso no le dé miedo. Él no está a tu altura y lo sabe. Ella quizá sí. Yo me daría una oportunidad de descubrirme. —Hice una pausa—. ¡Y a la mierda lo que piense la gente!

Ella asintió despacio y se despegó de mis brazos lentamente.

Sonó su móvil. No lo miró. No le hizo falta. Ya sabía que sería uno de los dos.

—Por cierto —le dije al despedirnos—. Ella... Laura vino preguntando por ti hace un par de días a la floristería. No sabíamos cómo decírtelo.

Le guiñé un ojo. Y a ella le volvió a pasar. Se le dilataron las pupilas como si se preparara para ver en la oscuridad.

—¿Sabes lo que es muy curioso, Marina? —Me estudió balanceándose de una pierna a otra con aire coqueto—. Que cuanto más me gusta esa mujer, más mujer me siento.

Y tras una sacudida de su melena, el gesto más brioso que le había visto esa mañana, se fue caminando con los tobillos flojos, calle del Prado abajo, hacia la puerta del aparcamiento de las Cortes.

Luego me contaría que antes de bajar al subsuelo su móvil vibró dentro del bolso. Unas sirenas de los coches escolta que se dirigían al Congreso aullaban a su espalda. Un grupo de manifestantes gritaban frente al edificio: «Menos policía y más poesía», casi nariz con nariz con los uniformados agentes que formaban una sola línea. La superwoman lanzó su mirada lejos. Era, sin duda, una de las más bellas postales de su ciudad: la estatua de Cervantes vigilando las Cortes, la plaza de Neptuno al fondo y al final y en lo alto, la iglesia de los Jerónimos rodeada de la luz de hoguera que emanaba el parque del Retiro.

Escarbó en su bolso hasta que encontró el móvil. Miró la llamada perdida y sonrió. Encuadró su postal, sacó una foto y la envió con un mensaje: «Echándote de menos».

Aquélla iba a ser una mañana de pequeñas y grandes revelaciones porque al subir por la calle Huertas vi a Olivia arrodillada al lado de un portal. Subí con intención de decirle algo, pero me detuve cuando comprobé lo que estaba haciendo. Dejaba encima del colchón de la familia desahuciada varias bolsas de la compra y una de la farmacia. Lo hizo con discreción y luego lo cubrió con la manta. Después, recogió su capazo y se encaminó en dirección a la floristería a paso ligero. Parece que todos teníamos nuestros pequeños secretos y los de Olivia apenas empezaba a descubrirlos.

Entré casi detrás de ella. La puerta estaba abierta y escuché su voz hablando por teléfono en la trastienda. Había dejado su cesta de mimbre en la silla del jardín como siempre y, como siempre, la puse a salvo detrás del mostrador. Según ella, los rateros del barrio nunca robaban a los vecinos. Había una especie de ley no escrita.

Me senté en el columpio de pensar mientras intentaba digerir todas las revelaciones de esa mañana. Una de esas cotorras que habían invadido el barrio me observaba desde el olivo. Era verde y exótica con gesto de anciana cotilla.

Pensé en Casandra. Era cierto que la relación con una superwoman era complicada. Su blindaje era tan eficaz que provocaba una enorme distancia entre lo que era Casandra y lo que los demás percibían que era. Por eso algunos, por miedo a no estar a la altura o a decepcionar a una mujer así, cuando tenían la posibilidad real de estar con ella desaparecían.

Pero ¿cómo sería su relación con una mujer que sí estuviera a su altura? ¿Cambiaría la cosa? ¿O seguiría provocando el mismo miedo?

Recordé de pronto lo incómoda que se había sentido en aquel primer vino con las chicas cuando Gala había exclamado: «¿Por qué no serás un tío? ¡Eres un partidazo!». ¿Seguiría siendo un partidazo para otra mujer? ¿O el machismo era una marea que también nos alcanzaba a nosotras?

Según Gala, su problema era que su autoexigencia no le permitía sentirse como la veían los demás. Por lo tanto, no actuaba tampoco de acuerdo a la imagen que proyectaba.

«Eres una guapa que se comporta como si fuera fea», le había dicho un día Gala dándonos uno de esos titulares para el recuerdo. Y a pesar de que en su momento me pareció un comentario frívolo, tenía algo de razón.

Una superwoman como Casandra podía desvivirse intentando convencer a su amante de que estaba enamorada, decirle que era un dios en la cama, alabar su inteligencia, insuflarle grandes cantidades de ego, pero daría igual. Nunca la creería del todo. Por eso, por miedo a tener demasiada competencia y no cubrir sus expectativas, preferían retirarse y hacer mutis por el foro o, simplemente, no terminar de comprometerse con una mujer así.

Si a esto le añadíamos que una «superwoman» era una mujer que todo lo cuestionaba, perfeccionista y que estaba acostumbrada a exigirse a sí misma lo que les exigía a los demás... era mejor no presentarse al examen para no suspenderlo. ¿No sería mejor estar con una mujer que te miraba como a un dios que como a un igual?

Quizá la unión de dos superwomans con el mismo problema, Laura y Casandra, haría implosionar el cosmos.

Cuando Olivia salió al jardín iba acompañada de una mujer cargada con un maravilloso ramo de camelias blancas. No llevaba más aderezos. Sólo las pequeñas camelias suaves y abiertas en el punto justo, luz y verdad de la que iba contagiada su dueña. O eran las flores las que se estaban mimetizando con su espíritu. «Ya sabes... si te decides, cuenta conmigo para lo que sea», le iba diciendo con tono fuerte y decidido a la florista. «No vamos a permitir que esto ocurra. No te preocupes.» De la misma intemporalidad de Olivia: más pequeña, jovial y con una sonrisa de esas de dientes cerrados que parecía ser fruto de una travesura reciente. Llevaba el pelo corto y favorecedor, una camisa de seda roja, amplia y con estilo, y sobre ella un largo collar de cuentas de color hueso que luego comprobé que eran pequeñas calaveras. «Gracias, querida Rosa. Te lo diré si lo necesito.» Tardé unos segundos más en darme cuenta de quién era. Pero lo más desconcertante fue que ella sí sabía ya quién era yo. Se me acercó mirándome con curiosidad, como si hubiera descubierto una flor en el jardín que no recordaba.

—Y tú debes de ser Marina… —supuso la mujer arrugando, simpática, la nariz.

Olivia se disponía a hacer las presentaciones cuando me levanté del columpio de un salto y me acerqué.

—Y tú eres… —respondí, y el corazón se me aceleró—, ¿una de mis escritoras favoritas?

Ella aceptó el halago con naturalidad, casi con ternura. Olivia nos observaba desde atrás con un café en la mano.

Había leído a Rosa Montero desde mi adolescencia. De hecho, tenía para mí la magia de haber encajado cada una de sus novelas en el momento preciso de mi vida. Me habían llegado a las manos, como un diario paralelo, para ofrecerme en forma de literatura justo lo que necesitaba leer. Así que, sin más protocolos, la abracé con tal efusividad que casi aplasto sus preciosas camelias. Y entonces entendí lo que le ocurría a Gala con nuestro olivo, porque inmediatamente recibí esa descarga de energía vital que emanaba de su persona.

Ella me devolvió con sorpresa y generosidad el abrazo y se rió.

—Bueno… Olivia me ha hablado mucho de ti y de tu aventura —le dedicó a su amiga un gesto cómplice—. De verdad que te deseo toda la suerte del mundo.

Entonces sacó una camelia de su ramo y me dio unos toquecitos de varita mágica en la cabeza.

—Pero ¡vas a tener que espabilar todavía mucho, cariño! —Y me la ofreció—. Si haces ese viaje siguiendo todas sus indicaciones, seguirás siendo un copiloto hasta el final.

Yo recogí la flor confundida con la sensación de haber recibido una especie de reprimenda de alguien que me conocía demasiado. A continuación le dio un beso en la mejilla a Olivia al tiempo que le apretaba con fuerza la mano, y caminó por el camino de baldosas hasta el exterior, donde la plaza del Ángel fue cobrando vida a su paso, contagiada de la energía pura y luminosa de su existencia.

Sí, pensé mientras la veía desaparecer entre la gente. Empezaba a responderme a la pregunta que le hice a Olivia el día que la conocí. Empezaba a sospechar quiénes eran esas mujeres que compraban flores.

Ella, Olivia, seguía apoyada en el quicio de la puerta del invernadero con su café, y fue entonces cuando reconocí la carpeta que llevaba bajo el brazo. ¿Había compartido su contenido con Rosa? ¿Qué era eso en lo que se ofrecía a ayudarla? Era la misma carpeta, eso seguro, la que creí que se había dejado Francisco unos días atrás. Al parecer había quedado con él. Se había pintado los labios de un color coral que hacía juego con su pelo. Llevaba un pantalón ancho color arena, una camisa blanca y una gorrita safari que la convertía en un personaje de *Mogambo*. Se la veía cansada y hablaba más deprisa de lo habitual.

No pude evitar contarle la conversación con Casandra, aunque omití algunos detalles, pero el veredicto de Olivia fue duro y claro. Lo que tenía que hacer esa chica era dejar de buscar hombres que no podían lidiar con ella y buscar una pareja que se conformara con ser un igual. Aquello, que parecía una perogrullada, según ella, no lo era.

—Es decir, que debería buscar a alguien que por no poder sentirse superior no se sienta inferior, no sé si me explico.

Recuerdo que me pareció que era demasiado tajante en sus planteamientos y no me pude callar:

—En cualquier caso, Casandra sabrá lo que quiere.

—¿Casandra? —Dio una palmada en el aire que me sobresaltó—. Casandra quiere lo que todos. Que la quieran.

La sagacidad de las víctimas

Hay momentos en los que tienes la certeza de que una conversación con una persona va a cambiar tu relación con ella para siempre. Incluso tu relación contigo misma. Y tratas de frenarte para no empezar a hablar, pero una fuerza poderosa tira de ti, te hace abrir la boca y prácticamente vomitar las palabras. Recuerdo que me había parecido extrañamente fría la forma en que Olivia había despachado el asunto de Casandra cuando yo, sin embargo, estaba especialmente conmovida por ella. Era cierto que yo tenía más información y, además, una tendencia a absorber como una aspiradora los dramas de los demás y vivirlos como propios, perdiendo totalmente la objetividad. Quizá recrearme en el sufrimiento ajeno anestesiaba en parte mi dolor, como le ocurría a Aurora. Y la gota que colmó el vaso fue cuando Olivia entró detrás de mí en el invernadero con sus extravagantes pintas de exploradora de los cuarenta a recriminarme que hubiéramos dejado la floristería cerrada durante veinte minutos.

—Podría haber venido alguien —me reprochó con gesto grave mientras encendía los ventiladores—, de hecho estaba esperando unos documentos importantes.

Alzó la carpeta negra de Francisco por encima de su cabeza.

—Menos mal que he llegado a tiempo.

Yo, que por entonces ni sospechaba los tejemanejes que se traía, no entendí bien a qué venía la bronca. «Se trataba de Casandra», le dije. Estaba desesperada y había pensado que le sentaría bien desayunar. Por otro lado, ya estábamos casi en agosto, la clientela había bajado y…

—Y podíais haber llorado juntas en el jardín tomando un café sin desatender mi negocio, ¿a que sí? —me interrumpió.

Luego se sentó rígida sobre su banqueta de siempre, en silencio, mirándome tan quieta como si estuviera pintada.

Yo bajé la vista. Nunca supe gestionar la decepción ajena. No quería llorar. Pero era lo que siempre hacía en los casos en que me sentía atrapada.

Olivia se dio la vuelta para zanjar la conversación. Alargó uno de sus dedos huesudos y buscó una lista de reproducción en el ordenador. El jazz empezó a sonar dentro de los cristales casi al compás de las hélices de los ventiladores y las hojas de las plantas empujadas por el aire. Quise recordarle que todo estaba siendo muy rápido, duro y desconcertante, que ni siquiera sabía qué hacía trabajando en un vivero, que había cambiado de casa por primera vez en los últimos quince años, que me sentía sola a los cuarenta cuando no lo había estado desde los veinte, que ahora me preguntaba por qué no había tenido hijos y que sospechaba que nunca los tendría, que me había dedicado a mi relación y a sumarme a la vida de los demás y ahora… ahora no tenía ahorros propios y sí auténticos problemas para llegar a fin de mes, y que por eso no tenía ni fuerza ni valentía para arrancar esa mierda de barco porque…

—¡He perdido mi vida, joder! —grité resumiendo aquella escalada de angustia y sin poder evitar ni el grito ni el llanto posterior—. ¡Es normal que esté rota y que cometa errores y no tenga fuerzas para nada ahora mismo, digo yo!

Y lloré. Con cierta incontinencia, es cierto. Incluso, presa de mi dramatismo, fui ovillándome en un rincón y cuando levantaba la vista comprobaba que Olivia seguía en la misma posición, frunciendo el ceño. No sé si esperaba a que amainara la tormenta o no supo reaccionar. Pero sí, lo hizo. Se levantó y caminó hacia mí hasta donde me había quedado acuclillada, precisamente al lado del alien metamorfoseado.

—¿Quieres dejar de victimizarte?

La miré sorprendida, desde el suelo, sin poder creerme que me hubiera dicho algo así.

—Has nacido con todas las herramientas para ser libre, Marina, y sin embargo te has construido una cárcel de carne y hueso: tú. ¡Reacciona de una vez, por el amor de Dios!

Cada una de aquellas palabras me llegó como una bofetada. El sol que se filtraba por los cristales le daba a su pelo la luz de una antorcha encendida.

Chasqueó la lengua con fastidio y continuó:

—Sí, Marina, como buena copiloto sigues viviendo del famoso «le dediqué la vida entera». —Alzó las manos como si efectivamente se tratara de un sermón—. ¡Qué anticuado concepto, por Dios! Esto, querida, a principios del siglo xx podría ser un argumento. Hoy en día provoca un «a quién se le ocurre» o un «no haberlo hecho». Es como meter todos tus ahorros en la bolsa o en un fondo de capital-riesgo. ¿Era tanto el riesgo y aun así decidiste entrar? Pues bien… hoy en día tenías otras opciones, Marina, no cuela. Aun así, lo hecho, hecho está. Lo arriesgaste todo y lo has perdido todo. Ahora no sirve lamentarse, sino ponerle remedio. —Me puso una de sus manos largas y calientes en el hombro—. Lo que te ha pasado es muy triste, cariño, pero eso no quita la realidad: que eres una dependiente emocional y más vale que lo asimiles y que te desenganches de ese fantasma para que no corras a buscar otro tío al que agarrarte de la misma forma y vuelvas a olvidarte de ti misma.

Señaló la orquídea de donde colgaba nuestro insecto-crisálida. Ahí tenía una pequeña guía hacia la libertad, me dijo. Sus ojos azules brillaban como un cristal tallado. Por un momento sentí que se estaba emocionando. Se puso de rodillas a mi lado.

—Marina, por favor, sé libre. Es lo más bonito que tenemos. Las mariposas pasan por todo un proceso larvario y el agotador trabajo de hacerse crisálida para volar durante sólo un día. ¿Sabes por qué? Porque merece la pena. —Cogió mi barbilla—. No te dé miedo ser libre. Saca las alas, querida. Las tienes. Todos las tenemos, aunque estén plegadas y se nos olviden. Deja de ponerte excusas. Sé libre.

Yo la observé bañada en lágrimas. Me soné la nariz. Me peiné el pelo con los dedos. Cogí los libros del curso de patrón del suelo y se los ofrecí.

—No puedo, Olivia... En serio, no puedo. Este viaje siempre ha sido una sandez, pero además ahora no creo que Casandra esté en condiciones de ayudarme con esto.

Ella recogió los libros. Se levantó. Sacudió sus pantalones. Saludó con la cabeza a alguien que pasaba por la calle y que no pude ver. Dejó los libros sobre el mostrador. Se quitó la gorra y se abanicó con ella.

—Querida, me das mucha pena. Y no tu luto, sino tú. —Se puso en jarras—. ¿Te has parado a pensar si te mereces lo que estás pidiendo? La compasión. ¿Qué has hecho para merecerla? ¿Para tirarte en plancha y que otros te recojan como un peso muerto? Muchas personas te están ofreciendo su ayuda desinteresadamente y aún exiges más. ¿Crees que te compensa dar pena? ¿Así es como quieres conseguir las cosas?

Quizá eso era justo lo que quería, siguió diciendo con voz redonda, tranquila, serena, mientras recolocaba las flores dentro de los altos jarrones de cristal. La lástima era muy rentable para la supervivencia del día a día, pero muy poco provechosa a largo plazo. Adelante, me convertiría en una persona muy absurda que nadie, ni siquiera yo, admiraría. ¿Estaba segura de que quería seguir por el camino de la mujer de Francisco? ¿O el de Maxi? ¿Y por el de Aurora, si se descuidaba?

Quitó algunos pétalos secos de las rosas. Acicaló los lirios separándolos entre sí. Sacudió una telaraña de una palmera.

—Ahora tienes la posibilidad de valorarte por lo que eres: puedes sacar ese barco y llevarlo a buen puerto por tus propios méritos, con tu propio esfuerzo y no a través de la lástima que das. Al mar no vas a dársela. Y lo interesante sería que no lo hicieras por una promesa a nadie salvo a ti misma. —Se sacudió las manos y miró sus palmas, como si leyera en algunas de sus líneas el pasado—. Ojalá te dieras cuenta de lo triste que es a lo que te expones si no lo haces.

Yo, que había conseguido parar de llorar, también me levanté e intenté recomponer la voz y la compostura. Me sentía entre enfadada y ridícula.

Ella caminó hacia la trastienda, encendió la fuente y el león de piedra empezó a vomitar agua, y volvió a salir con nuestros delantales de trabajo. Me ofreció uno.

Lo cogí, me lo até al cuello. Luego a la cintura. Me sujeté el pelo con una pinza. Respiré hondo.

—Te agradezco todo lo que has hecho por mí estos dos meses —susurré mientras tragaba saliva—, pero no todos somos tú, ni tenemos un catálogo de sentencias a pie de boca que nos ayuden a vivir. A mí se me ha roto la vida.

—Marina —me dijo ella colocándose el suyo—. Yo me he equivocado mucho. Y algunas de esas equivocaciones las he pagado muy caras. He tenido miedo como tú. Y he perdido a personas como tú. —Se quedó al trasluz mirando a la calle, tras los cristales que nos separaban del mundo—. Por eso sé también que no se puede guardar luto por un dios. Sólo por un ser humano. Y hasta que no asumas que Óscar no era tan perfecto, que probablemente se equivocó contigo en muchas cosas como lo hacemos todos, e incluso que te hizo daño y le perdones… no podrás dejarle ir. Ni liberarte. Hay veces que tenemos que dejar de fustigarnos. Aceptar algo mucho más doloroso que haber decepcionado a los demás. Y es que son los demás los que nos han decepcionado a nosotros.

Me quedé en silencio y quise odiarla. O quizá en ese momento la odié. ¿Cómo se atrevía a hablar de él así? ¿Cómo se atrevía a hablar así de ti?

—Eso ya es asunto mío —contesté por fin elevando la voz—. Tú no lo conocías. ¿Está claro?

Apretó los labios como si quisiera retener la frase que iba a decirme. Cogió la enorme regadera roja y empezó a dar de beber a las plantas con parsimonia. Yo caminé hacia el exterior a comenzar mi rutina.

—Muy bien. Pero te arrepentirás mucho si no aprovechas este momento vital para reaccionar —la escuché decir.

Me di la vuelta y apreté los puños tanto que me clavé las uñas.

—¿No te cansas de saberlo todo?

Ella sonrió cansada. Hubo un silencio roto por un sonido de pasos en el exterior. Era el hombre misterioso de la perilla rubia. Se sentó como siempre a la mesa del jardín. Le saludó desde dentro con la mano y él le devolvió una sonrisa. Se recostó en el respaldo, abrió su libro y se internó en su oasis de unos minutos. Sin dejar de mirarle, Olivia prosiguió con la voz un poco rota:

—Pides mucho, Marina. ¿Quieres mi ayuda, hija? Hazte merecedora de ella. —Cogió sus guantes de jardinera—. Es hora de dejar de llorar. Adaptarse. Y tirar para adelante. —Caminó por el invernadero a pasos pequeños y erráticos mientras vigilaba a los clientes del jardín que caminaban curioseando entre los árboles.

Ya me había enjugado las lágrimas durante un mes, continuó, pero a partir de ahora no iba a hacerlo. Se atravesó el moño con una ramita que encontró por ahí. Se puso las gafas. Desde luego, lo que no iba a aceptar era ceder a mis chantajes emocionales, eso me lo podía asegurar. ¿Chantajes emocionales?, me indigné mientras la seguía por el invernadero como un pato. No, me negaba a que me acusara de hacer chantajes emocionales. Los conocía muy bien.

Ella se plantó de pronto en medio de su negocio.

—Quiero decir que si trabajas mal, te echaré —me aseguró con frialdad dejando la regadera en el suelo—. Y si tratas de nuevo de alcanzar mi corazón a través de la lástima, dejaré de escucharte, querida. ¿Sabes por qué? Porque no te hago ningún bien.

Caminó hasta el mostrador, hurgó en su cesta de mimbre, sacó su pintalabios color coral y se lo pasó a ojo sin dejar de mirarme.

—Así que busca otra estrategia. O, mejor aún, no tengas estrategias conmigo. —Cogió la carpeta con los documentos—. Y concéntrate en lo que tienes y no en lo que pierdes. Si quieres olvidarte de toda esa retahíla de aburridas «sentencias» que te he dado hasta ahora, hazlo, pero quédate sólo con esto. Es el mejor consejo de todos los que te he podido dar.

Dicho esto, me sonrió, y tras dejar su juego de llaves encima del mostrador me indicó que no volvería en toda la tarde.

Antes de desaparecer, pasó un rato charlando con el lector y pareció iluminarse de nuevo, como una bombilla enganchada a un cable eléctrico. La observé a través del cristal, a punto de ponerme a llorar. ¿Dónde estaba la mujer que acababa de hablar conmigo?

Le sirvió una limonada que había estado preparando desde el día anterior y que él agradeció besándole la mano. Después de dejarle la jarra y una sonrisa distinta, escuché sus pasos rápidos perderse por el camino empedrado del jardín.

La imposibilidad de decir «te quiero»

«La vida es una sombra que tan sólo transcurre; un pobre actor que, orgulloso, consume su turno sobre el escenario para jamás volver a ser escuchado. Es una historia contada por un idiota, llena de ruido y furia, que nada significa...», éstas eran las desesperadas palabras de un Macbeth transformado en *MBIG* por obra y gracia de José Martret. Sentadas en los bancos que rodeaban un salón forrado de espejos, a una distancia del actor que casi veíamos sus empastes, Gala y yo escuchábamos con el corazón anudado.

Lo que no era de recibo, según ella, era que yo estuviera trabajando en el antiguo cementerio de los cómicos, en el barrio con más teatros de Madrid, y que todavía no hubiera pisado uno ese verano. A pesar de tener al lado de la floristería el gran teatro Español y un poco más allá el de la Comedia, uno de los lugares preferidos de Gala era La Pensión de las Pulgas: la antigua casa de la Bella Chelito, una cupletista y gran empresaria teatral, transformada por el director en un espacio escénico único donde un público que nunca superaba los veinte espectadores disfrutaba de un espectáculo siguiendo a los actores de habitación en habitación, como abejas al intenso y adictivo polen de la corta distancia.

Nunca había visto un lugar semejante: aguardamos en un portal antiguo e imponente hasta que una taquillera en lo alto de las escaleras recogió nuestras entradas. Gala me contó con admiración que en tiempos la famosa Chelito tenía un gran número de amantes, de forma que había conseguido buscarse una casa con un portal sólo para ella —aquella entrada por la calle Huertas— mientras que el resto de los vecinos entraba por la calle de atrás.

En la entrada de la casa nos recibió un retrato de la artista que nos sonreía coqueta con un pecho descubierto a lo Isadora Duncan: ésta era su marca cuando actuaba, continuó Gala mientras seguíamos al resto del grupo, y que según ella dio lugar al famoso refrán: «Estás más visto que la Chelito». Una chica de pelo rizado nos acompañó por un pasillo estrecho y entelado hasta un salón vintage donde ya aguardaban los actores dispuestos a servirnos un *Macbeth* aterrizado en los años sesenta norteamericanos.

El director, Martret, amigo de Gala y de Olivia —quien al parecer optó finalmente y muy a su pesar por comprar un bonsái artificial—, había encargado a nuestra vikinga parte del atrezo del montaje. Cuando terminó la función y aún sacudidas por todo tipo de emociones y algún que otro incidente —el señor que tenía al lado se había desplomado por una lipotimia durante el segundo acto—, le esperamos para entregarle un ramo de tulipanes blancos. La flor de la fama.

—¡Señora mía! —saludó el director cuando llegó hasta Gala—. Pero qué trabajazo has hecho. ¡Por fin la sangre parece sangre!

—Desde luego hemos tenido la prueba. —Se apuró Gala

recordando el desmayo del espectador en cuestión durante el monólogo del puñal.

Martret soltó una carcajada sonora que luego replegó con cierto gesto culpable.

—Dale las gracias a mi Olivia. Nunca se le olvidan mis flores.

Se abrazaron, luego me dio dos besos y caminamos hacia la calle Medinaceli. Le observé divertida: José era menudo y conservaba un algo infantil muy cautivador. Barba negra, ojos oscuros y muy abiertos por los que se tragaba el mundo, la voz eléctrica y peculiar, de esas que te inyectaban movimiento. Llevaba una camisa sesentera, unos vaqueros y unas modernas zapatillas de deporte de un verde muy vivo.

Nos acompañó hasta la taberna de La Dolores, en la que antes siquiera de pedir ya habían aparecido sobre la barra tres Riberas del Duero y unas tapas de jamón de pato, y seguimos hablando de la obra que nos había dejado impactadas.

—Para impacto, el susto que se ha llevado el pobre señor. —Y recordé a mi compañero de butaca, al que había visto abanicarse al principio de la escena y a continuación caerse redondo hacia delante para acabar en la cama en la que los actores estaban protagonizando un teatral polvo de lo más explícito.

El director se abanicó también con la carta de la taberna.

—Madre mía... qué lío cada vez que se nos desmaya alguien. Y siempre en el segundo acto, oye, como un reloj.

—¿Siempre? —Me sorprendí.

—Sí —afirmó—. En este montaje hemos tenido ya dieciocho desmayos, siempre en algún momento del segundo acto y siempre acaba el pobre desmayado en la cama abanicado por los actores. ¡Y lo peor es que luego tienen que continuar el polvo por donde lo habían dejado!

—¡Y claro! ¿Cómo levantas luego eso? —exclamó Gala sin segundas mientras probaba el vino y al ver nuestras caras de guasa, matizó—: ¡La escena, malpensados! Quería decir la escena...

Nos echamos a reír.

Desde luego, si nos fiábamos del impacto emocional en el público, se podía decir que el atrezo de Gala era un éxito, la felicitó abrazándola por la cintura, y le dio un beso en la mejilla que la rubia agradeció devolviéndole uno de lo más simpático en la nariz.

—Por cierto, ¿cómo la has conseguido al final? —se interesó mientras saludaba con la mano a una gente al fondo.

—¿La sangre? —preguntó ella—. Probé varias, pero al final di con el sirope de maíz y un colorante para tartas «rojo Navidad».

Él abrió aún más los ojos. ¡Era un genio!, ¿no me parecía? A mí me dio un ataque de risa: ¿colorante «rojo Navidad»?

—Ríete, ríete... —dijo divertido el director—. Que anda que no me he gastado dinero en esta obra sólo en sangre y en bonsáis...

El montaje llevaba más de trescientas representaciones, había tenido muy buenas críticas y conseguido armar una gira. La verdad es que eran tiempos complicados para el teatro, pero no se podía quejar. Gala le felicitó reiteradamente mientras yo seguía absorta en aquella inquietante Lady Macbeth que podaba meticulosamente su arbolito ahora artificialmente inmortal.

—Y a ti, Marina, entonces ¿te ha gustado? —quiso saber mientras saludaba ahora a casi cualquiera que entraba en el bar.

Me quedé pensativa unos instantes y me atreví a decir:

—Me estaba preguntando si Macbeth y su Lady serían cien por cien compatibles...

Martret me miró sin comprender y la rubia estuvo a punto de escupirnos el vino encima.

Luego fui más concreta y añadí que cómo no iba a impactarme ser testigo de todas aquellas pasiones a un par de metros de mi cuerpo. Era sobrecogedor.

—Me habría quedado a vivir allí dentro si no hubiera sido una tragedia —aseguré.

—Madre mía... —celebró él con una sonrisa pícara—. Creo que es lo más halagador que podías haber dicho.

Cuando Martret se fue a cerrar su sala, nosotras decidimos seguir de vinos por las tabernas de la zona. La Dolores era nuestra preferida porque seguía conservando ese aire castizo de azulejos en la fachada y barra de madera tras la cual los camareros voceaban los pedidos que a veces parecían llegarles por vía telepática.

Y así, entre caldo y caldo, le conté a Gala las novedades: el colapso «del día después» de Casandra —sin entrar en los detalles de su trío involuntario—, la bronca con Olivia y mi sensación de que no sería capaz de coger el *Peter Pan* nunca.

—No te enfades con ella —me sugirió Gala con ternura—. Sé que a veces parece que habla ex cátedra, que su aire de gurú puede ser exasperante y resultar muy estricta. Pero te aseguro que nunca se ha equivocado con una persona desde que la conozco. Si piensa que puedes hacer este viaje es que eres capaz.

—Pues yo creo que se equivoca —protesté yo.

Gala negó con la cabeza.

Mordisqueé un canapé de jamón apoyada en la barra que

daba a la ventana. La noche estaba agradable y fresca, como si fuera a estallar una tormenta de verano. Y, de hecho, algo parecido a una tormenta se estaba preparando.

—Ayer hubo un momento en que me dijo que se había equivocado mucho en la vida —recordé sin dejar de mirar por la ventana—. La verdad es que nunca me había hablado de ella. Se esfuerza demasiado en que todo el que entra al Jardín del Ángel sólo vea en ella a la mujer que les vende una flor.

—Y eso es en realidad lo que es —se apresuró a decir, como si la defendiera de algo.

Me quedé pensando. Removí el vino en la copa y lo olisqueé imitando a mi amiga.

—No lo creo. Tiene que haber tenido una vida muy interesante —decidí.

No, no era normal. Desde que llegué a la floristería había visto pasar por ella políticos, empresarios, artistas de todos los puntos cardinales. Aquella misma tarde a Rosa Montero, con quien parecía tener cierta confianza. El propio Citny le recordó que no se veían desde Nueva York —algo vino de pronto a mi memoria.

—Por ejemplo, ese hombre que viene a leer al jardín. ¿De qué lo conoce? Tú eres su amiga desde hace tiempo.

—¡Pero qué cotilla eres!

—Me gustaría saber más de ella, eso es todo.

Gala pareció sorprenderse.

Pero si sabía ya lo más importante, la rubia pestañeó muchas veces, conocía su «superpoder» porque según ella me lo estaba revelando, ¿me parecía poco? Les robé una banqueta a los de al lado. ¿Su superpoder? Gala encestó el hueso de una aceituna en la papelera, el superpoder de Olivia era que sabía ver dentro de las personas y las ayudaba a transformarse. Y dicho esto, se introdujo un canapé de un bocado y siguió masticando con la boca abierta pero con mucha gracia. Fuera sonaba un saxo que repetía una y otra vez el estribillo de «Strangers in the night» y un corrillo fumaba en la puerta hablando demasiado alto. ¿Y no sabía nada de su familia?, insistí yo, ¿a qué se había dedicado antes? La rubia, que se miraba de cuando en cuando distraídamente en el espejo, estaba claro que quería evitar aquella conversación. Según ella Olivia consideraba que su historia no tenía importancia y punto, se atusó el flequillo. Había escogido ser un mudo testigo de la vida de los otros, como sus flores. Y como ellas, operaba sobre las emociones de las personas.

—A mí me ha ayudado mucho —apuntaló su discurso Gala— y soy mejor desde que la conozco.

La observé en silencio. En ese momento ya tuve claro que guardaba más información de la que me daba, aunque es cierto que nunca imaginé ni por asomo la historia que guardaba Olivia. Ni ella ni su jardín.

—Es curioso —confesé—, apenas la conozco y por alguna razón tengo miedo a decepcionarla…

Gala me hizo una caricia en el hombro.

—Pues no lo tengas. Hace mucho que ella no espera nada de nadie, cariño.

Se pintó los labios en el espejo, sacó una servilleta del dispensador y fijó el color con unos toquecitos. Observé su boca roja tatuada en aquella servilleta, como una reliquia, encima del mostrador. Entonces hizo una pausa y me miró muy fijamente.

—Siente que debe pagar una deuda y lo hace ayudando a los demás. —Sonrió—. Por eso tiene esos arrebatos justicieros…

—Como rayar los coches del consulado. —Hice una mueca burlona.

—... digamos que ella denuncia la injusticia sin tener en cuenta si la víctima es un hombre, una mujer, un niño, un perro o una flor cortada a destiempo. —Se acodó en la barra. Arqueó la espalda—. Tienes suerte de estar tan cerca de ella durante estos meses. Nunca antes lo había hecho.

Me sorprendí.

—¿El qué? ¿Tener una ayudante?

—No —contestó—. Dejar El Jardín del Ángel en otras manos.

De pronto pasé de estar enfadada a sentirme halagada.

¿Me habría escogido Olivia?

Gala pareció recordar algo, abrió el bolso blanco y gigante de charol que llevaba lleno de vestuario de teatro y sacó un paquete envuelto en papel de seda: «Esto es para ti», dijo. Lo abrí despacio: una gorra blanca de marinera, un chubasquero turquesa, un pantalón pirata blanco y una camiseta en cuyo centro había dibujada una violeta.

—Para tu viaje. El diseño es de Aurora. Creo que, además, tiene otra sorpresa para ti... Pero ¡yo no he dicho nada! —Me guiñó un ojo.

La observé apoyada en la barra, aceptando los piropos de los camareros con el aplomo de un animal que se sabe único. Iba toda de blanco, con un vestido ligero y corto, casi una túnica que exhibía su espalda. Entendí por qué sus parejas enloquecían de celos.

Acepté el regalo abrazándola con fuerza, todo lo que me dejaron sus grandes pechos.

Esa noche descubrí a una Gala distinta. Una que tenía curiosas habitaciones ocultas como aquella detrás de su probador. Al principio de la velada empezó ejerciendo de Galatea: se quejó de que le habían salido tres manchas de la edad —me las enseñó en su frente y apenas pude distinguirlas—, ¡y una cana en el pubis!, ¿podía creerlo? Ése sí que era un mal síntoma. Y cuando le pregunté por su peluquero colombiano me respondió que muy bien, porque para ella era imprescindible que un hombre supiera hacer un buen cunnilingus. Así había empezado la conversación. Y por eso, según ella, entre otros talentos casi todos relacionados con el sexo, la tenía enganchada.

—¿Y cómo sabes que no es algo más? —le pregunté mientras se llenaba, sola y sin permiso, mi tercera copa de vino.

Ella dejó su larga melena rubia caer sobre un hombro con aire inocente.

—¿A qué te refieres? —Puso morritos—. Nunca hay nada más.

La observé con escepticismo.

—¿Por qué te defiendes tanto?

—Porque es verdad, Marina. El amor nos lo inventamos. Más bien se lo inventaron en el medievo los trovadores. De pronto empezaron a recitar un gran poema en el que podía existir un todo: carne y sentimiento. Y como es un poema bonito nos lo hemos aprendido de memoria. —Hizo un silencio. Enroscó su dedo en un mechón de mi pelo—. Pero no existe. Veo que te dejó afectada la teoría de los compatibles de Olivia…

Soltó una de sus sonoras carcajadas. Luego se llevó un pepinillo a la boca y le propinó un mordisco que hasta a mí me pareció sexy. Quise hablarle de Casandra. Y de mi conversación con Victoria.

—¿Y si esa teoría fuera cierta y tu zahorí fuera esa persona que sujeta el otro extremo de tu hilo rojo?

Ella dejó concentrados sus ojos de muñeca en el espejo.

—Ojalá, pero lo veo improbable —le dijo a su reflejo.

Y aquél fue el preámbulo para que Gala me contara una historia. La causa de su síndrome de Galatea y que al parecer sólo conocía Olivia.

Hacía unos cinco años había comenzado un romance con un conocido escritor que le sacaba veinte años al que llamó «el innombrable» en homenaje, según dijo, a una obra de Samuel Beckett. Ella, como devoradora de libros que era, había caído en sus redes después de un elaborado cortejo intelectual.

—Recuerdo que la noche que estuvimos en la galería, hablando de Aurora, Olivia comentó que había personas con un talento que no sabían administrar y tú dijiste: «Qué duro debe de ser eso», ¿te acuerdas? —Yo asentí—. Pues hay algo mucho peor, Marina: tener una capacidad de amar que te da miedo utilizar.

Gala echó la vista atrás a la par que su melena para recordar a aquel hombre que se cocinaba en el orgullo y la desconfianza que le provocaba la soledad de su fama. Un hombre, continuó, que podía conseguir casi todo lo que se proponía, todo salvo aquello que según ella nos hacía estar mentalmente sanos: abrirse emocionalmente a las pocas personas que lo habían querido alguna vez.

No podía negar que a ella, inmigrada de un pueblo humilde a la ciudad, le atraían sus veladas literarias, las cenas en restaurantes especiales, los viajes ida y vuelta a París para acompañarle a una conferencia y leer juntos los manuscritos que luego se publicarían en todo el mundo. ¿A quién no? Pero también podía asegurarme, dijo jugueteando con un hilo de su vestido, que en aquel momento sentía como una necesidad vital de «entregarse al amor» si llegaba de una forma natural, así lo había visto en sus padres. En resumen, lo que le atraía de aquel hombre no era su fama, sino aquello que le confesó una tarde de invierno frente a una chimenea en la que sobrevivían apenas unos rescoldos, metáfora pura del hombre que tenía delante: «Nunca nadie me ha enseñado a compartirme», reconoció con humildad por primera vez en la voz, «pero pocas personas se acercan a mí si no es por interés, Gala». Y entonces la levantó del sillón donde estaba sentada, y la besó. Y aquel beso fue una petición de ayuda y un primer análisis de compatibilidad, cuyos resultados Gala no escuchó, porque aquel primer beso no lo recordaba emocionante. Sólo cinematográfico. Impostado. Como parte de una secuencia que se hubiera ensayado muchas veces. Pero es cierto que no le aceleró el corazón la expectativa de repetirlo en la siguiente cita.

—Yo por aquel entonces tenía un «superpoder» muy importante —me aseguró muy seria mientras le pedía la botella al tabernero—. Que como todos los «superpoderes» nunca desvelaba: tenía la capacidad de amar poderosamente, Marina. Sin límites. Sin condiciones. Sin miedo. De una forma instintiva. Siempre me lo había dicho mi madre. Que esa capacidad mía para amar me haría muy feliz, a mí y a quien me rodeara.

Yo la escuché con atención mientras secaba el sudor de las copas con una servilleta e incluso sentí cierto pudor. Me impactaba escucharla hablar del amor porque la había oído decir muchas veces que estaba sobrevalorado. Que no se podía sucumbir al amor. Que era un mal negocio.

—Y es que lo es —concluyó.

—Pero entonces... ¿qué salió mal?

Ella suspiró y se apoyó en la pared basculando sobre sus tacones.

—Voy a hacer un poco de Olivia, sólo un momento. Hay algo que he aprendido, Marina, por si te sirve en el futuro, ahora que vuelves a estar en el mercado: aléjate de las personas frustradas en sus emociones. Cuanto menos se amen, menos sabrán amar a los demás. Cuanto más miedo tengan más arremeterán contra ti. —Su voz esponjosa se endureció de pronto como una piedra pómez y continuó—: Son tullidos. Y se acercan a las personas que tienen ese «superpoder» para nutrirse de él sin dar nada o muy poco a cambio.

Yo negué con la cabeza sin comprender.

—Pero… ¿por qué?

Porque les daba miedo, continuó con la voz aún más áspera, porque creen que así se protegen. Y era al revés. Había llegado a la conclusión de que disfrazaban de orgullo y chulería su miedo a recibir un no. Y cuando era un «quizá», como era su caso, tenían tal miedo a perderte, que acababan por hacerte daño tratando de parecer invulnerables. Pero no lo eran. Como no lo éramos ninguno. Gala tomó aire y arrancó el hilo con sus pequeños dientes. Miedo, continuó. Por miedo nunca se quitarían la armadura y harían de menos sus sentimientos hacia ti, dejándote claro que eres una más.

Bebió un sorbo largo de vino. Yo la observé sin dar crédito: a la hembra alfa con cara de muñeca que exudaba tanto sexo como inteligencia. ¿Cómo podía aquel tipo haberla tratado así?

—Y te hizo daño… —Tiré de aquel otro hilo asombrada por su sinceridad.

—Me hizo más que eso. Me robó algo muy valioso.

Dejó una pausa de intriga. Los camareros decidieron que nos invitaban al siguiente vino. Sí, repitió ella, le había robado algo muy importante, pero no había sido de golpe. Fue tan poco a poco que apenas se dio cuenta.

—¿Llegasteis a vivir juntos, a ser una pareja... quiero decir...?

Ella sonrió con tristeza.

—¿Normal? —Sonrió con tristeza—. No sé muy bien qué fuimos. Para empezar él nunca llegó a presentarme como su pareja. No se atrevía.

—¿Por qué?

Ella negó con la cabeza.

—Pues no lo sé, Marina. Por orgullo o porque quería antes estar seguro de que no le dejaría y, como no lo estaba nunca, prefería no decir que estábamos juntos por si acaso tenía que retractarse. No sé... Puede que simplemente quisiera tenerlo todo: a mí a su lado, en esa ambigüedad, y seguir siendo un «soltero de oro» para, digamos, seguir libre a los ojos de otras mujeres... En fin, que yo podría haber sido desde su amante pasando por su asistente o una amiga con derecho a roce. Todos sus amigos me conocían y algunos daban por hecho que estábamos juntos, pero en público inhibía cualquier muestra de afecto que me distinguiera ante los demás como alguien especial en su vida. Y eso, cuando lo permites, y cuando en privado sabes que eres otra cosa, termina por destrozarte.

—Pero ¡si eres la mujer con la que sueñan todos los hombres que te conocen! —dije indignada a punto de atragantarme mortalmente con el hueso de una aceituna.

—Gracias, querida... pero eso ya me da igual. Está claro que no supe protegerme... y decidí que nunca más me volvería a dar así. A no ser que me enamorara tan intensamente que no me quedara otro remedio, nunca volvería a asumir ese riesgo. —Me clavó la mirada—. ¿Tú puedes imaginar lo frustrante que es? ¿El desconcierto y lo minusvalorado que se siente tu corazón? En privado yo era su refugio. Su apoyo.

Su compañera. Su ilusión. Y trato de preguntarme si fue el miedo o simplemente el egoísmo lo que le impidió reflexionar sobre cómo me sentía yo cada vez que me negaba en público.

—Cada vez que te negaba en público se negaba a sí mismo —añadí.

Y ella continuó su monólogo, como si no me escuchara:

—Era más importante su orgullo. Era más fuerte su inseguridad. Su miedo. Tanto que no le dejaba ver siquiera que me estaba perdiendo… —Dio la espalda desnuda a un grupo de hombres que la miraban desde la barra—. Porque empecé a pensar que se avergonzaba de nuestra relación por algún motivo. Y eso empezó a doler de verdad. Sin embargo, hace no mucho he descubierto que se trataba de algo mucho más complejo: tenía miedo a embarcarse en una relación con una mujer que le importaba de verdad y que le quería por lo que era y no por quién era. No por sus méritos. No por lo conseguido. Tenía terror a tener a alguien así, por primera vez, y perderlo. Era mejor no tenerlo del todo. Curiosamente, quizá terror a decepcionarme. No sé si esto que digo tiene sentido…

—¿Lo has descubierto?, ¿cómo? —pregunté yo.

Tampoco esto lo escuchó, creo, porque prosiguió mientras se miraba en el espejo, y en el mismo reflejo se mezclaban los rostros de otros hombres, la cadencia de los ventiladores, las tenues luces ámbar de la taberna.

—Miedo a que saliera mal… Porque hasta que no verbalizas algo, Marina, no existe. —Se frotó las rubias pestañas con agotamiento—. Así que mientras nuestra relación no existía para los demás supongo que no sentía esa presión. Pero yo, para seguir adelante, sí necesitaba que me dijera lo que sentía. Sin dolor. Sin miedo. Y que lo dejara fluir al exterior, con naturalidad. Y ésa era precisamente su incapacidad. ¿Entiendes?

Hubo sólo una noche en que fueron felices.

Dejó su mirada llena de heridas volar como un globo de gas hasta el techo alto del local, ennegrecido por el tiempo.

El único día que cayeron sus armaduras.

Excavó en su memoria hasta sacar una imagen: un restaurante a la vista de cualquiera, por primera vez sin reservados, sin biombos, sin cortinas o puertas que los ocultaran. Estaban sentados frente a frente. Él se había vestido más informal que de costumbre y parecía relajado, contento. La miró de una forma que no le conocía y le dijo las palabras: «Me cuesta admitirlo, pero me he enamorado de ti». Y aquello no pudo sonarle a Gala más extraño en su boca. Luego le preguntó qué sentía por él.

Enfundada en un coqueto y entallado vestido rojo, y en shock por aquellas palabras que a él tanto le había costado pronunciar, se concentró en el vino de su copa mientras valoraba el esfuerzo que decía estar haciendo y quiso creerle. Incluso quiso sentir algo parecido. Gran error. Le hizo un regalo que no se merecía. Puso en marcha su superpoder. Esa noche podrían haber iluminado la ciudad entera. Esa noche él probó —por primera y última vez, aunque no podía sospechar la partida de cartas que se estaba jugando— lo que se sentía al ser querido por alguien que sabía querer.

Gala se rodeó con sus propios brazos blancos y sin lunares y recordó cómo al día siguiente, desperezándose entre sus sábanas, contenta y dulce, aún en el registro de la noche anterior, lo observó caminar violentamente por la habitación sin mirarla y pudo olerlo. ¿Oler el qué? El miedo. Cómo el miedo le daba marcha atrás. Porque ni siquiera le ofreció desayunar. Es más, le comentó que tenía que escribir y prefería estar solo en casa, si no le importaba. Mientras se vestía, le observó realizar todos sus rituales matutinos como si ella ya no estuviera allí: colocó sus plumas metódicamente encima de la mesa. Puso música, una aburrida obra gregoriana que según él le hacía entrar en trance, y cuando ella hizo un intento de recordar la noche anterior, él se excusó diciendo no acordarse de casi nada. ¿Quizá había bebido demasiado? En ese momento empezó a nacer Galatea, del desconcierto, de la decepción y el dolor. Allí estaba su Pigmalión, terminando de esculpir a su desconcertada y ya fría estatua, que se metió en el baño para vestirse y, sin decir media palabra más, se marchó.

—En ese momento tomé la decisión más inteligente de mi vida —aseguró Gala cruzándose de brazos—. Dejarle.

—¿Así de repente? —Me sorprendí.

Ella asintió.

—Salí corriendo antes de que me provocara más secuelas. —Acarició su melena—. Supongo que nunca pensó que fuera a hacerlo y menos tan rápido, pero se equivocó. Me había topado con un techo de cristal y lo sabía. No necesitaba saber nada más. Me decepcionó. Mucho.

—¿Y qué hizo él?

Gala soltó una risa cansada.

—Nada.

O poca cosa. Al principio se hacía el encontradizo, prosiguió. Quizá creía que podría hacerla volver utilizando los mismos métodos con los que la había seducido. Pero había una nueva variable que vencer: la decepción. Habría hecho falta una labor de reconquista mucho más trabajosa y, sobre todo, a tiempo. Estuvieron con ese tira y afloja hasta que una noche por fin pareció entender cuál era el camino y le confesó que no había podido dormir pensando en ella, siguió relatando la rubia mientras volvía a sacar un hilo de su vestido. Ella ya no quería volver, pero en el fondo se alegró. Por él. Por fin se permitía mostrar su vulnerabilidad. Eso le daría la paz perdida. Pero el destino quiso que Gala se quedara sin batería en el móvil y tardó unas horas en contestarle, algo que su inseguridad hacia ella no pudo soportar.

—Cuando por fin llegué a casa y pude cargarlo me llegó otro mensaje. Sólo añadía: «Falsa alarma: supongo que era mi polla la que te echaba de menos».

A Gala se le dibujó de nuevo su distante y fría sonrisa y pidió la cuenta. De regalo nos cayeron dos vinos más, que aceptamos sin rechistar.

—Qué absurdo —no pude evitar decir.

A ella, sin embargo, sólo le provocaba pena. Pero lo que más le preocupaba en realidad era que estaba segura de que a partir de ese momento se había dado en ella un largo proceso de insensibilización.

—No me di cuenta hasta que ocurrió. Durante el tiempo que estuvimos juntos, poco a poco, palabra a palabra, desaire a desaire, su frialdad había ido aniquilando esos sentimientos recién engendrados en mí. Fue una operación quirúrgica no calculada, cuyo objetivo era atraparme en la obsesión de hacerle sentir, implicarse.

La escuché con ternura y traté de abrazarla, pero me lo impidió.

—Me habría gustado decírselo, pero nunca me atreví. —Se mordió los labios—. Que nos dejara vivir de forma sana lo que teníamos, que lo dejara crecer, sólo para probar, sin mentiras, sin ambigüedades, sin esconderlo, aunque terminara. Cualquier cosa habría sido mejor que sufrir aquel «aborto sentimental» de algo que no habíamos dejado ser. Pero no lo

hizo en su momento. Y aquel era el momento. Desde entonces tengo miedo de haberme esterilizado emocionalmente.

Cogí aire. Lo sentí por ella. Sacó su cartera, pero se lo im-
pedí. Le di un billete al camarero al tiempo que tapaba nuestras copas para evitar que se acercara de nuevo con la botella.

—Pero, Gala —le dije mientras recogía la vuelta—, quizá
no te das cuenta, pero tienes otra sonrisa desde que conoces a
Andrés. No puedes renunciar a algo tan bonito, sólo porque…

—No es que ya no crea que existe esa forma de amar
—me interrumpió—. No se trata de si quiero o no enamo-
rarme. ¿No lo entiendes? Es que creo que ya no soy capaz
—confesó, con los ojos impávidos, como de cristal—. Desde
entonces he tenido otras relaciones. Algunas con hombres
maravillosos. Pero ya no está ahí. Mi «superpoder». Mi capacidad. No está desde hace tiempo.

Me quedé pensativa. ¿Así se pasaba de ser una romántica
a una Galatea? ¿Era el resultado de un accidente? Porque sí,
un hombre podía ser un accidente, pensé. En este caso, lo era.

—A pesar de eso y porque me lo enseñaron así, aún pienso que vivir enamorado es el mejor estado del mundo —reconoció Gala buscando de nuevo la luz en sus ojos—. Así
que cuando me preguntas por mi zahorí, te digo ojalá. Ojalá que alguien me bese en los labios y rompa el hechizo.

—¿Y has vuelto a verle?

—¿Al innombrable?

Y para mi sorpresa, asintió:

—Sí, contra todo pronóstico, me llamó hace una semana
y le vi ayer.

—¿Cómo? —Me sorprendí más aún—. ¿Después de todos estos años le viste ayer y me lo dices ahora?

—Sí —respondió con frialdad.

—¿Y estás bien?

—Perfectamente. —Hizo un silencio—. Me citó en su casa, en aquella biblioteca en la que habíamos pasado tantas horas juntos.

—¿Y qué paso?

—Durante una hora, hablamos de otras personas de forma distendida, recordamos momentos intrascendentes y bebimos juntos whisky, que sabe que no me gusta. Observé aquella chimenea que en algún momento llegó a tener fuego de verdad y en la que ahora centelleaban unos absurdos troncos artificiales. Y por un momento aterricé en ese mismo sillón de cuero granate seis años atrás, cuando hablábamos de sus novelas, cuando para mí él seguía siendo una incógnita que me apetecía descifrar.

Gala mordisqueaba una aceituna a pequeños bocados, como yo su historia: en un momento, él, vestido con una camisa de cuadros que le hacía mayor y unos pantalones vaqueros con los que pretendía disimularlo, había dicho que tenía algo para ella e hizo un amago de levantarse. Gala descubrió con la mirada una pequeña caja de fieltro estratégicamente colocada encima de la mesita y se lo impidió. Por pura generosidad, quiso ahorrarle una escena que, pasado tanto tiempo, habría estado cerca de ser patética. Así que él varió el rumbo y recurrió a otras ofrendas. Se había preparado un nutrido catálogo, como un estratega en una batalla. Había previsto todo… salvo su retirada.

Los camareros habían empezado a poner las banquetas boca abajo sobre la barra y recogían las tapas de los expositores. Uno de ellos nos guiñó un ojo y nos animó a que termináramos el vino con tranquilidad. Que ellos seguían recogiendo. Gala le regaló una sonrisa agradecida y de pronto se echó a reír. Con absoluta tristeza.

—Ay… qué rara resulta a veces la vida, Marina. Es curioso cómo cambia la misma escena cuando ocurre a destiempo. ¿Tú sabes todo lo que tuve que escuchar esa noche? —Pestañeó con perplejidad—. Que había intentado negarse sus sentimientos hacia mí... Y que por extensión me los había negado a mí... Que yo le había enseñado a amar. —Se tapó la boca con los dedos como si se ordenara silencio—. ¿Y sabes lo más increíble, Marina? Que lo que en algún momento deseé escuchar cayó sobre mí como una losa de tristeza. Era como escuchar a un cadáver argumentarme que estaba vivo. Creo que lo vio en mi mirada porque se echó a llorar.

Me imaginé aquella escena: ella de pie, incólume, ya convertida en su Galatea. Abrazado a su cintura, llorando, con melancolía primero, con desesperación después, su Pigmalión, arrepintiéndose de haberla esculpido así, o más bien escupido así, a golpe de desaire. Y ella dejándole hablar, sabiendo que no se podía dar marcha atrás al corazón sin estropearlo, como a un buen reloj. Sintió cómo se empapaba su falda larga de gasa con aquellas lágrimas tan agrias, que desprendían tanta soledad, mientras, desconcertada, trataba de buscar algún resquicio de toda esa pasión, ese conato de amor, ese aborto de sentimientos que había durado demasiado tiempo... y se encontró recordando de pronto que no había recogido el edredón de la lavandería.

—Busqué en mi interior y no encontré nada, ésa es la verdad —concluyó tajante—. Si lloró tanto fue porque se dio cuenta de que ya no era una cuestión de buscar algo que nos dejamos olvidado en una calle del pasado. Lloró así porque creo que fue consciente de que habría sido tan aparentemente sencillo... y que negarse lo que teníamos no fue un castigo hacia mí, en realidad fue un castigo hacia él, por el odio que en el fondo sentía hacia sí mismo. Ni siquiera era tan malo como él se creía o pretendía aparentar.

Y era verdad, pensé. Con lo difícil que es coincidir en un momento mágico. ¿Tan difícil era simplemente vivirlo? Fuera orgullos tontos, fuera miedos, fuera «y si…», reflexionaba yo en voz baja porque en el fondo me lo decía a mí misma. «El miedo conduce a la inmovilidad», me había dicho Olivia cuando yo dejaba pasar los días sin arreglar los electrodomésticos ni abrir mis maletas. El miedo nos hacía perder las oportunidades más importantes y bonitas de la vida.

Aunque precisamente esa noche estaba a punto de demostrarme que hasta yo era capaz de empezar a vivir sin pensar tanto en cómo hacerlo. Cuando salimos de La Dolores ya llevábamos la lengua pegada al paladar y por eso a Gala, que continuaba con ganas de hablar, se le ocurrió que podíamos tomarnos la última en el Café Central. En el interior, la Cool Street Band había terminado su concierto, y los músicos estaban pidiendo las primeras copas y guardando en sus estuches los instrumentos. Nos sentamos en la barra y pedimos dos gin-tonics. La bebida obligada de ese verano.

—¿Infidelidad? —continuó ella—. ¿Que le dejara? Su obsesión por que todo el mundo me miraba de tal o cual forma, algo que me ha perseguido como una maldición con cada una de mis parejas. —Se levantó la cascada de pelo mientras se abanicaba con la carta del bar—. A mí no me habría costado estar sólo con él, pero, por supuesto, si no me hubiera mantenido en una clandestinidad tan dañina, tan injusta.

Porque amar era sencillo, continuó casi en un susurro, mientras yo no podía quitarle ojo al saxofonista de pelo liso y brillante que jugueteaba con unos acordes al lado de un compañero en ese momento. Cuando dos personas se encontraban con todos los ingredientes en las manos, amar así lo era.

Y la vi. Claramente. Se asomó a su rostro una chispa de aquella luz que aún intentaba prenderse dentro:

—Ah, Marina… si los hombres supieran que por reconocer sus sentimientos en público o en privado no pierden su hombría, muy al contrario, la ganan… —Observó casi con ternura a un grupito de chicos que habían tomado el relevo a los de La Dolores y cuchicheaban mirándonos como adolescentes—. Que les hace grandes, no pequeños. Fuertes y no vulnerables. Cualquiera que haya vivido con esa naturalidad un sentimiento así sabe que te hace escribir mejor que nunca, ser más luminoso que nunca, más feliz, más fuerte, más indestructible… El que ha sabido amar así sabe que no te hace esclavo, sino más libre, no te hace débil, sino poderoso. Suma, no resta. El que no sabe amar así debería llamarlo de otra manera.

Empujé con el dedo los hielos dentro de mi copa como si quisiera ahogarlos. El saxofonista había dejado de tocar y se apartaba la magnífica cortina de su pelo hacia atrás, como si se duchara con la luz del escenario. Miró en mi dirección. Varias veces. Y yo me di la vuelta y no encontré nada más que mi reflejo. A Gala pareció divertirle ese coqueteo. Luego frenó un intento de acercamiento del grupo de «babies», como los llamó, con una frase que no pudo sorprenderme más en su boca: «Niños», les dijo, «un poco de respeto a nuestras canas». Y hasta el camarero se echó a reír.

Qué difícil era expresar lo que llevábamos dentro… Por eso Aurora, mientras le asestaba brochazos a su nueva serie de pinturas sobre mujeres y Maxi volvía a dormitar en su sillón, se preguntaba por qué nunca le había escuchado a su padre un «te quiero». Por eso Casandra estaba conjugando el verbo amar sin miedo, por primera vez en su vida y con vistas al jardín botánico. ¿Por qué habría tardado tanto tiempo?; por eso Victoria lo estaba escribiendo en un mensaje a esas horas, sin saber si iban a corresponderla, o si al otro lado provocaría una estampida, pero lo hizo mientras acariciaba a sus hijos dormidos, sin sentirse culpable por primera vez en mucho tiempo.

Mis ojos se llenaron como las copas en La Dolores. Sin avisar y sin permiso. En otro momento lo habría causado la tristeza por constatar que nadie me había hecho aún sentirme así. Tampoco tú. Sin embargo, en ese momento sentí una nueva ilusión, la misma electricidad que si me hubieran revelado que existía la vida después de la muerte y en otros planetas y las hadas y la magia y Santa Claus. Existía el amor y me lo había revelado una agnóstica. Existía esa forma de amor. Eso era suficiente.

Día 6
Escrito en la niebla

Esta noche se ha borrado el mundo. He navegado sin viento y sin velas a dos nudos hasta que ha ido desapareciendo el agua bajo una densa capa de nubes: primero ha engullido el casco del *Peter Pan*, luego la he visto entrar por las escotillas, y ahora, si estiro los brazos del todo, hasta me desaparecen las manos.

—Esto debe de ser la muerte.

Lo he dicho en alto pero muy bajito y la niebla se ha encargado de deshacer las sílabas, como si estuvieran hechas de algodón de azúcar.

En teoría debo de estar enfrente de la ensenada de Málaga. He navegado a ciegas confiando en tus notas y en el programa de Victoria. Y ahora sólo rezo para que no hayáis cometido ni el más mínimo error ninguno de los dos: «Siempre a estribor y corriendo en dirección noroeste hasta la playa de La Herradura» —que más o menos distinguí—, pero luego ya… nada. Se supone que he pasado Nerja hasta la Punta de Torrox, pero soy consciente de que todo es un deseo.

No he visto nada más.

No sé qué me ha hecho recordar justo ahora aquella tremenda conversación con Gala, más bien, su monólogo. También cómo aquella noche, animada por ella, acabó presentándome a Brais, el saxofonista gallego con el que pasé la noche. Antes de hacerle un gesto para que se acercara me preguntó si iba depilada, me aseguró que aquel hombre era un encanto, me hizo una lista de las ventajas que tenían los trabajados labios de un saxofonista y, sobre todo, de aquel en concreto, que ya estaba «catado» por una amiga suya. Merecía mucho la pena, prosiguió mientras parecía divertirle mi sofoco: aseado, cariñoso y sin pretensiones.

Me escucho reír. Esta Gala… Tiene gracia. Qué a tiempo llega hasta mí ahora el recuerdo de la primera noche que pasé con un hombre que no eras tú. Qué sensación más boba de travesura y qué oxigenante. Curiosamente, fue la primera noche también que no dormí en el sillón, sino en mi nueva cama. Tuve que sentirme abrazada a un desconocido, sentir su aliento en mi nuca, para estar a gusto en mi propia cama. Por no hablar del momento en el que le eché una toalla encima a tu urna para sacarla con disimulo de la habitación y que luego dejé en el balcón tras cerrar la puerta. Y llega a mí justo hoy, la noche en la que quizá esté perdiéndome en el mar para siempre o choque con algo que no veo. Aquella conversación con Gala, te lo admito, nunca se me ha borrado de la memoria. Porque me dejó tan perdida como lo está ahora el *Peter Pan*.

Entre la niebla.

Desde entonces no he podido identificar claramente lo que he sentido por ti.

Ni por nadie.

Puedo querer mucho, eso lo sé, y darme, pero aquella poderosa capacidad de la que ella hablaba, que ni siquiera había logrado vivir con plenitud: ese cóctel mólotov de pasión animal mezclada con admiración, con romanticismo, complicidad, amistad, generosidad... esa reacción en cadena que te arrancaba el miedo del cuerpo, que te hacía sentirte más viva que nunca, que provocaba esa explosión atómica tan poderosa de felicidad, alegría, que te convertía en un avión a reacción, que te hacía luminosa y alguien capaz de cualquier cosa si tenías cerca a la persona amada, eso, eso de lo que habla Olivia con sus cien por cien compatibles y que le ocurrió a Victoria, «eso» que pudo haber vivido Gala pero le faltó algún ingrediente para precipitar, «eso» que no llegó a ser porque lo abortó...

Yo nunca lo había vivido.

Pero existía.

Qué mala noticia y qué gran noticia a un tiempo, ¿no crees?

Bueno, a ti te da igual ya porque estás muerto. Y en el fondo me siento culpable de haberte negado esa posibilidad. La posibilidad de haber vivido algo así. Con otra mujer.

¿Por qué no estás aquí ahora que tengo miedo?

Necesito preguntártelo: ¿es esto la muerte?

Nada.

No me respondes.

Tampoco tu recuerdo lo hace. Lo entiendo. Lo único que te pertenece ya es el derecho a guardar el silencio de los muertos.

Han pasado cinco horas y navego enfundada en el chubasquero celeste que me regaló Gala. He tenido que ponerme dos jerséis, uno mío y uno tuyo. También he encontrado un gorro de lana que tiene entretejidos aún algunos de tus pelos.

Se supone que tengo que virar para acercarme a tierra a la altura de Benalmádena y Fuengirola. Si se viera algo podría haber intentado fondear en el puertecito de Cabopino, pero siempre decías que no tenía suficiente calado como para entrar con tranquilidad.

Lo admito. Me da terror quedarme encallada.

Es una fantasía catastrófica que he tenido siempre que navego. También cuando tú eras el capitán.

Siento las rodillas soldadas por el frío y la humedad. El silencio del agua bajo mis pies. La nariz me gotea como un grifo mal cerrado. Debo de tener un aspecto horrible. Encima antes me he caído en la cubierta. La superficie del barco estaba bañada por un sudor frío y resbaladizo. No me he hecho nada, creo, pero mañana tendré un buen morado en una pierna que sumar al rosario de golpes de mis pantorrillas. Por lo menos no me he abierto la cabeza.

«Cierra la escotilla, Mari, o te darás un buen trastazo», me he dicho al levantarme. Y tenías razón. Ha sido la maldita escotilla del camarote de proa la culpable. He recordado lo mal que te sentaba resbalarte en la cubierta. Ahora de pronto me da la risa. Te ponías del hígado. Sobre todo cuando te dabas un coscorrón en la cabeza con los dinteles de las puertas de los camarotes, según tú, para pigmeos. «¡Un claro ejemplo de discriminación!»

Como no estás, me he sentado al timón por primera vez desde que saqué el barco. Todas las maniobras hasta ahora las he hecho de pie. Casi escorzada, para no quitarte el puesto. La rueda corrige el rumbo constantemente bajo mis manos. «El capitán fantasma» solías llamarle al piloto automático: no lograbas acostumbrarte a que fuera la máquina y no tú mismo quien gobernara a ratos el timón. Sin embargo, poco antes de morir, cuando ya me habías confesado que sabías lo que iba a pasar, y que querías que llevara tus cenizas a Tánger, cuando te rogué que no me pidieras algo así, que no sería capaz... me dijiste asfixiado por el dolor: «Deja que el *Peter Pan* te lleve. Estás más segura que con cualquier patrón. Mejor que conmigo».

¿Cualquier «patrón»? De pronto hay palabras que me cuesta recordar. Que me indignan, incluso.

Y luego, hiciste el esfuerzo de recuperar tu tono socarrón: «Mira, Marina, las ventajas de un piloto automático sobre un marinero son muchas: no se amotina, no come, no mea y no le mira el culo a la mujer del patrón». Luego te dio una arcada y una bilis que venía ya del otro mundo salió por tu boca. Retiraste el rostro para que no lo viera. Te secaste los labios con la sábana como pudiste y tatuaste unas palabras en mi memoria: «A veces el dolor, Mari, no nos deja ver que nuestro mundo sigue siendo maravilloso. Tú vas a tener al menos ocho días para verlo. Viajaré contigo. Te lo prometo. Tira mis cenizas en Tánger. Luego, haz lo que quieras».

Haz lo que quieras... Ya, claro...

¿Y dónde estás ahora, eh, ahora que tengo miedo?

¡Joder!

Nunca debí prometerte que tiraría tus cenizas en Tánger. Ya está. Siempre fui débil. Nunca he sabido decir «no».

Y mira que es fácil.

¡No!

¡NO!

Nunca debí comprometer mis fuerzas con un riesgo tan alto.

Estoy tan agotada... No puedo seguir sin dormir unas horas seguidas. Estoy tan jodidamente agotada, Óscar, que ya no sé quién he sido ni quién soy. Debería prenderle fuego al barco en este mismo momento y hacer ese funeral vikingo.

Abrazarme a tus cenizas y fundirme contigo en la niebla. Como buena copiloto con mi capitán, hasta el final.

Total, la vida es niebla.

Es lo que seremos todos.

¡Maldito cabezota manipulador!

¡Sí!

¡Estoy gritando!

¡Te odio! ¿Me oyes? ¡TE ODIO!

He bajado a la dinete. La niebla ha babeado dentro de los camarotes y no me deja ver los cajones de la cocina. Pero he logrado encontrar unas cerillas y papel de periódico. He tratado de encenderlas, primero una, luego otra, y otra más, pero se han ido descabezando porque el fósforo está húmedo y blando y no prende. Todo está húmedo ahora y se deshace en esta soledad.

No sé qué me ha llevado a entrar en tu camarote.

No sé lo que iba buscando. Respuestas. Las que no me das porque no apareces.

El caso es que me he puesto a mirar entre tus libros, he abierto los cajones y finalmente he levantado el colchón para abrir el compartimento que hay debajo.

Cajas con zapatos viejos, toallas usadas, cables rotos y, dentro de una de las cajas, un libro. Uno que no había ojeado: *Relato de un náufrago*. Una edición bonita. De tapa dura. No las que sueles llevar en el barco.

Al abrirlo he descubierto una larga dedicatoria: la letra de una canción de Inma Serrano que no me pega que te gustara y que a mí siempre me huele a noche mediterránea sobre una playa fresca. Unas noches que no he compartido contigo.

*Cantos de sirena al dormirme, si sé que me despierto con
tu amor.*
*Cantos de sirena al dormirme, si sé que me despierta tu
calor.*

Hay casi tanta niebla dentro como fuera, pero consigo
seguir leyendo. Está manuscrita.

*Disfruto cada segundo y no los cambio por años, porque
eres tú la alegría sembrada en mi corazón.*

La letra es bonita, de trazos altos, firmes, seguros.

*Si al caminar por las calles no hay árbol que me haga
sombra, si mi sonrisa ilumina de noche más que un
farol.*
*Y sé que cuando te marches, podré sentirme dichosa
sabiendo que me has querido lo mismo te quiero yo.*

Está firmado por Amalia en Málaga hace cinco años. Esos
últimos cinco años de tu vida en los que estuviste trabajando
dos días a la semana en esa ciudad, a la que algunas veces
bajabas en barco para desconectar si te tocaba ir el lunes.

Cierro el libro y me ordeno no pensar en ello hasta que
sea de día.

Cuando he recuperado el aliento y la cordura, he subido de
nuevo a la cubierta y me he sentado entre la niebla.

Y aquí estoy.

Envuelta en una manta como si fuera una crisálida gigante y babosa, moqueando bajo la capucha de mi chubasquero.

A saber qué saldrá de aquí. En qué estado y con qué metamorfosis. No tendría que haber curioseado entre tus cosas. Siempre se llega a conclusiones que luego no son. Y no estás aquí para preguntarte. Pero he dicho que no voy a pensar y no lo haré.

Me sacaría una foto y se la enviaría a Olivia si el maldito móvil me funcionara y si ella tuviera móvil, para empezar. Le pondría un sencillo pie de foto: «Aquí tienes a tu crisálida, jodida loca. Te visitaré desde el otro mundo. Marina».

Cada vez que recuerdo aquella noche me doy cuenta de que fue la que me precipitó en este viaje de locura: «Sé valiente, Marina», «no te compadezcas, Marina», «no te conviertas en una víctima, Marina». «Sé libre, abre las alas…» y de momento lo único que he abierto son latas de atún en aceite y de sardinas. Y un puto libro cuya firma, letra y fecha no se me va de la cabeza.

¿Por qué no borra esto también la niebla? ¿Por qué no borra esa dedicatoria que no tenía que haber leído?

No estoy ahora para estupideces. Me estoy jugando la puta vida. Concéntrate en el rumbo, Marina. Ten el foco en tu objetivo.

Qué bien me conocías, Óscar. Cómo te aseguraste de que cumpliría mi promesa. Porque tú lo tenías claro. Que si había algo que iba a decidirme a no dejarme caer sería prometerte algo en tu lecho de muerte.

Seguiría viviendo un poco más por ti. No por mí. Por ti. Y haría este viaje porque era tu encargo.

Mi única proeza es hacerlo sola, si es que consigo llegar.

¿Por qué he tenido que abrir ese libro ahora y no al final del viaje?

Ahora necesito toda mi fuerza.

No tiene por qué significar nada. Seguiste conmigo.

¿Por qué seguiste conmigo?

¿Por qué no lo escondiste mejor? ¿O lo destruiste? ¿Es

que querías que lo encontrara cuando ya te hubieras ido? ¿Así eras de cobarde?

Y ahora que el GPS ha enloquecido estoy segura de que en algún momento me estamparé contra unas rocas.

Bueno, tres días más y descansaré para siempre.

Tengo que tranquilizarme. Es vital. Voy sentada tras el timón. Aprieto las manos sobre la rueda aunque gira sola, gobernándose a sí misma.

Entonces miro el indicador de profundidad y no puedo creer lo que estoy viendo. Hace sólo unos minutos marcaba cuarenta metros.

Ahora de pronto marca sólo tres.

¿Cómo es posible?

Lo reseteo. Pero vuelve a marcar cinco, cuatro, tres metros...

Dios mío, ¿será una roca? ¿O estaré tan cerca de la playa y es arena?

Dios santo, voy a encallar. Sé que voy a encallar.

¿Y qué es eso? Hay algo que surge en la misma proa del barco.

Una sombra que empieza a dibujarse a toda prisa, enorme y oscura.

Parece suspenderse en la niebla.

Tengo que reaccionar pronto para no embestirla.

¿Estaré soñando?

No, no es un sueño. Nada lo es. Todo es parte de la misma realidad.

No dejes de soñar, me viene a la cabeza el cartel que recibía a los clientes en El Jardín del Ángel. No dejes de soñar, Marina, no dejes de soñar...

Gato con cuadro al fondo

Cuanto más me recuerdo este año en medio de mi luto, más me doy cuenta de lo mal que gestionamos el dolor. Tratamos de edulcorarlo. Buscamos la mejor forma de dar una noticia, poco a poco, en el mejor momento, en el apropiado, preparándonos con tal de huirlo, de retrasarlo o de minimizarlo. Tratamos de ser fuertes y eso equivale a dar la espalda a nuestros sentimientos. A no verbalizarlos.

Y no nos damos cuenta de que la única forma de huir del dolor es pasarlo.

De una.

Enfrentarlo lo más rápido posible para que deje de doler lo antes posible. Lo mismo ocurre con la decepción. Tratamos de retrasarla, de no expresarla, de darle la espalda, de edulcorarla... porque duele demasiado.

Yo no empecé a enfrentarme al dolor hasta que Olivia me zarandeó aquel día, no dejando que me victimizara, obligándome a reaccionar. Ése fue el principio de mi cambio.

Una de las primeras medidas que tomé esa semana fue alquilar mi antigua casa. Los inquilinos eran una parejita que acababa de mudarse a Madrid. Era perfecta para tener un bebé, dijo ella: rubia, mona, de tamaño manejable, ordenada, de las que habría sacado una buena nota en la oposición de turno con su letra redonda y los apuntes subrayados en distintos colores. Lo que Casandra habría llamado «una dulce», categoría que triunfaba entre los hombres de nuestra generación por ser catalogada de «apta» para vivir en pareja y formar una familia estable.

La observé caminar por la casa con sus zapatitos planos de firma, sus vaqueros planchados y unas sencillas perlas en las orejas. Él la seguía a una distancia corta mientras la escuchaba explicotearse sobre dónde pondría tal mueble o tiraría tal muro y, de cuando en cuando, le daba un beso en la mejilla.

Me hacía especial gracia la catalogación de Olivia para estas mujeres. Decía que tenían «el síndrome de la casadita». De hecho, en la floristería teníamos unas cuantas que compraban flores siempre para compromisos.

Eran aquellas que habían decidido convertirse en un revival viviente de lo que se suele llamar «una mujer como las de antes». Su prioridad seguía siendo casarse y tener hijos. Eso sí, escogían sus estudios con pragmatismo para tener un sueldo cómodo y una carrera no vocacional que no les importara dejar en un segundo plano si fuera preciso para dedicarse a su familia. Conscientes de que el hombre contemporáneo que llegaba a cierta edad, tras muchas correrías, mataba por encontrar una mujer como su madre para sentar la cabeza, estas mujercitas escogían al padre de sus hijos, es decir, un semental, y a cambio le darían paz y orden a su vida.

Mientras caminaba por mi antigua casa, mi «dulce» particular había gestionado un viaje, afirmado que se trasladaban para que él estuviera cerca de su trabajo y que aportaría un sueldo hasta que nacieran los hijos, luego priorizaría a los niños, ¡por supuesto!, es decir: que estaba feliz de descansar a su sombra.

La observé coger la mano de su maridito con gesto infantil. ¿Qué hombre en su sano juicio querría tener en casa a una mujer fascinante?, pensé mientras me sacudía el polvo de la falda amarilla años cincuenta que me había atrevido a ponerme. Esta dulce estaba abocada a casarse joven, tener un par de hijos, una vida cómoda y una casa en una zona costera con vistas al golf. Pero el reverso de esa situación, según Olivia y por su experiencia, era que «la dulce» lo dejaba todo muy atado. Tendría su vida muy bien organizada y sería razonablemente feliz. Aunque también sería muy capaz de dejarle las maletas en la puerta sin vacilar con una demanda de divorcio y la tarjeta de un abogado si le tocaban mucho las narices.

Estaba yo inmersa en mis reflexiones y observando con ternura a aquel hombre que tan aburrido parecía pero que tan a salvo se sentía por hacer «lo correcto» con «la mujer correcta», cuando ella decidió cuál era la habitación de su futuro, —o «futuros»—, puntualizó, bebés. Después le dedicó un gesto de complicidad que él le devolvió con automatismo, y yo apenas pude disimular mi tristeza. Porque yo había tenido todas las desventajas y ni siquiera había disfrutado de las ventajas de «una dulce»: copiloto, sin papeles, sin derechos, sin hijos, sin carrera, sin ti, sin nada.

A punto estaba de caer en una de mis victimizaciones cuando me acordé de Olivia, respiré hondo, le solté las llaves a la dulce en su manita con anillo de casada, y me dirigí con paso firme hasta la entrada. Metí a Capitán en su trasportín y cerré con toda ceremonia aquella puerta, queriendo sentir que no la abriría jamás.

Eso ya era el pasado, pensé. Y nosotros no estábamos hechos de pasado. No podíamos ser solo la consecuencia de la educación de nuestros padres, ni de la relación con nuestras parejas, ni de nuestras pérdidas. Me negaba. Algo tenía que haber de la Marina que yo había construido, de la que yo era la única responsable.

Y si no, tenía que construirla.

Era urgente.

Y allí estaba aquella mañana, cargada con los siete kilos de Capitán, que lloriqueaba dentro de su jaula, seguramente temiendo que lo llevara al veterinario, aunque en realidad me dirigía a hacer la tercera transferencia de mi propio alquiler. Eso quería decir que ya estábamos en agosto. Y eso significaba a su vez que quedaba menos de un mes para que emprendiera mi hipotético viaje.

Ya podía sentir cómo se iban acelerando los preparativos: Casandra sacaba dos horas al día después del trabajo para estudiar conmigo el curso de patrón y Victoria iba perfeccionando, simultáneamente, el programa de ordenador al que había pasado toda la información con la que, según sus cálculos y los tuyos, podría llegar a Tánger fácilmente.

Pero, claro, nunca imaginaste que iría sola.

Hiciste esas cartas pensando en que las siguiera un navegante experto, no un tripulante. Un pequeño detalle sin importancia…

En esos días tuvimos también algunas novedades: habíamos reclutado a nuestra «abuela esclava» para dar un taller de hacer punto de cruz a estresados del barrio. Lo que en principio había sido una de las ideas peregrinas de Olivia con el fin de darle una excusa a Celia para huir de casa, había sido recogido por Gala como una oportunidad de negocio: hizo unos trípticos, abrió una página de Facebook y ahora teníamos un grupo de diez personas haciendo bufandas, gorros y bolsos de punto en el jardín. Victoria se sumó casi inmediatamente como una alumna más y era el único momento en que conseguía dejar el móvil en silencio. De hecho, se relajaba tanto que una tarde nos reconoció muerta de risa que se le había olvidado recoger a sus hijos en el colegio y por primera vez la escuchamos decir: «Pues que vaya su padre, que tampoco pasa nada». El último en incorporarse fue nuestro lector misterioso, que estaba ahora haciendo sus primeros pinitos en el intrincado mundo del ganchillo.

Otra de las iniciativas del Jardín del Ángel para combatir aquel sofocante verano había sido poner un tenderete donde servíamos agua, zumo fresco y fruta a quien lo quisiera. No tardó en llegar la cadavérica agente inmobiliaria —a la que habíamos bautizado como la Bruja del Oeste— y llevó con ella a la policía. Según dijo, los vecinos de enfrente lo habían denunciado por poner, lo que llamaron, «un comedor social».

Aunque sospechábamos que esa denuncia no era cierta, para prevenir, Olivia había pasado por los portales cercanos sembrando los buzones de tarjetas de Elena Ferre, por si querían denunciarla.

El caso es que se había montado un buen follón.

«Sólo intentaba que los vecinos del barrio y los turistas no se deshidrataran», argumentó Olivia cuando vino el policía rottweiler de siempre y la prensa: «En el fondo le estoy ahorrando un dineral a la seguridad social», rescataron algunos titulares.

Cierto era que gran parte de las personas que se pasaban por el jardín eran la familia desahuciada del Euforia —una mujer morena con su marido de gafas torcidas y sus dos hijos adolescentes, que creo que sospechaban ya quién era su benefactora—, el mendigo barbudo que siempre tocaba en su flauta el mismo compás bajo la estatua de Cervantes y un mimo que se convertía en la estatua de un fauno plateado y semidesnudo que estaba siempre rígido y con mirada enloquecida en la puerta del museo del Prado.

Precisamente pasaba yo a los pies de la estatua del célebre escritor en cuya cabeza se había colocado una paloma como un extraño tocado que le daba cierto aire de vedette. Capitán se agitó al verla y sacó una de sus garras enguantadas entre los barrotes. Pensando en Cervantes y por pura asociación de ideas me pregunté si Francisco habría dado ya con el paradero del escritor y qué sería de su idilio con Victoria. Hacía una semana que no los veía y era extraño. Además, la última vez que lo había hecho, digamos que los había visto «demasiado».

Cómo iba a saber yo que llegarían tan pronto. Me había quedado sola en el invernadero y la calle estaba desierta, así que cerré la verja y bajé las luces. Estaba sentada en el suelo entre los ficus, observando a mi pequeño alien, tratando de imaginar cuál era su estado de transformación. Según Olivia le quedaban sólo tres semanas, más o menos como a mí, para salir al mundo.

Entonces escuché la llave de la verja y unas risas. Luego se abrió la puerta. No dieron las luces y por eso pensé que podía asustarlos, así que no dije nada. Mi plan era salir, sigilosa, cuando entraran a la trastienda. Pero no lo hicieron, al menos no inmediatamente: nada más entrar, él la cogió en brazos como si fuera una pluma. Ella no iba vestida con su ropa neutra habitual, sino con un vestido muy parecido a aquel primero que me probé en el showroom de Gala: verde y entallado con la falda de vuelo que él aprovechó para levantarle una vez la sentó en el mostrador.

Ella le desabotonó la camisa con impaciencia. Era curioso cómo cambiaba una persona follando. Victoria, que nunca me había parecido sexy, cuyos rasgos duros no eran especialmente femeninos, parecía ahora una diosa. Sacó una margarita de tallo largo del jarrón que tenía al lado y se la llevó entre las piernas. Los pétalos acariciaban su piel como un preámbulo de los dedos de su amante. El caballeroso y desgarbado arqueólogo parecía un galán de una novela erótica. Casi desnudo, le quitó de un solo tirón la ropa interior y desapareció bajo su falda hasta que la hizo enloquecer.

Es cierto que el sexo real, sin iluminar, sin actores con movimientos coreografiados, sin una cámara que encuadre sólo lo más estético, resulta bastante incómodo de ver, pero la carga afectiva que le puse a esa historia que conocía y la luz que se encargó de regalarles la luna tras los cristales, lo convertían en una secuencia emocionante. En ese momento, el insaciable Francisco volvió a cargarla en brazos y la empujó contra la pared y allí estuvo, arremetiéndola y comiéndosela a besos, dejando la impronta del cuerpo entero de mi amiga sobre el cristal. Estuvieron dos horas juntos sin parar de tomarse el uno al otro hasta que cayeron rendidos sobre una cama de margaritas que ella había tirado sobre el futón de la trastienda en un momento de coquetería sin límites.

Y allí los dejé, plácidamente dormidos sobre la flor de la inocencia.

Tengo que admitir que el recuerdo de mi experiencia voyeur me hizo sofocarme a esas horas. No fue el calor. Porque teníamos el primer día nublado del verano.

Qué pareja aquélla. Hacía tiempo que no contemplaba algo tan puro, tan natural, tan perfecto como ellos dos. ¿Cómo era posible que aún dudaran sobre qué hacer con su relación?

Dejé el trasportín en el suelo y observé la carita blanca y negra de Capitán tras los barrotes de su presidio portátil. Encajó el hocico en un hueco y acaricié su naricilla húmeda. Más me valía concentrarme en mis propios problemas, que ahora eran muchos.

Por ejemplo: ¿qué iba a hacer si mi casero descubría al gato? Me había dejado muy claro que en la casa no se admitían animales. Cómo explicarle que Capitán entraba más bien dentro de la categoría de peluches animados: era limpio, sigiloso y sólo la emprendía con las cajas de cartón y los rollos de papel higiénico, que convertía en confeti en cuestión de minutos. Creo que comprendió telepáticamente mi preocupación porque redondeó los ojos y puso cara de no haber cazado un ratón. Cosa que no sabía hacer, por cierto.

Como ya era hora de ir a trabajar decidí llevarlo conmigo y encerrarlo en la trastienda hasta que terminara la jornada. Le pondría algo de tierra de jardín como arenero y lo introduciría en el apartamento con nocturnidad y alevosía.

Cuando llegué, Olivia estaba vestida con un mono blanco y escafandra del mismo color, como si fuera a participar en la escena de la muerte de E. T. Aurora estaba con ella recogiendo sus cuadros a toda prisa.

—¿Qué pasa? —pregunté yo.

Ella resopló y abrió su abanico.

—Qué no pasa, dirás —protestó.

—Bichos —concretó Aurora al pasar.

En el jardín había un grupo de personas ataviadas con la

misma indumentaria que inspeccionaban las plantas dando la vuelta a cada hoja, tomando muestras, removiendo la tierra de las macetas.

—Tenemos una plaga de pulgones rojos. —Suspiró Olivia.

—¿Y es muy grave? —Me alarmé, dejando el trasportín en el suelo.

—No, si fumigamos ya. Aurora estaba más por la labor de hacer una suelta de mariquitas, que es más ecológico, pero no la he dejado. Hay que actuar deprisa.

—¿Una suelta de mariquitas? —pregunté alucinada.

—Sí, se comen a los pulgones —explicó la Bella Sufriente al pasar de nuevo como una exhalación—. Pero es cierto que luego te las encuentras por todas partes. Se van cuando les da la gana. —Soltó una pila de cuadros a mis pies y luego vociferó—: Los voy a dejar en la trastienda tapados, ¿vale, Olivia? —Me dio dos besos, parecía contenta, reparó en mi acompañante—. ¿Y esta cosita quién es?

Dejé la jaula sobre el mostrador y abrí la puerta. Capitán asomó la cabeza elevando el hocico y olfateó con timidez.

—Se llama Capitán. Era el gato de… bueno, es mi gato. Pensaba llevarlo al apartamento por la noche porque está prohibido, pero si vamos a fumigar no puedo dejarlo aquí.

Olivia se acercó a él y juntó su nariz con la suya. Se olfatearon mutuamente unos segundos. Luego lo sacó de la jaula y lo cogió en brazos.

—Ven aquí, belleza —dijo achuchándole, gesto que Capitán agradeció entornando los ojos y encendiendo el motor de su ronroneo.

Luego acercó el animal a uno de los cuadros de Aurora y se lo mostró. Capitán lo observaba con el mismo interés con el que veía la televisión. Olivia buceó en sus ojos. El cuadro tenía un motivo floral y se reflejaba en sus pupilas absortas.

Dejó la pintura en el suelo y luego al gato, que vagó por la estancia parándose delante de algunos lienzos y de flores concretas mientras parecía diseñar su mapa mental de aquel nuevo espacio. Luego se sentó a contemplar una de las obras como si estuviera hipnotizado. Nos miraba y miraba el cuadro alternativamente, como si pidiera consenso. Al final se levantó y restregó contra él la comisura de sus labios. Ese gesto con el que decidía que algo era suyo.

Olivia sonrió y dejó la escafandra encima de una banqueta.

—Tengo una idea —nos anunció resuelta—. Como hoy no podremos trabajar aquí y este amiguito se envenenaría, ¿por qué no hacemos tiempo en el museo del Prado? Han traído una exposición nueva.

—¿Y Capitán? —pregunté yo.

—Nos lo llevamos puesto, claro —exclamó—. Vamos sobre todo para que la vea él.

Me acerqué a Aurora. La cogí del brazo.

—¿Estás segura de que no ha inhalado el compuesto ése?

La Bella Sufriente se echó a reír. Algo poco habitual. Olivia agarró a Capitán, que se dejó coger blandamente y le dio un afectuoso cabezazo antes de que lo introdujera en su capazo de mimbre. Luego se deshizo del mono y apareció con un pantalón pitillo negro y una camiseta roja. Con ese aspecto parecía una Audrey Hepburn que hubiera dado el estirón. Aurora agarró su bolso de bandolera, yo mi mochila y la seguimos rumbo al museo. Capitán iba asomando la cabeza como si fuera suspendido en la cesta de un globo, observando ese exterior que hasta entonces le era desconocido.

Cuando llegamos a la puerta, Olivia le echó su chal por encima y pidió que llamaran a la jefa de protocolo. Según nos dijo era muy amiga suya. «Había que evitar que al pobre Capitán le hicieran una radiografía en el control de seguridad», indicó muy seria.

La jefa de protocolo era una mujer guapa, gorda y de gesto dulce que vestía con un traje color champán. Tenía el pelo negro y brillante con flequillo de muñeca. Olivia le explicó que queríamos hacer un experimento con Capitán. Pasearíamos al gato por la exposición permanente para observar qué efectos le producían los cuadros. Entre los muchos superpoderes de los gatos —uno de los olfatos más desarrollados del mundo animal, unos bigotes y un rabo que les servían como antenas para el equilibrio y para localizar las distancias—, tenían la cualidad de ver los rayos ultravioleta.

—Son pequeños milagros vivos —se maravilló Olivia y Capitán pareció entender porque parpadeó despacio y con orgullo—. Los felinos son capaces de ver curiosos estampados en las plantas que para nosotros no existen, la energía que despiden nuestros cuerpos en forma de rayos que salen de nuestras cabezas y, posiblemente, las pinceladas ocultas en los cuadros de los grandes maestros…

Aurora y yo la escuchamos absortas. Según la teoría de Olivia, igual que los restauradores utilizaban los rayos ultravioleta para descubrir si había pinturas tras las pinturas o cuál era su aspecto original, Capitán tenía el privilegio de ver *Las meninas* tal y como las pintó Velázquez, sin sus sucesivas restauraciones.

Y allí estábamos, frente a *Las hilanderas*. Sentadas en un banco con un gato dentro de un capazo que parecía concentrado en el movimiento de aquellos cuerpos y de la rueca.

Recuerdo que le miré con respeto, con orgullo y hasta con admiración. Parece que en esa casa no era la única a la que habían minusvalorado.

Allí, en aquel templo del arte, mientras caminábamos sobre su mármol espejado rodeadas de belleza, y Olivia intentaba que Capitán le fuera revelando los secretos de los grandes maestros, Aurora me los revelaba a mí: cómo Velázquez empezó a pintar el aire que había entre las figuras, cómo un Goya enloquecido inventó sin querer el impresionismo con unos siglos de adelanto y fue entonces cuando me reveló por qué estaba tan contenta. Blanca Soto la había llamado para comunicarle que había vendido seis obras. No se lo podía creer, dijo sujetándose con nerviosismo el pelo tras las orejas. De hecho, era posible que se planteara enviarla con otros artistas españoles a una feria de arte en Frankfurt.

Nunca la había visto tan guapa: se había dejado crecer un poco el pelo y ahora se lo podía sujetar con unas horquillas o en una coleta. Llevaba unos vaqueros roídos y una camisa de lunares negros de mercadillo, pero parecía más joven y llena de vida. Su rostro sin maquillar exhibía al reírse unas finísimas arrugas que hasta le favorecían. Entonces se me abrazó.

—Me ha dicho Olivia que fue idea tuya. —Sus grandísimos ojos de dibujo animado se encharcaron. Olía a colonia de baño y a tabaco de liar.

—¿Mía? No... —me desmarqué nerviosa—. A Blanca le gustaron. Yo no le dije...

—En serio. Muchas gracias por llevar mis cuadros a la galería sin preguntar —me interrumpió—. Yo no lo habría hecho. Es más, yo no te habría dejado.

Entonces abrió su bandolera y extrajo una carpeta. Dentro había una serie de bocetos. Uno de ellos era un barco velero de dos palos, muy parecido al *Peter Pan*. En el palo mayor había una bandera blanca con una violeta en el centro.

Introdujo su pequeña mano en el bolso de nuevo y sacó una tela blanca doblada.

—Toma —dijo entregándomela solemne—. Es para ti. Así sabrán desde la lejanía quién está llegando. ¡Y más les vale apartarse!

Acepté la bandera doblada con la misma emoción de la esposa de un caído y la abracé de nuevo. Y seguimos caminando del brazo tras una Olivia que ya estaba al final de la sala a pesar de que iba parándose delante de los cuadros que llamaban más la atención a un muy concentrado Capitán, ante la mirada estupefacta de vigilantes y turistas.

Cuando salimos de las frescas salas del museo sentimos tal bofetada de calor que nos compramos un helado y acabamos sentadas en la fuente que está en la puerta del jardín botánico.

—¿Y cuándo te vas a Frankfurt? —quise saber.

Ella le ofrecía a Capitán su helado de leche merengada, que éste lamía con su pequeña lengua a velocidades supersónicas, y entonces dijo lo que dijo sin mirarnos:

—Es que no creo que vaya a ir…

Se hizo un silencio eterno.

A Olivia y a mí se nos pasó el hambre.

—¿Cómo? —se indignó Olivia.

Aurora siguió hablando mientras acariciaba a Capitán.

—Ahora mismo tengo que volcarme en mi relación, chicas. Desde que Maxi volvió están las cosas muy delicadas. —Sorbió un poco la nariz—. A mí me basta con saber que me han elegido, en serio. Ya habrá otras oportunidades.

Olivia se levantó de golpe.

—Marina, aquí tienes una gran lección. Nunca ayudes a nadie que no te lo ha pedido.

Me dejó a Capitán en brazos y tiró su helado a la papelera. Aurora estalló de pronto:

—¡No me juzgues! Tú has decidido no tener pareja ni hijos ni perro que te ladre. Pero ¡yo no quiero eso! Yo no soy tan fuerte como tú, Olivia.

La otra se dio la vuelta con las pupilas dilatadas y luego cerró los ojos como si le hubieran dado una bofetada con la mano abierta. Ni Aurora ni yo pudimos calibrar en ese momento el alcance de aquel golpe. No dijo nada. Nos dio la espalda y la vimos cruzar el paso de peatones en dirección al barrio de las Letras.

Aurora la siguió con la mirada vidriosa, que esta vez no era sólo fruto de su alergia.

—¿Ves cómo es? Sabía que pasaría esto —se quejó con la voz reseca—. Ella no lo entiende. Ni siquiera me ha dado tiempo a explicarle que lo he hablado con él.

—Está nerviosa —la disculpé—. Estos días han venido a ver la floristería algunos posibles compradores. Si esto sigue así, es muy posible que tenga que cerrar después del verano.

Aurora arrugó sus labios de personaje de cómic.

—Entonces —cambié de tercio— ¿cuál es el problema para que vayas a esa feria?

Ella tomó aire como si la explicación fuera a ser larga.

—Cuando volvió yo acepté no controlarle tanto, pero también le dije que tenía que ponerse las pilas y que no podemos seguir así. —Se levantó, apretó los puños—. Y lo ha entendido. Incluso le he sugerido que si va a quedarse tiene que pagar la mitad de la casa. Pero la realidad es que él ahora no puede aportar nada. ¿Qué hago? ¿Le pongo en la calle? ¡Dependemos sólo de lo que yo gano con el taxi! No me puedo permitir perder unos días.

Un grupo de turistas nos pidió si podíamos sacarles una

foto, que debí encuadrar fatal porque la observaron con cara de decepción y no me pidieron otra.

—¿Estás segura de que no es una excusa? —le pregunté cuando volví a sentarme.

—¡No! Es verdad que no tiene un euro.

—Me refería a una excusa que te pones tú para no ir. Él que se busque la vida —insistí enfurecida.

—Si estás insinuando que no voy por miedo, no es así.

Se derrumbó en el asiento de piedra. Su mano temblorosa no dejaba de acariciar a Capitán.

—Pasa mucho tiempo fuera de casa. Y vuelve bebido. Drogado… Yo sé que es una fase y que está muy difícil encontrar curro —continuó—. Pero también sé que cuando se estabilice quizá esto pueda funcionar. Ahora mismo tengo miedo de que me deje otra vez.

Agarré a Capitán, cuyos músculos se estaban preparando para dar un salto tras una paloma.

—¿Que te deje? —ladré—. ¿Es que no ha vuelto, acaso? ¡Cómo va a querer dejarte, Aurora, si eres un chollo!

Según pronuncié aquellas palabras empecé a arrepentirme. Ella me miró, ahora sí, entre sorprendida y enfadada.

—No sé qué has querido decir, pero él sí me dice que me quiere. A su manera.

—Entonces que lo demuestre no condicionándote.

—No puede apoyarme más ahora mismo, eso es todo.

Alcé la vista. La luz plomiza del día se filtraba a través de las copas de los árboles del paseo del Prado.

—Y se siente mal. —La escuché decir—. Imagino que para él es muy duro que me pase algo como esto a mí y que a él…

—¿Lo imaginas o te lo ha dicho?

—Lo ha sugerido.

No pude más. Y a partir de ahí, todo lo que dije después fue dibujando en el rostro de mi amiga cada vez más sombras, como si mis palabras le asestaran unos golpes invisibles. Le fue cayendo la decepción encima como un baño de ceniza. Pero algo me dijo que lo tenía que hacer.

Quizá la certeza de que esas sombras se podían limpiar.

Que esa ceniza se podía sacudir.

Porque yo misma lo estaba haciendo.

No puedo recordar con exactitud todo lo que le dije en aquella arenga. Me limité a hacer un retrato de Maxi para que lo viera desde fuera, o más bien un collage construido a partir de todos los retazos que nos había dejado ver de él: un hombre de casi cuarenta que no pagaba su teléfono, que no se acostaba con ella pero le pedía que admitiera con naturalidad que tuviera relaciones con otras, que le metía a su cuadrilla de amigos drogadictos en su casa, que cuando ella daba cualquier síntoma de interesarse por otro, se mostraba como un desvalido para evitar que lo echara de casa. ¿Cómo iba a dejarla?

—Tienes que lograr que salga de tu apartamento.

Aún no puedo entender cómo fui capaz de decir todo aquello.

Ella escuchó. Ni siquiera tuvo fuerzas para contraargumentarme. Y respirando con dificultad, sólo respondió:

—No puedo…

Cogí su mano. Le aseguré que lo que estaba pintando últimamente me parecía alucinante, dijera lo que dijese Maxi. Y que se merecía esa oportunidad. Y aunque sentí la tensión de todos sus músculos, ella no se estaba preparando para un salto como Capitán. No podía. Era sólo la tensión del dolor. La Bella Sufriente no pudo llorar como otras veces. Quizá por eso Capitán, hecho un sándwich entre nosotras, empezó a ronronear de nuevo, consciente de ese otro superpoder anestésico felino con el que eran capaces de aliviar los peores momentos.

En aquella hora que dedicamos a errar por el boulevard del paseo del Prado, entre guitarristas, pintores y vendedores de abanicos decorados con cuadros del museo, Aurora se confesó conmigo.

No estaba tan en la inopia como creíamos, me aclaró mientras caminaba con los tobillos flojos. Era consciente de que se aprovechaba de ella, pero se había instalado en su vida de una forma tan profunda que ahora le resultaba imposible echarle.

—Siempre dice que soy una mujer complicada. Y que por eso es difícil que encuentre a alguien que me quiera como él.

Y a base de lanzarle ese eslogan, ella se lo había creído. O había querido creérselo.

Pero mientras nuestra Bella Sufriente ejercía de tal, permanecía dormida en su urna de dolor ante otras posibilidades: hacía poco que Casandra le había presentado a un amigo diplomático con la excusa de venderle un cuadro. Era un hombre atractivo, sensible, era cortés con ella, le gustaba el arte y podría haberla paseado por medio mundo mientras ella seguía pintando. Pero a la tercera cita, a ella se le ocurrió decir que vivía con su novio. Y él, desconcertado, se retiró. ¿Su novio?

Como le había dicho Olivia: un hombre que quisiera amarla no le suponía un desafío. No era un violento o un egoísta al que tener que excusar delante de los amigos. No era un hombre que la hacía de menos. En resumen: no podía arreglar a un hombre que estaba bien como estaba. Si tenía que amar sin sufrimiento no sabía cómo amarlo. Un hombre que ya pensaba que era maravillosa no era un hombre al que tener que convencer de que lo era. No era como su padre.

—¿Y qué fue de nuestra lista de placeres capitales del otro día? El deseo, la ambición, el orgullo… —Le guiñé un ojo.

—De momento hoy puedo tachar de la lista el desahogo —dijo ella con una media sonrisa, me pareció que aliviada—. Poco a poco.

Mientras paseábamos, Capitán, de cuando en cuando, asomaba su suave hocico y nos regalaba unos lametones con su lengua de lija. Hasta que me paré a la altura de la fuente de Neptuno y con él como testigo, ahora pienso que no fue casualidad, se me ocurrió proponerle un reto:

—Yo no cogeré ese barco, Aurora, si tú no coges ese avión a Frankfurt. Y le dices a Maxi antes de irte que no esté en casa cuando vuelvas.

Le extendí la mano para sellar nuestro pacto. Ella me miró atenazada por una culpa a priori.

—No voy a poder.

—Sí vas a poder —le aseguré—. No estás sola.

Temblaba de frío y eso que el termómetro marcaba 33 grados en un día nublado.

Ella creía en mí y yo creía en ella todo lo que no éramos capaces de creer en nosotras mismas. Y las mujeres actuamos por contagio, como decía Olivia. Encontramos nuestra fuerza en la fuerza de las demás. Como una cadena.

Cuando llegamos a la floristería, Olivia estaba en la puerta observando con interés la fachada de enfrente.

Todo el muro estaba pintado de azul a brochazos vivos llenos de movimiento. En el centro de ese remolino de color, una figura, una mujer con un brazo en alto, suspendida por algo blanco que lo mismo podía ser la espuma de una ola que el viento.

Arrodillado en el suelo y con las manos llenas de pintura estaba Kiddy Citny, vestido con una camisa manchada de colores y unos vaqueros. Aurora y Capitán tenían la misma mirada, como si ambos fueran capaces de ver esos rayos ultravioleta. El pintor se levantó cuando nos vio llegar. Me lanzó su mirada sonriente, segura, y dijo: «Eres tú, Marina, volando sobre el mar. Volando».

Teoría del parásito

Ni un ángel caído del cielo en nuestro jardín del ídem nos habría venido mejor aquella tarde que la visita improvisada de un pintor alemán de renombre conocido por su dedicación a causas nobles: dos ingredientes ideales para captar a nuestra Bella Sufriente.

Por eso, antes de que Aurora saliera corriendo se lo presentamos y a continuación sugerimos que nos esperaran ambos tomando un refrigerio por el barrio. Él podía hablarle de primera mano de la muestra de Frankfurt a la que había sido invitada y mientras, Olivia y yo limpiaríamos los restos de la matanza de bichos que había tenido lugar en la floristería. Nunca he sabido qué porcentaje de las cosas increíbles que ocurrían alrededor de esta mujer eran orquestadas por ella, o simplemente sucedían por el hecho de estar cerca de su campo energético. El caso es que ocurrían, fuera como fuese.

Preguntándome esto mismo estaba cuando entramos al invernadero. Miré asqueada a mi alrededor: una alfombra de pequeños y crujientes pulgones cubrían el suelo como si fuera rojo caviar. Nos pusimos unos guantes, dejamos a Capitán encerrado en su jaula en el jardín y nos dispusimos a barrer aquel desastre.

No hacía falta ser muy observadora para ver que Olivia llevaba la preocupación escrita en los ojos cansados, en los labios apretados, en su forma de caminar, menos decidida que de costumbre. Se había despedido de nuestra Bella Sufriente con un seco «ahora nos vemos» y prácticamente no había querido mirarla. Casi al mismo tiempo pude ver a Francisco saliendo por la puerta de atrás del jardín. ¿A qué respondía aquella preocupación? ¿Era por Aurora? ¿O tenía que ver con el riesgo de cierre de la floristería? ¿Qué tramaban aquellos dos?

Él tampoco me pareció que tuviera buen aspecto. Estaba sin afeitar y unas grandes bolsas bajo los ojos indicaban que no había dormido en días. Pero, sobre todo, salió por la puerta como cuando le conocí, mirando el lugar donde iba a poner su siguiente paso, y no como le había visto últimamente: con la barbilla erguida y buscando la luz en sus ojos.

Cuando entré, otro detalle más definitivo me anticipó la tragedia: había un juego de llaves sobre el mostrador. Uno con un llavero que imitaba una margarita. El juego de llaves que le habíamos dejado a Victoria y Francisco para sus encuentros.

Olivia lo recogió en su mano y me lo mostró:

—¿Tú lo entiendes? —Me limité a negar con la cabeza lentamente. Ella chasqueó la lengua—. ¿Por qué los hombres llaman «culpa» a lo que en realidad es «miedo»?

Lo sentí por Victoria. Porque intuí que aún no sabía que cuando volviera al invernadero no le estaría esperando una nueva cita con su amante, el hombre del que estaba enamorada, sino un sencillo clavel rojo: la flor del adiós.

—¿La ha dejado? —pregunté incrédula mientras perseguía a Olivia hasta el vivero.

Se acercó al jazmín trepador que subía por el muro de la iglesia y la emprendió a bayetazos con los insectos que, aunque muertos, seguían obstinadamente pegados a sus hojas. Arrancó una y me la mostró.

—¿Lo ves? —Me enseñó una hoja—. ¿Ves cómo siguen hincados en las venas por las que circula la savia? Pues lo mismo le pasa a Francisco con su pareja.

Tengo que reconocer que, aunque estaba acostumbrada a los ramalazos de dureza de Olivia y a veces me agotaban sus alegorías, aquel comentario me resultó especialmente cruel.

—Pero ¿qué ha pasado? —Me impacienté.

—Que se ha enamorado de Victoria, eso ha pasado —dijo barriendo.

—¿Y por eso la va a dejar?

Ahora sí que no entendía nada. Al parecer Francisco le contó cómo dos días atrás le había llamado al trabajo una vecina para decirle que su mujer estaba en urgencias porque tenía una especie de ataque. Cuando llegó al hospital se encontró a Aída con el suero puesto, extendió su mano temblorosa en el aire y se echó a llorar nada más verle. Tras muchas pruebas, un médico que, según él, le miró con gesto de reproche —ésta era con toda seguridad la parte en que Francisco o su culpa novelaban la historia— le había explicado que lo que tenía su mujer era depresión. Que sólo necesitaba descanso, medicación, terapia, paciencia y evitarle disgustos. También consideró oportuno advertirle de que Aída dio a entender a una enfermera que dentro de aquellas escaladas de angustia que sufría, había pensado en hacer «alguna locura». De esa forma Francisco recibió el recado: le pasó el brazo sobre los hombros y la acompañó a casa mientras ella se disculpaba con voz quebradiza por haberle asustado y le miraba con ojos de perro agradecido. Esa noche durmió agarrada a su mano, como una esposa, literalmente. Un día después fue a visitar a su psiquiatra. Prácticamente desde que se casaron iba y venía cíclicamente por su tendencia a la depresión.

—… visitas que coinciden con los momentos en que él ha hecho algún intento por dejarla —matizó Olivia—. Y ahora, como propina, le ha informado de que su terapeuta aconseja que mientras esté en tratamiento necesita mucha atención, porque no controla bien qué pastillas se toma… En fin… —Se colocó un pañuelo para cubrirse el pelo—. Pásame otro trapo, anda.

Se lo tiré y lo cogió al vuelo. Empecé a retirar los insectos que formaban una capa sobre la mesa de hierro.

—Pero su relación no va a mejorar —dije irritada.

—Claro que no —exclamó Olivia—. Pero prefiere tener una relación zombi. Muerta. Es mejor que tener que buscar otro organismo que le sirva de alimento.

—Bueno, es su opción. Pero ¿y él? Sabe que su matrimonio no da más de sí. ¿Por qué renuncia a lo que tiene con Victoria? —Me sorprendí.

Ella sacudió el trapo sobre la barandilla.

—Así son algunos. —Azotó las sillas con saña—. Tienen mucho miedo. Miedo al cambio. Miedo a enfrentarse a la realidad, miedo incluso a la felicidad. Retrasan lo inevitable y acaban provocando un gran dolor. Para ellos y para los demás.

Estaba enfadada, dijo mientras barría con violencia las baldosas del jardín, no, estaba furiosa. ¿Y el caso de Aurora? ¿Qué me parecía? Las personas como su novio seguían el mismo patrón que Aída: adultos que no aceptaban las decisiones de los otros y se convertían en niños enrabietados.

—Es una ley —sentenció subiéndose en una silla para limpiar el toldo de la pérgola—. Hace una semana que Francisco le dijo que quizá deberían darse un tiempo. Y mira que me lo estaba temiendo: justo hoy, con un sentido de la oportunidad digno de admiración, el terapeuta de la buena mujer opina que no superará su depresión sin el apoyo de su marido. ¿Te das cuenta?

Perdió un poco el equilibrio y corrí a sujetarla por las piernas.

—¿Y si dejas que eso lo haga yo? —le sugerí, pero hizo como que no me escuchaba. Alcé la voz—: Y supongo que eso no se lo ha dicho el terapeuta a Francisco directamente.

—Obvio —siguió fatigada desde arriba—. Pero aunque lo hubiera hecho. La puede ayudar desde fuera. Conclusión, el chantaje es: si me dejas, mi salud caerá sobre tu conciencia, guapo. Y luego, como de pasada, dijo que había soñado que estaba con «otra».

—Y lo habrá negado, claro.

—¡Claro que lo ha negado! Dame la mano, querida. —La ayudé a bajar. Sonrió de mala gana—. Pero da igual. Somos mujeres, Marina. Cuando una mujer le pregunta a su pareja si hay otra es porque ya sabe que hay otra. Y, una de dos, si esa mujer es un parásito lo único que quiere es que él se sienta culpable y frustrar su intento de ser feliz. Y si no lo es le estaría dando la oportunidad de dejarla libre. Y en lugar de eso, ¿qué hace? Negarlo como si le fuera la vida en ello y dejar a Victoria. Todo muy coherente.

Y entonces recuerdo que aquello, no sé por qué, me hizo pensar en ti. ¿Qué habría pasado en mi caso? Si yo hubiera sabido que había otra en tu vida, Óscar, no habría podido seguir contigo. No me imagino reteniéndote en contra de tu voluntad con victimizaciones y chantajes. ¿O quizá sí lo habría hecho? ¿Era tanta mi dependencia?

El caso de Maxi o de la mujer de Francisco lo bautizamos esa tarde como el «síndrome del parásito»: es decir, un copiloto llevado a la enésima potencia. Una persona que se nutría de la vida del otro, de su energía vital, emocional, y convertía su debilidad en su fuerza para retenerlo. Podía alimentarse, como en el caso de Aurora, de su economía, de sus contactos, incluso escalando profesionalmente a través de su talento o, en el caso de Francisco, beneficiándose de la vida llena de viajes y eventos interesantes de su marido. Para Aída él era su «alimento». Le bastaba con las migas de su felicidad y no pensaba renunciar a ellas. Era más cómodo que fabricarse una vida propia. Y a estas alturas pensaba que no podía permitirse perder su inversión, su seguro.

—Francisco me ha contado que durante estos años ha habido de todo: desde embarazos no deseados hasta intentos de suicidio, enfermedades falsas... —Olivia empezó a llenar la regadera roja con la manguera—. Todo vale con tal de que se sienta culpable y frene la huida.

—Así que él, siendo su víctima, habla de ella como si fuera su verdugo.

Mientras sacudía los plásticos que cubrían las sillas del jardín, recordé la angustia de Aurora sólo por plantearse pedirle a Maxi que se fuera de su casa. Pensando en su dolor. Incapaz de causarle aquel dolor. Incapaz de pensar en el suyo propio.

La ayudé a arrastrar una maceta que pesaba toneladas.

—Ya se lo he dicho a Francisco. O reacciona ya o es posible que se quede retenido de por vida. —Se incorporó agotada—. Vamos a dejar este árbol aquí. Que le da sombra.

—¿Y qué crees que va a hacer?

—¿Francisco? —preguntó y yo asentí—. Desgraciadamente no creo que vaya a hacer nada. Nada salvo lamentarse.

Me senté en el columpio de pensar tras haberlo limpiado. Me vino a la cabeza la enfermiza Aída. No la había visto nunca, pero la imaginaba gris, como un Maxi en mujer, haciéndole a su marido absurdos encargos domésticos para mantenerlo entretenido, victimizándose cuando él llegaba a casa lleno de la luz y el olor de Victoria. Visualicé la cárcel en la que se sentía. Leyendo en el salón hasta que ella se quedaba dormida. Masturbándose en el baño. Metiéndose en la cama y durmiendo toda la noche en una esquina. Me imaginé que eso te hubiera pasado a ti, conmigo. Que en algún momento yo fuera tu cárcel y no me hubiera dado cuenta. Y me hubieras puesto de excusa ante ti mismo para hacer «lo correcto» en lugar de enfrentarnos a la realidad. Que me hubieras sentido tan dependiente y que eso fuera lo que te unía a mí. «El parásito se queda o pide protección argumentando su pequeñez, ésa es su fuerza», le había escuchado decir por último a aquella gurú disfrazada de florista.

De pronto se me llenaron los ojos de agua, al ritmo que se desbordaba esa regadera. Y no me atreví a preguntarme ni a preguntarle lo que estaba empezando a atenazar mi garganta. Ella pareció sorprendida y, como si comprendiera mis dudas hacia mí misma, se me acercó y me puso su mano curativa en la espalda. La miré con gesto de súplica. Con ese aspecto, el pelo naranja escapándose de su pañuelo, parecía una bruja buena. Entonces, para mi sorpresa, se echó a reír.

—Querida —dijo apoyándose en su escoba mágica—, sé lo que estás pensando. Pero tú no eres así. Dime, ¿por qué confías siempre más en lo que los demás puedan pensar y no empiezas a fiarte de ti misma? ¿Crees que lo eres? Yo sólo sé de ti que eres una persona generosa y… algo autocomplaciente, eso es verdad, cosa que me saca un poco de quicio. —Sonrió burlona—. Yo no os conocí juntos a Óscar y a ti, pero sé que no eres una persona egoísta, Marina. Lo veo en cómo te das aquí a los demás. —Observó aquel tumulto de pequeños cadáveres en el recogedor—. El caso de Maxi o de Aída es distinto. Ambos se niegan a desaparecer del primer plano porque en el fondo, sobre todo, se quieren a sí mismos.

—Pero Maxi tiene que saber que ella no es feliz.

—Querida Marina… —dijo mientras se recolocaba el pañuelo—. ¿Tú crees que a estos pulgones les preocupaba lo más mínimo la salud de la planta a la que se engancharon?

—Y entonces… ¿qué quiere?

—Sólo quiere que ella esté ahí. Punto.

Salió caminando escoba en mano y estaba convencida de que iba a montarse en ella y salir volando, pero desapareció por la puerta del invernadero.

Me balanceé en mi columpio. Las fuertes y viejas ramas del olivo se quejaron un poco. Y aunque traté de evitarlo, me vino a la cabeza mi madre y todo su catálogo de chantajes emocionales cuando me fui de casa. Todos los mecanismos de victimización que utilizaba con cada miembro de la familia. ¿Era también una fórmula para asegurarse de que nunca nos iríamos de su lado?

Terminamos ya de noche y aprovechamos para regar y mandar por el desagüe los restos de la plaga y del veneno. Aquel acto de limpieza me pareció depurador. No hicimos ningún esfuerzo por localizar a Aurora y deseamos con toda nuestra alma que el artista hubiera despertado en ella el virus de la ilusión o, al menos, lo necesario para dar ese fuerte manotazo necesario para desprender de su vida una relación tan tóxica.

Pero lo que terminó de limpiar la noche fue una visita de última hora.

Estábamos ambas tomando un vino blanco bajo la pérgola, felicitándonos por nuestra gestión de aquella crisis, cuando se escucharon unos pasos en el invernadero. Me sorprendió el gesto de gatuna atención de Olivia, por eso yo también me volví.

Y entonces la vi.

Apenas podía intuirla tras los cristales, me lo impedían las mariposas de celofán que los decoraban y los jarrones de flores que se paraba a observar. Era alta y pelirroja, más o menos de mi edad e iba toda vestida de negro con una especie de mono de pantalón ancho y los hombros al aire.

Olivia no se movió de su asiento. Sólo la observó detenidamente desde donde estábamos, como si estuviera emboscada, con una mezcla de fascinación y cautela. Detrás de ella entró un chico rubio de sonrisa abierta y luminosa, vestido con unos vaqueros y una camisa de rayas.

—¿La conoces? —le pregunté a Olivia.

Ella se llevó la copa a los labios despacio.

—Sí y no —contestó misteriosamente—. Sé quién es, pero aún no habíamos coincidido en persona.

La mujer caminó por el invernadero sin decidirse por ninguna flor, pero sí sacó algunas fotos con su móvil. El hombre rubio le hacía comentarios al respecto mientras inspeccionaba con ella el lugar.

Era ella, la escritora, estaba segura, dijo Olivia bajando la voz.

Hacía unos meses que Vanessa Montfort, como dijo que

se llamaba, se había mudado al barrio y entre los vecinos se rumoreaba que su nueva novela iba a emplazarse por estas calles. Llena de impaciencia, le pregunté entonces por qué seguía sin atenderla.

—No quiero intervenir aún, tengo curiosidad por saber qué flores escoge. —Subió las piernas en la silla y luego entornó los ojos—. Por lo que sé de ella, si ha venido a estas horas y van vestidos así, supongo que van a un estreno aquí al lado. Las flores serán para el actor o la actriz. Ha venido ya alguna vez estando Aurora, siempre por la mañana y en fin de semana, es entonces cuando compra flores para su casa. El que ha entrado con ella debe de ser su editor, Alberto Marcos, porque están comentando las fotos que está haciendo, posiblemente para documentarse.

Escuché fascinada sus fabulaciones sobre aquellos dos personajes. ¿Iba a salir en una novela El Jardín del Ángel?

Sonó un móvil y vi que lo cogía. Dio unas rápidas indicaciones y luego soltó una risa divertida. Fue entonces cuando su mirada se cruzó con la nuestra y, al descubrirnos, caminó resuelta hacia el jardín. Nos dedicó una sonrisa de curiosidad y de color frambuesa. La piel muy blanca contrastaba con su negro atuendo. La florista se levantó.

—Buenas noches, ¿puedo ayudarte? —dijo Olivia, algo más protocolaria que de costumbre.

Ella ladeó la cabeza e hizo una pausa observadora. Nos repasaba con sus ojos castaños como si nos estuviera dibujando.

—Eres Olivia, ¿verdad?

La florista asintió.

—Entonces… creo que ya me has ayudado.

Ambas nos miramos de reojo sin comprender. En ese momento se unió su editor, que venía comentando que ya era la hora del teatro. Su mirada perspicaz, al detectarnos, pareció sorprenderse y alegrarse mucho a un tiempo.

—Mira, Alberto, éstas son Olivia y Marina. —Y nos presentó como si hiciera tiempo que nos conocía, como si él tuviera que saber también quiénes éramos.

—¡Vaya…! —exclamó él con un entusiasmo casi infantil y luego soltó una risa alegre y contagiosa—. ¿En serio? Encantado… literalmente.

Entonces la escritora, sin perdernos de vista un momento, caminó curioseando por el jardín: rodeó el olivo, le dio un toquecito al columpio de pensar, metió los dedos bajo el chorro de agua de una de las fuentes, como hacía Capitán cuando reconocía un nuevo territorio que había decidido conquistar. Olivia se limitó a seguirla con la vista hasta que Alberto saludó con la mano a alguien que venía a lo lejos. «¡Mira quién aparece por aquí…!», exclamó. «Menos mal… como nos despistemos mucho, no llegamos.» La escritora sonrió y yo miré en la misma dirección que ella. El hombre cruzó la plaza con andares enérgicos y la mirada alta, iba vestido con un vaquero y una camisa blanca. Al llegar a la puerta del jardín, frenó en seco, como si lo que acabara de encontrarse atrapara de pronto toda su atención. Aunque escritora y editor le observaban divertidos, él aún no les devolvió el saludo. La mirada verde y transparente tras las pequeñas gafas se movía con la lentitud de una cámara que estuviera grabando. De aspecto arrubiado, con algunos brillos ceniza y cierto aire británico.

—Sabíamos que te iba a gustar. —Se alegró ella cuando éste se acercó a darle un beso—. Rodarías aquí sin ningún problema, ¿me equivoco?

—Sí, sí, sí… —respondió él, pensativo—. No me causaría el menor disgusto, no… —A continuación, estrechó la mano del editor y nos dirigió una mirada cómplice—. Esto os pasa por no cerrar la puerta. Se os puede colar la peligrosa fauna de este barrio: escritores, editores, directores de cine... personajes así.

Los otros dos celebraron el comentario mientras que Olivia y yo seguíamos observándolos estupefactas. A pesar de que habían dicho que llegaban tarde al teatro, el que luego supimos que era el director de cine Miguel Ángel Lamata —también recién llegado al barrio— hizo un recorrido parecido al que había hecho ella pero con un ritmo más lento, buscando los puntos de luz y de fuga, incluso salió un momento para observar el jardín tras la verja y luego volvió a entrar.

Fue entonces cuando preguntó a la escritora aquello que Olivia deseaba tanto saber: qué flores iba a llevarse.

—La verdad es que yo también tengo curiosidad por saber cuáles son tus flores —no pudo evitar confesar Olivia.

Ella se colocó el flequillo pelirrojo detrás de una oreja y basculó todo su cuerpo sobre una pierna. Entornó los ojos.

—¿Tienes rosas azules? —dijo al fin, como si fuera la pregunta de un examen.

Olivia sonrió con satisfacción. Alberto se preguntó divertido por qué no se le podía ocurrir algo más sencillo. El director hizo un gesto de obviedad.

—Para hoy no, puedo encargarlas —respondió Olivia.

—Pero ¿existen? —preguntó ella.

—Si no existen, deberían —sentenció el director con una mirada cómplice.

Yo tampoco las había visto nunca, pero sabía que existían porque había leído su significado en la tabla de la puerta. Símbolo de la eternidad, en sí misma, eran el resultado de un injerto y el cruce minucioso de un gran número de rosas de distintos tamaños y colores. Un monumento a la búsqueda de la belleza.

—Pero no son naturales —le advertí yo—. Quiero decir que nacen de ese color porque han sido creadas por el hombre.

Ella abrió mucho los ojos.

—En ese caso son justo lo que necesito —aseguró entusiasmada—. Flores inventadas… Rosas de ficción.

Luego dejó su tarjeta sobre la mesa, nos dio las gracias y quiso saber cuándo llegarían sus flores. Tenía que encargar muchas. Las necesitaba, según dijo, para una escena importante.

Los dos hombres se despidieron, el editor con una galante inclinación de cabeza y el director besando a Olivia en la mano, y salieron del jardín rumbo al teatro Español en la plaza vecina. Ella se detuvo en la puerta unos segundos más, respirando el olor a tierra mojada de nuestro oasis, bajo los farolillos de colores.

—Marina… Olivia… —pronunció como si nos estuviera bautizando—. Ha sido maravilloso haberos conocido.

Y vimos salir del Jardín del Ángel a aquella mujer y, por alguna razón que aún no entiendo, tuve la fantasía de que tras nuestra verja de hierro quedaría fuera de mi alcance, en otro mundo desde el cual no era tan fácil volver. Ambas nos servimos una última copa de vino y brindamos por aquel curioso encuentro con el que terminaba la noche. Nunca lo hemos hablado después, pero creo que sentimos algo parecido: la extraña nostalgia por alguien con quien sabes que no compartes un pasado ni te reencontrarás en un futuro, pero a quien te has sentido mágicamente unido en un instante del presente.

Un rato después me despedí de Olivia y bajé por la calle cargando con un Capitán plácidamente dormido tras un día cargado de emociones para un gato doméstico. Casi al final de Huertas me di cuenta de que me había olvidado las llaves, así que volví a subir. El jardín seguía abierto, aunque ya estaba a oscuras. Entonces la vi de pie, al lado del olivo, con una copa de vino en la mano. Parecía que hablaba con él. Luego depositó algo oscuro y rectangular en el hueco del tronco, que solía estar sellado con malla metálica, según ella, para evitar que entraran bichos.

Recogí mis llaves en silencio y quise dejarla a solas con su ritual, significara lo que significase.

Cuando crucé la calle Medinaceli me llamó la atención la inmensa cola de fieles que aguardaba su milagro. Una vez cada cierto tiempo acudía gente de todos los puntos del país para pedir una salvación al Cristo o hacer penitencia. Me hizo gracia que justo enfrente hubiera también una cola para entrar en la taberna de La Dolores a enjuagar sus penas o conciencias en otras aguas benditas. Cada uno aliviaba su peso como mejor podía.

No sé qué me empujó a entrar en la iglesia y sentarme en un banco. Al fondo, el guapo Cristo de pelo natural recibía paciente a sus hijos. Agradecí el ambiente fresco del interior, el olor a incienso, el silencio quebrado por el eco de los pasos sobre el mármol y el ronroneo de Capitán.

Mi teléfono se iluminó con la palabra «Mamá». Allí estaba, atrapada en la pantalla, como víctima de una invocación. Siempre intentando rellenar con nuestras vidas una insatisfacción vital que venía de otro sitio. Porque no era verdad que el amor de una madre fuera siempre incondicional o desinteresado. Ése era un gran lugar común.

Su forma de amar era asfixiante.

Y para seguir queriéndola necesitaba aceptarla.

Entenderla.

Y, sobre todo, no volver a permitir que fagocitara mi vida o mis decisiones vitales, lo que venía a ser lo mismo. Nadie nos enseñaba a amar bien, como decía Fromm. Y era una labor muy trabajosa conseguirlo. Un reto imposible cuando no te amas a ti mismo. ¿No era eso lo contrario de lo que nuestra cultura judeocristiana proclamaba?

Observé al Cristo con las manos cruzadas delante del pecho, recibiendo a sus fieles en apuros, se supone, dando amor sin pedir nada a cambio.

Mamá, no.

Ella pedía sin parar.

Para empezar, siempre había proyectado sus inseguridades en mí. Desde pequeña: cuidado con lo que comes; cuidado con que no se aprovechen de ti; cuidado no te conviertas en una perdida, en una inmoral. Todo para reafirmarse y ejercer un control sobre mi vida y sobre la de mi padre.

Como decía Olivia, era una cuestión de saber amar. Otra vez Fromm: «Una persona que no sabe amarse a sí mismo no sabe amar en absoluto». Se podía amar bien o amar mal. De una forma constructiva que te hiciera crecer, como Victoria y Francisco, o de una forma egoísta y tóxica que podía ser destructiva.

Abrí la jaula de Capitán y sentí su respiración blanda y cálida. Le acaricié la cabecita. Me provocó una inmensa ternura que nunca antes había sentido hacia él.

Creo que mi relación contigo había sido más parecida a eso.

Y yo te había dejado creerlo. Me acariciabas el pelo. Me besabas en la frente. Y esa es una forma de amor. Quizá incompleta para una pareja. Pero lo era.

Sonreí. Ahora sé que me alivió aquel pensamiento.

Creo que me solidaricé con aquel Cristo inmóvil y sereno. Qué responsabilidad tan injusta la de aquella pobre estatua.

La persona amada nunca debería ser una tabla de salvación.

Si amabas bien no podías cargar a nadie con esa responsabilidad.

Era injusto.

Pensé en mis nuevas amigas.

Aurora, que esa noche la pasaría en el sillón sin dejar de mirar sus cuadros como Maxi solía mirar la televisión, porque de pronto una de sus frases se le había hecho insuperable. La había observado al pasar por el salón, iba vestida con sus sandalias de cuero y una camisa blanca árabe a modo de vestido y le había dicho: «Podrías ser más femenina: ¿por qué no te compras unos tacones como tu amiga Gala?». Ella estuvo a punto de sollozar, pero en lugar de eso se dio la vuelta, le observó dentro de su camiseta interior llena de lamparones y le respondió sin pensar: «Yo, sin embargo, me conformaría con que fueras limpio». Y allí lo dejó, pegado a la tele, intentando digerir aquella frase en medio de un mareo de marihuana.

Tampoco sabía Casandra que iba a cerrar su despacho a las 19.00 h por primera vez en años, que al salir le diría a Paula que se sentía enferma al tiempo que le soltaba una tonelada de carpetas para que fuera avanzando en su ausencia, porque intuía que seguiría enferma al día siguiente. Cuando entró en el ascensor, su rostro se reflejó con un brillo de acero en la sonrisa y volvió a releer aquel mensaje de móvil que le había lanzado un plan en el campo demasiado sugerente.

Mi último pensamiento de esa noche fue para mi amiga Victoria y el triste clavel que aguardaba en el invernadero. Ella, ignorando su drama, se encontraba a esas horas en medio de una gran revelación, en su adosado de Pozuelo, sentada frente a su marido, que comía macarrones con tomate: su pareja funcionaba sólo porque era ella quien se adaptaba a él, a vivir donde no quería y a su forma de demostrar el afecto. Y entonces se le escapó:

—Pablo, no soy feliz.

Él levantó la vista como si de pronto no entendiera aquel idioma. La felicidad era lo que tenía delante: a su mujer, a sus hijos viendo la tele y aquellos macarrones con tomate.

Gala estaba sentada en el suelo de su apartamento en medio de una montaña de ropa, zapatos y cajas vacías. Se sentía como cuando estaba haciendo el cambio de armario, sólo que aún no había llegado el otoño. Pero, sin que ella lo sospechara aún, se enfrentaba a un cambio de estación. De pronto había necesitado encontrar toda la ropa que se había puesto con «el innombrable». Se sujetó la larga melena tras las orejas, se colocó de rodillas, respiró hondo y fue metiendo en grandes bolsas de basura cada uno de los vestidos, sujetadores, sandalias o diademas que le recordaban a las veladas con él. Porque cada una de aquellas prendas —fotografiadas por su memoria con detalle— eran un recuerdo aún más vivo que una carta. Cerró cuatro bolsas y otras tantas maletas y las dejó en la puerta para llevarlas a una ONG a la mañana siguiente.

Como me había dicho ella misma esa noche en La Dolores: «Con lo difícil que es coincidir en un momento mágico». Pensé de nuevo en Francisco y en Victoria. Y siguiendo con los lemas cristianos: qué triste que no se quisieran a sí mismos como a los demás, por lo menos.

En ese momento, algo o alguien que cruzó a mi lado como un rayo me sacó de mis pensamientos. Era un anciano encorvado que, sin embargo, caminaba a gran velocidad por el pasillo central de la iglesia, apoyado en un paraguas. Cuando ya subía los escalones hacia el Cristo milagroso, un sacerdote corrió hacia él con intención de reducirle y, al colocarse entre el viejo y la imagen, se llevó el tortazo que iba, sin duda, destinado al Cristo. En un santiamén sacaron casi en volandas al anciano, que iba despotricando por el mismo pasillo ante mi mirada estupefacta.

A él, claramente, el milagroso no le había escuchado.

«Por mi culpa, por mi culpa, por mi gran culpa…», susurré mirándole mientras me golpeaba el pecho suavemente a la altura del corazón. Ese gesto aprendido e injusto que nos obligaban a hacer cuando aún no nos habían salido los dientes. Ese mensaje que teníamos grabado en el cerebro en todo Occidente.

Nacíamos con la bondad hipotecada.

Cargábamos con una enorme y milenaria culpa adquirida por el simple hecho de nacer y la llevábamos demasiado tiempo sobre nuestras pequeñas espaldas.

De pronto solté una carcajada con eco al recordar algo que solía decirme Casandra: «Marina, tú y yo tenemos mucho que compensar para ser personas normales. Hemos sido tan asquerosamente responsables que podríamos hacer un millar de maldades y nos saldrían gratis».

El miedo a ser malo. El miedo a pecar. Miedo. Siempre el miedo.

Me levanté del banco. Cogí el trasportín con un Capitán dormido y caminé hacia la salida de la iglesia con decisión.

En la puerta me crucé con una mujer cargada de bolsas de la compra, las soltó bruscamente al pie de la pila y empezó a santiguarse, fatigada, con agua bendita.

Pero ¿por qué demonios nadie nos había enseñado que se podía pecar por ser injusto con uno mismo?

La tiranía de los débiles

Qué fue lo que me hizo poner rumbo aquella noche hacia el convento de las Trinitarias, no lo sé. Quizá fue un arrebato místico que me entró en la iglesia de Medinaceli. El caso es que bajé la calle Huertas cargada con mi gato y, sin pensarlo dos veces, pasé la valla de seguridad que anunciaba que había trabajos arqueológicos en marcha y le pregunté al guardia de seguridad por el profesor Ibáñez, con la seguridad de que tenía que estar allí.

El sentido común me dijo que alargaría sus jornadas de trabajo para llegar a casa lo más tarde posible.

—Qué le vamos a hacer. —Me saludó con una sonrisa nada sorprendida al verme—. Hay que asumirlo, Marina. Nos enfrentamos a una cuestión evolutiva.

Yo le miré sin comprender. Él se bajó la mascarilla. Le di dos besos. Me indicó que pasara. Llevaba un gorro como de quirófano y uno de esos monos blancos de celulosa encima de la ropa.

—¿Evolutiva? ¿El yacimiento? —pregunté mientras me colgaba una acreditación.

—No, me refiero a las mujeres. —Empujó la pesada puerta del convento—. Ése está siendo mi verdadero descubrimiento de este mes. Igual que no podemos empeñarnos en conocer a un tiranosaurio porque nos ha tocado vivir, probablemente, entre dos glaciaciones, a vosotras os ha tocado vivir una época en la que las mujeres estáis más evolucionadas que los hombres.

Su comentario me hizo cierta gracia. Al parecer, la victimización era un virus contagioso.

—Vamos, Francisco. Sabes perfectamente que no es así.

—¡Es verdad! —protestó—. Yo doy clase en la universidad. Sois más listas, vuestros expedientes son mejores, estáis más preparadas emocionalmente… y para la supervivencia, ni hablamos.

Le dejé continuar mientras le seguía con una linterna por la iglesia, con el pulso acelerado por lo que estaba a punto de enseñarme. Entonces reparó en el trasportín. No quería saber lo que llevaba ahí dentro y puso cara de intriga, pero, a no ser que pudiéramos ponerle una mascarilla, era mejor que se quedara en su despacho. Y así lo hicimos. Dejamos a Capitán dormido en su presidio sobre unos mapas del barrio del siglo XVI.

—¿No te meterás en un lío por dejarme entrar?

Guiñó los ojos y me enfocó con la linterna.

—Ya estoy metido en el peor de los líos, Marina. En el gran lío.

—¿Sabes por qué he venido?

—Imagino que una arqueóloga, por mucho que tú digas, nunca deja de serlo y quieres hurgar en esta tumba. —Luego apuntó hacia las escaleras y me sonrió con tristeza—. Sí, imagino a qué has venido. Pero las cosas son como son, Marina. Ya te he dicho que se trata de una cuestión evolutiva. No te empeñes en que un hombre sea capaz de hacer según qué cosas. Porque los de esta era no somos así. No, no somos así…

Olía a yeso. A piedra. A tierra removida y cañería. Le corté el paso en las escaleras que bajaban hacia la cripta.

—Me sorprendes —aseguré desde unos escalones más abajo—. No me cuadra. Ese discurso es muy fácil para un hombre que considero brillante.

Él no dijo nada. Sólo escuché su respiración fuerte en la oscuridad. Luego me esquivó y siguió bajando las escaleras.

Llegamos a la cripta. Había varias tumbas abiertas en el suelo y algún nicho. El número 1 estaba marcado con etiquetas. A su lado una camilla con restos en disposición de cuerpo, casi astillas. Para reconstruir su figura hacía falta una línea de puntos. Al lado, otra con trozos de madera y herrajes. Francisco apuntó con la linterna a uno de esos trozos. El corazón empezó a cabalgarme en el pecho. Se leían con toda claridad dos iniciales grabadas con tachuelas oxidadas:

M. C.

Me volví hacia él y le apunté con la luz.

—¿Es él?

Sus ojos brillaban emocionados y no era por el manco de Lepanto.

—Sí. Es él. Y seguramente otras catorce personas, incluida su mujer. —Dejó la linterna sobre la camilla y ahora sólo veía fragmentos de su rostro. Se cruzó de brazos—. Aún no se ha dicho nada a la prensa. Vamos a tratar de aislarlo antes.

Y allí estábamos, cada uno a un lado de la camilla, velando lo que quedaba del autor del personaje más enamoradizo de la historia.

—El 23 de abril de 1616 fue enterrado y cuatro siglos después lo tenemos delante de los ojos —me escuche decir solemne, sin poder casi articular aquellas palabras.

Con un movimiento rápido se enfundó sus guantes y fue señalando el cuerpo como si lo viera: «Aquí hay indicios de la atrofia ósea en los huesos del metacarpo de su mano izquierda»... me fijé en que sus manos se movían cansadas, llevaba el pelo algo más largo de lo habitual, tenía los pómulos hundidos... «Se ha encontrado algún resto de metal», prosiguió carraspeando cada poco, «posiblemente de los impactos de bolas de arcabuz cuando participó en la batalla de Lepanto, sólo seis piezas dentales, la artrosis que deformó su columna vertebral y aún buscamos restos del sudario franciscano con el que fue enterrado. Tenía sesenta y nueve años cuando murió».

—¿Y se conserva algún resto de su corazón? —pregunté de pronto.

Hizo una pausa.

—El corazón no deja restos —susurró—. Desaparece.

Cogió la linterna. Levantó la mirada. Le había crecido una barba de varios días. Apretaba los labios de cuando en cuando como si fuera un tic, o una palabra que luchaba por salir, o un comienzo de llanto. Respiró hondo.

—Yo no merezco a Victoria, ¿entiendes? Ella es más fuerte que yo. Esto me está causando un dolor insoportable.

Le miré sin pestañear.

—¿Me estás queriendo decir que te duele más que a ella?

Él dejó la mirada perdida en el techo como si quisiera traspasarlo, buscar más aire.

—No. No lo sé. Sólo sé que ella está más preparada que yo para dar este paso.

Aquello me puso furiosa.

—¿Y por eso la dejas? ¿Porque piensas que lo va a soportar?

Vaya, vaya, pensé. Incluso Francisco le hacía pagar a Victoria su síndrome de la omnipotente. Y entonces pensé en Gala y en las consecuencias que había tenido para ella aquel «aborto emocional». En Aurora y su parásito. En Casandra y en su hombre goma. En Casandra y su amor imposible. Y en mí y en que tú estabas muerto y que no era justo que a aquellos dos les saliera mal cuando aún tenía remedio. De pronto, empezaban a casarme las posibles piezas de aquella historia. Para intentar entender por qué habían llegado a ese punto muerto, hice un ejercicio mental al más puro estilo de Olivia: veamos, puede que él temiera ser su «hombre palanca», aquel tan temido por los hombres «cambio mi vida por ti, tú apalancas conmigo tu relación y luego... si te he visto no me acuerdo». Ella tendría miedo a ser para él una «mujer trofeo»: es decir, «no paro hasta que te consigo porque eres aparentemente imposible pero una vez te tengo... el reto desaparece».

Pero por lo menos ninguno de ellos estaba muerto. Ya está bien de tonterías, pensé.

—Me parece triste —se me escapó en alto.

—Sí, es tristísimo y estoy destruido, pero la realidad es que no soy capaz de hacer otra cosa.

—No, ahora me refería a esto. —Señalé la camilla—. Que uno de los grandes genios de la literatura esté reducido a astillas ante mis ojos y no queden restos de todas sus pasiones, todos sus secretos, sus miedos y su imaginación.

Él pareció sorprenderse y negó con la cabeza.

—¿Eso crees? —Amagó una sonrisa—. ¿Y qué son sus libros entonces?

Admito que me maravilló esa idea y pensé que todos deberíamos buscar un soporte para dejar impresas nuestras emociones. Fuera el que fuese. Quizá toda esa memoria emocional nos ayudaría a no tropezarnos, siglo tras siglo, con las mismas piedras. Y menos aún a cogerle cariño, como Aurora, a esas piedras. Estoy segura de que por eso me pareció una buena idea cuando Olivia me regaló este cuaderno de bitácora. Quizá nadie lo lea nunca o acabe deshaciéndose en el mar o… quién sabe, puede que alguien lo encuentre y sepa cuáles fueron mis miedos, aventuras y superaciones.

El caso es que mi aterrorizado arqueólogo se disponía a conducirme fuera de la cripta cuando le paré en seco.

—Mira, Francisco. —Le escruté desde la semioscuridad—. Seguramente me estoy metiendo donde no me llaman, pero sólo quiero que sepas que es más fácil reconstruir el corazón desde la vida. —Tragué saliva—. El mío lo tiene más difícil. No puedo romper con un muerto. Habría sido maravilloso saber todo lo que sé hoy sobre mi relación cuando aún estaba vivo. Quizá habríamos tenido tiempo de redescubrirnos con otras personas, no sé, de ser amigos en el futuro y no tendría ahora esta sensación de fracaso.

Aparté la mirada. Un lagrimón de proporciones gigantescas empezó a rodarme mejilla abajo y me alegré de que en ese momento nos hubiéramos reducido a voces en la oscuridad.

—Estoy aterrado, Marina. —Le escuché decir.

Nunca se había imaginado que pudiera sentirse así. Con nadie. Y por eso tan pronto se sentía el hombre más feliz del universo como el más angustiado porque lo que descubría de sí mismo a su lado constataba lo muerta que estaba mi vida.

—La muerte siempre es fea, Francisco. Como lo es una ruptura, que no es más que una especie de muerte. Matas el amor. O más bien se ha muerto solo.

Caminó entre las tumbas y le seguí con mi linterna. Algunas estaban abiertas para buscar los restos del escritor. Me advirtió que no me moviera, no fuera a caerme dentro de alguna. Él ya conocía el recorrido a ciegas.

—Pero es que causaría tanto dolor... —continuó.

—Claro —le interrumpí—. ¿Y es que a ti no te duele? Se habla siempre de lo doloroso que es que te dejen...

Era cierto, continuó. Nadie hablaba de lo difícil que era ser consciente de que algo se moría y tener que tomar la decisión de eutanasiarlo. Le enfoqué, tenía los ojos cerrados. Lo escuché de nuevo, sí, de eso nadie hablaba.

—¿Tú imaginas, Marina, lo que duele poner fecha, día y hora a ese final?

No, lo cierto es que yo no sabía lo que era comunicar a la otra parte de esa vida en común que algo estaba muriendo o que estaba ya sentenciado y que iba a morir de todas formas, que ya estaba muerto. Sentir el desconcierto de quien no entiende las palabras que pronuncias, dijo. Ese «se acabó». Sentir cómo se desmoronaba ese castillo, ese proyecto vital, ese hogar...

—Te convierte para siempre en otra persona —aseguró.

Abrió los ojos y se los protegió de la luz.

—Y quién sabe si es en una mejor, Francisco. Igual que vivir una muerte.

—Por eso tengo que pensarlo bien antes. Y hacerlo despacio.

—¿Y qué es hacerlo despacio?

Hubo un silencio. Sí, estaba aterrado y dispuesto, sin saberlo y sin quererlo, a infligir más dolor del necesario. Ahora sólo intuía su bata blanca sin cuerpo flotando en la oscuridad como un fantasma.

—¿Sabes, Marina? —Hizo una pausa—. Tengo la sensación de haber perdido la inocencia ahora. A mis años. Una muesca en el revólver.

—A mí siempre me gustaron las personas con cicatrices —solté del tirón.

Y es que sí, había aprendido mucho últimamente. Y comprobado el valor de algunas de esas consignas también. Su rostro apareció de nuevo en la oscuridad y vi que era cierto. Que la vida podía manchar, pero no afeaba vivir.

¿Por qué me atreví a decirle todo aquello a Francisco? Quizá porque algo dentro de mí me hizo sentir empatía por su situación. Es ahora cuando entiendo hasta qué punto iba a ayudarme conocer su historia. En ese momento creí que me unía a él el luto, que yo era la prueba viviente de que no nos enseñaban a aceptar una pérdida, ya fuera la muerte o el desamor. Y ahora sabía que eso nos desprotegía ante el mundo. Y el mundo debería tener más Quijotes con capacidad para enamorarse locamente, aunque fuera de Dulcineas inalcanzables. Este comentario le hizo reír y permanecimos un rato en silencio velando un poco más a su autor.

«Concéntrate en lo que tienes y no en lo que pierdes», ésta era mi mayor lección aprendida, aplicable a Francisco y a tantos más. Yo había tenido que empezar a humanizar a mi marido, a ti, porque no me podía desenamorar de un dios. Ni guardarle luto. Por una sencilla razón. Ahora lo sabía: porque los dioses no mueren.

De pronto Francisco pareció impacientarse. Había vibrado su móvil. Posiblemente un mensaje desde su casa. Imaginé esa misma situación cuando estuviera con Victoria. El divorcio entre los sentimientos y la razón que podía provocarle un simple y escueto mensaje desde su casa. Como aquel que le llegó a Victoria con una foto de sus hijos desde la playa la noche que recibió la declaración de amor de su proyecto de amante.

El arqueólogo levantó la vista nublada.

—Fue mi primer amor, ¿sabes? —susurró.

—Y eso es maravilloso… —Asentí—. Pero lo que importa, Francisco, no es sólo el primer amor. Sino el gran amor. O el último.

Él se quedó clavado en el centro de la cripta como si fuera una columna.

Yo lo sabía. Había pasado por ahí. El autoengaño. Necesitaba pensar que su matrimonio pasaba una crisis. Pero ambos lo sabíamos. Que cuando desaparecía la necesidad de tocar al otro, de olerlo, de un beso, no es que fuera un mal síntoma, es que ya había fallado todo lo demás. Los distintos infartos habían concluido en un fallo multiorgánico, como decía Casandra. Y por más que tratara de intubar la relación, de someterla a constantes electrochoques, ya estaba muerta y empezaba a descomponerse más o menos lentamente, como el cuerpo que teníamos delante.

¿Cuánto tiempo habían sido una pareja zombi aquellos dos?

¿Cuánto tiempo llevaban Victoria y Pablo convenciendo a todo el mundo de que eran una pareja estable y sólida? Pero no era cierto. Caminaban el uno paralelo al otro a una distancia muy corta. Eso sí. Pero, como Francisco y su mujer, como tú y yo, olíamos a muerto a distancia. Olíamos a muerto.

A pesar de todo, Francisco había tomado su decisión: un clavel con una tarjeta esperaban para romperle el corazón a mi amiga. Y a continuación el suyo se haría añicos. Me dieron ganas de decirle que los había visto juntos. Su electricidad. Que aquello tenía el pulso de lo inevitable. Los cien por cien compatibles... Tenía ganas de gritarles: ¡imbéciles!, ¡desagradecidos!, no perdáis esta oportunidad de ser felices, porque es un insulto a la vida.

Entonces él, de nuevo en la oscuridad, pronunció aquella

consigna que, según Gala, todas las mujeres habíamos escuchado de bocas de hombres asustados:

—Tengo que hacer las cosas bien. Lo correcto.

—Cojonudo… —me sorprendí respondiendo y no entendí por qué me irritaba tanto—. Pero hazme un favor, intenta no encontrarte dentro de unos años tirando las cenizas de la que, hace mucho tiempo, no era tu pareja. Eso sí que es triste, te lo aseguro.

Y allí dejamos aquellas astillas que en pocos días iban a ser honradas a nivel mundial, cuando su autor seguía descansando en la depreciada tumba de sus libros. Después subí las escaleras detrás del cuerpo de aquel hombre que quisiera haber sido más Quijote y menos humano.

Salimos del convento. La noche estaba fresca y los pájaros nocturnos hacían su ronda hacia el parque del Retiro. Observé la cruz de piedra en la puerta. El inmenso muro de ladrillo viejo que a esas horas custodiaba el sueño de las monjas. Ese lugar que pronto sería visitado por los turistas de medio mundo.

Francisco me dio un beso en la mejilla en señal de despedida, pero algo me hizo aprovechar mi última munición. Una que en el fondo, ahora lo sé, me lanzaba hacia mí misma.

—¿Sabes una cosa? —dije devolviéndole mi acreditación—. Toda mi vida he tenido miedo a ser muy feliz por si acaso el cosmos me lo compensaba con una buena dosis de desgracia. Así que nunca he lanzado las campanas al vuelo por nada: ni por un sobresaliente, ni por una conquista, ni en un cumpleaños. Nunca me he permitido tener una explosión de felicidad total. —Respiré hondo—. Y ahora sé que la fatalidad llega sola. A mí también, que llevaba mucho tiempo contenida en una felicidad tibia: ser una buena mujer, tener tranquila a la familia, hacer todo aquello que se esperaba de mí en la creencia de que eso me mantendría a salvo. Hacer lo que tú llamas «lo correcto». Sí... «hacer las cosas bien». Pero el cosmos, Francisco, no te recompensa. Y ahora me pregunto por qué no he sido más espontánea y locamente feliz todas y cada una de las veces que tuve la oportunidad de serlo. Si yo fuera tú, disfrutaría de la alegría de encontrar el amor ahora que lo tienes. Sin limitaciones.

Él me entregó a Capitán, que seguía soñando con esos ratones que sólo cazaba en sueños y allí dejé al humilde profesor Ibáñez. Plantado en el lugar donde unos días más tarde las autoridades colocarían una placa para anunciar el gran descubrimiento. Uno mucho más modesto que lo que ese mismo arqueólogo, sin saberlo, había desenterrado en su corazón.

Sí, pensé, vivir era una tarea urgente, claro que lo era. Y vivir buscando incesantemente aquello o a aquellos que nos hacen felices. Ése tenía que ser mi objetivo a partir de ahora: agarrarme a la felicidad con fuerza y recolectarla. Que ese granero me sirviera para afrontar la fatalidad, si llegaba.

Caminé pesadamente por las calles vacías. Capitán iba ya despierto maullándole a la luna. Y creo que fue la primera vez en que me sentí capaz de realizar este viaje, precisamente porque tenía la textura de lo imposible. Y empezaba a odiar el miedo. El miedo y sus consecuencias. A darme alergia. Sin embargo, parece que el idealismo era contagioso..., pensé mientras subía las escaleras de mi apartamento, quizá debería haberme puesto una mascarilla antes de entrar a aquella tumba.

Día 7

La fuerza de lo imposible

Agarrarme a la felicidad, repetí una y otra vez en mi cabeza. «Agarrarme a la felicidad», me escuché decir en alto... agarrarme, agarrarme... y entonces he abierto los ojos.

He desarrollado una nueva capacidad: la de dormir en la cubierta con una mano agarrada como una ganzúa al cable del guardamancebos. Durante la noche he soñado que caían sobre mí fuertes rociones de agua. Ahora creo que quizá no ha sido un sueño porque me he despertado tumbada de medio lado en la cubierta y al incorporarme me ha crujido la piel y la ropa. Una fina capa de sal cubría mi cuerpo y el casco del barco como si nos hubiera mirado a los ojos la mismísima Medusa.

Y hablando de ella, al asomarme por la borda he descubierto que ella no ha venido pero sí me ha enviado a sus soldados. Dentro de la líquida superficie turquesa se mueven cientos de pequeñas y gelatinosas criaturas que flotan como espermatozoides en el interior del gran óvulo marino, preñándolo con su veneno. Ha hecho mucho calor. Y cuando el mar se calienta tanto la corriente siempre trae bancos de medusas y huracanes.

Huracanes...

No voy a pensar en esto. Miro hacia arriba. El cielo está despejado.

Vaya nochecita…

No, no estaba a punto de encallar. Cuando estaba ya perdiendo los nervios recordé que una vez nos pasó algo parecido y me dijiste: «Cuando el medidor marca de pronto un metro de profundidad y luego treinta es porque llevamos algo grande debajo. Un atún o un dentón». No es que en medio de la noche y de la niebla ese pensamiento me hiciera muy feliz, la verdad. La posibilidad de llevar una ballena o un calderón nadando a la sombra del *Peter Pan* me puso los pelos de punta, pero era mejor que encallar en una roca o en un banco de arena.

Lo otro sí fue sugestión.

Lo reconozco.

La sombra que creí ver delante del barco: mis propias luces rebotaban en la niebla solidificándola por momentos y creando volúmenes que luego se deshacían al rozarlos con la proa como si fueran buques fantasma.

Me siento en la cubierta y protejo mis piernas del sol envolviéndolas en un pareo color arena. Mi camisa blanca se embolsa como otra vela.

También me ordené no pensar anoche hasta que me alcanzara el primer rayo de sol con la esperanza de que se me olvidara. Y quizá, como una sustitución metafórica, he soñado con Francisco y aquella conversación. Eso no me lo había prohibido. Y es que hay recuerdos que ni siquiera la sal consigue borrarlos.

De la misma forma, no se puede actuar en contra de algo que surge con la fuerza de lo imposible. Y el amor, la atracción entre estos dos, lo es. ¿No es acaso eso mismo lo que mantiene este barco a flote y a mí con vida?

Eso tiene gracia, era lo que había intentado explicarle a Francisco sin saber que yo misma, en mi casa y sin sospecharlo, había tenido tan cerca un caso quizá idéntico. Qué ironía.

Sin desayunar siquiera, me he armado de valor y he vuelto a bajar a tu camarote. Todo estaba mojado por culpa de la niebla y he pegado dos resbalones que casi me abro la cabeza.

Y allí seguía.

El libro abierto.

Con la dedicatoria de Amalia. Amalia de Málaga.

Y también estaba la carta: una tuya que evidentemente nunca enviaste a su destinataria. El contenido de este trozo de papel sin vida, lo creas o no, no me ha hecho daño. Ni me ha roto en dos que la llamaras «amor mío». Ni siquiera que te despidieras con tanta pasión.

Lo que me va a costar perdonarte, Óscar, es que siguieras conmigo.

Que me pusieras de excusa.

Que ocultaras tu miedo tras ese odioso, tedioso, absurdo «hacer lo correcto».

Que te refugiaras en la idea de «no hacerme daño» para ocultar tu incapacidad para tomar decisiones.

Y, sobre todo, que me hicieras responsable de tu desgracia.

Me va a costar perdonarte que te encerraras conmigo en esa convivencia tibia a la que nos condenaste a ambos. No dejándome me robaste tiempo, mucho tiempo, y la posibilidad de encontrar y sentir, yo también, algo parecido a lo que describes en esa carta.

Antes podía no importarme porque el tiempo era elástico.

Pero ahora es finito. Como tú.

He subido a la cubierta de nuevo con la carta en la mano y las otras, las de navegación, las que sé que no voy a poder seguir a partir de un punto porque acabo de comprobar el medidor de los tanques y no me queda ni una gota de combustible.

Culpa mía. No tuya. No te preocupes.

Tus cálculos eran correctos para un capitán que fuera capaz de no ayudarse con el motor. Quiero decir que puedes seguir muerto en paz.

El problema lo tengo yo, que estoy viva aún y ahora sé que nunca llegaré a cruzar el estrecho. Cuando se acabe el gasoil, en un rato, se ahogará el motor.

Consulto la ruta que me queda. Me parece alucinante haber llegado hasta aquí. Un solo día para llegar hasta mi objetivo. Y sólo podría hacerlo si tuviera todo a favor y la destreza de sortear las corrientes, aprovechar el viento navegando sin más apoyo que la vela. Repaso con mi dedo la ruta en la pantalla del portátil. Tengo las uñas sucias y rotas de tirar de los cabos y fregar todo el día. Observo mis manos: pequeñas, venosas y ahora morenas. Nunca fueron muy bonitas. Una brisa cálida me sacude la cara.

A primera hora de la mañana he costeado rumbo sur pasando Sotogrande y ya estoy cerca de la línea con el peñón a la vista.

Ironías de la vida, mientras dormitaba en la cubierta he pasado frente a Málaga, esa ciudad donde todo indica que encontraste el amor.

¿Por qué no me lo dijiste, Óscar?

¿Por qué no me liberaste?

La habrías dejado viuda a ella y tendría que ser ella quien cumpliera este estúpido encargo tuyo.

Te diré una cosa aunque no tengas los huevos de aparecer:

no se es cruel por estar enamorado. Se es cruel por no actuar en consecuencia. Y también voy a contarte un secreto: después de estos meses, creo que las mujeres estamos mucho más preparadas de lo que pensáis para la sinceridad. Y valoramos la honestidad y la valentía sobre muchas otras cosas. Que lo sepas.

Lanzo la mirada en horizontal hasta donde me alcanza la vista. Las olas se aplanan y el movimiento suave del barco me produce sueño de nuevo. Pero es hora de avanzar. Hasta donde llegue. Pienso en aquellos viajes tuyos de nuevo, cuando regresabas cansado pero tan vivo, recién afeitado, oliendo a algún perfume nuevo que habías comprado en el trayecto. Cambios... Charlábamos un poco y luego pasabas horas en el ordenador, contestando correos en fin de semana. La puerta de tu despacho siempre cerrada. Las furtivas y constantes consultas del móvil, a veces a horas intempestivas de la noche. La distancia de tu cuerpo en la cama. La distancia.

Es cierto lo que decía Olivia: una mujer siempre sabe cuándo su pareja ya no lo es. Y también cuándo lo es de otra. Si te pregunta qué está pasando es porque te está dando la oportunidad de que la liberes. Y cuando es muy evidente y no lo quiere saber es porque, o bien cree que no puede sobrevivir sola, o bien le compensa alargar esa mentira para seguir recibiendo regalos por Navidad, de la misma forma que no queremos saber quiénes son los Reyes Magos. Es el caso de la mujer de Francisco. Así que tu actitud sólo demuestra lo mucho que en el fondo me subestimabas y lo mucho que te valorabas tú. En el fondo, admítelo, pensabas que estaría perdida sin ti. Que nunca encontraría a nadie que me quisiera más que tú.

¿Y sabes lo peor, Óscar?

Que tras estos tres meses, y sobre todo desde que estoy a

bordo de este tu barco, me he dado cuenta de que hacía mucho que no éramos una pareja. Que yo te quería mucho, tantísimo… pero tampoco estaba enamorada de ti.

Ya no.

Ya no me importa decírtelo.

Porque tampoco se es cruel por dejar de estar enamorada.

Tú me querías a tu manera que no era la mía. Eso es todo. Sólo me había convencido de que la felicidad era eso. ¿Por qué? Quizá para no provocar un conflicto. Para no tener que molestarme en encontrar otro capitán o en llevar yo misma el barco. No lo sé… No sé si éramos felices, Óscar. Cuando estabas sano. Al principio. Pero sí sé a estas alturas de mi viaje que no era una relación plena. Para ninguno de los dos.

Lo único bueno de esto, Óscar, es que ahora sé que voy a poder liberarme. Porque es cierto. Superar la pérdida de un dios es imposible. Tenía que convertirte en un hombre con tus defectos o nunca me libraría de tu sombra. Ahora sé que eras humano. Mucho. Porque te equivocaste. Mucho. Conmigo.

Y ya ves. Estoy sobreviviendo sin ti.

Al menos de momento.

Estoy sobreviviendo sin ti. Qué risa, ¿verdad? Quién lo iba a decir. Tú no. Sí, qué risa.

Te digo lo que tengo pensado: el primer paso será poder tirar tus cenizas mañana y admitir que la muerte no fue la que se llevó mis sentimientos.

Y de momento voy a dejar que esta carta se la traguen también las olas. La tiro. Veo cómo intenta remontar el vuelo durante unos segundos, pero se estampa extendida en la superficie del agua como si fuera un sello. Me alejo de ella o ella de mí. Como te alejas tú de pronto, o al menos el tú que fuiste con Amalia y que yo desconocía casi por completo.

Vuelvo a asomarme por la borda. El agua está transparente y Medusa ha replegado a sus soldados. Y de pronto siento un impulso que me hace apagar el motor, tirar el salvavidas al agua y me desnudo a toda prisa, casi con urgencia, como si me esperara mi amante. Bajo la escalerilla. El aliento cálido del Mediterráneo me acaricia toda la piel. Suelto mi pelo, que siento caer fresco y pesado sobre mis hombros.

Y salto.

El vientre del mar me recibe como si fuera un bautizo o un nacimiento inverso, un volver a nacer. Me dejo flotar dentro de ese plácido universo sin ruidos, desnuda y en postura fetal. Raciono el oxígeno de mis pulmones hasta que Neptuno me obliga a salir a la superficie. Entonces emerjo con fuerza de nuevo. Limpia. Eufórica. Chapoteo sobre el agua como una cría. Grito. El *Peter Pan* se balancea a mi lado. Me agarro al salvavidas y contemplo el agua a ras de mi nariz. Y un poco más allá, algo que rastrilla el agua dorada de esas horas.

Ahora sí.

Los lomos brillantes de la manada que se dirige hacia el barco. Por fin, la alegría de los delfines.

Hay una cigarra que me anuncia el mediodía. Como si fuera un despertador. Se ha posado en la génova y hace su trabajo, como un pequeño mascarón de proa. Lleva conmigo desde ayer. Me relaja compartir este día con algo vivo, de nuevo. Los delfines también han estado jugando largo rato con el *Peter Pan*. Cuando subí, me he secado al aire y aún desnuda he compartido el café con ellos, mientras me dedicaban grandes saltos en la proa o cruzaban veloces bajo el casco. Con el agua tan transparente podía verlos cotillear. Miraban hacia arriba con esa aparente sonrisa. Muchos se estaban apareando porque nadaban en parejas realizando complicadas coreografías.

Hora de vestirse. Por fin he llegado a Gibraltar. Sacaría la mayor porque el viento viene de poniente y así navegaría en ceñida.

A babor diviso seis cargueros verdes. Están fondeados porque se aproan hacia la costa. Uno de ellos, el *Rachel*, parece abandonado. El *Peter Pan* se aproxima ahora al peñón a toda vela y la velocidad va subiendo según llego a la gran roca: ocho, nueve, diez nudos... Habrá que recoger un poco de trapo o se me tumbará el barco del todo.

Paso ahora pegada al casco del *Rachel*. Es impresionante comprobar su tamaño desde tan cerca y desde abajo. Tiene el ancla echada y ahora puedo distinguir la zona de la obra viva del barco pintada de rojo en el casco. Flota casi todo él fuera del agua, lo que le hace parecer el doble de alto. Eso quiere decir que no va cargado, así que hoy de aquí no se mueve. Podría fondearme a su sombra y estaría protegida para pasar la noche. Pero el viento sube a veinte nudos de proa y el *Peter Pan* ha empezado a cabecear contra el mar con obstinación. La vela de pronto no coge viento. Si no recojo vela me quedaré sin ella y ya es lo que me faltaba. He bajado a cerrar las escotillas y he vuelto a subir a zancadas las escaleras de nuevo para sentarme al timón. Unas balizas rodean una draga frente al peñón.

Menos mal que no es de noche, menos mal.

El *Peter Pan* parece ahora un equino blanco cabalgando sobre las olas. A estribor saltan grandes rociones de agua que me abofetean la cara como si quisieran despertarme de una vez. ¿Te parece, maldito mar, que no estoy suficientemente despierta? ¡Joder! La vela gualdrapea con fuerza. Tenso la escota.

No me gusta cuando haces eso, *Peter Pan*, no me gusta nada. Me esperan aún unas cuantas horas hasta Tarifa. Ya se escucha a la marinería hablando en un inglés pulcro y a los marineros respondiendo con una ensalada de dialectos anglófonos.

Allá vamos.

El peñón empieza a hacer de las suyas. El viento ha empezado a soplar y los rociones caen estrepitosamente sobre el barco. La vela mayor se sacude a un lado y a otro con fuerza.

Dios mío, no conseguiré dominar el barco. Dios mío...

Me he despertado hace unos minutos. En el suelo. Creo que sólo he estado inconsciente un momento. Por culpa del viento se ha soltado la escota de la mayor y me ha caído la botavara encima. Me va a estallar la cabeza. He revuelto todos los cajones de la cocina. ¿Dónde habré puesto el ibuprofeno? Por lo menos no me la he abierto. Fantaseo con la idea de tener un coágulo que de pronto dé la cara en unos días y me caiga muerta según llegue a tierra. Hay muchas leyendas urbanas al respecto. En cualquier caso, ahora lo importante es precisamente eso, llegar a tierra.

Al otro lado.

A África.

Estoy pasando Punta Europa, el punto más meridional del continente. Según los ingleses, claro. Parece que te oigo: «Los ingleses tienen la manía de ponerle nombre a todo antes que nadie. La punta de Europa está en Tarifa, y se acabó. ¿Es que tantos años como piratas no les han enseñado ni siquiera a leer un mapa?».

La verdad es que tenías tu gracia.

De pronto pienso que me alegro por ti. Me gusta pensar

que fuiste capaz de tener estos sentimientos por alguien. Porque te has muerto y me alegro de que vivieras esto antes. En el fondo me da esperanzas. Me ilusiona pensar que quizá encuentre mi propia Amalia, a mí, que estoy viva. Aún... Sólo tengo que intentar perdonarte que nos hicieras, a los dos, perder tanto tiempo. ¿Cómo sería? Seguro que muy diferente a mí. O puede que fuera una versión mía mejorada: morenita, más alta, más joven, más independiente... No, no tiene sentido volver ya a la antigua Marina. A la que encontraba cierto placer en hacerse daño.

He tardado horas en sortear las corrientes encontradas en el peñón.

Horas en las que he deseado que aparecieras para darme explicaciones, instrucciones o al menos un consejo. Pero está claro que justo ahora no vas a aparecer. Has estado todos estos años pegado a mí pensando en otra y ahora que te necesito de verdad haces mutis. Muy bonito, Óscar, muy bonito. La vela flamea y la corriente del mar es la contraria al viento, lo que no ayuda nada. La corredera marca que la velocidad del *Peter Pan* está subiendo. «Cada salto es un frenazo», me parece escuchar. Hago un bordo para cazar algo más de viento. No quiero apagar el motor aunque sé que no me queda apenas combustible porque estoy ahora más cerca de África que de España y la radio ha empezado a captar los avisos en inglés de la Marina Real Marroquí advirtiendo que cualquier embarcación que pase la línea de sus aguas debería salir de ellas inmediatamente.

¿Me habrán detectado ya los radares?

¿Qué harán si no me identifico?

Voy sin permiso. Una patera en dirección contraria.

No debo entrar en pánico. Sólo tengo que mantener la vista fija en mi rumbo y seguir. En Punta Europa he virado al sudoeste pasando con mucho cuidado por la bahía de Algeciras, que tiene mucho tráfico y pronto, muy pronto, llegaré hasta Punta Carnero, donde empezarán a encontrarse los dos mares: el Mediterráneo y el Atlántico. Sus embestidas harán muy largas las diez millas que faltan hasta Tarifa.

Cuántos buenos recuerdos tengo de Tarifa.

Y todos son contigo, eso tengo que admitirlo.

A estribor se dibuja ya el dedo de rocas con la larga uña donde por la noche el faro brillará como un anillo de compromiso. Al otro lado, África se recorta, rosada y tendida sobre el mar como una vieja mujer desnuda.

No hay otro lugar del mundo donde el cielo tenga estos colores.

El viento ha amainado, pero bajo el barco, el mar caracolea como si el agua hubiera empezado a hervir.

Eso quiere decir que las corrientes marinas del Mediterráneo y el Atlántico se han acercado hasta besarse en la boca. Las siento estremecerse bajo mis pies. Sus lenguas enroscadas bajo el casco me hacen estremecerme en un extraño pudor.

Pero las bestias no tienen pudor alguno en aparearse ante una criatura tan insignificante como yo. Lo hacen los astros, las ballenas, lo hicieron los dioses. En otro tiempo habría sentido cierta prisa por pasar el puerto porque cada media hora se escucha el bramido salvaje de un ferry que empieza a moverse y sé positivamente que cuando asoman la nariz por la bocana cogen una gran velocidad.

Cuando eso ocurría observaba tu rostro: por si tenías los dientes apretados o por el contrario juntabas los labios con cierto relax. Cuando me veías escanearte con esa cara de alarma solías decir: «No te preocupes, Mari, que si llevamos un rumbo fijo, virará». Y luego con una sonrisa socarrona: «Y si no… pues nos arrollará sin remedio». Entonces ya podía relajarme porque sabía que iba a pasar cerca, posiblemente por la popa y su estela sólo nos daría unos cuantos empujones.

Sin embargo ahora, por alguna razón, ahora mismo, no me preocupan tanto esos gigantes veloces. Estoy absorta, por primera vez, en disfrutar del paisaje: en el movimiento en tierra de los molinos y las miles de cometas que palmean como coloridas mariposas prehistóricas sobre la playa. En el faro blanco que observa con su único ojo triste fijo en el *Peter Pan*.

Su huida.

Su viaje.

La vieja fortaleza me parece de pronto un flan de arena que había hecho un niño gigante tras un día de playa. Ahora ya no defiende a nadie ni a nada. Ahora ya no queda nada que defender. Qué belleza…

El viento ha empezado a soplar de ceñida y el Atlántico me da la bienvenida con un bostezo largo y frío.

«Hay que sacar la mayor, Mari», digo en alto. «Hay que sacar la mayor», te siento repetir en mi oído, «así recogerás el viento que viene del sur y te ayudará a correr más». Cierro los ojos y te escucho de nuevo, ahora claramente y de un tirón:

—Tienes que pasar Tarifa antes de que anochezca, Mari, que estas aguas son muy antojadizas y no tendrás más puertos donde guarecerte hasta cruzar el estrecho. Al otro lado del espigón podrás pasar la noche a una distancia prudente de la costa y dormir un poco con el ancla echada. Y si no hay mucha profundidad, comer algo y antes del amanecer cruzar a África, a unos kilómetros de Tánger. Puedes lograrlo, cariño. Siempre he sabido que podrías.

Y de pronto siento que es cierto.

Que nos quisimos profundamente con algo cercano a la ternura. Solíamos decirlo con orgullo, ¿te acuerdas? Los años que llevábamos juntos. Como si fuera una marca en unas olimpiadas. Porque solía provocar admiración.

Ésa era nuestra tarjeta de visita.

Nuestro gran logro.

Y lo era: la permanencia.

Y es que nos llevábamos muy bien. Éramos grandes compañeros y cómplices y eso siempre será nuestro. No voy a considerar que fracasamos sólo porque no nos atreviéramos a dejar de convivir juntos. A decirnos la verdad. A dejarnos libres. Imaginaré que ambos acabamos siendo grandes amigos, familia, lo que éramos, y que encontramos el amor en otro lugar. Tú lo hiciste con Amalia. Y seguro que hasta yo habría aprendido a quererla. Y yo lo haré también. Encontrar a alguien a quien amar. Por ti. Y te lo presentaré cuando lo encuentre.

Tarifa, sí… qué grandes recuerdos…

La ingravidez. Pensé que estaba volviéndome loca, pero podía sentirla perfectamente. Ha ocurrido hace un rato cuando estaba tumbada en tu camarote. He salido a cubierta convencida de que en uno de los saltos del *Peter Pan*, cuando patinaba sobre los baches del mar, de pronto había remontado el vuelo. He dejado de sentir la frotación del casco contra el agua y me he imaginado la hélice moviéndose en el aire como un helicóptero y que comenzaba a volar, convertido en un zepelín blanco. Algo así como el remontar de aquella gaviota sobre el agua. Una batida de alas firme, un primer impulso y el buche blanco se despega del agua y recorre así, a ras, el primer metro hasta que se eleva, con sus velas blancas desplegadas y tensas. De un azul al otro.

Sin embargo, cuando he salido a la cubierta, el barco seguía surcando el agua sin esfuerzo. Había caído la tarde y las olas eran anchas, profundas y parecían caminar a cámara lenta.

No sé si ha sido esa nueva sensación o el hecho de comprobar que el depósito de gasoil ya estaba en la reserva lo que me ha hecho sujetar con determinación el timón, localizar un punto imaginario en el horizonte que me condujera al sur y apretar con fuerza el botón de auto, que ha liberado de responsabilidad al piloto automático, por primera vez. Y aquí estoy, a punto de hacer eso que no me he atrevido a hacer desde que me he embarcado. O en realidad, lo que no he hecho en toda mi vida.

Sujeto con fuerza la palanca plateada del acelerador y tiro de ella hasta que, con un ronco quejido, el motor se ahoga.

Pasan unos segundos que me parecen eternos en los que el *Peter Pan* casi se detiene en seco desafiando el movimiento de las olas con todas las velas extendidas.

Una corriente de viento las infla y, en su centro, la gran violeta parece abrirse.

El timón pesa por primera vez en mis manos.

Y el barco comienza a caminar, primero al paso, luego más y más deprisa, tres nudos, cuatro, seis, y sí, puedo sentirlo, en un silencio respirable el *Peter Pan* se deja por primera vez en las pequeñas pero firmes manos de su patrona.

—Es una increíble sensación de libertad, ¿verdad?

Ahora sí, eres tú.

Por primera vez te veo delante y no detrás del timón.

Me miras como a un atardecer distinto, algo bello e incontrolable. Sigues con el mismo chubasquero, pero tu rostro ha cambiado. Es más humano. Ahora sí empiezo a echarte de menos de verdad. Se me derriten los ojos y el viento hace virar un poco el barco, movimiento que corrijo con las dos manos firmes sobre la rueda, domando los intentos de la marea por desviarme de mi rumbo. Consulto el compás.

—Sur, siempre sur —digo, con la autoridad que estreno.

Apunto con la proa en el sentido de las agujas del reloj, con el viento de través soplando en las velas y viene a mi cabeza una frase: «Vuela, Marina. No te dé miedo ser libre. Saca las alas, querida. Las tienes. Deja de ponerte excusas. Sé libre. Aunque sea sólo un día. Merece la pena».

Por primera vez desde hacía mucho, me da por reír. Me escucho reír y mi voz rebota contra la pared de viento y agua.

Porque sí, estoy volando.

Cabalgo a galope tendido sobre mi pradera azul.

—Gracias —digo entonces, recuperando el aliento, acompañando con mis caderas el movimiento de las olas—. Gracias.

Y ahora lo sé. Soy absolutamente consciente de que lo que Olivia sembró tan generosamente aquel día frente a una pequeña crisálida que empezaba su proceso, lo estoy recogiendo en este mismo instante.

—¿Qué hago si...? —digo buscándote con la mirada, pero entonces te veo vuelto hacia atrás con aquella expresión que traspasaba el horizonte: una luna gigante y roja de agosto ha aparecido en la popa sobre la sombra blanca de Tarifa, y en la proa se sumerge el sol a toda prisa como sólo lo hace en este rincón del mundo, hasta que revienta la gran yema sobre el agua, tiñéndola de sangre.

La naturaleza impredecible de la lluvia

¿Por qué ir empujada por un motor artificial en la dirección que toca en lugar de disfrutar de una travesía hacia el lugar donde naturalmente te empuja el viento?

Ahora que me recuerdo esos días previos a emprender mi viaje soy más consciente de que durante años había perdido la espontaneidad. No era una cuestión de renunciar a ir en una dirección concreta, sino de esperar el momento preciso y de no marcarme una hoja de ruta estricta y sin posibilidad de cambios, tan rígida que no me permitiera disfrutar del trayecto ni detectar aquellas otras direcciones que ni siquiera sabes que existen y que te ofrece la vida.

La rigidez secuestra las emociones.

El miedo conduce a la inmovilidad.

Y creo que esa tarde hice mi primer intento de espontaneidad. Caminando erráticamente había llegado hasta el parque del Retiro, donde me encontraba en ese momento, frente al lago de la columnata, tirándole palomitas a los patos que engullían chapoteando con sus picos sobre el agua. Y quizá era culpa del ambiente del parque la extravagante reflexión en la que andaba entretenida.

Desde que la conocí y hasta esa misma tarde, recuerdo

haber pensado que Olivia era como Mary Poppins. Un personaje redicho y algo borde que llegaba a la vida de la gente con la misión de mejorarla. Ése era, sin duda, el único sentido de su existencia. Y si existía sólo durante ese fragmento de vida en el que se cruzaba con nosotros, cuando terminara su misión abriría una margarita gigante y emprendería el vuelo hacia otro lugar en el que un alma desorientada como yo necesitara ayuda.

«Mi historia ahora mismo no tiene importancia», solía decir. Y quizá no la tenía porque carecía de ella, de pasado, de familia... sólo vivía en el presente, como decía Gala, uno en el que otros individuos tan extraordinarios y apersonajados como ella decían alegrarse de verla de nuevo, sin dar demasiados datos de lo que en realidad, probablemente, sólo existía en la fantasía que poblaban.

Todo esto reflexioné mientras observaba impávida a un pintor —que bien podría haber sido el álter ego de Dick Van Dyke— reproducir *Saturno devorando a sus hijos* sobre el pavimento del paseo de Carruajes. El artista en cuestión tenía el cuerpo fibroso de un yogui, la cabeza extraordinariamente pequeña y se había provisto de unas rodilleras de patinador para minimizar los riesgos articulares de su postura. Al pasar a su lado, un padre con aspecto de divorciado paseando a sus hijos chillones un domingo se acercó para verlo y yo fantaseé con la posibilidad de que su intención real fuera colarse en ese cuadro para ofrecer a sus vástagos en sacrificio al dios hambriento.

Hacía calor. Más bien, bochorno. Sin embargo el parque no se había agostado. Era la última semana antes de emprender mi viaje. Es curioso, hace tan poco tiempo y sin embargo me parece que estos episodios pertenecen ya a otra vida. Caminé por el parque a las diez de la mañana de mediados de agosto. Un día plomizo sin nubes pero con un calor húmedo impropio de una ciudad interior cuyo único mar era ese lago decimonónico, con sus escalinatas blancas hundiéndose misteriosamente en el agua, bajo la custodia de fieros e inertes leones de piedra. Un par de barcas se balanceaban rasgando el espejo verde con parejas trasnochadas. Una joven leía descalza sobre la hierba. Y yo iba esquivando ciclistas, patinadores y turistas encaramados de pie en absurdos vehículos que parecían sacados de *El quinto elemento*, hasta llegar al otro lago, el que vigilaban una pandilla de ocas altas y agresivas y donde reinaba por derecho dinástico una pareja de cisnes negros. Ese pequeño estanque se extendía a los pies del Palacio de Cristal, aquel gigantesco invernadero que parecía el escenario para un cuento de hadas, y que siempre guardaba en su interior caleidoscópico alguna extravagante exposición. Ese día colgaban de su techo con hilos transparentes muñecos o trozos de ellos como si hubieran captado el momento del estallido de una bomba en una juguetería.

Era domingo, como decía antes, eso sí lo recuerdo. Un domingo en el que iba a hacer aguas mi teoría sobre Olivia y su naturaleza de ficción, bajo una repentina tormenta de verano que sólo era un anticipo de la tormenta interior que la haría salir de su guarida, de su personaje, durante unos instantes, para mostrar a ese ser humano que era y que, sospecho, tan pocas personas conocían.

Abandoné el lago, me persigné al revés al cruzar delante del monumento erigido al ángel caído —la rebeldía de esta ciudad no tenía límites—, salí del parque vigilada por un pasillo de silentes estatuas, crucé el paseo del Prado y subí, como siempre, la calle Huertas, que aún olía al alcohol que habían ingerido y meado los de la noche anterior. Entonces supe que sobre todas las cosas echaría de menos el barrio los domingos: los ancianos paseando en zapatillas de estar por casa, los grupitos de turistas apostados frente a la casa de Lope de Vega mientras un guía vestido de época les recitaba un monólogo de *El perro del hortelano*, el agudo chillido de los vencejos, un piano ensayando en un primer piso… Quizá me invadió la nostalgia porque en el fondo pensaba que tras mi viaje no iba a volver. O no podría volver porque estaría jugando a las cartas con Neptuno en el fondo del mar. Y fui consciente también de que no estaba echando de menos, por primera vez, mi antigua casa.

Mientras caminaba calle arriba me pregunté si habría en el mundo calle tan corta que tuviera tal cóctel de espacios y establecimientos. Se podría vivir una vida plena sin salir de ella nunca más. Fui haciendo recuento según subía por los sesenta números de Huertas hasta la plaza del Ángel. Veamos… tres plazas, cinco tabernas, ocho garitos de marcha, tres coctelerías, un karaoke, veinte restaurantes, tres locales de música en directo, dos salones de té, cuatro pastelerías, tres cafés, una comisaría, un parque, un convento de clausura, la tumba de un genial escritor, tres tiendas de moda, dos supermercados, tres hoteles, dos librerías, tres anticuarios, una sala de teatro y el cementerio de una iglesia convertido en floristería.

Casi a sus puertas, me vino fugazmente a la cabeza la última imagen de Olivia la noche anterior. En la oscuridad de su jardín, con una copa de vino en la mano, como si conversara con el olivo.

Me impactó.

Porque creo que vi en ella algo que no me era visible antes.

Su soledad.

Un rasgo de debilidad humana que la separaba de la desafiante e infalible Poppins. Esa noche había intentado imaginar su historia: si Olivia hubiera decidido tener un hijo, lo habría tenido. Nunca se había referido a ello, pero hablaba de la maternidad como si la hubiera vivido. Por lo mismo, hablaba de la libertad como quien la ha llevado a cabo. Según ella, una mujer feliz era la que comía con ganas, follaba con ganas, se reía con ganas, había tenido amantes varios, daba igual su sexo. Me la imaginaba brincando de vida en vida, hoy en una floristería que quizá dejaría para montar una empresa exportadora de cafés panameños o una ONG para salvar ballenas en el Índico. Olivia, por la libertad de su pensamiento, porque parecía tener todas las respuestas, era la mujer que todas querríamos ser.

Lo que yo aún no sabía era que no lo fue siempre. Como a todas, le había costado un gran trabajo ir derribando uno a uno todos esos condicionamientos, cadena a cadena, eslabón tras eslabón. Y el precio que había tenido su libertad estaba a punto de conocerlo.

¿Estaba sola? No, una mujer como ella nunca podría estar sola, pensé ya a la altura del convento de las Trinitarias, en el que ya habían retirado las vallas de la excavación, y estaba cerrado a cal y canto. Aunque en su mirada se adivinaba un alma vieja y el sufrimiento de cualquier ser humano que había vivido mucho, nunca imaginé que a sus quizá sesenta o setenta muy bien conservados años —nunca supe en realidad—, Olivia había decidido abrir aquella floristería en aquel preciso lugar por un motivo muy concreto y calculado.

De pronto estalló un trueno sobre mi cabeza y a continuación la lluvia.

No supe de dónde vino aquella nube que parecía perseguirme como en unos dibujos animados. Corrí casi perdiendo mis chanclas y llegué hasta el jardín con el vestido vaquero empapado como si me hubieran vaciado un cubo de agua por la cabeza.

Me extrañó encontrarlo cerrado. Con la lluvia descargando con fuerza sobre mí saqué las llaves del bolso como pude y entré corriendo y chapoteando por el camino de baldosas de piedra. Una copa solitaria se llenaba de lluvia sobre la mesa de hierro.

El invernadero sí tenía, sin embargo, la puerta abierta de par en par.

En el interior un jazz susurraba casi inaudible por el golpeteo de la lluvia en el tejado y los cristales. En el exterior los transeúntes corrían de un lado a otro con el divertido jolgorio que provoca una tormenta de verano. Olía a humedad tropical, a madera mojada.

Dejé mi bolso sobre el mostrador. Me sacudí el pelo. Y cuando me disponía a entrar en la trastienda a buscar una toalla, la vi. Empapada también. Sentada en el suelo sobre un almohadón del jardín al lado de la fuente de piedra apagada. Llevaba la ropa del día anterior. El pelo suelto y pegado a los hombros. La mirada huida y una sonrisa agotada e inamovible. Me acerqué.

—¿Olivia? —la llamé—. Olivia... ¿estás bien?

Ella asintió sin cambiar el gesto y sin mirarme.

Entonces descubrí lo que la tenía tan obnubilada.

Nuestro alien.

No estaba.

O más bien estaba su cáscara, como si fuera una judía verde abierta y vacía.

Ella echó una mano hacia atrás reclamando la mía. Se la di y tiró de ella un poco hasta que me senté a su lado.

—Tiempo de emprender el vuelo, querida —susurró—. ¿Ves? Todo caduca. La felicidad y el sufrimiento.

Tenía los ojos llenos de lágrimas, pero no dejaba de sonreír.

—No estaré más que ocho días fuera. —La observé con ternura—. Si te pones así voy a pensar que sospechas que no regresaré de ese viaje viva.

Hice una mueca. Pero luego lo supe. Que no tenía que ver conmigo. Que el vuelo había sido el de otra persona. Empecé a atar cabos cuando seguí la dirección de su mirada: al lado de la copa del jardín se deshacía bajo la lluvia un libro prestado que solía estar en las manos de nuestro rubio lector durante el último tramo de ese verano.

—¿También se ha ido? —pregunté.

Ella se volvió hacia mí.

—Sí, ayer vino a despedirse. Me contó que le destinaban a Miami. Pero yo ya lo sabía… Trabaja en televisión, ¿sabes? —dijo con una chispa de orgullo azul en sus ojos—. Ha tenido dos años muy duros porque aquí, ya lo sabes tú mejor que nadie, no hay trabajo. Hace unas semanas conseguí que le llamara una amiga de Casandra que tiene un cargo importante en una productora de allí. —Algo le dolió—. También le pedí que no dijera que había sido de mi parte.

Pude detectarlo en ella. Felicidad y dolor a un tiempo. Recuerdo haber intentado ordenar aquella información y mis recuerdos de ese hombre como si fuera un puzle de mil piezas muy pequeñas: Olivia dejándole libros escogidos, como olvidados, en la mesita de hierro todos los jueves, libros que él luego pedía prestados y leía en el jardín. Olivia saliendo precipitadamente con una excusa al verle pasar. Olivia haciéndose la encontradiza bajo la pérgola y, mientras acicalaba las plantas, provocar una conversación sobre lo que estaba leyendo. Olivia preparándole un té con hielo con una hoja de menta. Su forma delicada y atenta de escoger esa hoja…

—¿Quién es? —me atreví a preguntar.

Ella levantó la vista. Se retorció el pelo canoso y naranja

hasta convertirlo en una caracola que atravesó con un palo de sándalo.

—Mi abuela solía decir «que Dios no nos dé todo lo que podemos soportar». —Negó con la cabeza—. Yo no hablo ya de Dios, Marina. Que nadie nos dé todo lo que podemos soportar.

Después de muchos años, continuó con la voz vencida, y después de conocer a personas muy distintas en distintos países, había llegado a una conclusión: los que éramos fuertes, dijo pluralizando, sólo lo éramos porque teníamos la desgracia de soportar más cantidad de dolor sin desfallecer. Nuestro umbral del dolor era más alto. Pero eso no quiere decir que las cosas nos dolieran menos.

La lluvia empezó a sacudir la puerta. Un gorrión se coló dentro a saltitos y sacudió sus plumas varias veces. Luego, de un corto vuelo, atravesó el invernadero y se posó sobre la fuente. Ella siguió su vuelo y sonrió cansada.

—Nuestro verdadero drama, ¿sabes cuál es, Marina? Que no se nos nota el sufrimiento. O al menos no tanto como a los demás. —Me pidió el brazo para levantarse, parecía abatida.

Ya lo había visto con la mujer de Francisco, por ejemplo. Había jugado una partida muy bien jugada con la sola arma de su debilidad. El débil se ahogaba con un pellizco y conseguía la compasión y la ayuda, y el fuerte le consolaba mientras soportaba una operación sin anestesia mordiéndose los labios. El fuerte, cuando sufría mucho, se encerraba en su concha a superarlo, no fuera a preocupar a alguien o a abrumar a los demás con su dolor.

Abrió mucho los ojos. Se frotó la nuca. Al otro lado del cristal aparecían los primeros paraguas, setas multicolores con patas que apretaban el paso calle arriba. Un joven chino también se había materializado vendiéndolos en la esquina.

Entonces Olivia, ya de pie, me recordó la primera noche que pasamos todas juntas en el jardín. ¿La recordaba bien? Yo asentí. Esa noche Gala preguntó cómo había sido nuestra primera vez...

—Yo no quise contar la mía. —Negó con la cabeza mientras trataba inútilmente de estirarse la ropa—. Habría aguado la fiesta. ¿Sabes cómo fue? ¿Mi primera vez?

Tenía quince años, comenzó mientras separaba unas enormes margaritas en los jarrones. Quince años de colegio de monjas y dentro de una dictadura. Venía de comprar unas cosas de la tienda que le había encargado su madre y al entrar en el portal había un hombre dentro. Hizo una pausa. Sacó una de las flores. Se la acercó a la nariz y cerró los ojos. Lo recordaba todo en una nebulosa. Lo que sí recordaba bien era su tamaño, grande y mucho más fuerte que ella y que olía a anís. «Nunca más he vuelto a soportar el olor a anís», repitió dos veces. Y se apoyó en el mostrador para continuar su relato: cuando el hombre se sació del todo, la soltó, y ella subió las escaleras todo lo rápido que le permitió el temblor de sus enclenques piernas y entró en la cocina con la bolsa de la compra. Su madre, sin mirarla, le riñó porque se estaba enfriando la cena.

—¿Y yo qué hice? —Sus ojos azules parecían ir a romperse—. Callarme. Cuando los vi a todos sentados alrededor de la mesa: mi padre, mis tres hermanas y mi madre de pie a punto de servir una sopa de fideos, no quise romper aquella armonía. Aquella estabilidad. Aquella paz. No quise intoxicarlos con mi dolor. Ahí empezó todo.

Me miró con urgencia dentro de los ojos.

—Hazme caso, Marina. Aprende a gritar cuando algo te

403

duela, y que el grito sea proporcional a tu dolor. O te harán sufrir mucho. Muchísimo.

Yo la observé sobrecogida, apoyada en la puerta de cristal, sin acercarme, sin comprender.

—Pero si yo no soy fuerte…

Se le escapó una sonrisa apagada y se irguió.

—Tú eres más fuerte de lo que crees.

Lo que me contó Olivia esa tarde dentro de nuestra burbuja transparente que nos protegía de la lluvia me hizo conocer a la mujer que era. Una que no siempre se había comprado flores ni las había vendido, una que había tenido que tomar decisiones muy difíciles e ir cambiando poco a poco, realizando su crisálida sin hacer ruido para que nadie pudiera impedírselo.

—Dos años más tarde le conocí a él. Yo era muy joven, y él… —comenzó mientras iba pasando revista a sus flores—, él era mi profesor. Todos le admirábamos.

Ella quería ir a la universidad, quería ser médico. Él se sentía culpable por haberse enamorado de ella. Se consideraba un monstruo. Estaba casado y su mujer no podía darle hijos.

—Su mujer… —repitió—, porque yo sí.

Se llevó las manos a los riñones, cogió un poncho de ganchillo del mostrador con el que posiblemente se había envuelto durante la noche.

—El día que lo concebimos lo noté, ¿sabes? —Abrió sus ojos con asombro—. Yo fui quien quiso hacer el amor. Nadie me forzó. Es lo que hubieran dicho. Pero no habría sido cierto.

Necesitaba saber desesperadamente lo que era entregarse a alguien a quien amaba y que la amaba. ¿No era algo natural?, se preguntó mientras se sentaba en la fuente de piedra. ¿No era natural que necesitara cerrar aquella herida? Y fue tanta la pasión y sus cuerpos pusieron tanto empeño que supo en ese mismo momento que algo iba a crecer dentro de ella como cuando la lluvia cae sobre la tierra para despertarla.

—La verdad es que yo nunca había querido tener hijos —reconoció—. Y fue un shock cuando lo supe. Mi familia enloqueció. Trataron de sacarme el nombre de la persona para denunciarle a la policía porque yo era una menor. Por un año... pero lo era.

Hundió una de sus manos en el agua estancada de la fuente. Su rostro rejuveneció de pronto bautizado por aquel recuerdo, su piel se tensó hasta eliminar las pocas arrugas que había dejado el tiempo alrededor de su mirada y su sonrisa, el pelo se saturó de naranjas, unos pantalones blancos y acampanados cubrieron sus piernas y unas flores rosas muy pequeñas se estamparon por toda su camisa. Y yo, desde el presente, me atreví a preguntar qué había sido de su amante y del niño...

Ella, que había vuelto a sus diecisiete espigados años, prosiguió:

—¿Él? —Sonrió—. Él estaba loco por mí. Cuando supo que iba a mudarme con mi familia al norte antes de que se me notara el embarazo y que lo daría en adopción, me propuso que nos fugáramos. Que nos fuéramos a Latinoamérica. Que nadie nos encontraría.

—¿Y por qué no lo hiciste?

—Porque me dio miedo, Marina. Porque, como siempre, quise ser fuerte de nuevo, protegerle y proteger a los míos, ¡cuando la que necesitaba protección era yo! ¿Te das cuenta?

Se llevó las manos a la cabeza y escarbó en su pelo naranja como si buscara más recuerdos. Me senté a su lado. Dejé la mirada perdida en los nenúfares que flotaban dentro del pilón de piedra.

Ella prosiguió, con un tono duro, como si aún se reprochara algo o tratara de excusarse ante sí misma: que él habría ido a la cárcel por abusar de una menor... que no quería hacer más daño a su familia —su padre tenía un cargo público y esto habría acabado con su carrera—. Y ella, la realidad era que ella... aún soñaba con viajar, con ir a la universidad. ¿No era normal? Era aún una cría. Y en aquel momento una mujer tenía que elegir, no podía ser madre soltera y llevar una vida normal. Sus ojos, ahora sí, se contagiaron de la lluvia que arreció de pronto golpeando el techo de uralita.

—No, yo nunca había querido ser madre, pero cuando nació... —Sacó su pañuelo de seda azul, se secó la transpiración del cuello, de la frente—. Sólo pedí estar con él una semana. Fue todo lo que pedí. —Me sonrió repentinamente—. Y en esa semana le rodeé de lo que más me gustaba en el mundo: los libros y las flores.

Permaneció un rato contemplando el pañuelo sobre sus manos abiertas. Sentada a su lado sobre la piedra fría del pilón, dejábamos que se balancearan nuestros pies. Los suyos, desnudos y delgados, con las uñas color mandarina. Dejé caer al suelo mis zapatos.

—¿Nunca te planteaste contar la verdad?

—Pero ¿por qué vamos a contar siempre la verdad? —Se indignó de pronto y quise no haber formulado esa pregunta—. ¿Por qué vamos a tener que desnudarnos ante una sociedad tan insensible y cruel con absurdas legitimaciones? Mira, hija, yo he tenido que contar muchas mentiras y medias verdades a lo largo de mi vida para poder tener una vida normal. Eso tiene un precio. —Me clavó los ojos—. Pero a veces, Marina, la gente no se merece la verdad. Sólo la quiere para juzgarte.

En el exterior el mundo se distorsionaba tras los cristales cada vez más empañados. Pero aún pude distinguir el lugar donde se deshacía aquel libro, al mismo ritmo que los ojos de Olivia y sus recuerdos.

Por eso, me dijo, era importante que aprovechara el mundo en el que había nacido. Estrechó mi mano sobre la piedra. Era muy importante, repitió, que nunca dejara que nadie me dijera si debía tener un hijo o no tenerlo ni cuándo ni con quién. «Haz lo que sientas», la escuché decir mientras dejaba la vista perdida en un sol líquido que empezaba a derramarse sobre la plaza, «es maravilloso que ahora esté en vuestra mano.»

—No dejes que nadie te juzgue por ello. Tampoco lo hagas tú —me rogó, dejando que se derramara sobre su rostro también aquella luz—. Estáis en las puertas de una nueva y definitiva revolución y ni siquiera os dais cuenta.

Teníamos la llave de la vida y la libertad para decidir sin estar condicionadas a nada ni por nadie. No iba a ser un proceso fácil, pero sin duda era el camino.

Se dejó resbalar hasta el suelo, se acercó al cristal que nos separaba del jardín que estaba cubierto por una fina veladura de vapor. Apoyó en él su frente como si buscara refrescarse. Su reflejo aparecía ahora atravesado de sus plantas y sus flores, que recibían la alegría de la lluvia.

—¿Y qué pasó después? —pregunté.

—Pues pasaron los años —cogió aire—. Y la vida. Me casé con un hombre bueno y me divorcié. Me casé con otro hombre aún mejor y murió… Pero me juré dos cosas: que nunca nadie volvería a decirme qué hacer con mi cuerpo y con mi corazón. Pagué un precio demasiado alto…

Y yo la escuché, sentada en aquella fuente, sin saber que lo que me esperaba al final de esa historia, ese periplo, era aún más inimaginable. Como no había podido quedarse con Marco, decidió tomarse la píldora a escondidas y mentir a sus maridos diciendo que era estéril. Había viajado por todo el mundo, había trabajado en casi todo...

—Pero, sobre todo, Marina —subrayó elevando la voz—, he trabajado en mi propia felicidad. Sin descanso. He trabajado para encontrar mi lugar en el mundo.

La tormenta empezaba a sofocarse. La luz entraba ahora furiosa por todas las caras de nuestra caja de cristal.

—¿Y lo has encontrado? —quise saber. Y quise, necesité que me respondiera que lo había hecho. Que todo aquello había tenido sentido. Que no iba a recitarme una versión contemporánea de aquel monólogo de Macbeth.

Ella me dedicó una mirada cómplice y asintió.

—Ayudar a los que se sientan tan perdidos como lo estuve yo. Ése es mi lugar en el mundo. —Posó su mano abierta sobre el cristal—. Eso sí, no me he engañado: sé que el otro extremo de mi hilo rojo sigue prendido a mi cien por cien compatible, aquel que encontré demasiado pronto y en un mundo que lo ponía tan difícil.

Sonrió cansada. Permanecimos un rato en silencio. El fantasma de su mano quedó tatuada en el cristal, y por aquella ventana distinguí la copa y el libro, ahora bajo el sol.

—¿Y lo has buscado? —le pregunté levantándome y caminando hacia ella.

—A él no, ya no tenía sentido, pero a Marco... durante años. ¿Sabes? Es curioso. Igual que siempre estuve segura de que nacería sano, siempre supe que lo encontraría si alguna vez me necesitaba.

Tras cinco años de búsqueda dio con él.

Se enteró de que estaba casado, de que su mujer se llamaba Lidia y estaba embarazada, y vivían en el barrio de las Letras... También supo que tenían problemas. Tenía que hacer algo.

—Entonces se me ocurrió. Hice cálculos de mis ahorros y encontré un lugar que estaba muy cerca, en su misma calle, y que le atrajera como un faro en la oscuridad. —Su rostro se iluminó de pronto—. Fabricaría para él otro claustro materno, uno en el que protegerle para que hiciera su crisálida durante un fragmento de tiempo, que fuera un oasis donde volver a respirar, donde fortalecerse, un lugar en el que pudiera rodearle de todas esas cosas que nos gustaban... —Contuve un sollozo. Disimulé retirándome a mirar por la ventana—. Por favor, no me tengas lástima. Las cosas son así. Fui víctima de una época que tuvo sus consecuencias y yo las tengo asumidas. Me conformo con saber que lo he cuidado de nuevo antes de lanzarlo otra vez al mundo y con quedarme en su recuerdo como esa mujer sonriente que solía prestarle libros y regalarle flores.

Sentí su mano de mariposa, delicada y dura, aterrizar suavemente sobre mi hombro y me estremecí un poco. A mi espalda estaba la incólume Olivia, luchando por no desmoronarse, mientras la lluvia volvía a llenar las copas en el jardín bajo un sol valiente, esa que nuestro rubio lector había compartido con su madre por última vez, sin saberlo.

Recuerdo haber sentido en ese momento un arrebato de ira: qué injusto era ser mujer, casi siempre. En cada momento luchando contra un gigante distinto. Qué absurdo y cuánto dolor había causado tener que lidiar con el rechazo de una sociedad cuyo único entretenimiento era saber si tenías o no un hombre al lado.

—Es cierto —dije aún de espaldas, buscándola en el reflejo

del cristal de nuevo—. Estigmatizar a una mujer por traer un niño al mundo es propio de una sociedad enferma y cruel.

Me di la vuelta. Ella me hizo una carantoña tierna en la mejilla.

Luego caminó resuelta hacia el interior de la trastienda. Me quedé pensando. Qué increíble. Era cierto. Lo que antes era una mancha estaba empezando a verse como un acto de amor. Las que estaban abriendo la veda eran mujeres como Casandra o como Aurora porque, a pesar de todo y como decía la primera, a sus muy tradicionales padres les hacía ilusión tener un nieto cuando ya habían perdido toda esperanza. Sin embargo Olivia habría tenido que huir a otro continente o entregar a su hijo.

Hoy las mujeres nos inseminamos para ser madres ya no solas, sino vírgenes, como Aurora...

¿Era ésta, como vaticinaba Olivia, la verdadera revolución?

¿El camino hacia la libertad?

Que te enamoraras de un hombre pensando en ti y no en que tuviera que ser el padre de tus hijos. Poder, incluso, separar ambas cosas. Que si coincidía era maravilloso, pero que no tuviera por qué ser así. Que nadie tuviera derecho nunca más a decidir cuándo, cómo y con quién teníamos que dar la vida. O si debíamos reproducirnos o no.

La escuché caminar en el interior, abrir y cerrar cajones, revolver en ellos, algo pesado se fue al suelo. Protestó un poco. Y yo seguí pensativa, duchándome con aquella luz nueva que se filtraba tamizada por el vaho, agitada por aquella visión que me había regalado Olivia, entre las últimas brumas de su borrachera. Tenía lógica. ¿Es que nos quedaba otro remedio? Si la sociedad no había sido capaz de ayudarnos a hacer convivir nuestras familias y nuestros trabajos, ya lo haríamos nosotras. Pero... ¿qué pasaría después? ¿Cuáles serían las consecuencias de ese cambio? No quería desinflar su momento de lúcida euforia, por eso no quise revelarle mi temor: que al final seguiríamos teniendo que elegir porque la mayoría no podríamos permitirnos económicamente esa maternidad en la soltería. Y si fuera así, dentro de veinte años, según la teoría de Olivia, habría miles de niños de madres solas y se vería con la misma naturalidad que un hijo de padres divorciados. Pero ¿en qué lugar dejaba eso a nuestros compañeros? ¿Y a nosotras? Que prefiriéramos tener un hijo solas en lugar de con alguien inapropiado no significaba que no soñáramos con formar una familia, compartir ese proyecto con un compañero... Por otro lado: ¿sería justo que tuviéramos que soportar nosotras todo el peso de criar y educar a los hombres y mujeres del futuro? ¿Era ésa la libertad de la que hablaba Olivia?

Cuando volvió me lanzó una toalla e iba abrazada a una carpeta que me era conocida. Ésa que siempre traía y llevaba Francisco, con las tapas negras y duras y una pegatina roja en el exterior.

—¿Sabes lo que es esto?

Yo negué con la cabeza. No quise admitir que aquel día había visto esos mismos planos del jardín que se disponía a enseñarme, y el dibujo a escala del olivo.

—Son unos documentos que quiero que guardes. Por si a mí me pasara algo alguna vez —susurró intrigante—. Son muy importantes. Si estos informes salieran a la luz se presentaría aquí un ejército de arqueólogos, y Patrimonio prohibiría la venta y alquiler del terreno. Se los he enviado a los propietarios. No se creían que fuera capaz de sacarlos a la luz, pero después del lío que montamos con la prensa con el tema del comedor social, creo que empiezan a temerse que mi amenaza va en serio. —Cogió la cesta y sus llaves, sacó el paraguas y se dirigió a la puerta—. Si cierran El Jardín del Ángel no va a ser para construir un edificio de apartamentos turísticos, eso te lo aseguro. Una de dos, o sigue siendo esta floristería, o lo verán convertido en un lugar de culto y agujereado como si hubiera pasado una manada de topos gigantes, allá ellos. Con Cervantes se tiraron tres años excavando.

Y dicho esto, abrió la puerta de cristal por la que se coló el olor a campo de las lavandas y la tierra. Comprobó que había dejado de llover. Dejó el paraguas apoyado en la puerta y esta Mary Poppins caminó ya convertida en ser humano, pisando todos los charcos que encontró a su paso.

Y yo me quedé abrazada a aquella carpeta como si fuera una tabla en medio del océano. Aunque es cierto que, hasta que me decidí a abrirla unos segundos después, no pude sospechar que se trataba del seguro de vida del Jardín del Ángel y que Olivia acababa de dejarlo en mis manos.

Como toda su humanidad.

Como su historia.

Día 8

Correr la tormenta

NO DEJES DE SOÑAR, decía el cartel del Jardín del Ángel. Ese lema, esa petición o súplica fue la que tendió la tela, la bienvenida a mi oasis.

Y ahora necesito soñar más que nunca.

Tengo el estrecho ante mí.

La peligrosa frontera de agua que me separa del final de mi viaje. Esa estrecha pero ancha brecha entre dos continentes en la que se ahogan cientos de inmigrantes todos los años intentando cruzar sus frías e inclementes aguas, que hacen su trabajo como implacables oficiales de aduanas. Un paso entre dos mares por el que cruzan manadas de grandes cetáceos marinos. Pero ahora son los cargueros los que pasan a ambos lados del *Peter Pan*.

Desde Tarifa y con rumbo sur tengo que cruzar el estrecho perpendicular al sentido del tráfico marítimo para caer en la Punta del Ksar, una pequeña playa con un fondeadero poco protegido pero que me serviría para descansar si el viento sigue siendo tan fuerte. Rezo a los dioses árabes y cristianos para no tener sorpresas. Desde allí seguiré a Punta Ferdigua rumbo oeste. Y continuaré hasta Punta Malabata para comenzar a caer hacia Tánger, que en ese momento veré claramente a babor.

Siento que el agua acude a mis ojos. Estoy tan cerca de conseguirlo como de naufragar.

¡Tengo que seguir soñando!, grito.

Y eso que esta noche he soñado.

Mucho.

Olivia aquella tarde de tormenta. Sus ojos contagiados de la lluvia. La lluvia llenando las copas vacías que no volverían a llenarse ni a compartirse. Su dolor pero su conquista. Aquel sufrimiento que nunca había expresado y que dejó florecer por unas horas antes de deshojarse. Su desprendimiento pero su amarre. Su aceptación pero su lucha. Su realismo pero su ilusión.

Qué mala suerte no tener comunicación con ellas.

No poder hablar con Olivia. Necesitaba escuchar su voz. Decirle cuánto me había ayudado estos meses. Contarle que he llegado hasta aquí por si acaso no consigo cruzar el estrecho. Que me había reconciliado con Óscar. Que ya estaba preparada para tirar sus cenizas. Pero, sobre todo, no puedo ver los partes meteorológicos. Y hace un bochorno parecido al de aquella tarde. Quizá estoy un poco sugestionada por mi sueño, pero me huele a lluvia. Y no tengo los partes. Si se organiza una tormenta no la veré venir.

El barco empieza a dar bandazos. El viento lo zarandea y hace que las olas cubran el barco estallando sobre la cubierta.

—¡Hay que sacar la mayor, Mari! —te escucho decir a gritos bajo los rociones de agua, pero no te veo.

Tienes razón. Sé que la tienes. Así que preparo la maniobra. Me aproo al viento todo lo que puedo mientras intento abrir los ojos llenos de sal. Me tiro sobre la cubierta. Desenrollo los cabos de la mayor. Subo los stoppers que muerden los cabos y después de encajar la manivela en el winche, le doy vueltas todo lo que puedo, con todas mis fuerzas. Pero la vela se queda a la mitad y ya no tengo fuerzas para seguir tirando.

—¡Apróate de nuevo, Mari! —me gritas.

—¡No puedo! —berreo—. ¿Es que no ves que no puedo?

Vienes caminando por la cubierta agarrado a los cabos bajo tu chubasquero.

—Pero ¡qué debilucha te has vuelto! —Das un traspié y estás a punto de irte al agua—. No puedes andarte con tonterías ahora. ¡Sigue!

Y me voy a la rueda, furiosa, giro el barco hasta que siento el viento en la nariz, y de nuevo sujeto la manivela con ambas manos. Entonces consigo girarla con menos esfuerzo, hasta que la vela se hincha como un globo, ahora totalmente extendida.

Ha pasado casi una hora. Una hora en la que he navegado maniobrando sin parar para cazar el viento. Con el mar en contra. Pero tu memoria, por primera vez, a favor.

De pronto empiezo a sentir que la corriente me es favorable y veo la costa de África más cerca que la de España.

—Ya has cruzado el estrecho, Mari, y ni siquiera te has despeinado.

Casi no puedo reaccionar a esa afirmación. Cuando digiero lo que me has dicho, bajo de un salto las escaleras y consulto la carta.

Veo tus náuticos azules bajar un escalón y asomas por la puerta de la dinete.

—Tarifa ha quedado atrás, Mari. Enhorabuena, cariño.

Subo las escaleras y has desaparecido.

Me encaramo al lomo del barco y me agarro al palo mayor.

—¡Hurra! —grito.

El sol cae a babor sobre las olas cicatrizadas.

—¡Hurra! ¡Hurra!

Bajo de un salto y sujeto con fuerza el timón rumbo a Tánger.

—¡Hurra! ¡Hurra! ¡Hurra!

Nunca sabes cómo puede cambiar el Mediterráneo en unas horas. Eso me lo decías siempre. Es el mar más traicionero que hay. Sólo han pasado dos malditas horas desde que sentí que lo había conseguido. Sin una gota de combustible, a punto de desfallecer, pero iba a conseguirlo. Y ahora intento rezar esas oraciones que no recuerdo a dioses que no me creo. La lluvia cae sobre el casco del barco, el viento brama como un enjambre de fantasmas y veo cómo los rayos se hincan en el mar como espadas láser. Hace sólo dos horas desde que me dijiste que sacara la génova para ir a toda vela y finalizar mi travesía. «El viento te viene de popa», me dijiste. «Aprovecha que te empujará hasta la costa.» Y yo te he quitado la razón. «El viento viene racheado y si la saco cambiará de banda y no tengo tanta fuerza como para andar metiendo y sacando la vela cada diez minutos. Además, no haberte muerto y la habrías sacado tú con dos tirones de la cuerda. Sí, no haberte muerto. Pero como te has muerto… te callas.»

Entonces me has observado con los brazos cruzados en la puerta de la dinete y un ceñudo enfado de chiquillo. «A la orden, patrona», has dicho entre el enfado y el orgullo. Y tu imagen se ha licuado con el último rayo de sol.

Desde entonces no has vuelto a aparecer. Y no es momento para que te vengues con uno de tus ataques de orgullo. ¡Ahora te necesito de verdad y no es una broma!

Creo que voy a naufragar.

¿Me verá alguna de las patrullas del puerto? Me importa poco que me detengan. No me funciona la radio. No podré llamar a salvamento marítimo si lo necesito. Está oscuro y con la tormenta apenas veo las luces del puerto.

¿Por qué?

¿Por qué ahora?

¿Por qué quieres destruirme, maldito barco sin vida? Debería desguazarte al llegar al puerto. Por quitarme a mi marido. Por ser su cómplice.

Las rachas de viento son cada vez más fuertes.

Repaso de memoria mis conocimientos del viento de manual: a partir de veintidós nudos es fresco, después de treinta y cuatro es temporal, le sigue el temporal fuerte, duro, muy duro, huracanado... cuarenta y un nudos, cuarenta y ocho, cincuenta y seis... Pero eso no va a pasar. De todas formas podría ahogarme a unos metros de la costa sin necesidad de que esto sea un huracán.

¿Será un huracán?

Estamos a finales de agosto y ha hecho demasiado calor. ¿Será la gota fría? No debo entrar en pánico. Me acuerdo de las chicas. Deben de estar preocupadas por la falta de noticias. ¿Por qué no estaría con ellas Olivia?

He escuchado un enorme crujido. Algo similar al estallido de un rayo. He subido a cubierta y uno de los obenques de proa, convertido en un látigo de alambre y acero, ha empezado a golpear la cubierta dejando enormes arañazos en el lomo del *Peter Pan*. Lo esquivo varias veces. Se va a tronchar el palo, si tuviera fuerzas trataría de hacer caer el palo antes de que el viento parta el barco en dos.

Me quito el agua de la cara. Abro como puedo el tambucho, pero las olas me hacen rodar por el suelo. Consigo llegar de nuevo hasta él, escarbo entre los cabos, las mangueras y varios objetos inservibles que estorban más que nunca, hasta encontrar una cizalla. Después, sujetándome como puedo, lanzo un cabo al palo, cuidando de no ser sacudida por el cable suelto que se agita en el aire enloquecido. Repto por la cubierta hasta el palo. Una vez allí, agarro con fuerza la cizalla y corto el obenque de estribor.

Si sólo lo corto de un lado, el barco caerá hacia el otro, recuerda mi cerebro zarandeado, y antes de que pueda terminar la frase, el palo cruje como un árbol herido y cae estrepitosamente hacia babor. Corto con fuerza los dos obenques desde los que sigue colgando el palo, ya en el agua, y veo cómo es definitivamente engullido por las olas. Lo observo hincarse vertical en el mar, como si lo arrastrara hacia el fondo un remolino y luego regreso arrastrándome al interior de la dinete.

¿Dónde está el chaleco salvavidas?

Necesito encontrar el chaleco salvavidas.

Por fin lo encuentro bajo los bancos del salón. Me lo ajusto y salgo de nuevo. Libros, cojines, zapatos y cacerolas ruedan por el suelo. La lluvia cae con tanta fuerza que hace daño. Me agarro con fuerza a la mesa. Me sangra una rodilla. Las olas azotan la cubierta, sintiéndose vencedoras del asalto. Un roción entra por la ventana del salón y el agua estalla con fuerza sobre la encimera de la cocina. Intento bajar, pero me caigo por las escaleras sobre el suelo del salón lleno de agua. Cierro una a una las escotillas.

—¿Dónde estás? —grito—. ¿Dónde estás ahora?

Y no puedo parar de gritar, agarrada a la mesa del salón, preparada para correr la tormenta. Eso que siempre te dicen los marineros. Que cuando el mar se pone así de bravo y no puedes defenderte hay que hacer como con un hombre que te quiere forzar. No resistirse. Porque cada movimiento provocará una reacción virulenta en contra. Hay que dejarse llevar. Por eso, aunque estoy tiritando de miedo y de frío, me he sentado de nuevo. Y aquí estoy. Agarrada al tablero de la mesa en un barco desarbolado. En medio del mar y de lo negro. Por primera vez a la deriva.

Bailar sobre un cementerio

Es curioso cómo acuden a nuestra memoria los recuerdos. A veces, en los momentos límite, aparecen como postales luminosas que nos enviamos para ayudarnos a seguir luchando. Y mi mente ha escogido, en medio de la tempestad que va a arrebatarme la vida, el de aquella última noche en El Jardín del Ángel.

Llegué a la floristería con la urna de tus cenizas en una mano y el trasportín de Capitán en la otra. Sonaba «Feeling good» de Nina Simone. Olivia estaba subida en un taburete en el jardín, encendiendo las velas de los farolillos de colores que parecían estar suspendidos en la noche, como víctimas de un hechizo.

La saludé. Luego miré el gran olivo iluminado. Los nudos y venas de su tronco parecían retorcerse entre luces y sombras. Ambas intercambiamos una mirada de complicidad. Dejé mi bolso en el suelo y me senté en el columpio de pensar. Sin poder evitarlo, mi memoria volvió al momento de la tarde anterior en que abrí esa carpeta.

El primer documento era casi un dibujo.

Una serie de datos numéricos apuntaban a un lugar, la base en la que estaba plantado el olivo. Bajo sus raíces, exactamente. Salí al jardín, cerré la verja y me quedé de pie delante de él.

Tras la lluvia todo olía a nuevo.

A naturaleza.

Los transeúntes empezaban a poblar de nuevo la calle. Una luz dorada caía sobre las hojas. Y entonces recordé a Olivia la noche anterior, introduciendo algo en el hueco del olivo. Ese que habíamos cerrado para que no se metieran los pájaros y los insectos. Me subí sobre uno de los nudos del árbol. Destapé la tapa de malla. Introduje la mano y toqué algo duro bajo un plástico. Cuando lo saqué me senté con esa caja de madera en las manos, del tamaño de un libro grande, que alguien había guardado dentro de una bolsa de basura. La caja estaba podrida, un pequeño baúl con incrustaciones de metal. Lo abrí con cuidado. Dentro, astillas de madera y unos huesos. Sobre ellos, una insignia oxidada en la que podía adivinarse una cruz de Malta. Con las manos temblorosas abrí la carpeta de nuevo y leí el dictamen del documento que había detrás del mapa:

> Por la presente, determino que existen indicios fundados para pensar que los restos de Lope de Vega podrían encontrarse aún enterrados en el antiguo cementerio de la iglesia de San Sebastián, sito en la plaza del Ángel, esquina con la calle Huertas de Madrid. Pido autorización para iniciar los análisis pertinentes y solicitar los permisos para comenzar las excavaciones.
>
> FRANCISCO IBÁÑEZ. Investigador del CSIC

Los vencejos comenzaron a chillar mientras volaban en círculos sobre los tejados. Algunas chispas de agua dorada se derramaron de nuevo sobre mi cabeza. El olivo crujió un poco, como si sus entrañas reclamaran aquel tesoro que aún tenía entre mis manos. Cerré la caja con mucho cuidado, la introduje en la bolsa y volví a dejarla en el vientre de aquel árbol. Luego cerré la carpeta y la apreté contra mi pecho. Si aquel documento era cierto o sólo un favor que le hacía Francisco a Olivia para preservar su oasis, si habían encontrado de verdad los restos de Lope, si siempre estuvieron dentro de ese árbol centenario, a día de hoy, sigo sin saberlo.

Volví de mis recuerdos. El jardín entero estaba de pronto iluminado por velas y faroles. Y mientras me mecía en el columpio fueron llegando ellas.

Esas mujeres que compraban flores.

Traspasaron una a una la verja de nuestro antiguo cementerio bajo el cartel con forma de pergamino que me hizo asomarme a mi oasis por primera vez: NO DEJES DE SOÑAR.

Primero apareció Gala, con un vestido rosa empolvado como sus lirios, que dejaba al aire uno de sus hombros redondos. Se había cortado el pelo. Ahora le llegaba justo debajo de la barbilla y le daba un aire a esas mujeres de los cuadros de Klimt. Un poco más tarde lo había hecho Casandra, cargada de bebidas, en vaqueros y zapatillas; me pareció una cría. A partir de un punto se materializó literalmente Aurora, vestida con un precioso kimono rojo estampado de flores de loto y cargando un enorme lienzo envuelto en papel de estraza que dejó apoyado en el olivo como un improvisado caballete. La última en llegar fue Victoria, enfundada en unos vaqueros brillantes, tacones, labios rojos y una camiseta que rezaba: «Tengo cuarenta: ¿y qué?».

Esa noche llegamos todas con los deberes hechos. Recordándolo ahora, he llegado a la conclusión de que quizá entendimos aquella velada no sólo como una despedida, sino como el final de un proceso de aprendizaje que había durado un verano.

Gala, por primera vez en su largo historial con los hombres, había aparecido en el apartamento de su «zahorí» sin estrategias, sin avisar, sin maquillar, es decir, sin sus armas de Galatea. Cuando éste le abrió la puerta, le miró a los ojos y se abrazó a él, como sólo se habría abrazado a nuestro olivo. Sin embargo se sorprendió al sentir ese mismo trasvase de energía del que le hablaba su padre. Luego, entró, se sujetó la larga trenza rubia y sólo le dijo:

—Córtamela.

Aquel símbolo tan taurino la había hecho sentirse inmensamente liberada. Sobre todo porque tras aquel tajo que terminaba con unos cuantos años de cuidados infinitos que Gala había dedicado a su melena como si estuviera destinada a que un príncipe trepara por ella, quizá llegó a la conclusión de que el príncipe ya había llegado y no quiso dejar colgando la escalinata para que trepara ningún otro pesado, de momento. Luego habían jugado sobre la cama durante horas y se habían acariciado hasta desgastarse la piel, como empezaba a ser su costumbre.

Nuestra superwoman también había tenido un día ajetreado. Llegó al ministerio en zapatillas y vaqueros cargada con un ramo de rosas malvas símbolo del amor intenso, y al llegar a la puerta de su despacho, Paula se había sobresaltado al no tener el invariable anuncio previo de sus tacones. Cuando consiguió reconocerla detrás de aquel nuevo gesto de satisfacción profunda y del ramo que por primera vez portaba ella misma, por decir algo, preguntó:

—Qué bonitas. Esta vez no son rojas. ¿Algún admirador?

Casandra soltó las flores encima de la mesa de su secretaria.

—Admiradora —dijo radiante—. Ponlas en agua. Quiero que estén bien frescas. Las voy a necesitar para algo importante.

Y esas flores que puso en agua su secretaria y cuya procedencia hizo rodar de becaria en becaria, les servirían a Casandra y a Laura para hacer un envío muy especial. Llegarían esa misma tarde a la casa de la segunda con un mensaje de ambas para el hombre que las había unido muy a su pesar:

> Querido Íñigo:
>
> Gracias por tener tan buen gusto.
> Mucha suerte.
>
> LAURA Y CASANDRA

Antes de terminar su jornada, Casandra hizo algo importante: pedir destino diplomático en el exterior. Si fuera posible en un país en vías de desarrollo. ¿Iría con familia? Sí, respondió. Con mi novia. Es médico y podrá desarrollar una labor importante con las ONG de la zona.

A esa misma hora, la Bella Sufriente, con una sonrisa de oreja a oreja, entraba por la puerta de la casa de sus padres. El olor de los chipirones en su tinta que su madre preparaba en la cocina llegaba hasta la escalera. Cuando entró, su padre estaba como siempre atornillado a su sillón orejero, con gesto de contrariedad, viendo el telediario.

—Hola, papá —dijo ella y se acercó a darle un beso en la mejilla.

—Dile a tu madre que saque la comida ya, hostia. Que dentro de poco va a ser la merienda —gruñó por todo saludo.

Aurora llegó hasta la cocina y su madre hizo un gesto de cansancio y le advirtió que si seguía adelgazando no iba a encontrar un hombre en la vida. Su hija hizo como que no la escuchó —o quizá por primera vez no lo hizo—, y le pidió que se reuniera con ellos en el salón porque tenía que hacer un anuncio importante.

Su madre se sentó en el reposabrazos del sillón de su marido mientras él seguía viendo el telediario. Aurora infló sus pulmones de aire como si fuera a bucear.

—Sólo quería anunciaros algo para que no volváis a preguntarme: gracias a vosotros soy virgen a los treinta y cinco años. Así que no, no tengo pareja. —Batió sus largas pestañas como un dibujo animado—. Pero la buena noticia es que voy a ser madre por inseminación artificial. Me lo financia una pareja de amigas lesbianas que serán las madrinas del bebé. Alegraos. Seré una versión contemporánea de vuestra venerada Virgen María. Imaginé que os encantaría saberlo.

La madre no llegó a soltar el plato de chipirones sobre la mesa. El padre sí había dejado de ver el telediario. Aurora se dio la vuelta y bajó los escalones de tres en tres y no dejó de caminar hasta llegar a su apartamento, donde las cosas de Maxi habían dejado oxigenantes huecos en las estanterías, en el baño y sobre todo en su cama, en la que se tiró en plancha ocupando todo su espacio bajo el ventilador, que seguía encendido desde la noche anterior.

Por su parte, Victoria había llegado a casa de su suegra más puntual que de costumbre con un niño colgando de cada mano. Antes de entrar se pintó los labios con un rojo eléctrico de Chanel y se alborotó el flequillo. Cuando la mujer abrió la puerta, su nuera le ensartó un ramo de alegres girasoles.

—Son para ti —le dijo—. Hoy no podrá venir Pablo. Está... bueno, no sé. Está ocupado, supongo.

Ella pareció desconcertada. La miró de arriba abajo.

—¿Has ido a recoger a los niños vestida así? Es ridículo a tu edad.

Victoria le sonrió y mandó a sus hijos a jugar a la terraza.

—¿Sabes cuál es el problema, Andrea? —La otra levantó la barbilla, interrogante—. Que para gustarte a ti tengo que dejar de gustarme yo. Pero no te preocupes. A partir de ahora traerá los niños siempre Pablo. Así le verás más. Y a mí... menos. Nos hemos separado.

Sí... recuerdo las risas de esa noche. Las escucho ahora y por momentos logro que se impongan sobre los rugidos de la tormenta. Animada por Aurora, me aventuré a soltar a Capitán, que se consagró a buscar el grillo que empezaba puntual a cantar entre la hiedra. Olivia sacó su cóctel mólotov, que empezó a caer en las copas una y otra vez, mientras compartíamos los detalles de todo lo sucedido ese día.

—Teníais que haber visto la cara de mi jefe cuando le he dicho que pedía destino con mi novia. —Casandra arrugó la nariz—. ¡Pensé que iba a implosionar como el Big Bang!

Todas estallamos en carcajadas.

—Ha entrado en bucle. No paraba de corregirme: «Querrás decir con tu novio», y yo que no, y él cada vez con la cara más contracturada, erre que erre. Hasta que me he hartado y, para rentabilizar toda la pasta que me he gastado en mi psiquiatra en estos años, le he preguntado: «Ignacio, ¿sabes la

diferencia que hay entre un neurótico y un esquizofrénico?».
Él se ha quedado ojiplático. Y entonces le he explicado que
mientras que un esquizo piensa que dos por dos son veinti-
cinco y vive en esa realidad, el neurótico sabe que dos por
dos son cuatro, pero le jode tanto… «Así que, Ignacio, asimila
lo que te estoy diciendo. Me voy fuera. Con una mujer. Y deja
de darte como una mosca contra un cristal o te diagnostico.
¿No querían que tuviera vida? ¿Una pareja estable? Pues ¡ya
la tengo!»

Casi nos ahogábamos de la risa imaginando a Casandra
traspasar aquellos pasillos bajo las miradas de todos los que,
a esas alturas, ya la consideraban el escándalo de la profesión.

Olivia estaba sentada en el columpio de pensar balanceándose sonriente, observándonos como quien contempla
su gran obra. Iba vestida de lino blanco, como en mi primer
día de trabajo, y había colocado faroles con velas marcando
los caminos que le daban al jardín una atmósfera de sueño.

Levantamos de nuevo nuestras copas y brindamos. Esta
vez por Victoria y su valiente decisión. Y por Francisco y su
descubrimiento, que ya ocupaba todos los periódicos. Admito que lo hicimos con la boca pequeña porque suponíamos
que el traicionero clavel rojo seguía en el interior esperando
a nuestra infortunada amiga. Pero entonces fue Olivia la que
nos pidió un momento. Cogió a Victoria de la mano y la
arrastró hasta el invernadero. Le pidió que cerrara los ojos.
Todas las seguimos tropezando unas con otras. Cuando entramos, Olivia dijo:

—Esto me lo han dejado esta noche para ti.

Y en el lugar donde estaba la fuente de piedra, tras la puerta
de cristal, no se veía el suelo. Todo estaba invadido de cien-

tos de mágicas rosas azules. Sus largos tallos salían de los jarrones, de los tres pisos de la fuente, brotaban de la boca del león de piedra. Era la primera vez que las veía, pero sí, conocía su mensaje: la eternidad, el símbolo del amor eterno o la espera eterna de un amor que parece imposible. Pero aquél no lo era. Ya no. Victoria caminó despacio y se internó en aquella hermosa carta de su amado.

—Ahora sí —dijo Gala levantando su copa—. Por Victoria y Francisco.

Y volvimos a hacer chocar los cristales mientras nuestro grillo jazzero reanudaba su *jam session* y Capitán, que se había quedado ovillado en una silla, saltaba al suelo al escucharlo con actitud detectivesca.

Entonces le llegó el turno a Aurora. Estábamos a punto de brindar por su marcha a la feria de Frankfurt cuando nos interrumpió.

—Un momento, chicas —dijo a punto de romper a llorar—. Quiero que antes veáis un ejemplo de la serie que voy a llevar. Y el último de todos, el resumen de todos ellos, querría que se quedara aquí, en El Jardín del Ángel, donde nos hemos conocido. Porque yo nunca podría haber hecho esto sin vosotras.

Entonces caminó hasta el árbol, donde estaba apoyado su misterioso cuadro, y le pidió ayuda a Olivia para sujetarlo.

Se arrodilló a su lado y rasgó el papel que lo ocultaba.

Todas lo contemplamos asombradas.

Éramos nosotras, sentadas alrededor de la mesa de hierro donde nos conocimos y donde estábamos en ese mismo momento, bajo la pérgola, como si estuviéramos viéndonos en un espejo. Las copas de vino blanco sobre la mesa. Los farolillos de colores colgando sobre nuestras cabezas. Allí estaba Casandra, erguida como la orquídea azul que tenía sobre la mesa. A su lado Victoria, mostrando dentro de sus manos decenas de flores de membrillo, y a continuación estaba yo, con una cesta de violetas a mis pies. Gala, columpiándose sobre su silla, en actitud de colocarse un lirio en el pelo. Luego la propia Aurora, abrazada a un ramo de caléndulas naranjas. Y detrás de nosotras, sentada en su columpio de pensar y bajo el gran árbol de la paz, estaba Olivia, con su copa de vino en la mano, vestida de lino blanco, como en aquel momento.

—El cuadro se llama *Mujeres que compran flores* —reveló ella tragando saliva—. Y estoy muy orgullosa de ser una de ellas.

En ese momento Olivia se levantó del columpio y la abrazó. Y Gala hizo lo mismo tras soltar su copa. Una a una formamos un ramillete en torno a Aurora, a la que por primera vez veíamos llorar de felicidad y que nos hizo sollozar con disimulo a más de una. Fue entonces, cuando estábamos cabeza con cabeza y sentíamos nuestros cuerpos entrelazados, cuando Casandra gritó:

—Y ahora… ¡por que vivir es una tarea urgente! —Todas lo repetimos—. ¡Por el viaje de Marina!

Y todas se hicieron eco de aquel grito, repitiéndolo una y otra vez, saltando unidas en aquella piña. Aurora corrió a subir la música y empezamos a bailar. Recuerdo haberlo hecho enloquecidamente, estallando de felicidad sin recato alguno, con euforia, y sin saber cómo, pasaron las horas, sucediéndose las canciones, vaciándose las botellas.

Hubo un momento en el que empezó a sonar «It's my life», todo un revival para nuestra generación, y como si alguien hubiera pulsado un interruptor, saltamos de nuestras sillas coreando aquella letra como si fuera un himno.

—¡Chicas! —gritó Gala muerta de risa—. Creo que se nos acaba de caer el carnet de identidad...

Entonces me acerqué a ti, a quien había dejado también en tu urna bajo un olivo, que esa noche parecía un árbol de Navidad y tú, uno de sus regalos. Y quise también brindar contigo. «Allá voy», te dije. «Allá va tu copiloto. Voy a cumplir esta promesa, Óscar. Voy a hacerlo.»

Las observé bailar.

Algunas como Gala y Olivia, descalzas. Dejando que el agua de los aspersores mojara sus pantorrillas. Victoria incluso se había subido a una silla. Aurora prendía su cigarrillo con una vela.

Y de pronto dejé de tener miedo.

Sólo importaba que era verano y bailábamos sobre un cementerio.

Que reclamábamos por primera vez nuestro derecho a no tomarnos la vida tan en serio. Porque cada día estamos más cerca de la muerte, esté donde esté aguardando. Puede ser mañana o dentro de diez años...

... o puede que sea ahora, en medio del mar, en este barco que está desarbolado y a punto de tumbarse. Qué más da. Ahora lo sé. Hay que aprender a bailar sobre un cementerio. A hacer brotar flores sobre los muertos. A aceptar el fracaso porque el fracaso no existe. Sólo existe el fin de las cosas. No nos enseñan a aceptar la caducidad de lo importante. No nos enseñan que a veces el único fracaso es la inercia de hacerlas continuar.

Y es que todo caduca, como me dijo Olivia, lo bueno y lo malo. El amor y el sufrimiento.

Agarro tu urna con fuerza y pienso que una vida que termina no es un fracaso. Todo depende de cómo la hayas vivido. Y si la mía terminara esta noche, tras este viaje, ya sería un éxito. Una relación que termina no es un fracaso, depende de lo que nos haya aportado, enriquecido, de lo que nos haya dejado tras su muerte.

Si ha compensado, es un éxito.

No vivir o sólo pensar que se vive no lo es.

Hay que amar. Y amar bien. Intensamente. Aunque se acabe.

Cierro los ojos. Siento cómo la boca de la tormenta se abre y se traga el *Peter Pan* de un bocado y en mi memoria, los abrazos de despedida, los pasos de mis amigas perdiéndose vacilantes y felices por las distintas calles del barrio de las Letras, el sueño plácido de Capitán sobre el asiento del columpio que a partir de ese momento convertiría en su juguete... Y Olivia dejando su copa vacía sobre la mesa y abrazándome con fuerza.

—Volveré pronto —le prometí aguantándome las lágrimas— y no permitiré que cierren El Jardín del Ángel.

Ella me miró como quien no va a volver a verte y, con mucho esfuerzo, susurró:

—Recuerda, querida amiga, «podrán cortar todas las flores, pero no podrán detener la primavera».

Y tras esa frase que le pidió prestada al gran Neruda para despedirse, se dio la vuelta como siempre que quería zanjar una conversación y desapareció en la fresca oscuridad de nuestro oasis contagiada del silencio de sus habitantes.

Abro los ojos.

A mi alrededor una montaña encharcada de cojines, latas, cacerolas, libros... sigo abrazada a tus cenizas. Todo se acuna suavemente hacia los lados. Subo descalza las escaleras para no resbalarme y al asomarme, la luz de flash del amanecer me ciega los ojos, como si el paisaje me hubiera sacado una foto. Vuelvo a bajar, recojo la urna y subo de nuevo, dejándola en el suelo de la cubierta con cuidado. El mar está azul claro y flotan las algas que ha arrancado la tormenta. Subo hasta el lugar donde estaba el mástil, del que sólo queda su base tronchada, y un trozo de vela en el que aún se distinguen unos pétalos de violeta. A estribor diviso la costa y un puerto rodeado de casas blancas.

Tánger.

He llegado a Tánger…

De pronto escucho un pitido de mi móvil. Y otro. Y otro más. Sin parar.

No puede ser. Vuelvo a tener batería y cobertura.

Bajo a grandes zancadas de nuevo y lo enciendo. Hay muchos mensajes. Algunos de mi padre, que me cree en Madrid, trabajando. La mayoría son de las chicas. Preguntan cómo estoy y que les dé señales. Que están preocupadas. Que entienden que quiera estar sola, pero que por lo menos mande un «ok».

Subo de nuevo con el móvil en la mano. Apunto en dirección a la costa y saco una foto.

«Lo he conseguido», escribo.

E inmediatamente empiezo a recibir respuestas de Casandra, luego una foto de Aurora desde Alemania, otro de Gala con un rosario de corazones, uno de Victoria con «vivas» rodeados de exclamaciones, pero ninguno de Olivia. Entonces escribo preguntándole a Gala por ella. Y me contesta con un escueto: «Olivia se ha ido. Pero me ha dejado algo muy bonito para ti».

Me siento en la cubierta. Más bien me derrumbo con la mirada fija en la costa que se acerca a mí lentamente. Contemplo un rato el mar y su constante movimiento.

De pronto siento una punzada en el corazón. Ese dolor del que no sabemos escapar los adultos y que llamamos nostalgia. Pero va bien mezclada con una euforia que me permite, en un último arrebato, recoger tus cenizas y buscar un lugar en el barco donde no tenga la brisa de cara. En la proa de un *Peter Pan* herido pero que sigue a flote, pienso en mí por primera vez, independientemente de ti. En mí como patrona de ese barco que va a oficiar un ritual de desprendimiento necesario. Y pienso que me alegro de haber compartido mi tiempo contigo. Me reconcilio con ambos porque nos hemos querido. Mucho. Y ahora estamos preparados para seguir cada uno nuestro camino.

—Te lo prometí y lo he conseguido. Pero lo he hecho a mi manera —te digo—. Buen viaje, cariño.

Abro la urna de metal, estiro los brazos y derramo la ceniza, que se revuelve y se sacude un poco en el aire hasta caer al mar. Pero entonces veo caer algo extraño y pesado delante de mis ojos. Y por un instante llego a reconocer una cruz de Malta oxidada que se hunde en el azul tras los célebres restos de su dueño.

Me quedo de rodillas sobre la nariz del *Peter Pan*, desconcertada, y de pronto me echo a reír. Y viene a mi cabeza toda esa última noche en la que la urna estuvo a los pies del árbol. Y me pregunto en qué momento Olivia pudo dar el cambiazo y por qué. También me pregunto si voy a volver a ver a esa loca maravillosa que ha conseguido que haga este viaje sola y para mí, sin saberlo.

Sentada en la proa de este barco sin gobierno, saco las piernas por la borda y dejo que las olas salpiquen mis pies. Toco mis piernas para reconocerlas, acaricio mis brazos, que ahora tienen un brillo ocre que me es desconocido, y sé que mi cuerpo echará de menos la humedad y la sal y esta vida que ha tenido durante ocho días en constante movimiento, enganchado al pulso de la aventura.

¿Qué haré ahora?

Y entonces veo que algo se desprende de la superficie del mar. Como si fuera un trozo de su azul que emprende el vuelo. Pero es cierto que vuela hacia mí. Una mariposa palmea hasta el barco, lo sobrevuela durante unos instantes, lo sigue, y luchando contra el viento con sus alas fuertes y traslúcidas, consigue posarse sobre la vela que ha sobrevivido a la tormenta.

Me quedo hipnotizada durante unos segundos hasta que oigo la voz de Olivia de nuevo. «Vuela, Marina, vuela...» Y de pronto pienso que no voy a llevar al *Peter Pan* aún a tierra. Y no voy a desguazarlo. Hago un cálculo mental de mis víveres. Aún me queda una vela. En la costa, cada vez más cercana, unos pesqueros hacen su aparición rodeados de una nube de gaviotas.

—Concéntrate en lo que tienes y no en lo que pierdes —me susurro.

Voy a sacar la génova, me marcaré una ruta posible y avanzaré, improvisando, dependiendo de hacia dónde sople el viento. Eso voy a hacer.

Giro sobre mí misma como una brújula hasta que siento el viento en mi nariz.

Desenrollo los cabos, apoyo mis pies con fuerza y tiro, tiro, tiro con todo el peso de mi cuerpo hasta que la vela se despliega por completo y embolsa el viento.

Me sitúo de pie, al timón, con las manos en la rueda y me oriento buscando el lugar por donde ha salido el sol.

Allí está mi frontera.

Puedo verla.

Una visualización de ella regalada por el sol.

No. No voy a abandonar este barco.

El corazón se me dispara. Reconozco esta sensación adictiva aun siendo tan nueva: el *Peter Pan* empieza a cabecear con determinación y corta las olas cada vez más deprisa hasta que galopa hacia el lugar donde esa intensa luz dorada que se derrama por cielo y mar me anuncia la llegada luminosa del otoño.

Mujeres que compran flores

En un pequeño y céntrico barrio de Madrid habitado por actores, modernos que hacían terapia de ganchillo para relajarse, diputados incapaces de alcanzar un pacto de gobierno pero que compartían un vermut entre sesión y sesión; en ese micromundo con su propio Cristo siniestrado, su secta vecinal, sus musas insomnes, sus teatros escondidos en pisos y portales, sus manifestaciones diarias, sus frases de escritores pisoteadas por ancianos en pantuflas, ciclistas militantes, jazzeros mercenarios y turistas que peregrinaban, borrachos de morbo y fetichismo, hasta el lugar donde descansaban, de una vez por todas, los huesos de Cervantes... en ese barrio también había cuatro mujeres que compraban flores.

Todas lo hacían para sí mismas.

Y se encontraban cada jueves por la noche para compartir un vino blanco y relajarse en aquella peculiar floristería llamada El Jardín del Ángel.

Una tarde cualquiera entró en el invernadero una joven recién llegada al barrio. Se acercó al mostrador en el que había un libro de notas. Lo abrió con disimulo y en letra manuscrita leyó: «Cicatrices».

A su espalda le sobresaltó una voz:

—Siempre me gustaron las personas con cicatrices. —Sonaba segura, fuerte—. De hecho, desconfío de una persona que haya llegado a los cuarenta sin tener ninguna.

En la puerta de la trastienda apareció una mujer de sonrisa serena, un luminoso vestido de seda amarillo años cincuenta con un pequeño sombrero a juego, y el pelo oscuro como el mar de noche. Llevaba en brazos un gato blanco y negro que la observaba, curioso, detrás de su antifaz.

—Me llamo Marina —se presentó la florista mientras buceaba en los ojos sorprendidos de la recién llegada—. Por curiosidad: si tuvieras que escoger una flor, ¿cuál sería de todas éstas?

Terminada en Madrid, barrio de las Letras.
29 de mayo de 2016

Agradecimientos

A Diego Mollinedo y al *Pride* por enseñarme a navegar.

A Jorge Eduardo Benavides por no dejar cabo suelto.

A mis amigas, las que siguieron esperándome en tierra cuando tuve que cruzar el mar.

A todas las mujeres cómplices y valientes que se subieron a esta nave para hablar de quiénes somos o querríamos ser: a la musa de Amancio, a la séptima de las siete musas, a la que alumbró una vida en soledad, a la que no sospechábamos que llevaba una en su vientre, a la que me descubrió la Costa de los Piratas, a la que siempre huye del sol, a la que ayuda al mundo a comunicarse, a la que busca artistas entre el asfalto, a la omnipotente fan de la Coca-Cola, a la isleña que nunca se aísla, a la Sirena que salva marineros...

A mi madre, viento fuerte que empujó este barco en medio de la noche.

A Miguel Ángel Lamata por amarrarlo en la tormenta con notas certeras sobre el texto y los personajes.

A mi editor Alberto Marcos, por darme el impulso, la fuerza y el tiempo de sacar todas las velas y que esta historia navegara segura hasta su puerto.

Índice

«Para viajar lejos no hay mejor nave que un libro.»

EMILY DICKINSON

Gracias por tu lectura de este libro.

En **penguinlibros.club** encontrarás las mejores
recomendaciones de lectura.

Únete a nuestra comunidad y viaja con nosotros.

penguinlibros.club